LA EDAD DEL SOL

LA EDAD DEL SOL

Bernard Torelló

Papel certificado por el Forest Stewardship Council®

MIXTO
Papel | Apoyando la
silvicultura responsable
FSC® C117695

Penguin
Random House
Grupo Editorial

Primera edición: abril de 2024

© 2024, Bernard Torelló
Autor representado por IMC, Agencia Literaria, S.L.
© 2024, Penguin Random House Grupo Editorial, S. A. U.,
Travessera de Gràcia, 47-49. 08021 Barcelona

Printed in Spain – Impreso en España

ISBN: 978-84-666-7816-2
Depósito legal: B-1.744-2024

Compuesto en Comptex & Ass., S. L.

Impreso en Rodesa
Villatuerta (Navarra)

BS 7 8 1 6 2

Para mi padre

LA LEYENDA EN LA CIUDAD
DE RODNA VERSA ASÍ...

EN TIEMPOS REMOTOS, EL DIOS SOL
CREÓ LAS IRACUNDAS BESTIAS,
LAS PELIGROSAS MONTAÑAS,
LOS BRAVOS RÍOS. CREÓ TAMBIÉN LOS
HUMANOS, PERO LOS DEJÓ INDEFENSOS
ANTE LAS AMENAZAS DE LA ISLA
DE GÁERAID.

POR ELLO BENDIJO A ALGUNOS
CON PODERES INCREÍBLES.

OCHO DONES PARA PROTEGERSE
Y OCHO CLANES QUE VIVIRÁN
EN PAZ POR SIEMPRE.

SIN EMBARGO, NINGÚN DIOS HACE
REGALOS SIN PEDIR NADA A CAMBIO.

Y EN RODNA NADA ES ETERNO...,
NI SIQUIERA LAS LEYENDAS.

1

Dos figuras combatían con desenfreno en el centro del anfiteatro de Rodna. La primera era una mujer menuda y delgada; la segunda, un hombre un palmo más alto que ella y con el doble de peso. La disparidad física saltaba a la vista, pero aun así era ella quien dominaba el combate, porque sus músculos no conocían el cansancio, sus piernas se movían con la misma frescura que si acabara de empezar y sus embestidas no habían perdido ni un ápice de su vigor original. Su oponente, por el contrario, se fatigaba más con cada acometida, y pronto se vio obligado a centrar sus esfuerzos en defenderse del torbellino de ataques que caían sobre él. Uno de ellos resultó no ser más que una finta, de modo que cuando se movió para esquivarlo, la guerrera lanzó una estocada por el flanco opuesto.

El filo de la espada le mordió el muslo, la sangre salpicó la arena y el luchador empujó a su rival para alejarla. Ella aguardó durante un instante; instante que su adversario no desaprovechó, pues de pronto su herida se cerró sola, regenerando sangre, tejido y piel en cuestión de un segundo, para dejar su pierna de nuevo inmaculada, sin rastro de arañazo o cicatriz.

Aquella muestra de poder habría bastado para que el estadio entero gritara de júbilo, pero lo cierto es que las graderías estaban casi vacías. En las primeras filas había algunos grupos de espectadores que observaban el combate bajo un riguroso sol, aunque apenas llenaban una sexta parte de la capacidad total del recinto.

Al fondo se encontraban dos mujeres que no se habían sumado a ninguno de los vítores que había lanzado el exiguo público, sino que contemplaban el enfrentamiento sin emoción alguna. Estaban sentadas con las piernas extendidas y los brazos cruzados, cubiertas por la sombra que proyectaba una de las enormes costillas del colosal esqueleto que coronaba la ciudad.

—Es un espectáculo extraño —opinó Nándil sin mucho interés. Tenía los ojos verdes, la nariz pequeña, las facciones angulosas y la cabeza cubierta por un gorro de piel descamada de leviatán—. Si una es infatigable y el otro puede sanar cualquier herida, ¿cuándo se supone que terminará el combate?

—Cuando a alguno de los dos se le agoten los poderes —dedujo Elathia. De pómulos altos y labios finos, algunas arrugas empezaban a surcar su rostro. Su gorro estaba hecho con pelo plateado de náyade, una ninfa de agua.

—¿Acaso debería interesarme ver a dos personas luchando? Que lo hagan si quieren, pero no me importan los golpes que lancen o la habilidad que demuestren.

—Nosotras no somos el público objetivo de estos torneos. —Elathia hizo un gesto hacia abajo, donde un grupo de espectadores de largos cabellos contemplaban el enfrentamiento con entusiasmo—. Los combates fueron ideados para complacer a los inferiores con exhibiciones de poder. Piénsalo: es lógico que anhelen aquello de lo que carecen.

—Supongo que sí. —Nándil paseó la mirada por su alrededor—. Por eso hay tan pocos espectadores: ya no quedan suficientes inferiores en Rodna como para llenar el estadio.

—No cabe duda. ¿Por qué crees que escogí este lugar? Precisamente porque sabía que aquí podríamos hablar con tranquilidad.

Nándil se giró hacia su compañera y se percató de que los ojos de Elathia, siempre tan azules, ahora se habían iluminado con un brillo dorado.

—¿Qué te propones? —preguntó asombrada.

—Solo me aseguro de que nuestra conversación no llegue a oídos indiscretos.

—Me tienes en vilo. Creo que nunca te había visto tomar ninguna precaución para que nadie nos escuchara.

—Eso es porque nunca habíamos hablado de algo tan importante.

—¿De qué se trata?

—Necesito que respondas una pregunta. Sé que no debería obligarte a ello y que tan solo con formularla estaré abusando de tu amistad, pero… necesito conocer la respuesta. —Elathia miró a su compañera de hito en hito—. ¿Es cierto el rumor que circula por Rodna? ¿Es cierto que tu clan ha conseguido desarrollar un nuevo hechizo… mediante el cual traspasar poder a objetos solares?

Nándil frunció el ceño y contuvo el aliento brevemente. Luego desvió los ojos hacia el combate que tenía lugar frente a ellas.

—Sabes que te aprecio como a una hermana —suspiró al fin—. Pero… no puedo responder a eso.

—Lo comprendo. Lamento ponerte en este aprieto. Te aseguro que si hubiera otra forma, no te pediría que me revelaras los secretos de tu clan…, mas no la hay, Nándil. No la hay. Si me cuentas la verdad, quizá pueda darte aquello que más ansías.

—¿Aquello que más ansío? —repitió la hechicera.

—Vengar a tu hermano.

El cuerpo de Nándil se puso en tensión y se volvió hacia su amiga.

—¿Qué quieres decir? —preguntó con voz ronca.

—Te lo contaré todo —aseguró Elathia—. Y, al terminar, tú misma decidirás si vale la pena arriesgarse. —Hizo una breve pausa para tomar aliento—. Dime, ¿has oído hablar de la corona de Ainos el Cálido?

—¿Te refieres al Dios Sol? ¿Por qué querría una corona?

—Porque no era para él. ¿Alguna vez te has preguntado cómo pudo Maebios detener a las bestias y matar al Gran Behemot él solo?

—Por lo que a mí respecta, Maebios es un simple nombre. —Nándil se encogió de hombros—. Todos le tienen por el salvador de Rodna, pero sin duda no estaba solo. Seguro que recibió la ayuda de muchos compañeros que lucharon a su lado, aunque la leyenda únicamente le recuerda a él.

—¿Un puñado de rodnos primitivos derrotando a la multitud de bestias que los atacaron, aunque ellos todavía no estaban civilizados y ellas los superaban en número? —Elathia negó con la cabeza—. Te equivocas, Nándil. La creencia más popular es que Maebios era un híbrido de los ocho clanes, aunque en realidad eso es imposible, porque nuestra sangre es capaz de dominar un solo poder. Según los sacerdotes existe otra opción, menos conocida pero más probable, que indica que Maebios recibió ayuda... pero no de otros humanos, sino del Dios Sol. Ellos aseguran que antes del ataque masivo de las bestias, Ainos el Cálido entregó a nuestro héroe una corona que contenía su propio poder. Por esa razón Maebios consiguió detener a todas las bestias, no porque fuera un híbrido o porque luchara con un ejército, sino porque tenía en sus manos el poder del mismísimo Dios Sol.

—Una leyenda sin pies ni cabeza —se burló Nándil—. No es posible que exista un objeto que contenga el poder del Dios Sol.

—¿Por qué no?

—Porque, si existiera, sería el artefacto más codiciado de toda Gáeraid.

—A no ser que se hubiera perdido y nadie hubiera podido recuperarlo jamás.

—¿Eso fue lo que ocurrió? —Nándil parecía escéptica.

—Se especula que, tras la muerte de Maebios, la corona fue usada por la primera sacerdotisa.

—¡No puede ser!

—La leyenda afirma que, con la corona en sus manos, ella entró en contacto con Ainos el Cálido, obtuvo sus poderes pirománticos y empezó a divulgar su mensaje. Pero no mucho después, sus propios acólitos la mataron y uno de ellos desapareció con la corona. La buscaron, pero como jamás volvió a saberse nada, se la dio por perdida y muchos no llegaron siquiera a creer en su existencia. Por eso en la actualidad es una historia apenas conocida, aunque los sacerdotes, como tienen su origen en ella, están seguros de que es cierta.

—Arúnhir, tu amante, es un sacerdote. ¿Fue él quien te la contó?

—Sí.

—A veces, incluso los sacerdotes pueden estar equivocados. Esta solo es una leyenda más alrededor de la figura de Maebios. Con lo racional que siempre has sido, ¿por qué confías tan ciegamente en su veracidad?

—Porque, de entre todas las teorías que existen, esta es precisamente la que tiene más sentido. ¿No te das cuenta? Es mucho más probable que el Dios Sol ayudara directamente a Maebios que no que fuera un híbrido único e irrepetible o que nuestros ancestros derrotaran a las bestias, a pesar de ser todavía una civilización en desarrollo.

—Entiendo lo que quieres decir..., pero de todos modos no veo qué relación tiene todo esto con los rumores que circulan sobre mi clan.

Como única respuesta, Elathia extendió la mano y mostró un objeto esférico de color ambarino. Nándil lo tomó y lo observó con curiosidad.

—¿Es un sello revocador? —quiso saber. Se percató de que había una aguja negra fija en el corazón del orbe—. ¿Qué es? ¿Señala hacia algún lugar concreto? —Lo agitó ligeramente y la aguja se desplazó sin control por el interior de la esfera—. Se mueve hacia todas las direcciones. ¿Está rota?

—No. Si no funciona es porque todavía no está terminada.

—¿Qué es lo que le falta?

—Tu magia, imbuyendo en ella el poder piromántico de Arúnhir.

—¿Qué? —El semblante de Nándil mostraba completa confusión.

—Los revocadores eran el único clan capaz de imbuir sus poderes a los artefactos solares, pero tanto ellos como sus secretos perecieron durante la Noche de las Represalias. Los demás clanes llevamos ciclos enteros intentando sin éxito descubrir un método mediante el que traspasar poder a los objetos solares... y hace apenas unos días empezó a correr el rumor de que los hechiceros al fin lo lograsteis. ¡Mejor aún! No solo habéis descubierto cómo imbuirlos de vuestro poder, sino que incluso podéis imbuir en ellos el don de alguien que no sea de vuestro propio clan. De ser cierto, se trataría del mayor descubrimiento de la historia de Gáeraid desde la forja de las armas solares.

—Lo sería, si fuera cierto —admitió Nándil con cautela.

—No te preocupes, no me reveles todavía tus secretos. Deja que primero yo te cuente los míos. —Elathia hizo una pausa para desviar la atención hacia los espectadores de larga cabellera que había más abajo, en las primeras filas de la gradería—. En los últimos meses, a menudo he pensado en la corona del Dios Sol. No dejo de dar vueltas a lo mucho que los rebeldes me han arrebatado... y al irrefrenable deseo que tengo de hacerles pagar por ello. Pero son inteligentes y escurridizos, a estas alturas es evidente que tienen espías entre nosotros, porque siempre se adelantan a nuestros planes e iniciativas. Sin embargo, si la corona estuviera en nuestras manos…, oh, amiga mía, todo sería muy distinto. Tendríamos tanto poder que nuestra mera amenaza bastaría para que todos los rebeldes se rindieran.

—Sin duda podríamos hacerlo, si tuviéramos el poder del Dios Sol. —Nándil asintió—. Pero tú misma has dicho que la corona se perdió, nadie sabe dónde está.

—Tienes razón. Desde luego, sería imposible encontrar algo que nadie recuerda. Por eso no debemos intentar localizar la corona, sino el poder que alberga en su interior.

—¿Qué quieres decir?

—En la corona fue depositado el poder del mismísimo Ainos el Cálido, el Dios Sol en persona —le recordó Elathia—. ¿No conoces a nadie que posea una porción de ese mismo poder?

—¿Una porción del poder del Dios Sol? —Nándil abrió los ojos de par en par—. Claro…, los sacerdotes.

—Exacto: el poder piromántico de los sacerdotes no es sino un diminuto fragmento del poder del Dios Sol. —La voz de Elathia se iba animando a medida que hablaba—. Por tanto, se me ocurrió que, si conseguía fabricar un instrumento que pudiera detectar ese mismo poder, podría localizar la corona.

—Ya veo… —musitó Nándil con perplejidad.

Elathia señaló la esfera ambarina que su amiga todavía sostenía.

—Este fue el resultado. Es un detector, diseñado para que nos indique en qué dirección se encuentra un poder similar al mismo del que ha sido imbuido. Pero, claro, siempre se trató de una idea fútil, porque no tenía los medios necesarios para imbuir el poder de un sacerdote en el detector…, hasta que oí que habíais desarrollado el nuevo hechizo. Y ahí es donde entras tú, Nándil. Lo que necesito es que tomes una parte del poder de Arúnhir y lo uses para imbuir el detector…, si es que de verdad puedes obrar un hechizo semejante.

Los ojos de Elathia brillaron con fervor, expectantes ante la respuesta de su amiga. Esta vaciló, incapaz aún de sincerarse.

—Comprendo lo que dices —empezó—. Pero ¿por qué estás tan segura de que el detector señalará concretamente la corona del Dios Sol? Si estuviera imbuido de poder piromántico, ¿no podría señalar a cualquier persona, objeto o lugar que tuviera ese mismo poder?

—Sí, y por esa razón solo funcionará si la usa alguien de mi clan. En teoría, la aguja se moverá hacia cualquier dirección donde haya un sacerdote, pero yo puedo ejecutar un milagro que la obligue a colocarse paralela a la dirección donde se encuentra la mayor concentración existente de poder similar al de un sacerdote; es decir, la corona del Dios Sol.

—Vaya…, lo tienes todo pensado.

—Es comprensible que albergues dudas. —Elathia respiró hondo y posó una mano sobre el brazo de su compañera—. Pero piénsalo de esta forma: si la corona existe, ¿no valdría la pena hacer todo lo posible por conseguirla con tal de derrotar a los rebeldes?

Los labios de Nándil temblaron ligeramente.

—Si te ayudo —susurró, tratando de controlar la voz—, ¿me prometes que te ocuparás personalmente de detener la rebelión?

—Puedo hacer más que eso. —Elathia sonrió—. ¿O es que acaso crees que emprendería semejante viaje sin ti? Ven conmigo y ayúdame a someter de nuevo a los rebeldes.

Nándil asintió con decisión.

—El rumor es cierto —confesó al fin—. Hemos aprendido a imbuir el don de cualquier rodno en objetos solares. —Hablaba en voz baja y sus ojos miraban a su amiga sin parpadear, suplicando discreción—. Pero no se lo cuentes a nadie, porque si lo haces los hechiceros podrían condenarme por traición.

—Nadie podrá acusarte de ello cuando se descubra que el rumor es cierto —la tranquilizó Elathia—. Y seguro que no

tardará en saberse, aunque tanto tú como yo nos mantenga-
mos en silencio.

—¿Por qué?

—Ya te lo he dicho antes: se trata de un descubrimiento
sumamente importante para nuestra civilización. Sin duda,
el resto de los clanes presionarán al tuyo hasta que contéis
la verdad. Y eso no nos conviene, porque cualquiera puede
llegar a la misma conclusión que yo e intentar fabricar un detector similar al mío. Solo es cuestión de tiempo que otros si-
gan nuestros pasos y partan para encontrar la corona del Dios
Sol.

—Tienes razón —dijo Nándil—. Si de verdad existe, será
un objeto que todos los rodnos querrán tener.

—Por supuesto. Y por eso, después de usar la corona, deberías ponerla a salvo. Podrías entregarla a las matriarcas,
confío en que su integridad no se verá corrompida, ni siquiera
ante el poder del Dios Sol.

—¿Por qué hablas como si no fueras a estar conmigo? Tú
misma podrás entregar la corona a las matriarcas.

—Quizá no. —Elathia sonrió con tristeza—. Hay algo que
todavía no te he contado. Es posible que el uso de la corona
requiera un sacrificio.

—¿Un sacrificio? No me gusta cómo suena eso.

—¿Qué crees que ocurrió con Maebios cuando derrotó a
las bestias? Falleció, amiga mía. La corona alberga un poder
ilimitado: deduzco que su uso provocó una sobrecarga letal
sobre el cuerpo de nuestro héroe. —Elathia suspiró con resignación—. Yo seré quien use la corona para someter a los
rebeldes, pero al hacerlo puede que muera.

—¿Qué? —Nándil se quedó atónita—. No, no, no...
—Sacudió la cabeza y tomó la mano de su compañera—. ¡No
tienes por qué hacer esto!

—Con un poco de suerte, quizá sobreviva —continuó
Elathia en un tono más esperanzador—. Solo conocemos a

otro usuario de la corona: la primera sacerdotisa. Ella no sufrió ninguna sobrecarga de poder, sino que vivió durante años hasta ser asesinada por sus propios acólitos. Tal vez dependa del uso que cada uno dé a la corona; si empleas mucho poder, tu cuerpo se resiente igual que con un lanzamiento final, pero si usas una cantidad de poder más controlada, no hay repercusiones. No lo sabremos hasta que consigamos la corona.

—Aun así, el riesgo me parece excesivo.

—No insistas. —La mirada de Elathia era firme y su voz completamente serena—. Me encuentro en mi quinto ciclo de vida…, no me quedan muchos años más. Recuerda que nada es eterno, de modo que, si debo sacrificarme, tan solo estaré adelantando lo inevitable.

—¿Y qué será de Elerion? —inquirió Nándil—. ¿De veras estás dispuesta a privarlo de su madre?

—Todo lo hago pensando en él, si los rebeldes desaparecen, el mundo que heredará será más seguro. Además, seguir pensando en mi hijo como un niño es un error, porque pronto terminará su segundo ciclo de vida y se graduará en la Academia. Está a un paso de convertirse en adulto.

Nándil se frotó las sienes con impotencia.

—Lo decidiste hace tiempo, veo.

—Lamento que no puedas hacer nada para cambiar mi parecer, aunque agradezco que lo hayas intentado. —Elathia sonrió.

—¿Y qué hay de Arúnhir? ¿A él también le parece bien que puedas morir al acabar este viaje?

—Su motivación va a la par de la mía. Según él, estamos en manos del Dios Sol; no tiene más remedio que aceptar mi sacrificio si no hay otra opción. Además, viajará con nosotras y nos ayudará en todo lo posible.

—Bueno, al menos no tendré que realizar el viaje de regreso sola —murmuró la hechicera.

—Él no será nuestro único compañero. —Elathia tomó el detector ambarino de las manos de Nándil y lo volteó de forma distraída—. ¿Quién sabe hasta dónde tendremos que ir? Los rebeldes son muy numerosos, pero ellos no constituyen, ni mucho menos, la mayor amenaza que existe en Gáeraid. Las bestias del Dios Sol son mucho más peligrosas. Arúnhir, tú y yo somos poderosos en el choque, pero aun así no podríamos realizar este viaje sin un perceptor.

—¿Tienes a alguien en mente? —Nándil apoyó la barbilla sobre su mano en gesto pensativo.

—Ilvain.

—¿Crees que es de confianza?

—No ha perdido a nadie durante la rebelión, pero buscará la corona con tanta vehemencia como nosotras. ¿Habéis trabajado juntas en alguna ocasión?

—No he tenido la oportunidad.

—Yo sí, cuando limpiamos Rodna de los rebeldes. —Elathia contempló el detector una última vez y luego lo guardó entre los pliegues de su abrigo—. Sus habilidades no serán de mucha ayuda en un enfrentamiento, pero es fiel, conoce bien sus poderes y es capaz de explotarlos a la perfección.

—No necesitaremos más.

—Nuestro mayor problema será el consumo de nutrientes. —En la voz de Elathia surgió una leve nota de preocupación—. Si la corona se encuentra muy lejos, es posible que los alimentos que carguemos no nos abastezcan para todo el viaje.

Nándil bufó con inquietud.

—¿Y qué haremos entonces? ¿Cómo esperas que sobrevivamos a un viaje por Gáeraid si no podemos activar nuestros poderes?

—Tendremos que reservarlos —respondió su amiga con serenidad—. Viajaremos empleando la menor cantidad posible de poder, usándolo solo cuando sea completamente indispensable.

—No me gusta —masculló Nándil.

—Tampoco a mí, pero es nuestra única opción. Puede que nos veamos obligadas a cazar nosotras mismas.

—Qué remedio…

—Consigue tantos alimentos como puedas cargar y prepárate para el viaje. Partiremos dentro de dos días.

—¿Y cómo activaremos el detector? —quiso saber Nándil—. Ahora mismo no es más que un recipiente vacío. ¿Cuándo quieres que me reúna con Arúnhir para imbuirlo de su poder?

—No me atrevo a hacerlo dentro de los muros de Rodna —declaró Elathia—. Aunque conozcas el hechizo, todavía no lo has empleado nunca, ¿verdad? No sabemos lo que ocurrirá; quizá haya una explosión de poder, podríamos herir a alguien o ser descubiertos con facilidad. Además, ¿dónde podríamos hacerlo? Los distritos son privados para cada clan, los demás espacios son de dominio público y recuerda que hay espías de los rebeldes en la ciudad. No…, es mejor que ejecutes el hechizo cuando estemos solos, en la llanura descubierta, lejos de Rodna.

—De acuerdo.

—De hecho, con tal de que nadie nos vea juntas tendremos que salir de la ciudad por separado y encontrarnos en el exterior.

—¿Dónde?

—En el Páramo, camino al norte, donde la vista ya no alcance a vernos desde Rodna, ni siquiera para un perceptor. Ilvain partirá la primera, al anochecer, y nos estará esperando en el lugar propicio. Para no levantar sospechas, tendrás que salir por la puerta este con la primera luz del amanecer y luego desviarte hacia el norte.

Nándil asintió y volvió la vista una última vez hacia la arena del anfiteatro, donde ambos guerreros seguían luchando con denuedo.

2

Dos días después de reunirse con Nándil, Elathia se preparó para partir y despedirse de Elerion en los aposentos de ambos, situados dentro de la majestuosa construcción conocida como el distrito de los divinos. Los fardos del viaje descansaban en manos de Cángloth, su siervo, quien esperaba junto a la puerta de salida, desde donde contemplaba en silencio cómo ella estrechaba a su joven hijo entre los brazos.

—No hables con nadie de mi partida, ¿de acuerdo? Mantenlo en secreto tanto como puedas y confía solo en Cángloth.

—Sí, madre.

Elerion no lloraba, aunque su tristeza era palpable. Cuando se separaron, Elathia le observó con detenimiento: el muchacho tenía sus mismos ojos azules y, a pesar de que todavía no había completado su segundo ciclo, era tan alto como ella. La ausencia de gorro dejaba al descubierto su cabeza, pelada como un huevo.

—Te echaré de menos —musitó él con un hilo de voz.

—No tienes por qué. Cada día, cuando te levantes y mires al sol, piensa que yo estaré haciendo lo mismo. Así será como si estuviéramos juntos.

—¿Y si no vuelves? —preguntó el joven con desesperación.

Elathia le acarició la mejilla con ternura.

—Te amo más que a nada en este mundo, hijo mío —respondió con serenidad—. Es un amor tan grande que, incluso si no vuelvo, seguirá existiendo. No lo olvides nunca.

El chico asintió con aflicción y Elathia le dio un beso en la frente. Luego caminó hasta la puerta y cogió los dos sacos que Cángloth le entregó.

—Cuida de él.

—Hasta mi muerte —asintió el inferior.

Ella se giró hacia Elerion una última vez.

—Recuerda: nada es eterno.

—Nada es eterno —repitió su hijo con un leve temblor.

Elathia forzó una sonrisa y salió. Evitó volverse para ver cómo Cángloth cerraba la puerta y continuó andando con la vista al frente en todo momento.

No se encontraba en la calle, sino en un pasillo de piedra con aspilleras en el lado siniestro que daban paso a los estrechos rayos de sol, todavía muy tenues, que iluminaban el interior; el lado derecho, por el contrario, contenía puertas que conducían a los aposentos de otros miembros de su clan. El pasillo terminaba en una escalera de caracol de su misma anchura que también poseía estrechas aberturas, a través de las cuales se vislumbraba la plaza principal del distrito. Elathia bajó dos niveles de peldaños hasta alcanzar la parte inferior, donde las escaleras desembocaban en un amplio salón comunal que en otros tiempos había estado repleto de hombres y mujeres que comían, bebían y cantaban juntos. Ahora, cuando muchos habían muerto a manos de los rebeldes, otros tantos trataban de darles caza y los pocos que descansaban en la ciudad no tenían ya nada que celebrar, se hallaba vacío.

El salón daba paso a un ancho recibidor, que a su vez conducía al exterior. El frío aire del amanecer llenó a Elathia de vitalidad, animándola a abandonar la protección de la ciudad y emprender su viaje por las tierras salvajes de Gáeraid. La plaza estaba desierta y ella, avanzando a largas zancadas, la cruzó en pocos segundos. La sombra de una muralla circular cubría el pavimento, dado que el distrito de los divinos era en realidad una ciudadela construida para protegerse de ataques provenientes del interior de la propia urbe. La diferencia entre el tamaño y el color de las piedras dejaba en evidencia que la construcción de la muralla era muy posterior a la de los edificios, puesto que, a pesar de las rencillas siempre presentes entre los distintos clanes, no había sido hasta después de la Noche de las Represalias cuando habían comprendido lo desprotegidos que se encontraban ante los ataques internos.

Una guardia vigilaba el portón de acceso al distrito de los divinos. Normalmente habría estado formada por un grupo de inferiores, dirigido por un miembro del clan; pero la rebelión había incrementado las sospechas que recaían sobre todos los inferiores, a quienes en esos momentos no se les confiaba ninguna responsabilidad, ni siquiera a los que nunca se habían sublevado. Debido a ello, aquel día la guardia estaba compuesta por dos divinos, compañeros que dejaron paso a Elathia sin ningún comentario más allá de un simple saludo.

Las calles de Rodna eran estrechas y laberínticas, si bien los edificios que las contornaban no eran muy altos, lo que paliaba la sensación de claustrofobia. Hasta el último rincón de la ciudad había sido originalmente empedrado, aunque el tiempo y los enfrentamientos habían resquebrajado las losas aquí y allá; en especial destacaban los aterrizajes que llevaban a cabo los miembros del clan de los fuertes al impactar contra el suelo después de un gran salto, donde se habían roto piedras y, en algunos casos, incluso se habían abierto pequeños cráteres. Antaño los inferiores se habían dedicado a recomponer cada muesca rota en el pavimento, pero en la actualidad quedaban tan pocos leales que ya ninguno se dedicaba a ello; de hecho, en las calles del distrito de los fuertes, los impactos eran tan numerosos que las losas se habían convertido en puro polvo, y sus habitantes ya no pisaban sino arena dentro de los muros de su ciudadela.

Si uno levantara la vista al cielo matutino, lo primero que contemplaría, antes que las nubes o el sol, sería el colosal esqueleto que coronaba toda Rodna. No cabía duda de que aquello era, más que cualquier monumento o construcción, el rasgo más destacado de la ciudad; la calle principal seguía la línea de la titánica columna vertebral de una punta a otra, hasta el monstruoso cráneo caído, entre cuyos colmillos rotos se abría una de las entradas de la urbe.

Hacia allí se dirigió Elathia sin dilación. Los pocos rodnos que transitaban las calles tan temprano la saludaban al pasar, todos con la cabeza cubierta y algunos seguidos por siervos de larga cabellera. Ella no detuvo su caminata por nada ni nadie hasta llegar al portón septentrional de la ciudad, allí donde el enorme cráneo había sido perforado en la nuca para que los humanos circularan a través de él.

La plaza del Behemot, como era conocida, estaba casi desierta. Dos inferiores se hallaban barriendo el suelo bajo la atenta mirada de un rodno, mientras que otro estaba sentado en el suelo, tal vez descansando, en medio de una sombra todavía tan oscura que apenas se distinguía el contorno de su silueta. Elathia fue directa al Portón de los Colmillos, donde una miembro de los pétreos, otra de los vitales y uno de los perceptores custodiaban el acceso a la ciudad. La divina los saludó y, como no iba acompañada por ningún inferior, no tuvo que pasar revisión ni fue objeto de ninguna pregunta.

La ciudad de Rodna había sido construida sobre una colina artificial, levantada siglos atrás gracias al uso combinado de los poderes de los distintos clanes. Como una media luna, la mitad nororiental se encontraba rodeada por una inmensa llanura, tan vasta que los ojos no alcanzaban a divisar su final, una extensión también allanada por los rodnos a golpe de puño y hechizo, con la intención de que si algún ejército, ya fuera humano o bestial, se acercaba con ánimo bélico, pudieran avistarlo y prepararse a tiempo. Por otro lado, la mitad suroccidental de la ciudad descendía hasta un enorme puerto que daba pie al profundo mar, desde donde se construían grandes navíos destinados a la pesca no de animales marinos cualesquiera, sino de los enormes y temidos leviatanes.

Elathia entornó los ojos ante el sol oriental que se alzaba frente a ella mientras se alejaba cada vez más de Rodna. El descenso de la colina era muy pronunciado, de modo que tuvo que andar manteniendo el equilibrio, con el cuerpo inclinado hacia atrás. Una vez abajo, sus pasos recuperaron el rápido ritmo con el que había cruzado la ciudad mientras seguía un camino de tierra apenas acotado en aquella enorme explanada donde no había árboles, montañas ni valles, puesto que no era más que una llanura gris y monótona.

Su gorro de pelo de ninfa lanzaba destellos plateados bajo la luz solar; su vestimenta consistía en un brocado corto, una piel de quimera que le abrigaba el torso, un cinturón que le sujetaba una falda de cuero, un fajín carmesí, brazales cubiertos con escamas de dragón y sandalias ornamentadas con los pequeños colmillos de una gorgona. No iba armada, mas no lo necesitaba, puesto que no existía en el mundo criatura voladora, terrestre o acuática que fuera totalmente inmune a sus poderes. Cargaba con dos sacos que llevaba atados a la espalda por medio de un tahalí; el primero contenía lo indispensable para poder acampar a la intemperie, mientras que el segundo era su morral más preciado, porque estaba hecho con piel de basilisco y albergaba en su interior tanta carne de fénix como había podido cargar.

Caminó durante tres horas antes de encontrar a sus compañeros. El sol se alzaba alto en el cielo, aunque nadie podía verlo, porque lo cubría una malla de nubes que envolvían el horizonte. El Páramo estaba desierto, poblado por una vegetación gris y seca, desagradable tanto al tacto como a la vista, que daba al paraje un aspecto yermo y desolado.

Una gran losa blanquecina, que por algún azar del destino había sobrevivido al paso del tiempo y a los poderes rodnos, se hallaba ladeada a la vera del camino. Era allí donde Ilvain había escogido esperar al grupo; la perceptora estaba sentada sobre la gran piedra, observando la llegada de Elathia sin inmutarse. Era la única que no llevaba gorro, pues se cubría la cabeza con una capucha; tampoco vestía con pieles ni se adornaba con restos de criatura alguna, sino que estaba envuelta en ropajes de telas verdes, marrones y grises. Además, destacaba por ser la única que iba armada: un arco y una aljaba negra colgaban de su cadera.

Sentada en el suelo, con la espalda apoyada en la losa, se encontraba Nándil. Su indumentaria era parecida a la de Elathia, aunque en lugar de piel de quimera ella se abrigaba con pellejo descamado de leviatán, a juego con su gorro. No portaba brazales, solo una fina pulsera en cada muñeca y tres anillos en cada mano; eran instrumentos solares y cumplían una función tanto estética como intrínseca, pues la ayudaban a canalizar su don, que de otra forma se volvía incontrolable. Los rodnos tenían por costumbre medir el tiempo con ciclos de ocho años, y mientras que sus compañeros se hallaban todos en su cuarto o quinto ciclo de vida, Nándil todavía estaba a medio camino del tercero, lo que la convertía en la más joven del grupo.

Por último, el fornido Arúnhir se erguía de pie cerca de ella, con ambas manos apoyadas en la cintura y una cálida sonrisa dibujada en el rostro. Vestía una túnica carmesí con motivos que simulaban el fuego, signo de su sacerdocio; su gorro y su capa estaban hechos con piel descamada de dragón, y en la espalda llevaba cosido un enorme sol amarillo, el emblema de Ainos el Cálido. Aun así, lo que más destacaba de su figura eran sus iris, completamente rojos.

—Por fin apareces —la provocó el sacerdote con voz socarrona—. Empezaba a pensar que tendríamos que partir sin ti.

—Buena suerte en tu aventura, si pretendes llevarla a cabo sin tu guía —replicó Elathia deteniéndose ante ellos. Miró a Ilvain—. Has escogido un lugar alejado, no cabe duda.

—¿Acaso no era imperativo que nadie viera cómo nos reuníamos? —La perceptora señaló hacia el sur—. Compruébalo tú misma.

Elathia se volvió. En efecto, Rodna no era sino una pequeña mota en el horizonte que se discernía por elevarse al fondo del Páramo y por ser el único lugar en el que incidía el sol con total claridad.

—Ni siquiera con mi poder activo podría ver nada más que los contornos de la muralla —continuó Ilvain—. A nosotros cuatro, perdidos aquí en medio de la tierra gris, nadie podrá distinguirnos.

—¿Habéis seguido mis indicaciones al salir de la ciudad? —quiso saber Elathia.

—Lo he hecho de noche cerrada —asintió Ilvain.

—Yo he sobrevolado las murallas antes del alba —afirmó Arúnhir—. Nadie me ha visto.

—Yo he partido con el amanecer desde la puerta este —declaró Nándil.

—Y yo he salido un poco más tarde por la puerta norte. —Elathia sonrió—. Bien hecho, entonces.

—Ha llegado la hora de la verdad. —Arúnhir dio un paso al frente—. La hora de descubrir si tu detector funciona.

Elathia sacó de entre los pliegues de su abrigo el orbe ambarino e hizo un ademán hacia Nándil.

—Déjalo en el suelo —pidió su amiga, muy seria. Elathia obedeció—. Retrocede un poco, por precaución. También tú, Ilvain. Arúnhir, necesitaré que invoques tu poder. No es necesario que sea en gran cantidad, una pequeña llama debería bastar. Cuando conjure el hechizo, posiblemente sentirás atracción hacia el detector, como si te absorbiera..., no será una sensación agradable, pero tendrás que soportarlo sin permitir que tu llama se apague.

—Entendido —dijo el sacerdote sin vacilar.

—Bien. ¿Estáis preparados? —Nándil paseó la mirada entre sus compañeros y luego inhaló una profunda bocanada de aire—. Adelante.

Arúnhir levantó una mano a media altura, con la palma abierta mirando hacia el cielo nublado, cuando, de pronto, sus ojos rojos se iluminaron con un destello dorado.

—¡*Llamarada tenaz!*

Una lengua de fuego brotó de la nada sobre su palma y se quedó allí flotando sin llegar a ser sostenida, como si fuera ingrávida, chisporroteando y lamiendo el aire sin perder potencia o intensidad.

Nándil no tardó en actuar. Con la frente surcada por arrugas de concentración, extendió las manos hacia la llama de Arúnhir, cerró los ojos y, cuando volvió a abrirlos, un brillo estelar emanó de ellos.

—*Infusión parcial* —entonó.

Un halo neblinoso surgió de sus dedos anillados y serpenteó hasta el sacerdote para de pronto agarrarse con firmeza al fuego que él había invocado. Entonces la hechicera hizo un gesto brusco y bajó las manos en dirección al detector de Elathia, que reposaba en el suelo; tras un estallido, el halo se convirtió en un intenso remolino que hizo volar las llamas de la palma de Arúnhir a la esfera ambarina. El sacerdote cerró los ojos y gritó, mientras las puntas de su túnica ondeaban hacia el centro del torbellino; pero logró controlar el fuego para que persistiera en su mano, de modo que el detector lo siguió absorbiendo, hasta que por último retumbó un potente chasquido y el remolino desapareció sin dejar rastro.

Nándil y Arúnhir cayeron de rodillas al suelo; tanto las llamas como el brillo en sus ojos habían desaparecido.

—¿Estáis bien? —Elathia se precipitó sobre su amiga.

—Solo necesito recuperar el aliento —murmuró Nándil.

—¿Qué hay... del detector? —Arúnhir llevó la mirada hacia delante, con el rostro repleto de sudor.

Ilvain caminó y se agachó para recoger con cuidado el objeto esférico. Su color ambarino se había vuelto más vivo e intenso, hasta adquirir un tono casi rojo.

—La aguja ya no rota —reveló en voz baja—. Ahora te señala directamente. Quizá porque tu poder es el que hay almacenado en su interior.

—No, es porque Arúnhir es el sacerdote que está más cerca del detector. —Elathia se alzó con decisión. Ilvain le entregó el artefacto, que ella sostuvo inmóvil en la mano—. La única forma de que señale a la mayor fuente de poder piromántico, en lugar de a la más cercana, es obrando un milagro.

Los demás se mantuvieron en silencio mientras los iris de los ojos de la divina fulguraban. Tras unos instantes que se hicieron eternos, la aguja negra empezó a desplazarse lentamente hasta quedar fija en dirección nororiental.

—Funciona —declaró Elathia con un hilo de voz. Estaba tan emocionada como incrédula.

—Nunca dudamos de ti. —Arúnhir sonrió.

—No tenemos tiempo que perder —sentenció Elathia con firmeza—. La corona del Dios Sol nos espera.

Acto seguido se puso a la cabeza del grupo e inició la marcha saliendo del camino para seguir la aguja del detector hacia el nordeste. Los otros tres se colgaron los fardos que habían llevado para el viaje y la siguieron sin dilación.

La monotonía del paisaje no sufrió ningún cambio a lo largo de aquella primera jornada. Pasado el mediodía encontraron un riachuelo cuyos márgenes se habían reblandecido con la humedad, de modo que decidieron remontar la corriente para que sus pies descansaran del terreno duro y seco que se extendía homogéneamente por todo el Páramo.

No se deshicieron en ningún momento de las nubes grises que cubrían el firmamento, pero, incluso sin ver la posición del sol, Ilvain era capaz de saber cuánto faltaba para el anochecer. Siguiendo sus indicaciones, Elathia ordenó acampar cerca de la orilla del río antes de que las últimas luces se desvanecieran, justo cuando distinguieron una masa verde en el horizonte oriental.

—Nos acercamos a las tierras salvajes —constató Arúnhir.

—Ya era hora —opinó Nándil—. Estoy harta de caminar por el Páramo.

—Quizá lo eches de menos antes de que termine nuestro viaje —replicó Arúnhir—. Junto a los bosques y las montañas estarán también las bestias del Dios Sol.

—No supondrán ningún peligro que no hayamos superado en el pasado —comentó Elathia con serenidad—. Ahora cenad y procurad descansar. Este ha sido solo el primer día; no sabemos cuántos pasarán antes de que podamos regresar. —Hizo una pausa para bajar la voz hasta convertirla en un murmullo inaudible—. Si es que regresamos todos juntos.

Nándil dejó en el suelo sus fardos con un leve gemido de cansancio. Acto seguido, extendió las manos y concentró su poder:

—*Manipulación distante.*

Sus palabras sonaron al mismo tiempo que sus iris se iluminaban y al momento el mayor de sus fardos se abrió y todo cuanto había en su interior echó a volar, como marionetas atadas mediante hilos invisibles a los dedos anillados de la hechicera. En cuestión de segundos irguió un pequeño pabellón cónico en el suelo, de cuerdas perfectamente tensadas.

—Recuerda que debemos ser conservadoras con nuestros poderes, Nándil. —La voz de Elathia se alzó detrás de ella—. Ignoramos lo que nos aguarda el porvenir.

—Vaya…, lo había olvidado. —La hechicera suspiró con agotamiento y se frotó uno de sus hombros—. Lo siento.

—Tranquila. Simplemente, ten cuidado.

—¿No necesitarás calentar tus alimentos, Nándil? —intervino Arúnhir.

—Sí, claro. ¿Por qué lo preguntas?

El sacerdote no respondió, sino que se volvió hacia Elathia.

—¿Cómo lo hará, si no uso mis poderes? —Pisoteó el duro terreno que se extendía bajo ellos—. En esta tierra baldía no crece nada que podamos usar como combustible.

Elathia comprendió que su compañero tenía razón.

—Hazlo —concedió.

Arúnhir sonrió. Se separó unos pasos y tendió las manos hacia el suelo.

—*Hijo del Sol.*

Al momento, una esfera de fuego no más grande que su palma abierta se formó en el aire y se quedó flotando a la altura de sus rodillas como un sol en miniatura.

Nándil se agachó para coger una pequeña cazuela, la llenó con un puñado de huesos de grifo y hierbas, la colmó de agua del río y se dirigió a las llamas. Juzgó que si sostenía el puchero, se quemaría las manos, así que el uso de sus poderes era en tal caso inevitable; murmuró el mismo conjuro de manipulación e hizo que la cazuela permaneciera levitando justo encima del fuego. El agua no tardó en hervir y, cuando estuvo lista, la hechicera la hizo volar hasta su pabellón, donde esperó a que el caldo se enfriara un poco antes de beberlo y, posteriormente, comerse el tuétano de los huesos.

Ilvain fue la única que tendió una gruesa tela en el suelo y se dispuso a pernoctar a la intemperie. Tomó una de sus flechas, cuya punta estaba fabricada con el mismo material ambarino que el detector, y la usó para espetar un delgado filete de ninfa que llevaba sellado en su morral de piel de basilisco.

Lo calentó un minuto, luego regresó a su lecho improvisado, comió el filete y sin decir palabra se tumbó.

Elathia y Arúnhir levantaron su propio pabellón, más grande que el de Nándil, de la forma tradicional: tensando la lona y atando las cuerdas con sus propias manos. Cuando terminaron, el sacerdote desenvolvió un lujoso queso de quimera que acompañó con vino. Mientras tanto su compañera bebía cenizas de fénix disueltas en agua.

—¿Rico? —preguntó Arúnhir cuando ella terminó.

—Asqueroso —admitió Elathia con una mueca.

—Por eso no hay ningún clan que supere a los sacerdotes, ni siquiera el tuyo, porque nuestros poderes no solo son los mejores, sino que además nuestro alimento es el más sabroso.

—No puedes afirmarlo con seguridad si nunca pruebas los del resto de los clanes.

—¿Para qué, si a mí no me otorgan ninguna habilidad? —se burló el sacerdote—. Si de un clan buscas entendimiento, ten en cuenta su alimento: cada uno de los clanes es un retrato de las bestias que nutren sus poderes. Mira las quimeras… Son grandes, terroríficas y poderosas. En cambio, los fénix son pequeños y escuálidos, míseros pájaros, todo huesos y plumas.

—Vigila lo que dices. —Elathia le lanzó una mirada asesina—. Si no cuidas tu lengua, a lo mejor esta noche acabas durmiendo al raso.

—Ah, ¿sí? —Arúnhir se mostró interesado—. ¿Me enviarás con Ilvain, entonces? Tal vez ella encuentre más placer que tú en mi lengua.

Los iris azules de Elathia se volvieron dorados como el sol en el mismo momento en que el sacerdote alzaba su pellejo para beber un trago de vino. Nada más llevárselo a los labios sufrió una arcada y se vio obligado a escupir.

—Vaya, ¿se te ha agriado el vino? —preguntó Elathia con fingida sorpresa, sus ojos de nuevo apagados—. Es una lástima, porque no podrás reponerlo hasta que termine nuestro viaje y regresemos a Rodna. Lo siento mucho, porque sé que te encanta. Quizá si partes ahora mismo de vuelta a la ciudad puedas rellenar el odre y volver antes de que amanezca. En ese caso tendrás que pasar la noche yendo de un lado para otro, pero, claro, eso no será problema para un poderoso sacerdote como tú, ¿verdad?

Arúnhir volvió a escupir y se enjugó los labios con el dorso de la mano.

—Es cierto, el vino me encanta —confesó con una sonrisa—. Pero hay algo que todavía me gusta más.

—¿El qué? ¿Mostrar desdén?

—No. Me refiero a ti.

—Demasiado tarde, sacerdote. Busca a Ilvain, si tanto la anhelas.

—Sabes que mi único anhelo es estar a tu lado.

La sonrisa de Arúnhir era incluso más cálida que los poderes pirománticos que le otorgaba su sacerdocio. Como tantas otras veces, Elathia contempló aquellos ojos rojos que bebían de los suyos con la misma intensidad que un hombre deshidratado lo haría de un lago recién hallado, y un escalofrío recorrió su cuerpo sabiendo que también ella se desvivía por verle cuando no estaban juntos.

Arúnhir se movió hacia ella, extendió un brazo y le acarició la mejilla con una mano que desprendía el mismo ardor que el sol. La sangre del sacerdote hervía, Elathia era consciente de ello, podía notar los rápidos latidos de su corazón a través del contacto con las yemas de sus dedos. La caricia de su amante fue larga: recorrió el contorno de su rostro con suavidad hasta la barbilla, donde se demoró un instante antes de separarse.

Elathia comprendió en ese momento que su corazón también se había acelerado. Sus ojos seguían mirándose fijamente: como el mar los de ella; como lava los de él. Arúnhir se acercó un poco más, arrimó el rostro hasta que su respiración quedó al alcance de su oído, la besó primero en el cuello y luego subió hasta el lóbulo de su oreja; ella cerró los ojos y desabrochó con ansiedad la fíbula que sujetaba la capa del sacerdote por el hombro.

Arúnhir se giró y sus miradas se cruzaron durante un instante antes de que sus labios se encontraran y se besaran con vehemencia desatada.

—Sabes a vino rancio —dijo Elathia cuando se separaron.

Arúnhir se echó a reír. Ella tendió la capa en el suelo, le obligó a tumbarse y se puso sobre él. La piel que la cubría la echaron a un lado, así como su fajín, su falda y su brocado, pero no sus brazales, que todavía arañaron a su amante en el muslo cuando le quitó su hábito carmesí. Por último, se deshicieron de los gorros dejando al descubierto dos cabezas completamente peladas.

Estaban desnudos, pero no tenían frío, porque el cuerpo de Arúnhir era como una pira en llamas: desprendía tanto calor que incluso hacía sudar a Elathia, aunque a ninguno de los dos les importaba. La ansiedad que sentían los hizo amarse con una pasión desenfrenada que los dejó agotados pero satisfechos, y cuando terminaron se tumbaron uno al lado del otro, cubiertos por las pieles.

—¿Crees que Ilvain nos ha oído? —dijo entonces Arúnhir.

—Espero que no. —Elathia no pudo impedir que una risita tonta brotara de su pecho.

El sacerdote volvió a sonreír. Hizo un gesto desganado y apagó la esfera de llamas que ardía lentamente en el exterior para luego acomodarse y conciliar el sueño. Elathia dedicó sus pensamientos a su hijo, que en aquellos momentos estaría descansando en el distrito de los divinos, bajo el cuidado de Cángloth. Sabía que quizá jamás volvería a verlo, aunque deseaba con toda su alma que su cuerpo fuera capaz de resistir la sobrecarga de poder que albergaba la corona para cumplir su deseo y poder regresar triunfante a su lado. Con aquellos pensamientos en mente, no tardó en caer rendida por el sueño.

La luz diurna iluminaba con intensidad el exterior, pero no aquella cueva antigua y mohosa donde se encontraban. Arúnhir había invocado otro orbe de fuego que levitaba sobre ellos como si fuera un pequeño sol y alumbraba la negra cavidad, aunque habría sido mejor mantenerla en la oscuridad, porque la visión era horrible: los cadáveres de Nándil e Ilvain yacían en el suelo, tan abrasados que eran casi irreconocibles.

La propia Elathia estaba herida de muerte, con quemaduras por todo el cuerpo. Miraba con ojos acuosos la fornida figura de Arúnhir, en cuyo rostro se dibujaba una sonrisa, aunque no se trataba de su cálida mueca habitual, sino de una sonrisa demoniaca. Aquellas manos rojas sostenían una corona tan dorada como el oro, ornamentada con una miríada de piedras preciosas de vivos colores que le daban un aspecto de lo más regio.

—Por fin… —murmuró el sacerdote, temblando de la emoción.

—¿Por qué? —consiguió musitar Elathia.

—Por el Dios Sol.

Acto seguido, el sacerdote alzó las manos, lanzó a un lado su gorro de piel descamada de dragón y en su lugar se colocó la corona. Al hacerlo, una ola de llamas surgió de su ser y se expandió en todas las direcciones con la misma velocidad que el viento, inundando la cueva entera, incendiando el bosque que había en el exterior, quemando montañas y valles por igual, haciendo arder el mundo hasta Rodna, cuyos habitantes fueron calcinados antes incluso de que supieran lo que había ocurrido.

Elathia despertó de un sobresalto. Tenía la boca seca y el corazón le latía a toda velocidad. El sudor cubría su cuerpo. La oscuridad de la noche la rodeaba. Movió la mano hacia un lado y comprobó que Arúnhir seguía allí, tumbado junto a ella. Su pausada respiración seguía siendo audible. La divina suspiró, tratando de serenarse. Buscó su odre a tientas, bebió un sorbo de agua y volvió a estirarse para conciliar el sueño. La noche todavía era joven.

3

Elathia no compartió con nadie el sueño que había tenido, dado que al día siguiente ni siquiera ella lo recordaba con exactitud. Cuando amaneció se dedicó a recoger sus pertenencias antes de que el grupo levantara el campamento y dejara atrás el riachuelo para reemprender su marcha hacia el nordeste.

El cielo mantuvo aquel color plomizo y deprimente, cubierto como estaba por las incontables nubes opacas que ocultaban el sol, pero no así el paisaje que se abría ante ellos, pues con cada paso que daban se acercaban más a los confines del inmenso terreno yermo que era el Páramo. El gris de su contorno se disipó con la vitalidad de los matojos verdosos que cada vez con mayor frecuencia crecían bajo sus pies, e incluso algunos árboles salpicaban el entorno alzándose más y más recios, con ramas más largas y pobladas. La vida animal hizo aparición al mismo tiempo que la vegetal: los zumbidos de los insectos llenaron el silencio que antes había predominado en las tierras yermas y junto a ellos empezaron a advertir las huellas de jabalíes, ciervos y liebres. Antes de alcanzar la mitad de la jornada, la vegetación se había vuelto tan profusa que ya podían considerar que se encontraban fuera de los límites del Páramo; de manera que habían superado la primera etapa, la más sencilla del viaje. Se adentraban ahora en las tierras salvajes de Gáeraid.

Elathia avanzaba a la cabeza del grupo, con Ilvain a su lado diestro. La perceptora era de por sí más baja que ella, pero además ahora caminaba medio agachada, observando el suelo y olfateando el aire sin cesar, como si buscara el rastro de una presa; sus ojos habían perdido su habitual color avellana y destellaban con un brillo dorado.

—¿Qué ocurre? —preguntó Elathia.

—Rodnos muertos en esta misma dirección —respondió Ilvain con gravedad.

Elathia se puso en tensión.

—¿Bestias del Dios Sol? —quiso saber.

La perceptora negó con la cabeza.

—Rebeldes.

Elathia frunció el ceño y se volvió hacia Arúnhir y Nándil, que caminaban justo detrás de ellas.

—Estad atentos —les advirtió.

—No es necesario. —Ilvain no se molestó en girarse—. Se fueron hace días.

Como se guiaban por el detector, no seguían una senda conocida o marcada, sino que atravesaban la espesura tratando de desplazarse de la forma más recta posible. Pronto comprendieron que aquello los retrasaría inevitablemente, porque su avance sufrió constantes interrupciones en cuanto aumentó la densidad de los árboles y matorrales. Ilvain era capaz de moverse con una fluidez inaudita, sin hacer el menor ruido y sin pisar ramas u hojas, como si ella misma formara parte de la naturaleza que los rodeaba; pero no el resto, que marchaban con mayor lentitud, obligados a clavar la mirada en el suelo para determinar el siguiente paso, dando saltos y rodeos continuados, sufriendo arañazos y golpes cuando las flexibles ramas que ellos mismos apartaban les azotaban en cuanto las pasaban de largo.

—Déjame actuar, Elathia —pidió Arúnhir cuando había transcurrido aproximadamente una hora desde que se habían internado en el bosque—. Si no hacemos nada, tan solo seremos un lastre para Ilvain. Déjame invocar las llamas y abrir un camino.

La divina no respondió enseguida, sino que siguió avanzando mientras cavilaba en silencio. Al cabo, chasqueó la lengua e irguió la cabeza.

—Es cierto que, aunque preferiría reservar nuestros poderes, no podemos seguir así —decidió—. Pero no serás tú quien intervenga. Invocar un túnel de fuego en pleno bosque llamaría demasiado la atención. No…, yo lo haré.

Se detuvo en medio de la maleza, serenó la mente, cerró los párpados y cuando volvió a abrirlos sus iris brillaban como dos rayos solares. En aquel momento, Ilvain y ella parecían dos hermanas con los mismos ojos áureos.

—Una senda —indicó sin asomo de sorpresa—. Aquí, a nuestra derecha.

En efecto, oculto tras un cúmulo de matojos había aparecido como por arte de magia un estrecho camino despejado de vegetación. El grupo saltó los arbustos que les bloqueaban el paso para llegar hasta él.

—Bien. —Los ojos de Elathia todavía refulgían—. Mantendré la senda activa para que siga en todo momento la misma ruta que nosotros.

La divina echó a andar de nuevo, con sus tres compañeros detrás de ella. De vez en cuando sacaba el detector para comprobar que mantenían el rumbo correcto, mientras el camino recién descubierto continuaba recto como una flecha a sus pies.

Las palabras de Ilvain habían dado la impresión de que los cadáveres de los rodnos asesinados debían de estar bastante cerca, de modo que esperaban encontrarse con ellos en cualquier momento. Nada más lejos de la realidad, no obstante, porque las horas transcurrieron sin ninguna novedad; no fue hasta pasada la media tarde cuando la perceptora volvió a hablar.

—Nos estamos desviando de los muertos —informó.

—No vale la pena perder tiempo con ellos —opinó Arúnhir—. Los muertos muertos están; si nos desviamos tan solo servirá para retrasarnos.

Elathia se detuvo.

—¿A qué distancia se encuentran? —preguntó a Ilvain.

—No más de media hora de camino.

—Guíanos, entonces.

—Pero... —Arúnhir calló en cuanto la divina se volvió hacia él.

—Merece la pena que Ilvain estudie el escenario, si eso puede darle alguna pista sobre los rebeldes. Quiero saber si tienen una guarida cerca de aquí o si este ataque fue una expedición puntual. No deseo que un escuadrón nos asalte durante el viaje.

Nadie discutió. Ilvain pasó por delante y lideró el grupo hacia el norte. Elathia mantuvo sus poderes activos, lo que hizo que un poco más allá la senda que seguían cambiara de rumbo convenientemente hacia su nueva dirección.

No tardaron en alcanzar el lugar de los hechos. Se trataba de un claro abierto con hechicería en medio del bosque, donde un puñado de rodnos habían instalado un asentamiento; la vegetación de su alrededor estaba seca y el terreno que rodeaba el claro había perdido verdor.

—Forjaban armas solares —se percató Nándil con asombro.

Los demás asintieron en silencio. El asentamiento, que era una forja, había sido por completo destruido: las casas habían resultado arruinadas, sus habitantes asesinados y su trabajo mancillado. Ya no quedaban restos de fuego o de humo, pero era evidente que todos los edificios habían ardido, mientras que los cadáveres habían sido dejados de cualquier manera, repartidos por doquier, y estaban pudriéndose a la intemperie convertidos en pasto de carroñeros.

—Ahí hay alguien enterrado.

Ilvain señaló un lugar apartado, donde la tierra había sido claramente removida para cavar unas pocas tumbas.

—Dieron sepultura tan solo a los rebeldes caídos —dedujo Nándil con la voz cargada de desdén.

—No podemos dejar a los nuestros así —juzgó Elathia.

—Puedo convertirlos en cenizas —se ofreció Arúnhir.

La divina asintió.

—Sé que hablé de reservar tanto poder como fuera posible, pero hazlo de todos modos, por respeto a nuestros camaradas. Procura controlar la piromancia, que no se extienda un incendio por el bosque. —Elathia se volvió hacia Ilvain—. Aprovecha para investigar tanto como puedas.

Había en total una veintena de cadáveres rodnos mutilados y asesinados mediante el inconfundible uso de los filos solares. Zorros y buitres se habían dado un festín con ellos, dejando sus restos para moscas y gusanos. El sacerdote recorrió el asentamiento de una punta a otra; los cuerpos no eran agradables a la vista y apestaban a podredumbre, pero aun así se arrodilló junto a cada uno de ellos.

—Nada es eterno —murmuró como despedida—. Ni las bestias que nos rodean, ni este mundo en el que vivimos. Ni siquiera vosotros, con vuestros poderes y habilidades. El Dios Sol os amparará en su seno. —Acto seguido, sus ojos rojos se iluminaron con los mismos destellos dorados que los de Elathia e Ilvain—. *¡Ignición!*

Las llamas brotaron de su ser como si las hubiera albergado dentro durante toda su vida y envolvieron el cadáver del hombre que yacía frente a él. Consumieron la carne con fervor, pero Arúnhir impidió que se dispersaran, concentrándolas en el rodno muerto, cuyos huesos no tardaron en ser calcinados. Al cabo de unos segundos, sus cenizas se alzaban, agitadas por la brisa, y se perdían entre las hojas del bosque; el único rastro que quedaba del cuerpo era una mancha de hollín en el suelo, allí donde había sido incinerado.

Por su parte, Ilvain inspeccionó el terreno con presteza, adelantándose al sacerdote para estudiar los cadáveres antes de que él los quemara, examinando luego las huellas de la batalla, las casas derruidas y las tumbas de los rebeldes. Parecía un animal rastreador: olfateaba, contemplaba, acariciaba, escuchaba y en un momento dado llegó incluso a lamer la tierra para de inmediato escupir hacia un lado.

Elathia y Nándil esperaron pacientemente a que sus compañeros terminaran. Los iris de la divina ya no refulgían, sino que se habían apagado tan pronto como habían llegado al claro, recuperando su color azul habitual; de la misma forma, el camino que los había conducido hasta allí había encontrado su fin al alcanzar el asentamiento. Ambas amigas se sentaron en la hierba, observando con tristeza la desolación que se extendía ante ellas.

—¿Sabías que había una forja aquí, en medio del bosque? —preguntó Nándil en voz baja.

—No —respondió Elathia en el mismo tono—. Pero tiene sentido que las matriarcas ordenaran construirla.

—¿Sentido? Lo único que han conseguido es dar más armamento a los rebeldes —protestó Nándil—. Los rodnos somos vulnerables a los filos solares, las matriarcas deberían prohibir su forja, no promoverla.

—Te estás confundiendo —replicó Elathia—. Los rodnos creamos las armas solares para dar cazar a las bestias, no para matarnos entre nosotros.

Se decía que en los albores del tiempo Ainos el Cálido, el Dios Sol, había creado cuanta vida existía en la isla llamada Gáeraid: tanto vegetal como animal. La mayoría de sus criaturas podían ser cazadas mediante el uso de madera, bronce o hierro, pero no las más poderosas, aquellas que eran conocidas como las bestias del Dios Sol, que demostraron ser inmunes a materiales tan vulgares.

Los rodnos necesitaban ingerir tales bestias para poder invocar sus poderes, de modo que se dedicaron a cazarlas; pero se trataba de una empresa harto peligrosa, en la que siempre había numerosas bajas humanas por cada bestia derrotada. La necesidad llevó a los eruditos a estudiar más y más la naturaleza de esas criaturas, hasta que alcanzaron la siguiente conclusión: si el poder del Dios Sol les había dado vida, ese mismo poder podría darles muerte. ¿Y dónde podían encontrar una fuente inagotable de ese poder? En la flora de Gáeraid.

Así, habían surgido las herramientas mágicas conocidas como las armas solares. Su forja era una ciencia compleja, con tal de crear un filo que pudiera herir de gravedad a una bestia del Dios Sol había que drenar la vitalidad de cuanto hubiera en un radio proporcional al tamaño de la hoja solar que deseaba obtenerse.

Los terrenos que había junto a una forja se acababan volviendo baldíos con el tiempo, y a lo largo de los siglos en Rodna y sus inmediaciones se habían forjado no una sino cientos de armas solares. Era por esa razón que el inmenso Páramo que rodeaba la ciudad tenía un aspecto tan estéril y grisáceo como nubes de tormenta; y también era por esa razón que el asentamiento en el que se encontraban había tenido que ser construido lejos, en un lugar donde todavía hubiera vida que poder drenar.

No obstante, como las armas solares se habían diseñado con la intención de cazar a las bestias para que los rodnos pudieran nutrirse de su carne, con el tiempo estos acabaron descubriendo que por culpa de su alimentación ellos mismos también se habían vuelto vulnerables a las hojas solares. Por esa razón, lo primero que habían hecho los rebeldes al sublevarse fue robar tantas armas como pudieron, que en la actualidad usaban para combatir a los rodnos.

—Hace siglos quizá sí fuera necesario contar con filos solares para cazar a las bestias, pero ahora ya no —opinó Nándil con convicción—. En el transcurso de los ciclos hemos perfeccionado cada vez más nuestros poderes, sabes que tanto tú como yo podríamos con ellas sin ayuda de ningún arma mágica.

—Pero nosotras pertenecemos a los clanes ambientales, Nándil. ¿O es que acaso crees que los clanes corporales también podrían batirse contra una bestia sin armas solares? ¿Crees que Ilvain, por ejemplo, podría cazar a una bestia usando solamente sus poderes? No es casualidad que ella sea la única de los cuatro que va armada; imagino que las puntas de sus flechas son solares.

—Bueno, una perceptora quizá no, pero…

—Tampoco los vitales, los resistentes o los pétreos —señaló Elathia—. Quizá los fuertes, aunque no me atrevería a apostar ni una mísera luna por ellos. Los cinco clanes corporales necesitan herramientas para poder cazar a las bestias que nutren sus poderes, y no existen otras mejores que las armas solares.

—No servirán de nada si los rebeldes asaltan las forjas —intervino Ilvain. Tanto ella como Arúnhir habían terminado sus tareas y en aquel momento caminaban de vuelta hacia sus dos compañeras.

—¿Qué has descubierto? —se interesó Elathia.

—Sin duda, fue un ataque premeditado. —La perceptora se sentó a su lado. Sus ojos ya no brillaban, sino que se habían vuelto marrones como avellanas—. Los rebeldes sabían a lo que venían y lo que encontrarían aquí.

—¿Cómo es posible? —inquirió Nándil—. ¡Ni siquiera nosotras sabíamos que aquí había una forja!

—Los espías de los que te advertí —supuso Elathia—. Cuatro rodnos pueden desaparecer durante un tiempo sin levantar sospechas, pero no dos decenas, que además estarían equipados para construir un asentamiento y forjar armas solares. Debía de ser una tarea bien conocida dentro del círculo de las matriarcas. —Hizo una pausa—. Alguien se lo contó a los rebeldes.

—Aunque atacaron demasiado pronto —estimó Ilvain, señalando el claro—. Percibo vida en esta tierra, todavía no habían terminado la forja de ningún arma solar.

—No lo creo, la vegetación que nos rodea está seca —indicó Arúnhir, pasando sus dedos por la hoja caída de un fresno—. Tan seca como si no hubiera llovido durante meses, a pesar de que la espesura del bosque rebosa frescura.

—La vegetación está seca, pero no marchita —puntualizó Ilvain.

—Cierto. —Elathia miró la hoja que sostenía el sacerdote—. Se quedaron a medias. Si hubieran forjado algún filo solar, este claro sería una llanura tan yerma como el Páramo. Y si no habían terminado la forja de ningún arma, al menos eso significa que los rebeldes no pudieron robar nada.

—Yo no estoy tan segura —meditó Ilvain con voz sosegada—. ¿Qué nos garantiza que su objetivo eran las armas solares? Ya poseen muchas. Quizá su propósito no era robar filos solares, sino el sello revocador del asentamiento.

—¿El sello revocador? —Arúnhir frunció el ceño—. ¿Qué interés podrían tener en eso?

—Los sellos revocadores se usan para drenar la vida de la flora con la que luego forjamos las armas solares —explicó Ilvain—. Pero, además, también sirven para absorber y neutralizar nuestros propios poderes, los poderes de los rodnos.

—¡Oh! —Nándil chocó las palmas de las manos—. Quieres decir que los rebeldes podrían usar sellos revocadores como arma contra nosotros, para anular nuestros poderes, y además también para forjar ellos mismos nuevos filos solares, ¿verdad? Es un golpe inteligente.

—Al menos ahora sabemos que este ataque fue premeditado y no casual —sentenció Elathia—. Espero que eso implique que los rebeldes no tienen una guarida cerca…, y que no volveremos a encontrar señales suyas en nuestro camino.

La divina sacó el detector y, de nuevo, la aguja negra señaló directamente al sacerdote Arúnhir. Los ojos de Elathia se iluminaron, el tono ambarino del instrumento volvió a intensificarse y la aguja rotó hacia el este.

—Prosigamos —dijo al tiempo que se levantaba.

Los demás la siguieron hasta el fondo del claro, donde una nueva senda que marchaba hacia oriente había aparecido como si siempre hubiera estado allí. Avanzaron en fila de uno: la divina delante, Ilvain la seguía, Arúnhir detrás de ella y Nándil cerrando la comitiva. Las dos primeras mantenían sus poderes activos en todo momento, pero no los dos siguientes, que se dedicaban a hablar entre ellos mientras caminaban.

—Después de lo que hemos visto, aún tengo más ganas de encontrar la corona —comentaba Nándil.

—Estoy de acuerdo. Los rebeldes deben caer.

—El asentamiento que hemos dejado atrás es solo un ejemplo más de su forma de actuar. Los espías les revelan nuestros puntos débiles, ellos nos asaltan a traición, nos asesinan y abandonan nuestros cuerpos sin ningún respeto. Los inferiores no merecen ninguna compasión por nuestra parte.

—Nosotros los creamos, les dimos vida —añadió Arúnhir—. Y así es como nos devuelven el favor: amotinándose, robándonos y tratando de exterminarnos. Son ingratos y traidores.

—¿De verdad ignoras las razones de sus actos o tan solo lo finges? —soltó de pronto Ilvain, mirando al sacerdote de soslayo.

Arúnhir se detuvo en seco.

—¿Qué has dicho?

—Ya me has oído.

—Mírame a la cara cuando te hablo.

Los ojos rojos del sacerdote destellaron de forma amenazante. Elathia se detuvo.

—Tranquilo, Arúnhir —dijo con una voz que transmitía total serenidad.

—La perceptora me ha faltado al respeto. —El sacerdote sonrió, como si aquello le hiciera gracia.

—No seas dramático. —Ilvain apenas le prestaba atención—. Solo he remarcado que has mentido.

—¿En qué momento?

—En lo referente a los inferiores. —Ilvain se volvió hacia él—. Sabes tan bien como yo que no los creamos por el placer de insuflarles vida, sino para que trabajaran para nosotros, para que llevaran a cabo las tareas más duras, aquellas que no estábamos dispuestos a realizar. Dime, ¿qué harías tú si fueras un esclavo sin poderes, condenado a trabajar de por vida bajo las órdenes de unos amos que no velan por ti ni por tu prosperidad? Sin duda, también te habrías sublevado a la menor oportunidad. De hecho, lo extraño es que tardaran tanto en hacerlo.

Nadie replicó. Los iris de Arúnhir se apagaron y Elathia, dando la discusión por terminada, reanudó la caminata.

—Entiendo lo que dices, Ilvain —intervino entonces Nándil—. Pero han llevado a cabo actos horribles, ellos mismos se han condenado.

—Es cierto —admitió la perceptora—. Se rebelaron por una causa comprensible, pero usando métodos inadmisibles.

—Oyéndote hablar así, me ha picado la curiosidad. —En el rostro de Arúnhir todavía bailaba su sonrisa socarrona—. Conozco bien las motivaciones que han llevado a Elathia y a Nándil a emprender este viaje, esta búsqueda de la corona del Dios Sol. Pero ¿qué hay de ti? No hablas de los inferiores como si desearas su derrota. Sabemos que entre los rodnos hay traidores que ayudan a los rebeldes. ¿Quién nos garantiza que tú no seas una de ellos?

—Fue Elathia quien me reclutó —alegó Ilvain—. Quizá deberías preguntárselo a ella.

—Te lo estoy preguntando a ti.

—¿Quieres saber la verdad? —Ahora era Ilvain quien

sonreía con ironía—. La verdad es que esta guerra importa poco, porque, si no hacemos nada para evitarlo, a largo plazo acabaremos perdiendo todos nuestros poderes y no seremos muy distintos a los inferiores que tanto desprecias.

—¿Cómo? —Arúnhir arqueó ambas cejas.

—Conoces nuestro lema, el lema de Rodna: nada es eterno. Desde luego, nosotros no lo somos, como tampoco lo son las bestias que nos otorgan nuestros poderes. Las cazamos de forma indiscriminada, sin medida ni control, con tal de abastecernos. ¿Nunca os habéis preguntado lo que ocurrirá si seguimos así? —Ilvain hizo una pausa, pero nadie respondió. La perceptora continuó—: Nosotros cazamos a las bestias con más rapidez de lo que ellas se reproducen. Si seguimos a este ritmo, dentro de unos cuantos ciclos estas mismas bestias cuya carne tanto valoramos se extinguirán. Nosotros las extinguiremos.

Nándil dio un respingo. Arúnhir había contraído el rostro en una expresión de asombro. Elathia se mantenía impávida.

—Hace años que mi hermana, la matriarca de mi clan, intenta concienciar de ello a las otras siete —confesó Ilvain—. Si no queremos perder nuestros poderes para siempre, debemos actuar lo antes posible.

—Creo que exageras —manifestó Nándil con suavidad, tratando de restarle importancia—. Los rodnos hemos cazado a las bestias desde que tenemos memoria. Nuestra forma de vida es sostenible; de otra forma, no habría perdurado durante tanto tiempo.

—Te equivocas. La mengua de las bestias ha tardado en ser evidente porque en un origen eran mucho más numerosas que nosotros. Pero ahora, después de tantos siglos, los síntomas se hallan a la vista de cualquiera que se preste a ver. ¿O es que ignoras las noticias que traen nuestros cazadores? ¿Por qué crees que cada vez les resulta más arduo encontrar a las bestias? No porque ellas hayan aprendido a esconderse mejor, sino porque cada vez quedan menos. Por eso la caza de leviatanes se ha incrementado durante los últimos años, porque son de las pocas criaturas que nos sirven de alimento a todos los clanes y, como viven en el mar, son las únicas que nuestros ancestros no cazaron hasta la extenuación.

—¿Y qué propondrías, si tuvieras razón? —preguntó Nándil, no sin cierto escepticismo—. Las bestias del Dios Sol son demasiado poderosas y peligrosas como para ser amansadas y convertidas en simple ganado, como el que explotan los inferiores. Y si evitamos cazarlas para que no se extingan, no tendremos carne con la que nutrirnos ¡y también perderemos nuestros poderes!

—Es cierto —convino Ilvain—. No existía ninguna solución perfecta hasta que... hasta que Elathia me habló de la corona.

—¿La corona? —interpeló Arúnhir—. ¿Qué relación guarda con todo esto?

—Ninguna; lo que me interesa es su poder. —La perceptora hablaba con una vehemencia impropia en su voz habitualmente sosegada—. Imaginad: el poder de Ainos el Cálido, el poder del Dios Sol en persona. Él creó a las bestias y nos creó a nosotros, ¿verdad? Es de suponer que, con su poder en nuestras manos, podríamos multiplicar nuestras habilidades para poder invocarlas sin necesidad de consumir la carne de ninguna bestia. Si no dependiéramos de ellas como nutrientes, ya no tendríamos que cazarlas, lo que nos llevaría a dejar de forjar armas solares; así, las bestias serían libres de seguir su propio destino, al mismo tiempo que la vegetación volvería a crecer en aquellos lugares donde la forja de los filos solares drenó la vida natural. —Hizo una breve pausa—. Elathia me prometió que podría usar la corona con tal fin si conseguíamos encontrarla.

—¿Aun a costa de tu propia vida? —quiso saber Nándil.

—Espero que eso no sea necesario —admitió Ilvain—. Pero lo haría, si no hubiera otra opción. Al fin y al cabo, estaría dando mi vida por salvar el futuro de toda nuestra raza. Parece un precio razonable.

—Los poderes de tu clan no solo aumentan tu percepción, sino que también te ayudan a comprender mejor el mundo que nos rodea —valoró Elathia con serenidad—. Tu valentía me impresiona, Ilvain.

—Al menos yo no deseo someter a los rebeldes con la excusa de que nos deben la vida, como el sacerdote —se burló ella.

La sorprendió recibir el silencio como única réplica. La perceptora se giró y vio que el semblante de Arúnhir, siempre socarrón, ahora parecía agrio como la muerte.

—No sabes nada de nosotros, ¿verdad, Ilvain? —cuestionó Elathia.

—¿A qué te refieres?

—A nuestras motivaciones para estar aquí.

—Puedo hacerme una idea.

—No, creo que no. ¿Recuerdas lo que ocurrió en la Academia cuando los inferiores se sublevaron?

—Sí..., allí se guardaban algunas armas solares para entrenar a las nuevas generaciones, así que la asaltaron para hacerse con ellas.

—Nadie lo esperaba. Los instructores que se hallaban presentes fueron asesinados antes de poder reaccionar. Neúno, el hermano de Nándil, era uno de ellos.

—Lo sé. —Ilvain se volvió hacia la aludida y le lanzó una mirada de apoyo. Nándil esbozó una sonrisa triste.

—Algunos de los niños que allí había trataron en ese mismo momento de detener a los inferiores —prosiguió Elathia con voz neutra—. También ellos fueron asesinados.

Un escalofrío recorrió la espalda de Ilvain.

—Mi hijo Elthan estaba entre ellos —añadió Elathia.

Ilvain se quedó en blanco.

—Lo siento —fue lo único que se le ocurrió articular.

—Significó uno de los primeros actos de la rebelión, cuando todavía confiábamos en los inferiores. —Arúnhir se dirigió a Elathia por encima de la cabeza de Ilvain—. Antes de que se organizaran entre ellos, antes de que saquearan nuestros hogares y nos acuchillaran por la espalda. Nadie podría haberlo previsto.

La divina no hizo gesto o comentario alguno. Ninguno de sus compañeros podía ver su rostro, pues como avanzaba la primera tan solo divisaban su espalda, recta como una pared.

—Confiad los unos en los otros, eso es lo único que os pido —dijo Elathia en voz baja y apretando con fuerza los puños—. No importa por qué estéis aquí; lo que importa es que juntos encontraremos la corona del Dios Sol. Y cuando lo hagamos me ocuparé de que todos consigamos aquello que buscamos, tanto si es por el futuro como si es por venganza.

4

—Después de cruzar el Páramo me alegré de llegar a este bosque —confesó Nándil—. Pero incluso su belleza salvaje me acabará hastiando si sigue siendo tan monótona.

Aquella era la tercera jornada de viaje desde que habían encontrado el asentamiento destruido. El verdor los rodeaba como un manto extenuante, la densidad de la flora había aumentado tanto que incluso Ilvain habría tenido problemas para avanzar en ella. Elathia mantenía su senda activa en todo momento, facilitando un acceso constante en la frondosidad del bosque, y aun cuando aparecían ríos frente a ellos el camino los llevaba por vados de cruce seguro, aunque aquello tan solo comportaba que la divina se agotara más y más a cada instante que pasaba.

—Detente de una vez —insistía Arúnhir con gravedad—. Te estás desgastando demasiado. A este ritmo, consumirás todo tu poder antes de que alcancemos nuestro destino.

—¿Y qué propones? —protestó Ilvain—. Si lanzas una piromancia, destruirás el bosque.

—Nada es eterno, ni siquiera este bosque.

—Abrir un camino de llamas no es la solución.

—Pero Elathia debe conservar sus poderes intactos —replicó el sacerdote—. ¿No te das cuenta? De nosotros cuatro, ella es la única capaz de hacer funcionar el detector. De nada servirá cruzar el bosque si, una vez fuera, no podemos saber hacia dónde continuar.

—El mal que propones me parece el mayor —contestó la perceptora con terquedad—. La senda de Elathia nos da la oportunidad de pasar desapercibidos. ¿O es que crees que estamos solos? Nosotros no somos los únicos habitantes de Gáeraid. La tierra que estás pisando es la morada de bestias más antiguas que tú y no se quedarán de brazos cruzados si abrasas el bosque. Sin duda, nos atacarán de inmediato. ¿Acaso no harías tú lo mismo si incendiaran tu hogar?

—Un puñado de bestias no me preocupan. —Arúnhir hizo un gesto con la mano para desdeñar la idea—. Nándil y yo podemos destruir a cualquier criatura que nos amenace, sea humana o bestial.

—Las bestias no son insectos, sacerdote, sino depredadores. ¿De verdad correrías el riesgo de que uno de nosotros sufra una herida irreversible, pudiendo evitarlo si seguimos como hasta ahora? Nándil y tú podéis hacer frente a cualquier criatura, dices. Por tanto, aun en el caso de que Elathia agote todos sus poderes, vosotros seréis igualmente capaces de cazar nuevo alimento para ella.

—No lo seremos, porque nuestras habilidades no servirán de nada si no sabemos dónde encontrar algún fénix.

—Las mías sí —objetó Ilvain—. Yo podría buscarlos por vosotros.

—¿Y qué haremos si también a ti se te agota todo tu poder antes de salir del bosque? —intervino Elathia—. Lo usas tanto como yo.

Las dos mujeres se detuvieron para recuperar el aliento e intercambiaron una mirada. Los ojos de ambas relucían con luz propia, como soles gemelos que compitieran para ver cuál brillaba más.

—Lo sé —reconoció Ilvain en voz baja—. Pero abrir un camino de fuego no me parece una buena idea.

—Tampoco a mí, mas Arúnhir tiene razón en una cosa: soy la única capaz de usar el detector. Antes de iniciar el viaje estaba decidida a ser conservadora con mi poder, pero desde que rebasamos el Páramo no he cesado de usarlo. También lo has hecho tú, como no podía ser de otro modo. Necesitamos que seas nuestra exploradora y veles por nuestra seguridad. Eres irreemplazable, Ilvain, porque ninguno de nosotros podemos hacer lo mismo que tú. Sin embargo, Arúnhir sí que puede relevarme a mí.

Elathia calló. La duda corroía su alma. Su clan era considerado el más poderoso de Rodna porque sus miembros eran capaces de hacer que ocurrieran hechos posibles pero improbables; en otras palabras, podían obrar milagros. Así, ella podía hacer que hubiera una senda abierta en medio del bosque concretamente en la misma dirección que ellos necesitaban, pero estaba obligada a mantener el milagro activo en todo momento si quería que el camino siguiera el rumbo correcto, porque en caso contrario el sendero podría desviarse o detenerse.

Arúnhir, por otro lado, era un sacerdote, y como tal dominaba la piromancia; podía lanzar un único proyectil de fuego contra la espesura y abrir así una vía recta como una flecha hacia donde el detector indicara. Aquello le permitiría consumir menos poder del que gastaba Elathia con su senda, porque, aunque la llamarada tendría gran potencia, tan solo la lanzaría una única vez.

—¿Crees que alguien anda detrás de nosotros? —Elathia todavía miraba a la perceptora.

—No —dijo Ilvain—. Tus precauciones al salir de la ciudad funcionaron, nadie nos está siguiendo.

—Entonces si Arúnhir invoca un camino de llamas, al menos no será detectado por ningún rodno que pueda seguir nuestra pista. ¿Qué hay de las amenazas que has mencionado? ¿Cuáles son exactamente?

—Dríades. Una veintena, quizá más. Es difícil precisarlo porque pueden camuflarse con la flora.

—¿Dríades? —Arúnhir se echó a reír—. El fuego las asustará.

—Sin duda nos atacarán tan pronto como dañemos su bosque —añadió Ilvain, ignorando al sacerdote—. También hay un cíclope y una quimera, pero están bastante lejos; dudo que se hayan percatado de nuestra presencia.

Elathia asintió y se volvió hacia Arúnhir.

—Elévate —ordenó—. Sobrepasa las ramas más altas e intenta ver el confín del bosque en dirección nordeste. Si estamos cerca del final, no valdrá la pena abrir un camino de llamas. Pero si estamos lejos…, no nos quedará otro remedio.

—Dalo por hecho.

El sacerdote se agachó y extendió las palmas abiertas rozando el nivel del suelo. Sus iris rojos fulguraron.

—¡*Calor*!

No ocurrió nada de forma inmediata. Arúnhir permaneció inmóvil, agachado y cabizbajo, como si aguardara una señal. Sus tres compañeras se apartaron varios pasos, dejándole espacio para actuar, mientras le observaban en silencio. Poco después fue perceptible un leve cambio en el tono de su piel, que primero se volvió rosada, se fue intensificando paulatinamente y al final enrojeció por completo.

Entonces el viento comenzó a soplar. Al principio no era más que una tenue brisa que mecía las ramas más livianas, pero en cuestión de segundos se fue tornando más y más fuerte. La túnica del sacerdote ondeó, agitando sus puntas como olas en el mar tormentoso, mientras el viento danzaba en círculos concéntricos alrededor de su figura.

Y, de pronto, empezó a levitar.

Arúnhir se alzó, con los brazos extendidos a ambos lados, mientras sus pies se despegaban del suelo y su cuerpo se elevaba hacia las copas de los árboles. Sus poderes pirománticos no solo le permitían invocar el fuego, sino también calentar aquello que tocaba; y cuando no tocaba nada, lo que se calentaba era el aire, que perdía densidad y se elevaba, siendo reemplazado por la corriente fría que descendía de la bóveda celeste. También su cuerpo, que al calentarse se dilataba, ganaba volumen y perdía densidad, con lo que se volvía más ligero.

Tras muchos ciclos de práctica, los sacerdotes habían aprendido a controlar el viento caliente que creaban para que se concentrara en ellos y los alzara en picado hacia el cielo. Su técnica de levitación era imperfecta, puesto que no eran capaces de controlar su vuelo: tan solo podían elevarse y descender en vertical desde el lugar donde calentaban el aire, pero no desviarse o modificar su trayectoria. Aun así, los más ambiciosos esperaban con el tiempo corregir aquella carencia y desarrollar aún más sus poderes piománticos para que pudieran no solo levitar hacia arriba, sino también tomar otros rumbos y acabar dominando su vuelo por las alturas.

Elathia, Nándil e Ilvain se cubrieron para protegerse del torbellino de piedras, hojas y tierra que se arremolinaba en torno al sacerdote, mientras él se elevaba despacio, como un dios inmortal surgido de las profundidades de la tierra. El mismo viento que lo levantaba destrozó las ramas que se interponían en su camino hacia el cielo despejado, de modo que continuó su lenta ascensión sin ningún contratiempo hasta la cima de los árboles más altos.

Allí se detuvo durante quizá medio minuto para luego empezar a descender. La caída también fue controlada; a medida que el calor se dispersaba y el viento disminuía, el propio peso de su cuerpo lo hizo bajar de vuelta al suelo. Todavía se agitaba la brisa cuando aterrizó, pero no era más que una sombra del poderoso viento que se había desatado momentos antes. Sus iris estaban de nuevo apagados y su rostro sorprendentemente serio cuando se dirigió a Elathia.

—He alcanzado a ver los límites del bosque —reveló—. Termina en las laderas de las Oélkos, aunque todavía nos separa una larga distancia hasta esas montañas.

—Estamos a mitad de camino, si no calculo mal —informó Ilvain, cuyo don se había mantenido activo, dado que sus ojos no habían perdido el resplandor dorado en ningún momento.

—Es demasiado —reconoció Elathia con un suspiro—. No puedo seguir así durante otras tres jornadas, si deseo conservar algo de poder.

—¿Y qué hay de las dríades? —inquirió Ilvain.

—Si se acercan, tendremos que defenderemos —contestó la divina con serenidad—. Al fin y al cabo, los perceptores os nutrís de carne de ninfa, y las dríades son las ninfas de los bosques. Si osan atacarnos, al menos podremos reabastecernos de suficiente alimento como para que tú puedas seguir usando tus poderes de forma continuada durante varios días más.

Ilvain aceptó la decisión con una cabezada seca y sin mediar palabra.

—¿Qué dirección marca el detector exactamente? —quiso saber Arúnhir.

Elathia mostró el instrumento, plano en su mano, cuya aguja negra, como era habitual, señalaba al sacerdote. La divina obró el milagro y la aguja rotó hacia el este. Arúnhir se colocó de forma paralela y alzó los brazos hacia delante.

—Será mejor que os pongáis a cubierto, detrás de mí.

Elathia, Nándil e Ilvain obedecieron y contuvieron el aliento. Sin que llegara a pronunciar ningún conjuro piromántico, el cuerpo de Arúnhir emanó calor por todos sus poros, de forma que incluso sus propias compañeras empezaron a sudar. El sacerdote se mantuvo en pie, con las piernas separadas y los brazos extendidos en posición horizontal; la piel de todo su cuerpo había enrojecido, desde su cabeza hasta sus dedos, e incluso sus ropajes parecían más bermejos, como si un aura carmesí le envolviera de arriba abajo cual caparazón defensivo.

—*¡Embestida del Sol!*

Su grito fue enérgico e inesperado. Como un rayo solar caído directamente del firmamento, de sus palmas abiertas surgió una luz cegadora que volvió el mundo blanco durante un instante.

Acto seguido se oyó un estruendo devastador, y cuando sus compañeras volvieron a abrir los ojos vieron que una bola de fuego enorme, del mismo diámetro que la altura del propio Arúnhir, había brotado de sus palmas y salía disparada hacia el frente, con tanto impulso que el sacerdote se tambaleó hacia atrás. Recto y preciso, el proyectil llameante voló sin detenerse, llevándose por delante todo aquello con lo que colisionaba, ya fueran árboles centenarios, rocas arraigadas o animales desprevenidos.

La flecha de fuego se perdió de vista antes de que se desintegrara, y la devastación que dejó a su paso no fue distinta a la de un huracán. La frondosa arboleda tenía ahora un agujero colosal, que como un puñetazo del sol había arrasado todo cuanto había en línea recta desde las manos de Arúnhir hacia delante. No solo eso, sino que la espesura cercana, aunque el proyectil en sí no la hubiera tocado de manera directa, había ardido al instante, pues tal era el calor que desprendía su estela. Las llamas se propagaron con rapidez y pronto se convirtieron en un peligroso incendio, aunque el camino abierto estaba despejado y era seguro, dado que no restaba en él nada que pudiera arder: todo había sido carbonizado. En el suelo incluso quedó un profundo surco que seguía el recorrido del dardo de flamas.

Las compañeras del sacerdote tan solo tuvieron un momento para asimilar semejante visión de ruina y combustión, porque de inmediato escucharon un sinfín de gritos provenientes del interior del bosque. Eran bramidos de sorpresa, aullidos de dolor y rabia, rugidos que clamaban venganza.

—Las dríades se acercan. —Ilvain había empalidecido.

—¿Desde qué dirección? —preguntó Elathia.

—Desde todas las direcciones —respondió la perceptora con un murmullo.

—Arúnhir, ¿cuánto poder has drenado? ¿Estás en condiciones de combatir?

—Pues claro —aseguró el sacerdote, aunque todavía intentaba recuperar el aliento.

—Formaremos un triángulo alrededor de Ilvain. Ella es la más débil en el choque, debemos protegerla…

Nándil alzó una mano en señal de interrupción.

—Tú debes conservar tu poder, y Arúnhir ya ha consumido bastante del suyo. Yo me encargaré.

—Pero…

—¡*Cerco protector!*

Los iris verdes de la hechicera se volvieron dorados cuando levantó ambas manos hacia sus compañeros y, en un abrir y cerrar de ojos, una semiesfera translúcida los encerró en su interior.

—Permaneced dentro.

Nándil se volvió hacia el amenazante bosque que la rodeaba. Sus pupilas refulgían cuando las movía de un lado a otro, en busca del primer enemigo. Incluso sin poseer los agudos sentidos de Ilvain, la hechicera se percataba de las docenas de pasos y alaridos que se alzaban en la espesura, crujiendo como madera seca, cada vez más cerca de ella.

Las dríades no tardaron en aparecer. Se lanzaron de cabeza contra la hechicera y el escudo que había tras ella, sin previo aviso ni estrategia, directas y decididas, con el firme propósito de llevarse por delante las vidas de aquellos intrusos que habían atacado el amado hogar en el que habían habitado desde su nacimiento.

Como todas las ninfas, las dríades tenían rasgos de mujer, si bien en aquella ocasión no eran hermosos y seductores, sino monstruosos e iracundos. Igual que los árboles en los que vivían, tenían la piel pardusca y rugosa, cabellos verdosos peinados en trenzas y ornamentados con flores, brazos y piernas que parecían ramas, dedos como raíces y dientes como afiladas astillas.

—¡*Lanza gloriosa!*

Los anillos del puño diestro de Nándil resplandecieron, sacudidos por una corriente eléctrica que envolvió su brazo derecho; de pronto toda la energía se concentró en su mano cerrada, donde se formó una jabalina larguísima, blanca como la luz más pura, que barrió sin contemplaciones la primera dríade que saltó contra ella, con tanta rapidez que dio la impresión de que el arma que sostenía debía de ser ligera como el aire. La ninfa arbórea sufrió una descarga eléctrica igual que si un rayo hubiera impactado en ella y cayó al suelo ladeada, mientras se convulsionaba con un último estertor antes de fallecer.

Otras dos dríades se detuvieron frente a Nándil, titubeando ante la rápida muerte de su compañera. Rugieron, enseñaron los dientes y amenazaron con los dedos en forma de retorcidas raíces.

—¡Encima de ti!

El grito de Ilvain alertó a Nándil para que se apartara a tiempo de lo que, sin duda, habría sido un ataque mortal; una dríade aterrizó pesadamente en el lugar donde un instante antes había estado ella. La ninfa se dispuso a acometer de nuevo, pero Nándil se adelantó, lanzando su jabalina contra su enemiga, que fue electrocutada al mismo tiempo que el venablo blanquecino se pulverizaba en el interior de su cuerpo.

Nándil alcanzó a ver de reojo que la esfera en la que había encerrado a sus amigos estaba rodeada por una docena de dríades que la golpeaban frenéticamente tanto desde la cúpula como desde los lados, tratando de abrir una grieta con la que poder traspasarla. De hecho, habían empezado a conseguirlo, resquebrajando la pared diáfana en multitud de puntos, aunque todavía no había aparecido ninguna rendija lo bastante grande como para que cupiera siquiera una mano. Fue entonces cuando las dos ninfas que habían amenazado a la hechicera desde la distancia empezaron a gritar a sus compañeras, que se giraron hacia ella, vieron que estaba sin protección y no dudaron en precipitarse a su encuentro.

Nándil se alzó cuan alta era y levantó las manos hacia el cielo.

—*¡Tormenta prohibida!*

Sus ojos, ya de por sí alumbrados por mantener activo en todo momento el escudo protector, centellearon aún más, llegando a brillar tanto que todo cuanto había en derredor pareció oscurecerse por el contraste. La corriente eléctrica que antes había rodeado su brazo reapareció, ahora cercando su cuerpo entero, como una red luminiscente que la arropara de la cabeza a los pies.

Y de súbito una lluvia de relámpagos cayó a su alrededor, aleatorios e incesantes, calcinando a todas las dríades que se habían acercado a la hechicera. Los gritos de angustia de las ninfas, que se vieron de pronto abrumadas por el poder de su enemiga, se prolongaron durante algunos segundos de sufrimiento para luego dar paso al inconfundible silencio de la muerte.

Al terminar, sus arbóreos cuerpos yacían inertes, extendiéndose por todas partes. Juzgando que el peligro había cesado, Nándil deshizo el cerco protector y se apoyó con una rodilla en el suelo para tratar de recuperar el aliento, puesto que un elevado consumo del poder provocaba cansancio de la misma forma en que lo haría el ejercicio físico más extremo.

Elathia y Arúnhir se acercaron a ella con lentitud, sin dejar de observar los cuerpos de las dríades caídas, temerosos de que alguna estuviera fingiendo para atacar al menor descuido.

—Prestad atención a los árboles —dijo Ilvain desde detrás de ellos—. Las que hay en el suelo están muertas, pero todavía quedan algunas que no han llegado a mostrarse.

La perceptora sostenía su arco en la mano zurda, con una flecha ya colocada en la cuerda; las plumas eran de fénix, el astil de madera y la punta de material solar. Sus ojos dorados escudriñaban la arboleda casi sin pestañear.

—Aquí las esperamos. —La potente voz de Arúnhir sonó como un desafío a cualquiera que pudiera escucharle—. ¡Llamarada tenaz!

El fuego brotó de su mano diestra mientras el sacerdote permanecía en guardia. Elathia se hallaba junto a Nándil, quien se había levantado de nuevo y estaba dispuesta a invocar su hechicería tan pronto como asomara la siguiente dríade.

Sin embargo, el ataque que esperaban no llegó a suceder. Ya no se oían aullidos ni pasos, sino tan solo el crepitar del fuego en el incendio que se propagaba a ambos lados del camino que había abierto el dardo llameante de Arúnhir.

—Se están retirando —confirmó al fin Ilvain con voz sosegada. Relajó su cuerpo y destensó la cuerda del arco—. No volverán a molestarnos hoy.

—Ni hoy ni en el futuro. —Arúnhir sonrió—. Después de ver la actuación de Nándil se habrán dado cuenta de que no son rivales para nosotros.

—Te equivocas —replicó la perceptora sin desviar la vista de los árboles—. Para ellas lo más importante es su bosque, si ahora huyen es para tratar de detener el incendio. Pero no se olvidarán de nosotros. Aunque nos teman, volverán.

—¿Por qué? —se mofó el sacerdote—. ¿Tanto ansían la muerte?

—Lo que ansían es la venganza. Hemos destruido su hogar y exterminado a sus hermanas. Nada es eterno, pero la ira de las dríades sin duda es muy longeva. ¿Acaso no puedes entenderlas? Sus sentimientos no son distintos a los que albergáis vosotros hacia los inferiores, o eso fue lo que dijisteis.

Sus palabras dejaron a su interlocutor sin argumentos. Nándil los contemplaba con el semblante triste y fatigado.

—Despellejad a una o dos dríades y preparad la carne para reabastecer nuestros morrales; así, Ilvain mantendrá activos sus poderes durante más tiempo —se impuso la voz de Elathia—. No os entretengáis.

Sus compañeros acataron la orden sin dilación, mientras la divina se alejaba algunos pasos.

—Hace días que no llueve y el cielo, como siempre, está nublado —murmuró para sí, como si hiciera cálculos—. La probabilidad debe de ser bastante elevada. Llevo tres días consumiendo poder sin cesar..., la diferencia ni siquiera será sustancial.

Tras tomar la decisión, levantó la cabeza y extendió los brazos a ambos lados. Sus iris azules se tornaron áureos y un trueno retumbó en la lejanía. Las nubes grises se oscurecieron aún más y apenas unos segundos después una fina llovizna empezó a caer sobre el bosque.

Sus ojos se apagaron casi de inmediato, pero la lluvia no solo no cesó, sino que además arreció. El poder drenado había sido ínfimo en comparación con el que necesitaba para mantener la senda activa en todo momento, de modo que se sintió satisfecha, había valido la pena. Se giró hacia atrás y volvió junto a sus compañeros.

Ilvain la miraba directamente.

—Esto no las hará cambiar de parecer —afirmó.

—Pero tal vez alivie un poco su dolor —contestó Elathia.

Se repartieron la carne de las dríades muertas para que cada uno pudiera llenar cuanto espacio sobraba en sus sacos de piel de basilisco y luego reanudaron la marcha. La lluvia perduró durante varias horas, encharcando el camino que había abierto Arúnhir y debilitando el incendio hasta extinguirlo.

Las dríades no volvieron a acercarse durante lo que quedaba de jornada, ni siquiera cuando, con las últimas luces del crepúsculo, acamparon junto a una corriente que Ilvain encontró cerca del camino. Levantaron los dos pabellones con presteza, el sacerdote consiguió que prendiera una hoguera incluso con maderos mojados y se sentaron para cenar alrededor del fuego. En aquella ocasión, Nándil sacó un enorme huevo de dragón que se ofreció a compartir con los demás, dado que su carne, como la de los leviatanes, podía alimentar a todos los clanes; lo hirvieron con agua del río, luego pelaron la cáscara, lo cortaron y lo comieron en silencio. Al terminar, echaron a suerte las guardias de la noche y a Nándil le tocó la primera, de modo que Elathia y Arúnhir entraron en su pabellón, mientras Ilvain buscaba un lugar donde pernoctar a la intemperie.

—La lluvia ha dejado la tierra empapada —valoró Nándil—. Si quieres, puedes dormir en mi pabellón mientras hago guardia, estarás más cómoda que al aire libre.

—No me gusta estar encerrada.

—Como quieras.

La hechicera observaba distraídamente el crepitar de la fogata mientras su compañera tendía la gruesa tela sobre la hojarasca y se tumbaba encima de ella.

—El hijo de Elathia que los inferiores asesinaron en la Academia era un vástago del sacerdote, ¿verdad? —dijo de pronto desde su cama improvisada.

Sorprendida, Nándil giró la cabeza hacia ella.

—Sí. ¿Por qué lo preguntas?

—Entonces ¿debería suponer que él está aquí por su hijo asesinado? Si fuera verdad, el sacerdote sería el único hombre que conozco que muestra aprecio por uno de los vástagos que ha engendrado.

Tanto el tono como la expresión de la perceptora denotaban escepticismo, y ella no se preocupó en ocultarlo. Nándil la miró a los ojos: estaban apagados, y resultaba extraño verlos por una vez en su color avellana natural, en lugar de relucientes como el sol.

—¿A qué conclusión intentas llegar?

—No me gusta el sacerdote.

—No tiene por qué gustarte. Bastará con que puedas trabajar a su lado.

—No me fío de él.

—Admito que debería haber sido más cuidadoso con el proyectil llameante que ha lanzado para abrir el camino. Cuando habla puede llegar a ser demasiado arrogante y entiendo que a veces pueda irritarte. Pero no por ello deberías desconfiar de él.

—Mi recelo no surge de sus actos ni de sus palabras, sino de sus motivaciones. No me creo que esté aquí para vengar a un vástago asesinado.

Ilvain alzó su odre y bebió un largo trago de agua mientras Nándil cavilaba para sus adentros. Se decía que en los albores de su historia los rodnos habían tenido la misma costumbre que en la actualidad poseían los inferiores: establecerse con una persona del sexo opuesto, aparearse y engendrar hijos que criaban entre ambos.

No obstante, la evolución los había hecho cambiar. No había nada en su sociedad que se valorara más que sus poderes, y esos dones se transmitían por línea materna; no importaban los poderes que tuviera el padre, porque los hijos heredaban siempre los de la madre.

En consecuencia, los rodnos se habían dividido en ocho clanes según los ocho poderes distintos que poseían y luego habían promulgado el precepto de que hombres y mujeres tan solo podrían emparejarse con miembros de sus propios clanes. Pero pronto se vio que tal mandato acarreaba más engaños y represalias que fortuna y prosperidad, así que al cabo de un tiempo se abolió y se permitió que cada rodno se apareara con quien quisiera, tanto si era un miembro de su propio clan como si no.

Eso sí, había una condición que debía ser cumplida: los hijos de cada unión se criarían siempre bajo la supervisión del clan materno. A su vez, aquello había provocado que los padres se distanciaran más y más de los vástagos que engendraban, hasta el punto de que, tras varios siglos, se habían desentendido totalmente de ellos; eran las mujeres quienes parían a los hijos, vivían con ellos y los criaban en solitario. Eso conllevó que las mujeres podían llegar a tener varios amantes simultáneamente, de modo que a menudo no sabían con seguridad cuál de ellos había engendrado a sus hijos; pero ni a ellas, ni a sus hijos ni a sus amantes les parecía un dato relevante.

—Siglos de tradición invariable pesan sobre el sacerdote —continuó Ilvain—. No creo que él sea distinto a todos los hombres; su hijo asesinado no le importa tanto como para emprender este viaje a lo desconocido.

—Quizá no lo haga por él, sino por Elathia —opinó Nándil—. La sed de venganza arde en ella como un azote del sol. Si Arúnhir la aprecia, querrá ayudarla a cumplir su deseo.

—Quizá —dijo Ilvain en tono sosegado—. O quizá la esté usando como pretexto para conseguir lo que de verdad ansía.

—¿Y eso qué es, según tú? —quiso saber Nándil.

—Cuando me reclutó para esta misión, Elathia me contó que fue el sacerdote quien le había hablado de la existencia de la corona del Dios Sol —confesó la perceptora sin alzar la voz—. ¿No te parece mucha casualidad?

—¿Crees que Arúnhir quiere la corona para sí? —se extrañó Nándil.

—La corona no es un objeto cualquiera. Si de verdad contiene el poder del Dios Sol en su interior, será capaz de realizar cualquier cosa: la imaginación es el único límite. Se trata del objeto más tentador jamás concebido, ¿y me estás diciendo que el sacerdote ha partido en su busca por puro altruismo, tan solo para ayudar a Elathia? —Ilvain soltó una risita burlona—. Lo lamento, pero lo dudo.

—¿Eso es lo que percibes con tus poderes?

—Sabes que no. Mis poderes aumentan mi percepción del mundo que nos rodea, pero no me permiten comprender a la gente. Es simple razonamiento. Elathia, tú y yo buscamos la corona por motivos completamente egoístas: cada una de nosotras la desea para conseguir algo que nos parece importante. Pero al menos somos sinceras. El sacerdote, por otro lado, no parece tener ninguna razón de peso para estar aquí. Y eso significa que nos miente o, por lo menos, que nos está ocultando algo. Como cualquier otra persona, seguro que alberga en su interior algún deseo…, y no me cabe duda de que tiene la intención de usar la corona para cumplirlo.

Nándil se volvió hacia el fuego y no respondió. Los ojos de Ilvain se iluminaron durante un breve instante antes de cerrarse por completo.

—Las dríades están muy lejos, todavía lamentándose por lo ocurrido —informó—. No nos atacarán esta noche. Aun así, será mejor que te releve dentro de unas horas. Buenas noches, amiga.

La perceptora se caló la capucha hasta ocultar todo su rostro en las sombras, se giró para acomodar mejor el cuerpo en el suelo y ya no volvió a hablar.

5

Elerion estaba arrodillado en el interior del Templo del Dios Sol. Hacía siete días que su madre había partido de viaje a lo desconocido; como temía no volver a verla, había tomado la costumbre de postrarse a diario y orar por su regreso.

La sala en la que se encontraba era ancha y alargada, tenía las paredes repletas de ventanas acristaladas por las que entraban multitud de rayos que iluminaban las columnas y su techo estaba cubierto por un mosaico de colores que representaba un sol grandioso, redondo y amarillo. En el interior de tan hermoso santuario cabían cientos de personas, aunque en aquel momento apenas había una docena allí arrodilladas junto a él, rezando en silencio.

Ajeno a ellas había un numeroso grupo de sacerdotes, encabezados por la suma sacerdotisa Súrali, situados ante un altar donde reposaba un globo de oro. Eran los únicos que se mantenían en pie y con los ojos abiertos mirando a su ídolo, mientras entonaban un himno grave y lento como un canto fúnebre. Sus voces no incordiaban a Elerion, sino todo lo contrario: le calmaban y paliaban su sensación de soledad.

El muchacho permaneció postrado incluso después de haber terminado sus plegarias, y no fue hasta que el dolor en las piernas le resultó insoportable que se levantó, dio media vuelta y caminó hacia el portón doble que había al fondo de la sala. Dejando atrás tanto a los sacerdotes como a los compañeros que todavía oraban, recorrió dos pasillos impolutos y llegó al exterior, donde se encontró de cara a un grupo de inferiores que se hallaban esperando a sus respectivos amos.

—Vamos. —Elerion le hizo una seña a Cángloth, que se encontraba entre ellos—. Debemos acudir al mercado antes de ir a la Academia.

El inferior asintió y partió tras él. Llevaba la larga cabellera recogida en una coleta y vestía con una túnica de lino y unas sandalias iguales a las de Elerion.

Tras el asesinato de Elthan a manos de los rebeldes su madre desconfiaba de casi todos los inferiores, pero no del joven Cángloth, el siervo que habían tenido durante años y que siempre se había mostrado extremadamente leal. Al igual que ellos, la mayoría de las familias rodnas seguían conviviendo con uno o dos inferiores de confianza, a quienes solían encargar todas las tareas domésticas.

Aun así, la rebelión había mermado la población total de inferiores hasta el punto de sumir Rodna en una crisis económica y social que no parecía posible superar. Gran parte de aquellos que se habían sublevado eran inferiores que se encontraban bajo el mando directo de las matriarcas, quienes durante generaciones los habían destinado al mantenimiento de la ciudad; antaño había constantes grupos de siervos que se dedicaban a limpiar, reparar y construir los edificios, calles y muros, mientras que a otros se les otorgaba permiso para viajar a los fértiles campos que se extendían más allá del Páramo, donde cultivaban la tierra y criaban el ganado. Sin embargo, ahora las matriarcas apenas contaban con un grupo reducido de inferiores para cumplir las mismas tareas que antes habían llevado a cabo miles de ellos, lo que había provocado que algunos de los que en un principio se habían mantenido leales se dieran a la fuga debido a los trabajos forzados.

Elerion y Cángloth se dirigieron sin dilación al mercado, que, situado en el centro de Rodna, no se encontraba muy lejos del Templo del Dios Sol. También allí había inferiores personales de las familias; los tenderetes bullían con el ruido de las discusiones de hombres y mujeres que regateaban por los precios de los alimentos, mientras los siervos cargaban con las compras de los amos.

—Carne de leviatán —pidió Elerion al vendedor al que solía acudir su madre—. Tanta como quepa.

El divino le entregó su saco de piel de basilisco, que el tendero cogió y llenó con varias tajadas de carne. Los basiliscos eran extraordinarias criaturas de sangre fría, lo que hacía que su piel fuera ideal para conservar frescos los alimentos hasta que llegara el momento de consumirlos. Debido a ello, prácticamente todos los rodnos poseían uno o varios sacos tejidos con piel de tales bestias, que usaban para albergar la comida que les nutría.

—Veintiséis soles y tres lunas —anunció el comerciante tras devolverle el saco.

Elerion se giró disimuladamente hacia Cángloth, quien hizo un leve gesto negativo con la cabeza.

—Es demasiado. —Elerion se giró hacia el vendedor—. Te ofrezco veintiséis soles.

—De acuerdo.

Elerion supo al instante que podría haber rebajado más el precio, pero se resignó, sacó un puñado de monedas relucientes, las contó y se las ofreció al tendero para luego dar media vuelta y alejarse del lugar. Siempre le había parecido difícil conocer con exactitud el valor de los alimentos, porque los precios se incrementaban cada año que pasaba debido a la escasez de la carne.

Las viandas obtenidas de la agricultura y la ganadería que producían los inferiores se asignaban a su propio consumo, pero no al de los rodnos, pues ellos se sustentaban exclusivamente con los alimentos que provenían de las bestias del Dios Sol; no solo porque les servían como combustible para emplear sus poderes, sino también porque eran tan nutritivos que ingiriendo pequeñas cantidades podían mantenerse en pie durante mucho más tiempo que con los alimentos comunes. Por ello, desde hacía siglos habían adquirido la costumbre de apenas comer una o dos veces al día, y con eso tenían bastante para toda una jornada.

El único inconveniente para los rodnos era que, como usaban el mismo alimento para sustentar tanto sus poderes como sus cuerpos, el consumo de unos aceleraba el desgaste de otros y viceversa. En consecuencia, cuanto más poder invocaran, más nutrientes consumirían y antes tendrían que volver a alimentarse; pero incluso si no empleaban poderes tenían que comer a diario, igual que hacían todas las demás criaturas del mundo.

Los requisitos de la dieta rodna no terminaban ahí, puesto que, con tal de activar sus poderes, cada uno de los distintos clanes debía nutrirse de una bestia concreta: los vitales de hidras, los resistentes de minotauros, los pétreos de gorgonas, los fuertes de cíclopes, los perceptores de ninfas, los revocadores de basiliscos, los hechiceros de grifos, los divinos de fénix y los sacerdotes de quimeras. Ahora bien, la carne de las tres grandes razas, los reyes del aire, el mar y la tierra, dragones, leviatanes y behemots respectivamente, era tan especial que podía nutrir a los miembros de todos los clanes por igual.

Como Elerion pertenecía al clan de los divinos, él se alimentaba de fénix, pero los cazadores tenían tan poco éxito con tales criaturas que a menudo salía más barato comprar carne de leviatán. En los últimos ciclos, los leviatanes se habían convertido en el manjar diario de buena parte de los rodnos, dado que su carne era universal para todos los clanes y los marineros del puerto de la ciudad se dedicaban a la pesca de sus crías.

Tras echarse el saco de piel de basilisco a la espalda, el muchacho se percató de que Cángloth no se hallaba a su lado.

Echó una ojeada y le localizó no muy lejos, hablando con uno de los inferiores que servían a los comerciantes del mercado. Su amigo parecía muy asombrado; asintió repetidas veces a su interlocutor, se despidió y enseguida regresó al lado de Elerion.

—¡Tengo noticias muy importantes!

—¿Qué ocurre?

—¡La matriarca Irwain está a punto de llegar!

—¿La matriarca Irwain? —preguntó el divino con desconcierto.

—¡Eso es! —respondió el inferior, todavía con aquella expresión de asombro—. ¿Recordáis que desapareció junto con un numeroso grupo de rodnos hace dos semanas? ¡Lo hicieron para emboscar a los rebeldes!

—¿Qué dices? —se sorprendió Elerion—. ¿Cómo lo sabes?

—¡Me lo acaba de contar un compañero!

—¿Y cómo lo sabía él?

—Porque se ha corrido la voz, han sido vistos en el Páramo —explicó Cángloth—. ¡Se están acercando a las murallas!

—¡Vayamos, pues!

—Nadie había llevado a cabo un ataque secreto desde… ¡desde la Noche de las Represalias! ¡Este es un momento histórico!

Elerion se puso en marcha de inmediato con largas zancadas y el saco de piel de basilisco rebotando en su espalda. Ambos cruzaron el mercado tan rápido como pudieron, pasaron de largo el anfiteatro y dejaron atrás el centro a toda velocidad para dirigirse a la puerta norte de Rodna, que no tenía pérdida posible mientras siguieran la columna vertebral del colosal esqueleto que proyectaba su sombra sobre la ciudad.

Sin embargo, mucho antes de llegar vieron surgir a su lado izquierdo un montón de edificios ennegrecidos y semiderruidos que acompañaron su caminata hasta casi el final. Aquella zona indecente y deshabitada era el antiguo distrito de los revocadores, que había sido por completo destruido durante la Noche de las Represalias.

De entre todos los clanes de Rodna, los revocadores siempre habían sido los que habían inspirado mayor temor entre sus compatriotas, puesto que, en esencia, sus habilidades les permitían anular las de los todos los demás. En una sociedad donde todo giraba alrededor de los poderes, los únicos que eran capaces de anular los de cualquier persona fueron siempre objeto de acusaciones, tanto verídicas como imaginarias.

Aquella espiral de recelo había culminado cuatro ciclos atrás, cuando los revocadores, hartos del trato recibido, conspiraron para golpear la jerarquía de gobierno y hacerse con el control de la ciudad. Por fortuna, sus planes se descubrieron a tiempo y los otros clanes se unieron como uno solo para destruir a su enemigo común. En un solo día y una sola noche, que más tarde fue conocida como la Noche de las Represalias, el clan de los revocadores fue exterminado sin compasión. Los pocos supervivientes, aquellos que no se encontraban en la ciudad en el momento del ataque, fueron perseguidos y cazados metódicamente durante los años posteriores.

Fue después de aquello cuando los clanes de Rodna comprendieron lo indefensos que estaban ante ataques internos y levantaron las murallas que separaban cada uno de los distritos para que, si volvía a ocurrir algo similar, al menos tuvieran la oportunidad de defenderse.

Cuando Elerion y Cángloth alcanzaron la plaza del Behemot la encontraron razonablemente tranquila, aunque sus muros se hallaban repletos de gente que señalaba y murmuraba con la atención fija en el exterior. Ambos subieron por las escaleras interiores que había talladas en las murallas y se unieron a los demás para contemplar el horizonte septentrional.

En medio del Páramo, entre la tierra grisácea y yerma que

se extendía con monotonía de un extremo a otro del horizonte, un numeroso grupo de personas se acercaba lentamente, como una nube a ras del suelo, un montón de puntos negros en la lejanía.

—¿De verdad han capturado a rebeldes? —quiso saber Elerion.

—Es lo que he oído —asintió Cángloth desde su lado izquierdo.

—Es lo que afirman los perceptores —añadió una voz desde el lado opuesto.

Elerion se giró a la derecha y vio a un hombre a contraluz. Tenía la espalda inclinada, los codos apoyados sobre una de las almenas, y a pesar de ello les sacaba una cabeza a ambos compañeros. Cuando se volvió para mirarles le reconocieron: era Vándol, un guerrero del clan de los fuertes.

—¿Cómo? —inquirió Elerion—. ¿Por qué la matriarca Irwain desapareció y ahora regresa con prisioneros rebeldes? ¿Dónde los ha encontrado? ¡Las partidas de exploración casi nunca dan con ningún rastro de ellos!

—¿Es que no sabes que circulan espías entre nuestros muros? —El gorro de Vándol estaba hecho con el serpenteante cabello de una gorgona, lo que le daba un aspecto de lo más siniestro—. Cada vez que las matriarcas envían una partida en busca de rebeldes, los espías los ponen en alerta para que se escondan o, aún peor, para que embosquen a los nuestros.

—Por eso la matriarca Irwain desapareció sin avisar a nadie —dedujo Elerion—. ¡Para que así los espías no pudieran informar a los rebeldes!

—Es de suponer —dijo Vándol con evidente amargura.

—¿Estás decepcionado? —preguntó Elerion con cautela—. ¿Por qué? Por fin hemos vencido a unos cuantos rebeldes.

—¿No lo entiendes? La matriarca Irwain no partió en solitario, sino que la han acompañado unos cuantos guerreros rodnos. Al capturar a los rebeldes con éxito, ahora han demostrado que todos ellos son fieles a Rodna. Esto puede sentar un mal precedente y dividir a la población, dejando a todos los que nos hemos quedado aquí como espías potenciales de los rebeldes. Yo mismo... —Vándol se miró una mano, que temblaba sin que pudiera evitarlo—. Yo mismo siento rabia por no haber sido escogido por la matriarca. ¿Por qué no confió en mí y me llevó con ella? ¿Acaso...? ¿Acaso cree que soy uno de esos malditos espías?

Elerion y Cángloth compartieron una mirada de sorpresa, pero no dijeron nada. Se agarraron con fuerza a las almenas que se alzaban frente a ellos y clavaron los ojos en el horizonte, mientras Vándol aguardaba a su lado con ira contenida.

Los vítores de los rodnos aumentaron a medida que el grupo se acercaba a la ciudad, hasta que al final todos pudieron distinguir la composición de la comitiva sin las indicaciones de los perceptores. La matriarca Irwain encabezaba la marcha, aunque no se la reconocía por sus facciones, sino porque iba ataviada con telas y llevaba la cabeza cubierta por una capucha, como acostumbraban a hacer todos los miembros de su clan. Detrás de ella, una larga hilera de humanos avanzaba con los hombros encogidos y los rostros ensombrecidos por las largas cabelleras que les caían a ambos lados; eran los inferiores capturados, que habían sido maniatados por precaución y caminaban en fila de uno. Estaban sometidos a la vigilancia constante de las tres decenas de rodnos a quienes la matriarca había elegido como compañeros en aquella expedición secreta y que, además, cargaban con un valioso botín de armamento solar que habían confiscado al enemigo derrotado.

Elerion y Cángloth volvieron a bajar a la plaza del Behemot para presenciar de cerca la llegada de los nuevos héroes de Rodna. Se unieron a los júbilos de la multitud, gritando junto a los demás espectadores a medida que la comitiva cruzaba el Portón de los Colmillos, aunque no tardaron en darse cuenta de que, como Vándol, algunos de los que observaban a la matriarca y a su séquito parecían irritados, tristes o incluso temerosos.

—Ni divinos, ni hechiceros ni sacerdotes... —dijo una voz entre el gentío—. ¡No hay ningún miembro de los clanes ambientales!

—¿Qué? —Elerion se fijó bien en los guerreros rodnos que acompañaban a Irwain y se percató de que todos aquellos a quienes él conocía pertenecían, en efecto, a alguno de los clanes corporales.

Aquellas palabras fueron seguidas por varios murmullos que poco a poco apagaron los gritos de alborozo, hasta que la plaza entera quedó inundada por un mar de susurros. Haciendo caso omiso, la matriarca Irwain dio instrucciones a sus seguidores para que vigilaran a los prisioneros y acto seguido se internó a paso seguro en las calles de Rodna.

—¿Adónde irá? —preguntó Cángloth.

—A informar a las demás matriarcas —supuso Elerion.

—¿Por qué no hay ningún miembro de los clanes ambientales? —preguntó un hombre a voz en grito cuando Irwain hubo desaparecido—. Nosotros somos los más poderosos, ¡no tiene sentido que la matriarca nos haya excluido!

—¡Os ha excluido porque no sois de fiar! —replicó alguien desde las murallas.

—¿Qué has dicho?

—¡Me has oído bien! ¿O es que además de ser desleal estás sordo?

En cuestión de segundos, los insultos, los abucheos y las amenazas colmaron la plaza. Docenas de ojos se iluminaron cuando los rodnos activaron sus poderes en forma de amenaza, pero entonces una poderosa voz se sobrepuso a las demás.

—¡Silencio todos! —ordenó uno de los guerreros de Irwain—. ¿Es que la Noche de las Represalias no os enseñó nada? ¿No podemos dejarnos de luchas internas ni siquiera cuando nos hemos hecho con una victoria? ¡Hemos capturado a muchos rebeldes! Tal vez ahora podamos descubrir dónde tienen sus guaridas, cuáles son sus planes de guerra o incluso la identidad de sus espías. ¡Alegraos por eso! ¡La rebelión está un paso más cerca de su fin!

En cuanto la multitud hubo asimilado su razonamiento, las discusiones cesaron y rugieron nuevas burlas hacia los prisioneros. Elerion sabía que el guerrero que había hablado respondía al nombre de Dalion y pertenecía al clan de los resistentes: se trataba de un hombre alto, de ojos grises, mandíbula cuadrada y porte erguido que no se cubría la cabeza con un gorro, sino con un yelmo solar de superficie tan pulida que cuando la luz incidía en ella la hacía brillar como una estrella. A su espalda llevaba un pesado saco donde sin duda albergaba el resto de las piezas de su armadura, mientras que una espada solar de hoja tan larga como su brazo pendía envainada en su cintura.

—Os alegráis de haber esclavizado a un pueblo entero. No podríais ser más arrogantes…, nosotros solo buscamos la libertad.

Elerion bajó la cabeza hacia una rebelde que había maniatada y arrodillada no muy lejos de él. Era joven y tenía el largo cabello rubio sucio y enmarañado, probablemente como resultado del forcejeo previo a la captura.

—¿Buscáis la libertad? —Elerion no pudo contener su lengua ni su desprecio—. ¿Y por eso matáis a niños inocentes?

La mujer se giró hacia él.

—¿Qué dices?

—Quizá os hayamos obligado a servir, pero nunca os hemos asesinado —prosiguió Elerion—. Nunca iniciamos un genocidio ni os castigamos con la muerte ni pretendimos siquiera haceros daño.

—¿Defiendes la esclavitud con el buen trato? —se mofó la chica—. Nada es eterno, tampoco vuestra opresión.

—¡Apuñalasteis a cientos de rodnos por la espalda! —acusó Elerion—. ¡Matasteis a niños...! ¡Matasteis a mi hermano pequeño!

La muchacha inclinó la cabeza en un gesto de vergüenza, pero cuando volvió a levantarla mostró una mirada de increíble dureza.

—La muerte es preferible a vivir sin libertad.

La rebelde se volvió hacia el frente, dejando a Elerion atónito mientras a su alrededor el gentío seguía lanzando burlas a los prisioneros.

6

Las tinieblas envolvían a Elathia. Miró a su alrededor y descubrió que se encontraba en una llanura desierta, una explanada inhóspita, una tierra yerma muy parecida al Páramo, aunque las nubes y la vegetación seca no la volvían gris, sino negra, dado que las sombras rodeaban el horizonte.

Un solo rayo de luz hendía la oscuridad para iluminar el centro de la planicie, incidiendo directamente sobre un trono solar que relucía como una única estrella en medio del firmamento nocturno. Elathia se acercó con precaución hasta distinguir que sobre el sitial reposaba una hermosa corona, dorada y plateada, con una miríada de joyas engastadas en ella reflejando la luz del rayo de tal manera que la dispersaban en todas las direcciones y con multitud de colores.

Tal visión la embelesó durante un tiempo que pareció prolongarse horas, cuando de pronto una voz en su interior le dijo que algo no iba bien. Empezó a sentir mucho calor en la espalda y la divina se volvió para ver llegar al fornido Arúnhir, sonriente y calmado; sus ojos brillaban como soles y las llamas envolvían su cuerpo como un aura protectora. Los dedos de Elathia se quemaron al intentar tocarlo y el sacerdote pasó de largo sin ni siquiera fijarse en ella, con la mirada clavada en el trono que había frente a ellos.

—Arúnhir, ¿qué haces? ¡Espérame!

Elathia intentó mantenerse a su altura, pero se dio cuenta

de que no podía caminar hacia delante, pues una barrera invisible le impedía avanzar. Frustrada, intentó obrar un milagro, pero comprobó con pavor que su cuerpo no había ingerido los nutrientes necesarios como para poder invocar sus dones. Acto seguido contempló horrorizada cómo su amante llegaba hasta el trono, se agachaba para coger la corona y se giraba para mirarla directamente.

—No, no, otra vez no… —imploró ella con impotencia—. Recuerda a Elthan, nuestro hijo…, hemos llegado hasta aquí por él…

—No. Yo estoy aquí para recuperar lo que es mío.

Arúnhir se colocó la corona en la cabeza y un instante después su aura llameante se expandió hasta alcanzar el tamaño del sol, deshaciendo las tinieblas del Páramo para descubrir que detrás de Elathia se encontraba la ciudad de Rodna. El sol se hizo tan grande que de inmediato fue capaz de abarcar la urbe entera, devastando las construcciones y a todos sus habitantes debido a la intensidad de la explosión de fuego.

Por fortuna, en aquella ocasión Elathia consiguió reaccionar a tiempo. Recurrió a sus poderes tan pronto como el sol empezó a expandirse y, por alguna extraña razón, ahora su cuerpo sí poseía los nutrientes que antes le habían faltado. Sus iris se iluminaron y fue capaz de dividir la incontenible llamarada solar que procedía del trono al crear un pequeño espacio convexo a su alrededor, donde el fuego no conseguía llegar.

Ahora bien, no había milagro que pudiera salvarla eternamente de la intensidad del sol, cuya llamarada no se extinguió, sino que continuó aumentando. Mientras el fuego se expandía hacia todos los rincones del mundo, Elathia luchó desesperadamente contra una presión que era mil veces superior a sus dones; su grito de angustia se prolongó en su garganta, luchando contra lo inevitable, hasta que al final, incapaz de mantener la convexidad resguardada, cerró los ojos y cayó arrodillada, destinada al amargo final.

Sin embargo, sorprendentemente, el fuego no la abrasó. Había esperado sentir un dolor insufrible durante breves instantes antes de morir carbonizada, pero eso no ocurrió, de modo que abrió los ojos y vio, incrédula, que una larga y gruesa espada había sido clavada en el suelo, justo delante de ella. Su filo había dividido las llamas y mantenía así el seguro espacio convexo alrededor de Elathia.

Fue entonces cuando la llamarada solar se extinguió sin dejar ningún rastro o señal, como si nunca hubiera tenido lugar. El trono, la corona y Arúnhir habían desaparecido a su vez y las tinieblas volvían a envolver el Páramo igual que al principio, la única diferencia era que el espadón de filo descomunal seguía allí clavado frente a ella.

—Levanta.

Alguien apareció a su lado y le tendió una mano. No sabía por qué, pero Elathia estaba segura de que aquella era la voz del propietario del espadón, quien lo había clavado frente a ella para poder salvarla. No obstante, cuando alzó la vista vio que su salvador no era un rodno, sino un cíclope.

—¿Quién eres? —preguntó ella.

—Nada es eterno —respondió él—. Ni siquiera el Dios Sol.

Elathia despertó con el rumor de varias voces. La tenue luz matutina iluminaba la lona gris. Se giró y comprobó que estaba sola. Se estiró para desperezarse y luego se incorporó, se vistió y salió del pabellón.

Sus tres compañeros se encontraban preparando el desayuno en el exterior. Se volvieron hacia ella al verla aparecer.

—Creía que tendríamos que entrar a despertarte —la saludó Nándil—. ¿Has dormido bien?

—He tenido una pesadilla —se quejó Elathia de mal humor.

—Ah, ¿sí? ¿Qué ocurría?

—No estoy segura —musitó la divina con sinceridad—. Apenas lo recuerdo.

Habían instalado el campamento en una de las laderas rocosas de las Oélkos. Durante el día anterior habían superado finalmente los límites del extenso bosque al iniciar el lento ascenso a las montañas. Algunos árboles y matojos espinosos todavía salpicaban el entorno con manchas de verdor, pero, si miraban hacia atrás, la altura y la escasa densidad de la flora les permitían contemplar el largo recorrido que habían realizado durante las últimas seis jornadas, desde que habían abandonado el Páramo, junto con el inconfundible camino ardiente que Arúnhir había abierto en la arboleda.

Bajo ellos se alzaban los restos de una aldea abandonada, construida en los límites del bosque. La ciudad de Rodna había sido desde siempre el centro de la civilización, pero en cada generación había habido algunos habitantes que, curiosos por el mundo exterior o hastiados de los protocolos de la sociedad, habían partido a las tierras salvajes, donde habían fundado nuevos poblados.

Por desgracia, al inicio de la rebelión los inferiores atacaron muchas de esas aldeas, destruyéndolas y obligando a los supervivientes a refugiarse de vuelta en Rodna. En consecuencia, las ruinas que ahora había bajo ellos formaban un pueblo fantasma en el que habría podido refugiarse cualquier clase de enemigo, aunque ni bestias ni inferiores habían dado en ningún momento señales de vida.

—El tiempo me ha dado la razón. —El sacerdote miró a Ilvain con una sonrisa—. Las dríades no han venido a buscarnos. Aprendieron una buena lección cuando Nándil se enfrentó a ellas.

La perceptora no respondió enseguida, sino que acabó de engullir una loncha asada de carne de dríade mientras la capucha ensombrecía sus rasgos. El consumo de poder que debía realizar a diario era tan elevado que había cogido la costumbre de alimentarse mucho más de lo habitual, no solo cuando se detenían para descansar, sino incluso mientras caminaban.

—Ha ocurrido algo que no esperaba —confesó con sus ojos dorados escudriñando el horizonte occidental—. ¿Recordáis que mencioné a un cíclope antes del ataque de las dríades? No creí que nos estuviera siguiendo el rastro, pero así era. Las dríades nos habrían atacado ayer, antes de que abandonáramos su bosque..., pero el cíclope se cruzó con ellas. Hubo una lucha y murieron una docena de dríades. El resto huyeron.

—¿Cómo? —Arúnhir rio—. ¿Ahora los cíclopes y las ninfas son enemigos?

—Todas las bestias tienden a luchar entre sí de vez en cuando —dijo Ilvain.

—Más sorprendente que eso es el hecho de que un cíclope nos estuviera siguiendo el rastro. —Nándil había fruncido el ceño—. Suelen ser más poderosos que las dríades, pero menos inteligentes, y desde luego nunca había oído hablar de ninguno que supiera rastrear rodnos.

—El camino que abrió Arúnhir no es difícil de seguir, ni siquiera para las criaturas más estúpidas. —Ilvain se encogió de hombros.

—Quizá tengas razón. —Nándil hizo un gesto hacia la cadena montañosa que se alzaba ante ellos—. ¿Desde aquí percibes la amenaza de alguna otra bestia, como sentiste la de las dríades del bosque?

—Oigo a un puñado de cíclopes escondidos en unas cuevas cercanas, huelo ninfas oréades y veo grifos sobrevolando las alturas —contestó Ilvain—. Los cíclopes nos atacarían si fuéramos tan insensatos como para entrar en su territorio, pero evidentemente no lo haremos. Las oréades y los grifos no nos harán nada mientras nosotros no los perturbemos.

—Podría ser que ese cíclope del bosque no nos esté siguiendo a nosotros, sino que regrese con sus hermanos de las montañas —dedujo Nándil.

—Es lo que espero —afirmó Ilvain.

Mientras sus compañeros conversaban, Elathia asó y desayunó una larva de fénix, el animal en estado de desarrollo que nacía de sus cenizas, antes de crecer hasta convertirse en la espléndida ave mágica. Luego cogió el detector y observó que su original color ambarino se había ido oscureciendo gradualmente a medida que transcurrían los días, de la misma forma que se había ido calentando más y más al tacto, como si hubiera estado expuesto a las brasas de un horno. Aun así, el cambio más destacado se había producido en la aguja, porque, si bien antes señalaba siempre a Arúnhir y solo se desplazaba después de que Elathia obrara el milagro, en aquel momento se movía frenéticamente entre el sacerdote y un punto indeterminado en dirección septentrional.

—¿Se ha estropeado? —Arúnhir expresó la duda que todos se planteaban al contemplar el objeto.

—Al contrario. —El semblante de Elathia se iluminó con una sonrisa de gozo—. Esto solo puede significar que vamos por buen camino. Por eso su pigmento y su temperatura se acercan de manera progresiva al fuego con el que fue imbuido y su aguja tiembla de esta forma: la corona está cada vez más cerca y el detector es capaz de sentirla. Pronto ni siquiera será necesario que invoque un milagro para que señale la dirección correcta, porque la propia aguja será atraída sin margen de error hacia nuestro objetivo.

Arúnhir respondió con una sonrisa tan amplia que se le vieron todos los dientes. Los ojos de Elathia brillaron cuando obró el milagro y la aguja dejó de temblar para acabar señalando firmemente hacia el nordeste.

—Esto es una prueba de que de verdad nos estamos dirigiendo a un poder sin parangón —reconoció Nándil.

—Solo es cuestión de tiempo que cumplamos nuestra meta —asintió Elathia, los ojos de nuevo apagados—. Pero no olvidéis que puede haber otros buscando lo mismo, y todavía no sabemos qué nos depara el camino…, así que partamos de inmediato y no cantéis victoria hasta que alcancemos la corona.

La cadena montañosa de las Oélkos se alzaba de norte a sur con picos tan altos que algunos ni siquiera alcanzaban a verse, desapareciendo tras el mar de nubes grises que surcaban el cielo. Como no sabían a qué distancia se encontraban exactamente de la corona no tenían otra opción que avanzar siguiendo la aguja del detector, si bien eran conscientes de que tal vez habría sido mejor buscar un paso bien definido o incluso rodear las montañas antes que tratar de cruzarlas en línea recta. Por fortuna, Ilvain se mantenía a la cabeza del grupo y, teniendo en cuenta la dirección que señalaba el detector, buscaba siempre la ruta más accesible a la vez que más directa para avanzar.

Se internaron en las nubes que encapotaban el cielo mientras todavía subían, siendo entonces rodeados por una neblina blanca que apenas les permitía ver más allá de unos cuantos pasos en cualquier dirección. Incluso a Nándil, la más joven y enérgica del grupo, empezó a faltarle el aliento, de modo que el silencio se hizo aún más denso entre ellos. Las palabras fueron sustituidas por ruidosas inspiraciones y jadeos, pero no se detuvieron para descansar. Ilvain avanzaba marcando el ritmo, y los demás la seguían sin rechistar.

Al mediodía alcanzaron la cima de la montaña. Acababan de sobrepasar las nubes y por primera vez desde que iniciaron su viaje la luz del sol incidió directamente sobre ellos, tan limpia y clara que devolvió de nuevo el vigor a sus magullados cuerpos. A su alrededor, la cresta de la cadena montañosa de las Oélkos proseguía entre las nubes hasta donde alcanzaba la vista, como un largo camino de tierra en medio de un vasto océano de aguas blancas. El detector indicaba que tendrían que descender en algún momento, pero como la aguja señalaba en cierto grado la misma línea que la cresta de la cadena, continuaron por ella para aprovechar los rayos de sol que, probablemente, no volverían a recibir hasta que regresaran a casa.

No iniciaron el descenso por la ladera opuesta hasta que Ilvain detectó varios nidos de grifos cerca de ellos y sugirió abandonar la cresta antes de que las bestias se sintieran amenazadas. Cuando, al bajar, traspasaron una vez más el manto de nubes que envolvían los picos de la cadena se abrió ante ellos un paisaje de todo cuanto se extendía al este de las Oélkos hasta el mar que rodeaba la isla de Gáeraid; no obstante, mientras todavía descendían se dieron cuenta de que la ladera en la que estaban quedaba abruptamente cortada, pues había sufrido un terrible desprendimiento que la había deformado por entero.

—No podemos continuar el descenso por este camino —decidió Ilvain—. No pensé que hubiera acantilados tan bruscos a este lado de las montañas, tendremos que retroceder para encontrar una ruta más segura.

Elathia sacó el detector para comprobar la dirección de la aguja, pero soltó un grito tan pronto como lo tocó, dejándolo caer al suelo. El instrumento repicó a sus pies dos veces antes de quedarse quieto; vieron entonces que el color de su contorno se había vuelto aún más penetrante que la última vez, hasta alcanzar un rojo tan intenso como el magma.

—Está muy caliente —murmuró la divina, presa de la sorpresa. Se agachó para recogerlo con la punta de los dedos y comprobó con asombro que la aguja no señalaba hacia Arúnhir ni tampoco temblaba, sino que apuntaba directamente en dirección nordeste.

—¿Has lanzado el milagro? —se extrañó Nándil.

—No me ha dado tiempo —contestó Elathia, cada vez más incrédula—. La corona debe de estar ya tan cerca que el detector la señala sin necesidad de que yo intervenga.

La divina guardó el objeto de inmediato; no volvió a quejarse, pero sus dedos habían enrojecido tanto que sin duda habían sufrido algunas quemaduras.

—Es maravilloso. —Arúnhir sonreía de oreja a oreja—. Estamos cerca de la corona, no hay rastro de los rebeldes y ninguna bestia será capaz de resistirse a nuestros poderes. Tan solo la aparición de un behemot o un dragón podría suponer un verdadero reto. Dinos, Ilvain, ¿detectas la amenaza de alguno de ellos frente a nosotros?

—Hay un dragón —manifestó la perceptora—. Pero le rodearemos para que ni siquiera se percate de nuestra presencia.

—¡Estupendo! ¿Y qué hay de ese cíclope que nos seguía? ¿Todavía anda detrás de nosotros?

—Aún nos sigue —informó Ilvain con voz sosegada. Sacó un filete de ninfa y empezó a mordisquearlo antes de continuar—. Es muy extraño. No se ha reunido con sus parientes, sino que claramente va tras nuestra pista. Un cíclope que sabe rastrear humanos...

—Quizá algunas bestias hayan evolucionado con los ciclos —sugirió Nándil—. Igual que nos ocurre a los rodnos con nuestros poderes: cada vez los controlamos mejor y al llevarlos al límite aprendemos nuevas habilidades, ¿no es cierto? Puede que haya bestias de todo tipo que se han ido desarrollado más a medida que transcurren los años.

—Lo dudo. Si estuvieras en lo cierto, habríamos visto síntomas de una evolución progresiva. Este cíclope que nos sigue es una excepción..., hay algo raro en él.

—¿A qué distancia está? —quiso saber Arúnhir.

—En la cima de la cordillera. A medio día de marcha, creo. —Ilvain escupió un nervio contra el suelo y continuó comiendo—. Su hábitat natural son las cuevas, pero ha recorrido un camino que se aleja por completo de ellas, lo sentí primero en el bosque y luego en las montañas. Y su olor... —La perceptora olfateó el aire y frunció el ceño—. No lo comprendo. Es un tufo a muerte, pero al mismo tiempo me resulta familiar.

—¿Crees que deberíamos preocuparnos?

Hasta ese momento Ilvain se había mantenido de cuclillas en el filo del risco, con la vista clavada en el nublado horizonte oriental que se extendía ante ellos. No obstante, la pregunta del sacerdote la hizo volver la cabeza hacia sus tres compañeros, que la observaban en silencio.

—Deberíamos —asintió.

—Está bien. —Arúnhir miró a Elathia—. Adelantaos vosotras. Yo esperaré al cíclope y me enfrentaré a él.

—¿Qué? ¿Por qué harías eso? Unidos somos más fuertes.

—Los cíclopes pueden desplazarse más rápidamente que los humanos si lo desean, solo es cuestión de tiempo que recorte la distancia que nos separa. Prefiero eliminar su amenaza cuanto antes, en lugar de darle tiempo para que nos asalte por sorpresa justo cuando tengamos la corona a nuestro alcance.

—Si ahora te rezagas, ya no podrás atraparnos.

—Te equivocas. —El sacerdote señaló el acantilado—. Vosotras debéis retroceder para descender, pero yo no tengo necesidad de hacerlo. Cuando acabe con el cíclope, calentaré el aire para saltar directamente desde aquí. Nos veremos abajo. Si algo sale mal, Ilvain lo notará; no me esperéis y continuad hasta la corona.

Elathia dudó brevemente. Al cabo, asintió, se acercó a Arúnhir y le besó en la mejilla.

—No tardes —fue su única despedida.

Acto seguido echó a andar hacia el sur y no se volvió ni una sola vez para acompañar a su amante con la mirada. Nándil e Ilvain enseguida partieron tras ella. Los ojos áureos de la perceptora no se apagaron en ningún momento, centrando sus sentidos en Arúnhir incluso cuando ya lo habían perdido de vista.

—Avísame cuando el cíclope llegue junto a él —le pidió Elathia.

—Descuida.

—No podrán hacerle ni un rasguño —afirmó Nándil con confianza—. Siempre se jacta de lo poderoso que es, y en el bosque lo demostró. Tan solo necesitará un instante para carbonizar al cíclope.

—Eso espero. Y la verdad..., me sentiré algo decepcionada si un cíclope es la única amenaza a la que debemos enfrentarnos. Cuando partimos de Rodna creí que nuestro viaje se vería constantemente interrumpido por la presencia de las bestias.

—Las bestias son escasas porque están casi extintas —declaró Ilvain. Engulló un último trozo de carne y luego cogió su odre para beber un trago de agua y limpiarse las manos—. Jamás se recuperaron de la derrota que Maebios les infligió. Encontraremos más en nuestro camino, pero no nos molestarán si las evitamos.

—Maebios..., todo se remonta a él —rememoró la divina—. El Dios Sol tuvo que entregarle la corona para que pudiera salvar Rodna de las bestias, pero al hacerlo las condenó, puesto que los rodnos las hemos seguido cazando sin descanso.

—¿Y cómo pudieron las bestias unirse en un mismo ejército salvaje para atacarnos todas a la vez? —se preguntó Nándil—. Es algo que nunca he comprendido. ¿Tú tienes alguna teoría, Ilvain?

—Es la mayor incógnita de la naturaleza de Gáeraid. —La aludida negó con la cabeza—. ¿Cómo pudieron cientos de bestias irracionales ponerse de acuerdo para atacar un mismo lugar de forma simultánea? Carece de sentido. —Hizo una pausa—. Mi hermana cree que se debe a los behemots.

—¿Por qué?

—Porque en aquella contienda había uno de ellos y se dice que, cuando Maebios le dio muerte, las demás bestias se dispersaron como acobardadas. De ser cierto, estaría implicando que el Gran Behemot gobernaba sobre el resto de las bestias, dado que huyeron tras su muerte. En tal caso, habría sido él quien les habría ordenado atacar en aquel momento.

—Los behemots son los reyes de la tierra, así que tendría sentido que las demás bestias le obedecieran —reflexionó Nándil—. Además, hace mucho tiempo que nadie ve a un behemot... Su extinción explicaría por qué las demás bestias jamás nos han vuelto a atacar en masa: porque ya no quedan behemots que puedan controlarlas.

—Los behemots son los más poderosos en la tierra —admitió Ilvain—, pero los dragones lo son en el aire y los leviatanes en el mar. Y ni dragones ni leviatanes actuaron por su cuenta, sino que aquel día atacaron Rodna todos juntos. Eso implicaría que también ellos actuaban bajo el mando del Gran Behemot, algo que resulta impensable, porque dragones, leviatanes y behemots mantienen un triángulo de poder; si una raza fuera superior al resto, se rompería el equilibrio.

—Entonces ¿cuál puede ser la respuesta?

—Supongo que nunca lo sabremos. Nada es eterno, ni siquiera el conocimiento.

—La corona podría decírnoslo —insinuó Nándil en voz baja—. Creemos que en ella se alberga el poder del Dios Sol, pero podría ser que también incluya su conocimiento infinito, ¿no? Quizá, usándola con el propósito de comprender, podría responder a cualquier pregunta que se nos ocurriera formular...

—No sigas por ese camino. —La voz Elathia era serena pero firme—. ¿Arriesgarías tu vida por el conocimiento? Ilvain y yo tal vez debamos sacrificarnos, pero tú no tienes por qué hacerlo. Todavía te quedan dos ciclos y medio por vivir: aprovéchalos. Olvida la codicia y disfruta del futuro que dejaremos ante ti.

—Lo intentaré —prometió la hechicera mientras sus manos temblaban levemente—. Aunque vuestras muertes serán solo la última opción. Si la primera sacerdotisa pudo usar la corona durante años sin fallecer, espero que podamos encontrar una solución alternativa a los sacrificios.

—Es posible que la historia haya sido tergiversada de algún modo —dijo Ilvain—. Por ejemplo, antes de que Elathia me hablara de la corona yo siempre había pensado que Maebios había derrotado a las bestias gracias a una espada.

—¿Te refieres a Báinhol? —interrogó la divina.

—Sí. La leyenda cuenta que Maebios logró asestarle un golpe letal con esa espada al Gran Behemot. Las otras bestias, que seguían sus órdenes, huyeron. Sin embargo, el propio Maebios murió en el lance.

—Esa hipótesis es más plausible que la que afirma que era un híbrido de los ocho clanes —concedió Elathia—. Pero ahora sabemos que la corona existe, porque el detector nos está llevando directamente a ella. Y no parece probable que Maebios necesitara ningún arma para derrotar a las bestias, ni siquiera al Gran Behemot, si ya tenía el poder del Dios Sol en sus manos.

—¿Has visto el espadón en persona alguna vez? —preguntó la perceptora.

—Desgraciadamente no. Los fuertes no suelen mostrarlo. Es su reliquia más preciada y creen que el secreto es la mejor forma de protegerla.

—Yo lo he visto con mis propios ojos —confesó Ilvain.

—¿De verdad? —Elathia se sorprendió—. ¿Cuándo? ¿Dónde?

—Hace años —respondió la perceptora con vaguedad intencionada—. Durante un tiempo fui cercana a su actual dueño. Y, créeme, el espadón es impactante. Cuando lo tienes delante da la impresión de que sí, de que habría sido capaz de darle muerte incluso al Gran Behemot.

—Quizá sea impactante, pero eso no significa que Maebios llegara a usarlo —razonó la divina.

—Lo único que sé es que los fuertes están convencidos de

que Maebios lo clavó entre las costillas de la bestia hasta llegar a su corazón. —Ilvain se encogió de hombros.

—Es lo que les interesa creer, dado que es un arma tan pesada que solo pueden usarla los miembros de su clan. —Elathia negó con la cabeza—. Pero dudo que Maebios fuera un fuerte, en todo caso.

—¿Por qué?

—Porque no tiene sentido que el Dios Sol le hubiera entregado la corona a un rodno de los clanes corporales, ¿no crees? —La divina hizo un gesto como para quitarle importancia—. Un miembro de los clanes ambientales habría sido mejor elección, porque estaría más acostumbrado a lidiar con grandes poderes.

—Quizá —admitió Ilvain con voz sosegada—. Es curioso que nadie sepa de cierto a qué clan pertenecía la figura más importante de la historia de Rodna.

—Saberlo solo despertaría envidia entre los demás clanes. Es mejor que siga siendo un misterio.

—El actual portador de Báinhol, ¿quién es? —intervino Nándil.

—Thadwos —contestó Ilvain.

—¿Thadwos? —Elathia se sorprendió.

—No le conozco —admitió Nándil.

—Es mayor que tú —dijo Elathia—. Es un cazador. ¿Desde cuándo es el dueño de la espada?

—Desde hace casi un ciclo —respondió Ilvain—. Báinhol es el espadón más famoso de Rodna, lo que hace que todos los fuertes sueñen con poseerlo e incluso se maten entre ellos para conseguirlo. Por eso no van anunciando por ahí a quién pertenece en la actualidad, porque cuanta menos gente lo sepa, menos gente lo buscará. El propio Thadwos mató a Vánial, su anterior propietaria, con tal de convertirse en el dueño de la espada. Pero Vándol, el hijo de Vánial, lo descubrió y reunió un grupo para darle caza, de modo que Thadwos se marchó de Rodna. Ahora vive solo por las tierras salvajes de Gáeraid, más allá del Páramo.

—¿Cómo sabes todo eso? —inquirió Elathia—. ¡Ni siquiera perteneces a su clan! Yo conozco tanto a Thadwos como a Vándol, pero nunca había oído que fueran enemigos, ni que Báinhol estuviera en manos de Thadwos.

Ilvain tardó varios segundos en responder.

—Thadwos fue mi amante —confesó con voz sosegada.

—¿Y por qué dejó de serlo? —preguntó Nándil con inocencia.

—Nuestras vidas eran incompatibles.

Sin previo aviso, la perceptora giró la cabeza bruscamente hacia atrás. En el dorado de sus ojos se reflejó un rayo de fuego que subió en espiral hasta atravesar las nubes, seguido por un fuerte tronar, como si el cielo mismo se hubiera quebrado. Elathia y Nándil se volvieron hacia la misma dirección: multitud de aves volaban para huir del lugar con tanta presteza como les permitía el batir de sus alas.

—Es Arúnhir —se percató Elathia—. ¿El cíclope ya ha llegado hasta él?

—Aún no.

—Entonces ¿qué está haciendo? —preguntó Nándil.

—Lo está atrayendo —dedujo Elathia—. Será mejor que nosotras continuemos.

—No me fío de él —soltó de pronto Ilvain.

—¿Qué quieres decir? —preguntó Elathia con desconcierto.

—Te considero una buena persona y no deseo faltarte al respeto. —La perceptora estaba muy seria—. Pero ¿crees que al sacerdote le bastará el recuerdo de Elthan para renunciar a la tentación que supone la corona?

—¿Qué? —Elathia se mostró incrédula.

—Ningún hombre se ha sentido nunca atado a los hijos que pueda haber engendrado. Muy a mi pesar, no creo que el sacerdote sea diferente. ¿De verdad crees que sentía tanto aprecio por tu hijo como para renunciar a la corona del Dios Sol?

El rostro de la divina pasó del asombro a la confusión y finalmente al enojo.

—Hablas de lo que ignoras —acusó con frialdad.

—Es cierto, tú lo conoces mejor que nosotras. Solo te pido que no confíes ciegamente en él, porque nuestras vidas dependen de ello.

Nadie añadió nada más. Elathia no volvió a mirar a la perceptora y se instaló un tenso silencio entre ellas que no se interrumpió en ningún momento mientras continuaban el descenso.

Su camino era cada vez más pronunciado. La vegetación aumentaba a medida que perdían altura, aunque no con tanta rapidez como en el lado occidental de las Oélkos; el horizonte oriental estaba cubierto por un irregular manto verde que consistía en colinas boscosas, prados salvajes y un desierto desolado que daba pie al vasto mar. Al nordeste, las aguas marinas entraban en la tierra y formaban un pequeño golfo; hacia allí señalaba la aguja del detector sin asomo de duda.

Cuando ya hubieron bajado la misma altura que tenía el precipicio, Ilvain volvió a encabezar el grupo y giró hacia el norte; frente a ellas se recortaba como una amenaza el risco, en cuya cima Arúnhir ya no era visible, aunque todavía perduraba un rastro de las llamas que habían horadado el cielo. En la base del acantilado yacían cientos de rocas y escombros caídos de tal manera que sin duda dificultarían el acceso, de modo que las tres mujeres los rodearon para internarse cada vez más en las tierras orientales a medida que continuaban su recorrido.

Fue entonces cuando Ilvain al fin rompió el silencio. Se detuvo y se giró hacia sus dos compañeras.

—Ya está muy cerca de él —sentenció.

Elathia asintió secamente y tanto ella como Nándil se volvieron hacia la cima del precipicio. Esperaron con las cabezas levantadas sin moverse un ápice.

—El sacerdote ha salido a su encuentro —informó la perceptora—. Están quietos, uno frente al otro. Se están observando. El sacerdote ha dicho algo, creo... —Ilvain se detuvo, extrañada—. Está a punto de atacar. Ahora el cíclope se ha lanzado contra él. El sacerdote ha invocado el fuego...

Se produjo una explosión visible para todas en lo alto de la montaña. Instantes después, una llamarada se alzó hacia las nubes.

—¿Qué ha ocurrido? —quiso saber Elathia.

—El sacerdote ha hecho una pira tan potente que apenas soy capaz de sentir el cuerpo del cíclope ardiendo en ella. Lo ha calcinado por completo, no sobrevivirán ni siquiera los huesos. Los grifos observan desde las alturas. No os preocupéis, no se atreverán a atacarle. Ha dado media vuelta..., ya viene.

A no mucho tardar, la anaranjada figura de Arúnhir apareció en la cima del acantilado. Se tomó algún tiempo para invocar de nuevo sus poderes y de pronto saltó al vacío; el aire le retuvo como un remolino, haciendo ondear la túnica hasta su cintura, para luego dejarlo caer lentamente hacia el suelo.

El sacerdote habría necesitado un buen rato para cruzar los escombros a los pies del precipicio, pero tan pronto como tocó el suelo empezó a lanzar piromancias que hicieron añicos las rocas que le dificultaban el paso. De esa manera abrió un camino recto con el que llegar hasta ellas, y al alcanzarlas el viento había formado a su alrededor una nube de arena polvorienta.

—¿Has hablado con él? —fue el único saludo que pronunció Ilvain mientras masticaba un nuevo filete de dríade.

—Le he pedido que diera media vuelta —se mofó el sacerdote—. Evidentemente, ni siquiera me ha entendido. No volverá a ser un problema.

Elathia se levantó.

—Prosigamos.

Arúnhir se situó a su lado.

—¿El detector sigue desprendiendo calor?

—Por supuesto. Imagino que seguirá así hasta que encontremos la corona.

—Puede que incluso se vuelva más caliente, que te queme aun a través de la ropa. —Arúnhir sonrió—. ¿No crees que debería llevarlo yo? Soy el único inmune al calor.

Elathia vaciló. De forma inconsciente, sus ojos se fijaron un instante en Ilvain, quien había girado levemente la cabeza hacia ella tras escuchar las palabras de Arúnhir.

—No es necesario. —La divina se volvió hacia el sacerdote y también sonrió—. Lo seguiré llevando yo, siempre puedo obrar un milagro para que no me queme.

Arúnhir asintió y se puso en marcha. Elathia permaneció inmóvil un instante, pues a su mente acudió su última pesadilla tan nítida como si fuera el recuerdo de algo que de verdad hubiera acontecido en su vida: el sacerdote tomando la corona, el enorme sol que había abrasado el mundo, la gran espada y el cíclope parlante. Se dijo que nada de aquello tenía ningún sentido, así que meneó la cabeza y clavó la vista en el nordeste, donde la corona del Dios Sol aguardaba su llegada.

7

—Los alimentos escasean —declaró Arúnhir a la mañana siguiente mientras rebuscaba en su morral de piel de basilisco—. La carne de quimera que conservo apenas me mantendrá una o dos jornadas más, y para Ilvain ya no tengo nada.

La perceptora estaba sentada cerca de él, engullendo un muslo de dríade con afán mientras mantenía sus poderes permanentemente activos. No hizo ningún comentario.

—A mí tampoco me queda mucha comida —confesó Elathia con un suspiro—. Todavía guardo varios filetes de dríade, pero casi ninguna ración de fénix que pueda consumir. ¿Nándil?

—Poseo suficientes viandas de grifo para una semana más —indicó la hechicera—. Es evidente que soy quien ha estado más pasiva durante el viaje.

Arúnhir se frotó la barbilla en un gesto pensativo.

—No deberíamos continuar sin antes reponer nuestras provisiones. Ilvain, Elathia y yo pronto nos quedaremos sin poderes… y cuando eso ocurra seremos inútiles. Aunque el detector funcione por sí solo y Nándil pueda protegernos, es demasiado arriesgado.

—Debemos continuar —replicó Elathia con serenidad.

—No sabemos si nos aguardará algún peligro al final del camino —señaló el sacerdote.

—Igual de peligroso sería tratar de cazar ninfas, fénix y

quimeras sin usar nuestros poderes. ¿Qué otra opción tenemos más que seguir adelante? Aquí no hay mercaderes que puedan suministrarnos ningún alimento.

—Tienes razón. Pero podemos intentar cazar a una sola bestia para todos.

—¿A qué te refieres?

—Cuando bajábamos de las montañas Ilvain dijo que había un dragón cerca, ¿no es cierto? Dragones, behemots y leviatanes alimentan a todos los clanes…, podríamos tratar de darle caza hoy mismo, los cuatro juntos, mientras todavía nos restan nutrientes. Suelen ser tan grandes que sin duda uno solo de ellos bastará para abastecer nuestros cuatro sacos de piel de basilisco con suficientes alimentos para completar este viaje.

Elathia titubeó y le lanzó a Ilvain una mirada interrogante.

—Hay un dragón —afirmó la perceptora, leyendo su pregunta—. Pero no nos queda de camino, tendríamos que desviarnos. El detector señala al nordeste, mientras que el dragón está hacia el sureste.

—¿Podríamos llegar hoy?

—Sí.

—¿Está solo?

—Sí. —Ilvain asintió con precaución.

Elathia dudó.

—Es la mejor opción —intervino Arúnhir, apoyando la mano sobre uno de los hombros de la divina—. Lo sabes.

—Yo preferiría que no nos acercáramos a él —se opuso Ilvain.

—En mi caso soy la única que todavía conserva víveres, así que acataré la decisión que toméis —decidió Nándil.

Elathia respiró hondo y asintió.

—El peligro ante lo desconocido me parece el mayor —declaró—. Cazaremos al dragón con tal de reabastecer nuestros dones y estar preparados para hacer frente a cualquier obstáculo. Tan solo perderemos un día. Ilvain, guíanos.

La perceptora se levantó con cara de pocos amigos y se puso en marcha mientras seguía comiendo el muslo de dríade. Cuando terminó, lanzó el hueso a un lado y continuó andando sin mediar palabra.

El claro en el que habían acampado se encontraba en el corazón de un pequeño bosque de pinos que no tardaron en cruzar. Los árboles dieron paso a un descampado que coronaba una colina pedregosa, desde cuya cima vieron el lugar al que Ilvain los estaba llevando: un pico cercano a la costa que no era muy alto pero destacaba porque las tierras de su alrededor apenas sobrepasaban el nivel del mar.

—¿Qué haremos para derrotar al dragón? —La imagen de la montaña ensombrecía el ánimo de Nándil—. Aunque contemos con nuestros poderes, no podemos dejar la cacería a la improvisación. Deberíamos planear una estrategia.

—Lo cogeremos por sorpresa —propuso el sonriente Arúnhir—. Antes de que se dé cuenta, mi piromancia y tu hechicería le habrán hecho mella en forma de heridas letales.

—No será tan sencillo —señaló Elathia—. Los dragones están recubiertos por escamas en las que nuestros poderes rebotan, igual que si fuera una armadura solar. Eso significa que yo no podré reventar su corazón mediante un milagro y que Nándil no podrá atravesarle el cuerpo con un rayo; por no hablar de tu piromancia, dado que los dragones escupen fuego y, por tanto, son inmunes a él.

—Si no podemos atacarle directamente, por lo menos podremos enterrarle. —Arúnhir señaló el pico hacia el que se dirigían—. Entre los tres podemos derribar la montaña para sepultarle bajo ella.

—¿Y cómo esperas que nos hagamos con su carne para alimentarnos si lo enterramos? —objetó Nándil—. Su cuerpo entero quedaría aplastado y machacado; aunque luego pudiéramos quitar todas las rocas, cosa que no sería fácil, apenas quedaría algo que rescatar.

—Ni siquiera podríais llevarlo a cabo —intervino Ilvain sin volverse—. El dragón notaría los temblores en la roca y saldría volando de su guarida antes de que tuvierais tiempo de derribar la montaña sobre él.

—Habrá que buscar otra forma de cogerle desprevenido, entonces.

—No podremos —replicó Ilvain en tono sosegado—. Los dragones tienen un olfato tan potente como el de los perceptores, no cabe duda de que ahora mismo ya sabe que estamos yendo hacia él. Cogerle por sorpresa será imposible.

—¿Crees que saldrá a nuestro encuentro? —preguntó Elathia.

—No. —Ilvain negó con la cabeza—. Los dragones son los mayores depredadores que existen en Gáeraid, están acostumbrados a que las presas huyan de ellos, no a que vayan hacia ellos. Probablemente esperará en su madriguera, donde se sentirá a salvo, hasta que nosotros realicemos el primer movimiento. Si queremos cazarle, no tendremos otro remedio que acercarnos a él, aunque nos tendrá localizados en todo momento.

—Lo suponía. —Elathia asintió—. Creo que la mejor opción es usar a Arúnhir como cebo. —Se giró hacia el sacerdote—. Al ser ignífugo, tú eres quien tiene mayor probabilidad de salir indemne en un encuentro contra el dragón. Tu función será distraerle. Mientras, yo trataré de que abra sus fauces, en el morro no poseen una concentración de escamas muy elevada, así que será más vulnerable a mis milagros. Cuando lo consiga —dijo mirando a Nándil—, tú lanzarás un rayo contra su garganta: como el interior no lo tiene recubierto, estará indefenso frente a nuestros dones. Si sale tal y como pienso, el rayo debería atravesar el cráneo del dragón, que caerá fulminado al instante.

—¿Y qué haré yo? —dudó Ilvain.

—Mantenerte al margen. Eres la más débil en el choque:

tus poderes no te salvarán si el dragón te escoge como blanco de sus ataques. Tu tarea es guiarnos hasta él, no hacerle frente.

La perceptora respondió con silencio, aunque su mirada fue a parar a la aljaba que colgaba en su cintura. En un intento de calmar sus nervios, Nándil inició en voz baja un recuento de los hechizos que era capaz de lanzar, al tiempo que Arúnhir sacaba una doble ración de cola de quimera, la asaba entre sus manos y la ingería entera para colmar sus reservas de poder. Elathia simplemente caminaba con decisión.

Las nubes grises cercaban el cielo y el viento soplaba sobre los campos desiertos cuando ante ellos apareció un río demasiado profundo para ser vadeado. Con tal de cruzarlo, Arúnhir evaporó las aguas en un amplio radio, dando tiempo a todos a llegar a la orilla opuesta antes de que el caudal volviera a alcanzar su posición. Tras eso llegaron a las ruinas de un poblado, antaño cuidado y floreciente, ahora derruido y abandonado, cuyos habitantes habían sido por completo exterminados. Y es que la amenaza de los rebeldes no era nada en comparación con la de una bestia desatada, no cabía duda de que se había acercado a los edificios desde lo alto, había derribado las paredes, calcinado a los defensores, aplastado a los inferiores y engullido a los supervivientes para luego establecerse en la montaña que había al lado.

Hacia allí se dirigieron los cuatro rodnos sin demora. Ilvain marcaba el camino, que rodeó los restos de la muralla del poblado para luego internarse en la vegetación que crecía a su alrededor con descontrol. Los matorrales dieron paso a una garganta de piedra que corría en las raíces del pico, que a su vez los condujo hasta una abertura enorme que había en la propia roca; era una brecha ancha y profunda, negra en su totalidad, que se internaba hacia el corazón de la montaña.

Antes siquiera de poner un pie en su interior, oyeron con total claridad una inhalación gutural que procedía del fondo de la cavidad, seguida de una fuerte corriente de aire que salió despedida hacia el exterior. Elathia, Nándil y Arúnhir se pusieron en tensión inmediatamente, mientras que Ilvain, con sus ojos siempre encendidos, se volvió hacia ellos e hizo un gesto de resignación.

—Aún estamos a tiempo de echarnos atrás.

—Odio dejar a medias aquello que he empezado. —Elathia hizo acopio de valor y se puso al frente del grupo—. Ilvain, quédate en la retaguardia. Arúnhir, ven conmigo. Danos algo de luz.

El sacerdote extendió ambos brazos hacia arriba.

—*Hijo del Sol.*

De sus palmas brotó un pequeño orbe de llamas que se quedó levitando sobre sus cabezas. Cuando avanzaron, Arúnhir movió los dedos y el orbe los siguió, adentrándose con ellos en la oscuridad.

Al instante escucharon un rugido apagado, como si la bestia que los esperaba respondiera al desafío que suponía internarse en su territorio. El sol en miniatura invocado por el sacerdote iluminó el espacio que los rodeaba, descubriendo un túnel de tamaño descomunal que descendía al mismo tiempo que giraba hacia un lado para más adelante volver a hacerlo hacia el otro. Enseguida, un potente hedor puso en alerta todos sus sentidos, despertando un antiguo instinto, transmitido de generación en generación desde que sus ancestros más lejanos vivían como nómadas cazando a las bestias, que indicaba sin asomo de duda que ante ellos se hallaba una criatura enorme, vieja y peligrosa. Además, a medida que bajaban notaron un incremento en la temperatura, como si con cada paso que daban se acercaran más al centro de un volcán en erupción.

Mientras caminaban Elathia se preguntó si no eran ellos quienes se estaban dirigiendo a una trampa, y sintió temor por primera vez desde que hubieran partido de Rodna.

—Nándil, prepárate para formar un escudo a nuestro alrededor en cualquier momento —ordenó, tratando en vano de controlar su voz, que resonó con fuerza entre las paredes de piedra.

—No nos atacará de inmediato. Aunque nos considera enemigos, sentirá curiosidad y esperará.

La voz de Ilvain, calmada y apenas audible, contrastaba tanto con las palabras de Elathia que todos se giraron hacia ella con expresión atónita. La perceptora avanzaba la última, medio agachada por el suelo, apenas levantando ruido alguno, con los iris encendidos como dos linternas en medio de las tinieblas y los dedos de la mano siniestra bien cerrados en torno a la empuñadura de su arco negro.

—Está en el siguiente recodo —informó con un gesto de cabeza.

Elathia apretó el brazo de Arúnhir con suavidad.

—Adelante —musitó.

El sacerdote unió las palmas de las dos manos frente a su rostro al mismo tiempo que sus ojos se encendían.

—*Aura del Sol.*

Segundos después, una aureola roja revistió su cuerpo de la cabeza a los pies, envolviendo el contorno de toda su silueta, cuyos ropajes y piel se volvieron carmesíes a ojos de los demás, como si vieran a su compañero a través de un prisma escarlata que manipulara el color de cuanto había en su interior. De inmediato empezó a desprender tanto calor que rivalizó con el de la gruta, obligando a Elathia a apartarse varios pasos de él.

Arúnhir sonrió a su amante una última vez, movió los dedos para que el sol en miniatura volara hacia la boca del túnel y tras eso se lanzó de cabeza tras él.

Un rugido ensordecedor tronó con una potencia tal que la montaña misma pareció temblar. Elathia, Nándil e Ilvain avanzaron con precaución y asomaron las cabezas en el último recodo.

El orbe de fuego de Arúnhir había levitado hasta el techo

de roca, expandiéndose y triplicando su tamaño para que su luz alcanzara a iluminar hasta el último rincón del recinto. El túnel había desembocado en un espacio amplio, de quizá dos veces su altura y anchura, donde abundaban los esqueletos y restos descompuestos de un centenar de criaturas, tanto bestiales como animales y humanas. El propio Arúnhir se encontraba cerca de un montón de cadáveres, brillando con luz propia debido al halo rojizo que le recubría por completo; pero corría con tanta agilidad como podía, tratando de alejarse lo antes posible del lugar en el que se hallaban sus compañeras.

Pues ante él había un dragón, un ser enorme de cuerpo reptiliano, largo y enroscado como una serpiente, forrado por incontables y pequeñas escamas deslustradas que lo protegían como una cota de anillos oxidados, con una gran cabeza de lagarto coronada por cuatro cuernos que se encorvaban hacia atrás cual huesos deslucidos, con un ala replegada en cada flanco y cuatro zarpas con garras puntiagudas que podían ejercer cien veces la presión del martillo contra el yunque.

Sin duda, la llegada del llameante orbe de Arúnhir a su oscura madriguera le había incordiado, pero todavía le había molestado más la aparición del sacerdote reluciente, cuya luz le había herido los ojos. El dragón se había alzado al tiempo que Arúnhir echaba a correr, y para cuando sus tres compañeras alcanzaron el final del túnel, la criatura ya ni siquiera estaba mirando en aquella dirección.

—¡Tu turno, Nándil! —bramó Elathia para que su amiga pudiera oírla por encima del estruendo causado por la bestia descomunal.

—¡*Lanza gloriosa!*

Un rayo se materializó en el puño de la hechicera y tomó la forma de una jabalina, mientras los anillos solares que adornaban sus dedos brillaban con luz blanquecina y sus ojos relampagueaban como si la misma electricidad que había convocado circulara ahora por sus venas. Tras eso separó los pies, colocándose en posición de lanzamiento.

—¡Estoy lista! —vociferó, expulsando su miedo y sus nervios mediante aquel grito.

Elathia se dejó llevar por la situación y chilló igual que Nándil para librarse del terror que le oprimía el pecho, al mismo tiempo que convocaba sus poderes y sus iris fulguraban como dos estrellas caídas en la tierra. El milagro se obró tal y como esperaba: el dragón volvió la cabeza hacia ellas tres y acto seguido las amenazó soltando un nuevo rugido que le hizo abrir totalmente las fauces.

Nándil no necesitó una indicación más precisa, porque, tan pronto como vio que la enorme bestia se giraba, arrojó el venablo eléctrico directo contra su boca.

Elathia e Ilvain siguieron con la vista el arqueado recorrido del proyectil, que se levantó muy alto para luego caer limpiamente en la mandíbula abierta del dragón, antes de que el colosal reptil tuviera tiempo de cerrarla.

El atronador rugido de la bestia fue interrumpido al instante, y las tres compañeras miraron esperanzadas la inmensa cabeza, esperando verla desfallecer de un momento a otro.

Sin embargo, lo que ocurrió fue todo lo contrario. El dragón bronceado se tragó el rayo, vaciló un segundo debido a la sorpresa y luego eructó. Acto seguido apoyó con firmeza las cuatro zarpas en el suelo y en un solo movimiento barrió la cola hacia ellas, con tanta rapidez que apenas la vieron venir.

—¡Cuidado! —fue capaz de clamar Ilvain en el último momento.

Nándil tendría que haber convocado el escudo, pero había bajado la guardia al acertar con el rayo, creyendo que su enemigo ya estaba derrotado. El súbito ataque la cogió por sorpresa y no tuvo tiempo de invocar ningún tipo de protección. Con un acto reflejo reaccionó echándose de inmediato al suelo junto a sus dos amigas, aunque en el fondo sabía que aquello no serviría de nada.

Por fortuna, las escamas que más sobresalían de la cola del dragón pasaron apenas medio palmo por encima de las tres, estrellándose contra la pared que tenían al lado y continuando luego por el resto de la caverna.

—¿Cómo es posible? —murmuró Nándil incrédula—. Nos hemos salvado de milagro...

Su propio comentario la asombró y se giró hacia Elathia, los ojos encendidos de la divina todavía brillaban. Quizá no pudiera obrar milagros contra el cuerpo de su enemigo, pero sí podía lanzarlos sobre ellas mismas.

—¡*Embestida del Sol!*

El grito fue humano, pero la potencia bien podría haber sido la de otra bestia salvaje. Arúnhir formó ante sus manos una bola de fuego tan grande como la que había invocado en el bosque de las dríades y la disparó contra el dragón; la flecha de llamas impactó contra su cuello como un puñetazo titánico, rebotó contra las sucias escamas y golpeó el techo del recinto con tanta potencia que abrió un boquete en la roca misma y atravesó la montaña hasta salir al cielo abierto, donde tras perder impulso al final se disipó entre las nubes de tormenta.

—¡Aquí, bestia inmunda! —Arúnhir, sin un segundo de respiro, gritó para atraer sobre sí la atención del dragón.

Y lo consiguió, si bien el enorme reptil apenas se había inmutado ante el poderoso ataque piromántico. Sus negras pupilas verticales se clavaron en el sacerdote, casi evaluándole, cuando de pronto abrió las fauces de nuevo, pero no para soltar un rugido, sino para vomitar un chorro de fuego que bañó tanto a su pequeño enemigo como una tercera parte del recinto entero.

Arúnhir fue enterrado bajo una ola de llamas, aunque cuando el dragón cesó su ofensiva y cerró la mandíbula, lo primero que se oyó fue la risa del sacerdote, cuya fornida figura brotó sin una sola quemadura. Su cuerpo seguía estando revestido por aquella aura rojiza que había invocado justo antes de empezar el combate.

—Soy inmune a tus ataques, igual que tú lo eres a los míos —se jactó con arrogancia, como si la terrible criatura pudiera comprenderle—. ¿Qué haremos ahora? ¿Combatir hasta la extenuación?

En la otra punta de la cueva, Nándil miraba a Elathia con desesperación.

—¿Cómo acabaremos con él, si tanto la piromancia de Arúnhir como mi hechicería son incapaces de hacerle mella?

Elathia negó con la cabeza mientras sus pensamientos volaban a toda velocidad, tratando de buscar una respuesta.

—Nuestros ancestros encontraron la solución hace siglos. —Ilvain se incorporó detrás de ellas—. Pero parece que el orgullo que sentís por vuestros dones os la hizo olvidar tiempo atrás.

Elathia y Nándil se giraron hacia su compañera y vieron cómo la perceptora tensaba su arco con una flecha de punta ambarina.

—¿Una flecha solar? —reconoció Nándil—. ¡No seas ridícula! ¡Rebotará contra sus escamas igual que nuestros poderes!

—Ah, ¿sí?

Ilvain soltó la cuerda sin esperar respuesta. La saeta recorrió en un suspiro toda la distancia que las separaba del dragón y golpeó una de las escamas que había junto al nacimiento del ala derecha, de tal manera que tanto la flecha como la escama se quebraron y cayeron al suelo.

—Vaya... —musitó Nándil con los ojos muy abiertos.

La perceptora tomó otra flecha de su aljaba y volvió a tensar el arco.

—El hueco abierto en esa escama se encuentra en el pecho

—indicó con voz sosegada—. Si le doy en el mismo punto desde el ángulo correcto, es posible que le atraviese el músculo, pase entre los huesos y alcance el corazón.

Ilvain soltó la cuerda antes de que sus dos compañeras hubieran acabado de asimilar sus palabras, mientras el dragón se movía arriba y abajo, tratando sin éxito de aplastar al sacerdote con las zarpas. La nueva saeta voló por debajo de las membranas dobladas que conformaban el ala derecha y, justo cuando el movimiento de la bestia hizo que bajara la extremidad, la flecha se hundió limpiamente en el hueco abierto por la escama que faltaba.

—¡Increíble! —saltó Nándil con regocijo.

El dragón levantó la cabeza y lanzó el aullido más terrible que los cuatro rodnos habían escuchado jamás. Su cuerpo se retorció en numerosos estertores mientras sus garras y su cola golpeaban sin ton ni son las paredes de roca. Sus ojos se crisparon, sus pupilas se dilataron, vomitó fuego como acto instintivo de defensa y siguió contorsionándose hasta que de pronto abrió los párpados por completo y se lanzó de cabeza contra la desembocadura del túnel.

—¡A un lado! —gritó Elathia a sus dos amigas, moviéndose a tiempo para que el dragón no las aplastara en su huida repentina.

—¡No podemos dejar que escape! —bramó Arúnhir saliendo de entre las llamas para echar a correr detrás de la bestia reptiliana.

El sacerdote se precipitó hacia el túnel, casi atrapando con las manos la punta de la cola del dragón, que a pesar de su tamaño era capaz de desplazarse a gran velocidad; ascendió por el túnel hasta alcanzar su abertura exterior y, una vez allí, batió las alas para alzar el vuelo, sin dejar de rugir en ningún momento.

Arúnhir lo siguió tan rápido como pudo, mientras que sus tres compañeras se afanaron tras él sin intercambiar ninguna palabra. Recorrieron la cavernosa cavidad guiados por la estela rojiza del sacerdote hasta llegar a la luz del exterior; en la entrada de la gruta vieron cómo el dragón trazaba círculos en el aire, muy por encima de ellos, todavía aullando de dolor.

—¿Por qué no cae? —El desaliento de Nándil era palpable.

—Porque solo lo he herido, no he acabado con su vida. —Aunque trataba de mostrar firmeza, Ilvain tenía la frente perlada de sudor—. La flecha no ha alcanzado su corazón. Mi arco es demasiado corto…, puede que carezca de la potencia suficiente.

—¡Viene hacia aquí! —las alertó Arúnhir con un grito.

El dragón había recogido las alas y se había lanzado en picado hacia ellos, abrió las fauces por el camino y descargó una ola de fuego que cayó directamente sobre la entrada del túnel.

—¡*Cerco protector*!

Ningún ataque del reptil volvería a coger desprevenida a Nándil, quien alzó las manos a tiempo y se encerró junto a Elathia e Ilvain en la mitad superior de una esfera diáfana. Arúnhir estaba demasiado lejos y no entró en el escudo, pero no importó, porque su aura piromántica le protegió incluso mejor: las llamas de la bestia se deshicieron sin ningún peligro a su alrededor, mientras que el cerco mágico sufrió una fuerte colisión que Nándil tuvo que resistir apoyando una rodilla en el suelo.

No obstante, aquello era solo una treta de su enemigo, que no había esperado abrasarlos, sino simplemente cegarlos: al lanzar la llamarada sobre ellos, los cuatro rodnos no vieron que batía las alas en el último momento para golpear con su cola la cima de la montaña. El impulso que llevaba unido a la potencia de sus músculos propició un choque de tal fiereza que un derrumbe de rocas del tamaño de casas se precipitó directo hacia la entrada del túnel, donde todavía se encontraban los cuatro humanos que se habían propuesto cazarlo.

—¡Desde arriba!

Ilvain, con sus poderes siempre activos, era la única que podía saber lo que ocurría incluso si las llamas la cegaban, y por ello solo ella reaccionó a tiempo. Por desgracia, su agudeza no podría salvarlos, porque cuando Nándil y Arúnhir alzaron la cabeza solamente pudieron comprender con resignación que ni el cerco ni el aura les impedirían ser enterrados bajo el derrumbe.

Por reflejo se cubrieron las cabezas con las manos, todos excepto Elathia, cuyos iris explotaron de luz al mismo tiempo que lanzaba un nuevo grito. Acto seguido, las rocas más grandes rodaron ladera abajo y rebotaron en el saliente que había justo encima del túnel, saliendo disparadas hacia delante en lugar de caer sobre ellos; algunas de las más pequeñas sí que los alcanzaron, pero chocaron con el suelo a su alrededor, sorteando milagrosamente sus cuerpos.

—¡Arúnhir! —La divina empezó a dar órdenes antes incluso de que la avalancha terminara—. ¡Elévate y haz que el dragón se lance contra ti! ¡Necesitaremos tener una visión clara sobre su pecho desde aquí abajo!

—¡Entendido! —El sacerdote extendió las manos—. *¡Calor!*

—Las flechas solares quizá no puedan hundirse lo suficiente, pero eso no ocurrirá con tu rayo, Nándil. —Elathia se volvió hacia su amiga—. Tendrás que formar otro y lanzárselo justo en el hueco que Ilvain ha abierto en sus escamas.

—¿Qué? —La hechicera agitó la cabeza—. Yo no poseo la puntería de Ilvain. ¡Mis sentidos no están ampliados! El agujero es demasiado pequeño, ¡la probabilidad de acertar es de una entre un millar!

—Exacto. —Los ojos de la divina todavía brillaban—. Tan solo necesitas un milagro.

El colosal reptil alado, malherido y rugiente, sobrevoló los cielos para observar con frustración cómo sus pequeños enemigos aún se mantenían en pie. Arúnhir levitaba cada vez más alto, visible como una antorcha, desprendiendo calor y fuego, sus iris luminiscentes brillando como estrellas, más parecido a un demonio llameante que a un ser humano, fanfarroneando mientras contemplaba al dragón.

—¡Acércate si te atreves, gusano infernal! —exhortaba como desafío—. ¿O es que temes enfrentarte a mí? ¡Nada es eterno, y eso incluye tu miserable vida! ¡Esta noche me daré un festín con tu carne asada!

Elathia, Nándil e Ilvain treparon con rapidez sobre la pila de piedras y escombros que se había formado frente a ellas y alzaron las cabezas hacia el cielo.

—¡*Lanza gloriosa*!

Un nuevo rayo se materializó en el puño de Nándil, que adoptó la postura de lanzamiento y respiró hondo, tratando de calmarse.

—Saldrá bien —la tranquilizó Elathia con voz serena, de pie a su lado.

—La flecha clavada está alimentando su furia —informó Ilvain a sus compañeras—. Quizá no le haya matado, pero sin duda le está causando un dolor sin precedentes.

—Mejor. —Elathia esbozó una sonrisa—. Así nos atacará sin pensar.

La bestia todavía voló en círculos durante unos segundos más, pero al final la presencia de Arúnhir ahí arriba, gritando y revestido de fuego, pareció llamar su atención, porque extendió las alas y se impulsó con la intención de engullir o derribar al molesto sacerdote.

—¡Ahora! —exclamó Elathia.

Arúnhir sonrió y se dejó caer al vacío al mismo tiempo que Nándil lanzaba el rayo blanco con todo su ímpetu. Los ojos de Elathia centellearon, la jabalina eléctrica voló como el proyectil de una catapulta de guerra y el dragón cambió levemente su trayectoria para perseguir al sacerdote, pero eso tan solo lo acercó más a la trampa; la aguda vista de Ilvain fue la única que pudo percibir con claridad cómo el rayo se internaba en su totalidad justo en el hueco dejado por la escama quebrada.

El dragón lanzó un último rugido, que sonó más bien como un gemido lastimero, y se precipitó sin remedio de cabeza contra la tierra, impactando con el antiguo poblado que él mismo había arruinado, dando una voltereta entera y deteniéndose al fin debido a la fricción, dejando tras él una estela de polvo y destrucción. Su cabeza cayó ladeada y su lengua bífida asomó inerte entre sus colmillos, mientras sus pupilas alargadas miraban sin ver la montaña en la que durante tanto tiempo había yacido escondido.

—Ha muerto —sentenció Ilvain cuando dejó de oír el latido de su corazón.

Elathia cayó de rodillas al suelo debido al agotamiento. Nándil se agachó a su lado, sonriendo de pura alegría. Arúnhir descendió de los aires con cuidado y aterrizó un poco más lejos, aunque igualmente sonriente. Ilvain resopló mientras contemplaba la destrucción del mundo a su alrededor: la ladera deformada, la vegetación ardiente y el cadáver del enorme lagarto seguido por un rastro de ruina.

Iniciaron la caminata hacia el cuerpo de su enemigo derrotado, con Elathia apoyando un brazo en los hombros de Nándil. Sin embargo, antes de que hubieran avanzado mucho las orejas de Ilvain se movieron al captar un sonido lejano. La perceptora se detuvo en el acto y miró hacia el oeste, en dirección a las Oélkos. Su rostro empalideció.

—¡Algo se acerca a toda velocidad! —exclamó alarmada—. ¿Una bestia? No, un rodno…, un fuerte. ¡Está sobre nosotros!

Sus ojos dorados captaron una silueta que se recortaba negra contra las nubes occidentales, caía y volvía a aparecer, dando saltos inconmensurables, recorriendo en apenas unos segundos la misma distancia que a ellos les había llevado casi una jornada.

Antes de que tuvieran tiempo de reaccionar, la figura aterrizó frente a ellos con tanta potencia que la tierra se abrió formando un pequeño cráter a sus pies. Cuando el polvo resultante se disipó vieron que se trataba de un hombre que sostenía una espada de tamaño descomunal, más larga que cualquier persona.

—Tenéis dos opciones —dijo el fuerte con voz grave—. Podéis darme el detector o podéis morir.

8

El hombre era tan fornido como Arúnhir y además le sacaba un palmo de altura. Se abrigaba el cuerpo con la piel de un minotauro que caía desde sus hombros hasta su cintura, mientras que un sucio pantalón de tela parda se ceñía a sus piernas. Y no usaba sandalias, sino botas de caña tan alta que le llegaban hasta casi las rodillas. Entre el gorro de plumas de fénix que le guarecía la cabeza y la máscara negra que le ocultaba la mandíbula y la nariz, su rostro estaba completamente cubierto, dejando al aire libre tan solo sus ojos amarillos, que los escrutaban sin pestañear.

Sin embargo, lo que más destacaba en aquel desconocido era su arma, aquel viejo espadón de hoja más larga incluso que la altura de su propio portador, tan gruesa como una pared, vendada desde la cruz hasta la punta, con un filo cortante y otro plano y una desgastada empuñadura que medía cuatro palmos. No cabía duda de que el peso total de semejante objeto debía de ser exorbitante, aunque aquel hombre lo blandía con una sola mano sin tener siquiera que apoyarlo en el suelo.

—Tú... —rezongó Ilvain entre dientes.

—¿Le reconoces? —inquirió Nándil.

—Es Thadwos. —La perceptora pronunció su nombre como si lo escupiera—. ¿Cómo nos has encontrado?

—¿No lo sabes? —Había un deje irónico en la grave voz del fuerte—. Dame el detector y te responderé.

—¿Quién te ha hablado de la existencia del detector? —intervino Elathia. Thadwos se mantuvo en silencio, de modo que la divina se apartó de Nándil y se irguió en gesto amenazante—. Sabes que podría usar mis poderes para obligarte a responder. ¡Ríndete ahora! Somos cuatro contra uno, no tienes ninguna opción.

Tras escuchar sus palabras, el fuerte soltó una carcajada.

—Nada es eterno. Ni nuestras vidas ni esta tierra… ni tampoco los amantes.

Ilvain abrió mucho los ojos y se giró bruscamente hacia Elathia.

—¡Detrás de ti!

La divina supo lo que había en su espalda antes siquiera de llegar a verlo, pues primero lo sintió: un foco de calor, como una hoguera crepitando, una chimenea encendida, una tea en llamas. Entonces dio media vuelta y sus ojos se cruzaron con los de Arúnhir.

Su antiguo amante había torcido el gesto y la miraba como diciéndole que en su rostro podía encontrar todas las explicaciones que necesitaba.

—¿Qué…?

—Entréganos el detector.

Elathia frunció los labios y convocó un milagro para que su amante confesara lo que estaba planeando, pero, si bien sus iris se iluminaron, sus poderes no causaron efecto alguno. El sacerdote se percató de ello y negó con la cabeza.

—Mi aura me protege igual que las escamas al dragón —se burló—. Tus milagros no funcionan contra mí.

Demasiado tarde Elathia comprendió que tenía razón: Arúnhir no se había deshecho de su aura rojiza, sino que la había mantenido activa en todo momento y todavía le envolvía el cuerpo entero.

—Estás demasiado débil para hacerme frente —continuó el sacerdote—. Dame el detector y ríndete. Rendíos las tres.

Elathia se sintió desfallecer. A su mente acudieron todos los recuerdos vividos con su amante, las noches de pasión y las muestras de cariño, sus planes para vengar a Elthan y la advertencia de Ilvain que se había negado a escuchar, aunque al final había resultado ser cierta.

Nándil aún no acababa de comprender lo que estaba ocurriendo, pero la perceptora sí, ella fue la única capaz de reaccionar. Separó los pies, tomó el arco, cogió una flecha y la tensó en la cuerda, dispuesta a atravesar el cráneo del sacerdote de un disparo.

Pero sus movimientos no pasaron inadvertidos.

Thadwos no había apartado los ojos de ella y saltó tan pronto como la vio asir la flecha. Igual que Ilvain, él pertenecía a uno de los cinco clanes corporales, pero mientras que los perceptores eran capaces de intensificar todos sus sentidos, los fuertes podían multiplicar la fuerza de todos sus músculos y fortalecer huesos y ligamentos. Así pues, sus piernas le impulsaron con tanto ímpetu que se desplazó a una velocidad vertiginosa, alcanzando a Ilvain a pesar de la prudente distancia que los separaba y arrebatándole el arco antes de que ella tuviera tiempo de soltar la cuerda. Acto seguido, el fuerte apretó los dedos e hizo crujir la empuñadura de madera, que se partió en dos y cayó al suelo, quedando totalmente inservible.

La perceptora reculó varios pasos con sorpresa, pero no se dio por vencida y agarró otras dos flechas, una con cada mano, dispuesta a luchar cuerpo a cuerpo con ellas.

—Preferiría no hacerte daño —resonó la voz de Thadwos desde detrás de su máscara negra—. Sabes que podría partirte en dos antes de que llegaras hasta mí.

La silueta del enorme espadón que sujetaba con la mano diestra hizo titubear a Ilvain, que permaneció en el mismo sitio, con los ojos encendidos y las rodillas flexionadas. Sabía que aquella era Báinhol, la legendaria espada que, según se decía, Maebios había usado para dar muerte al Gran Behemot.

—No, no, no... —Nándil se llevó las manos a la cabeza con desesperación para finalmente tomar una decisión—. Elathia..., protege a Ilvain. —Su tono pasó del murmullo a la exigencia con tanta rapidez que todos se volvieron hacia ella. De súbito alzó las manos al cielo y levantó la cabeza al mismo tiempo que sus ojos estallaban de luz—. *¡Tormenta prohibida!*

Los rayos empezaron a caer de inmediato, tan rápidos como imprevisibles, cercando a la hechicera en un radio de cincuenta pasos. Elathia gritó debido al apuro y consiguió obrar un milagro a tiempo para que el azar evitara que tanto ella como Ilvain recibieran un impacto, pero Arúnhir apenas tuvo tiempo de cubrirse con los brazos instintivamente cuando lo sacudió el primer relámpago.

Por el contrario, Thadwos se propulsó en un nuevo salto antes incluso de que Nándil terminara de pronunciar el conjuro, huyendo a tiempo de la tormenta. Sin embargo, la hechicera no pensaba dejarlo escapar.

—*¡Manipulación distante!*

Nándil no podía impulsarse con fuerza ni crear corrientes de aire, pero sí que podía invocar sus poderes para hacer levitar objetos inanimados; y si decidía hacerlo con las prendas que llevaba encima, entonces podía conseguir que sus propios ropajes tiraran de su cuerpo. Por ende, podía elevarse y mantenerse en el aire con un control mucho mayor del que conseguían los sacerdotes con su viento o los fuertes con sus saltos, aunque su incomodidad y malestar mientras la ropa tiraba de ella para compensar la fuerza de la gravedad era también muy superior.

—*¡Lanza gloriosa!*

La hechicera convocó la jabalina eléctrica al mismo tiempo que volaba en dirección a Thadwos y le arrojó el venablo blanco apenas segundos después de que el fuerte aterrizara entre unas rocas que, *a priori*, le habían parecido seguras. El relámpago descendió directo de la mano de Nándil al pecho de su enemigo, veloz y preciso, dispuesto a segar su vida en un instante.

Pero el cazador no se amedrentó, sino que tan pronto como lo vio venir blandió el enorme espadón solar y golpeó el conjuro con su filo vendado, de tal manera que el rayo rebotó como si hubiera sido bateado y salió despedido hacia los cielos occidentales.

Acto seguido y sin un segundo de respiro, Thadwos flexionó las piernas y saltó de nuevo, esta vez hacia Nándil, quien todavía se encontraba flotando en el aire. El primer pensamiento de la hechicera fue volar en otra dirección para salir de la trayectoria de su rival, pero al instante comprendió que no podría huir a tiempo del rango de aquella espada descomunal.

—*¡Cerco protector!*

Una esfera completa se formó a su alrededor justo cuando Thadwos descargó la terrible hoja. Báinhol no logró atravesar el escudo translúcido, pero aun así lo atizó de tal manera que tanto Nándil como el orbe que la envolvía salieron disparados en dirección opuesta, hasta chocar con la pared de la montaña de donde procedían. La barrera protectora redujo el daño e impidió que la hechicera muriera aplastada en la colisión, pero de inmediato se deshizo y no pudo evitar que sufriera una contusión en la espalda; ella gimió, pero se irguió y echó a volar de inmediato al encuentro de su adversario. Thadwos aguardó hasta el último momento para luego saltar con intención de propinarle otro espadazo, aunque en aquella ocasión Nándil estaba preparada.

—*¡Onda de choque!*

Extendió los brazos y las piernas incluso mientras volaba y de su interior surgió una fuerza propulsora colosal que se expandió en todas las direcciones, golpeó a Thadwos antes de que pudiera descargar a Báinhol y lo despidió directamente hacia abajo. El fuerte aterrizó partiendo las rocas bajo él, mientras que la hechicera descendía para descansar y depositar los pies sobre una superficie sólida.

No por mucho tiempo, sin embargo, porque Thadwos gritó y propinó un puñetazo con la mano libre contra el suelo con tanta fuerza que la tierra misma tembló, como si un terremoto la sacudiera desde dentro. Nándil se tambaleó y alzó de nuevo el vuelo; pero antes de que pudiera lanzar otro conjuro, su rival saltó con la espada en lo alto, haciendo ademán de descargarla de nuevo.

—¡*Cerco protector!* —gritó la hechicera con desesperación.

Esperaba que Thadwos bajara la espada, pero el fuerte la había engañado: tan pronto como vio que invocaba el escudo, dejó caer su arma desde el aire y sacó un objeto esférico del tamaño de su puño. Era ambarino, aunque unas sombras oscuras circulaban en su interior.

—Oh, no… —fue lo único que logró murmurar Nándil antes de que el objeto tocara la pared de su barrera.

De pronto, un humo huracanado brotó del interior de su cuerpo y se dirigió a la esfera de Thadwos, que engulló con anhelo tanto el cerco que la rodeaba como todo el poder que Nándil albergaba. Ambos cayeron pesadamente de vuelta al suelo, pero su enemigo la sostuvo entre los brazos para que no se rompiera ningún hueso; en su mano derecha estaba aquel orbe oscuro, la fuente de su victoria.

—Un sello revocador —reconoció Nándil con un hilo de voz, abrumada de pronto por un cansancio extremo—. ¿Cómo…?

—Pagué una buena suma por él antes de salir de Rodna —respondió Thadwos con gravedad—. Espera aquí.

El fuerte la depositó con suavidad en la hierba y saltó de nuevo, aún sin su espada, al encuentro de los demás.

La tormenta de rayos que había invocado Nándil al empezar el combate había caído sobre Arúnhir sin hacerle mella, pues su velo rojizo le había protegido de todas las descargas eléctricas, dejando a su paso tan solo un vaho blanquecino que impregnaba su silueta. Tan pronto como Thadwos saltó para ponerse a salvo y Nándil echó a volar tras él, Ilvain salió corriendo hacia el sacerdote con una flecha de punta solar en cada mano.

—*¡Llamarada tenaz!*

Arúnhir la vio venir incluso entre los rayos que le cegaban y alzó una mano que expulsó un chorro de fuego de forma parecida a como lo hiciera poco antes el dragón contra el que se habían enfrentado. No obstante, Ilvain la esquivó, deslizándose a tiempo hacia la espalda del sacerdote para acto seguido precipitarse adelante y clavarle las dos flechas entre los omoplatos con todo el ímpetu de su carrera.

Aquel ataque habría herido de gravedad a un rodno cualquiera, pero no a Arúnhir, cuyo revestimiento ígneo le protegió como una armadura solar e impidió que las flechas se hundieran profundamente en su carne. Aun así, le causaron dos cortes dolorosos y se quedaron allí incrustadas, de modo que el sacerdote soltó un alarido y se giró tratando inútilmente de coger a Ilvain, que ya había salido de su alcance.

—¿Acaso crees que Thadwos es el único que posee un espadón solar? —gritó Arúnhir a medio camino entre el dolor y la rabia—. ¡Si yo no tengo uno es porque no lo necesito! *¡Hoja incandescente!*

Sus ojos, ya de por sí encendidos al mantener en todo momento el halo rojizo que le envolvía, se iluminaron aún más, como dos piras de llamas blancas; extendió el brazo diestro en posición horizontal y de pronto el aura que le recubría desde el hombro hasta los dedos multiplicó su grosor para luego afilar su contorno y duplicar su longitud. Así pues, en apenas un instante el brazo del sacerdote se convirtió en una espada de fuego, casi tan larga y mortífera como Báinhol.

Arúnhir se tomó un instante para contemplar el aterrorizado rostro de Ilvain y luego sonrió.

—¡El poder del Dios Sol recorre mis venas! No tienes nada que hacer contra mí. ¡Desaparece, perceptora!

Los relámpagos de Nándil habían dejado de caer cuando el sacerdote echó a correr hacia Ilvain. Movió el brazo diestro en un arco horizontal para blandir así la hoja de llamas que se prolongaba más allá de su mano y ella no tuvo más remedio que retroceder, temerosa de no poder acercarse lo bastante antes de que aquella espada ígnea la partiera en dos y consumiera su carne hasta que tan solo restaran cenizas.

Entonces Elathia reapareció. Con sus iris siempre resplandeciendo, la divina corrió detrás de Arúnhir, cogió las dos flechas de Ilvain por las astas, las arrancó de la espalda del sacerdote y se las volvió a clavar, esta vez entre los riñones. Su llameante enemigo bramó y se giró al tiempo que blandía el brazo incandescente hacia ella, pero la hoja pasó por encima de la cabeza de la divina. Viendo su oportunidad, Ilvain embistió a Arúnhir con otras dos flechas en las manos.

—¡*Ignición!*

Las llamas brotaron del cuerpo del sacerdote para envolver a Elathia en un abrazo de fuego, al tiempo que él se volvía para descargar la espada contra la perceptora; no la había visto, pero suponía que se estaba acercando y no pensaba dejar que le cogiera desprevenido.

Sin embargo, tanto Elathia como Ilvain fueron capaces de esquivar sus dos embestidas y recularon juntas hasta una distancia segura sin arañazos ni quemaduras.

—Tal vez no pueda obrar milagros contra ti —dijo Elathia con una voz que rebosaba rabia—, pero sí puedo aplicarlos sobre Ilvain y yo misma. Dime, ¿de qué servirá tu piromancia, por poderosa que sea, si nosotras somos capaces de esquivar todas tus acometidas?

Los ojos dorados de Arúnhir la miraron con frustración,

sin saber qué responder, cuando de súbito Ilvain se volvió y empujó a Elathia al suelo.

Medio segundo después, Thadwos aterrizó ante el lugar donde un instante antes estaba la divina de pie y que ahora ocupaba Ilvain; el fuerte la cogió por el cuello antes de que la perceptora pudiera reaccionar y con la mano libre apretó el orbe ambarino contra su pecho. El poder la abandonó, acumulándose en aquella extraña esfera cuyo interior rebosaba de tinieblas.

Atónita, Elathia se incorporó y retrocedió con rapidez, mientras Thadwos soltaba a Ilvain, quien, agotada, apenas fue capaz de mantenerse en pie y tuvo que apoyarse en su enemigo para no caer: sus ojos habían perdido todo brillo y habían recobrado su natural color avellana.

—Un sello revocador. —Elathia miró primero el objeto y luego a Arúnhir, que había caminado hasta llegar al lado de Thadwos. Las manos de la divina temblaban de ira—. ¿Lo tenías todo planeado? ¿Alguna vez...? ¿Alguna vez Elthan te importó?

El sacerdote no respondió. Deshizo la llameante espada de su brazo, pero no su aura ígnea, y acercó una mano a la cabeza de Ilvain, cuya cintura Thadwos sostenía para que no cayera.

—Acércate, entréganos el detector y deja que anulemos tus poderes —exigió su otrora amante—. Si no obedeces, la mataré.

Thadwos giró la cabeza hacia él en silencio. Sus ojos amarillos inspiraban una amenaza, aunque el sacerdote no se percató.

Elathia vaciló. Buscó con la vista a Nándil y la encontró sentada en la hierba, un centenar de pasos más allá. Cuando comprendió que seguía viva, respiró hondo y asintió. Sus ojos se apagaron.

Caminó hasta sus enemigos; Thadwos apoyó en ella la esfera solar y Elathia notó cómo el escaso poder que le restaba se desvanecía de su cuerpo, como si el objeto lo absorbiera y la dejara sin nutrientes. Al terminar, Arúnhir deshizo su aura solar y cogió el detector.

Thadwos dejó a Elathia e Ilvain sentadas y luego saltó para recoger a Nándil y traerla de vuelta. Abrió uno de sus fardos, el que estaba hecho con piel de basilisco, y de su interior sacó manzanas, frutos secos y queso de oveja.

—Comed. —Su grave voz resonó detrás de la máscara como desde una gruta subterránea mientras se agachaba para ofrecer los víveres y un odre de agua a las tres mujeres—. No permitiré que os alimentéis de las bestias, pero tampoco os dejaré morir de inanición.

Ellas aceptaron sin decir palabra y de inmediato empezaron a comer, pues tras perder todos sus dones el hambre las consumía igual que si hubieran completado una larga carrera.

—Thadwos —llamó Arúnhir.

El fuerte se incorporó y miró a su compañero. El fuego había cauterizado las cuatro heridas producidas por las flechas de Ilvain, cuyo dolor no parecía importarle. Tenía la atención fija en el detector de Elathia, que sostenía en la mano diestra: el artefacto poseía un color intensamente rojo y la aguja apuntaba sin el mínimo temblor hacia el norte.

—La corona está muy cerca —dijo el sacerdote. Hizo un gesto hacia las tres mujeres—. Déjales la comida para inferiores que has traído y partamos de inmediato.

—¿Pretendes abandonarlas aquí?

—No tenemos por qué hacernos cargo de ellas. Que regresen a Rodna.

—El cadáver del dragón yace a nuestro lado. Si las dejamos aquí, podrían alimentarse de él, recuperar sus poderes y venir detrás de nosotros.

—Es verdad. En ese caso las alejaremos de la montaña y luego las soltaremos.

—Abandonarlas a su suerte no sería distinto a sentenciarlas a muerte. Desprovistas de poderes y armas estarán indefensas: los rebeldes, las bestias del Dios Sol o los animales salvajes podrían darles caza antes de que lleguen a Rodna.

—No es nuestro problema. Si nos acompañan, serán un lastre.

—Haz lo que quieras con esas dos. —Thadwos señaló a Elathia y Nándil—. Pero Ilvain vendrá con nosotros. No la dejaré desamparada.

Asombrada, la aludida dejó de comer y alzó la cabeza hacia el fuerte.

—¿Qué? —El sacerdote también se había sorprendido—. ¿Por qué? ¿Todavía le guardas cariño?

—No digas tonterías.

—Si los sentimientos te ciñen a ella, tal vez deberíamos disolver nuestra alianza.

—No deseo que muera. Eso es todo.

—Bueno. —Arúnhir dio media vuelta—. Pues ocúpate tú de las tres. Yo prepararé la carne del dragón.

El sacerdote echó a caminar hacia el cadáver de la enorme bestia, mientras Thadwos se quedaba con Elathia, Nándil e Ilvain. Cuando terminaron de comer, el fuerte las obligó a dejar atrás todos sus fardos, sacó una larga cuerda, ató las muñecas de las tres de forma consecutiva y finalmente empezó a andar frente a ellas. Las guio hasta su descomunal espadón solar, Báinhol, que había quedado clavado en el suelo durante su enfrentamiento con Nándil; Thadwos lo arrancó con la mano diestra y apoyó el filo plano sobre su hombro, mientras que en la siniestra sostenía la cuerda que ataba a las tres prisioneras. Silencioso, el fuerte las guio hacia Arúnhir, se reabastecieron con la carne del dragón y luego los cinco marcharon hacia el norte.

9

Elerion estaba sentado en el suelo de la cámara con las piernas cruzadas, los ojos cerrados y los brazos reposando sobre sus rodillas. Frente a él, la llama de una pequeña vela titilaba mientras derretía la cera que caía en gruesas gotas sobre las baldosas de piedra.

De repente abrió los ojos, cuyos iris se tornaron tan dorados como el sol.

—Que entre el viento por la ventana y apague la vela —exigió con autoridad al mismo tiempo que imaginaba la acción en su mente.

Tan pronto como hubo pronunciado la última sílaba, una brisa de aire sopló con fuerza a través de la ventana, voló por el interior de la cámara, pasó por encima de la vela, apagó la llama y luego continuó hasta una ventana opuesta, por donde salió y se perdió en el mundo exterior.

Los iris de Elerion se apagaron, retornando a su innato color azulado. El muchacho asintió para sus adentros, satisfecho con el resultado del entrenamiento matutino, aunque todavía molesto por verse incapaz de realizar milagros de forma no verbal. Sabía que, a base de práctica, tanto su madre como los miembros más prominentes del clan de los divinos habían aprendido a ejecutarlos sin necesidad de hablar, y se sentía impaciente por dominar sus poderes con tanta precisión como ellos.

Se levantó con un suspiro y sacó la cabeza por la ventana que miraba hacia el norte. La hermosa Rodna se levantaba a sus pies, de aspecto dorado gracias a los destellos del sol que se reflejaban en las cúpulas de los edificios. Además del titánico esqueleto que coronaba la ciudad, lo que más destacaba entre todas las construcciones que se alzaban era el palacio, que se hallaba en el centro y era el lugar de encuentro de las matriarcas.

Cada clan estaba dirigido por una matriarca, salvo el de los sacerdotes, que como constituían un grupo diferente estaban encabezados por una suma sacerdotisa. Tales cargos no eran hereditarios, sino que cuando una líder fallecía eran los miembros del clan en cuestión quienes se encargaban de escoger mediante decisión popular cuál de las mujeres que había entre ellos la sustituiría.

Originalmente cada clan había velado por sus propios intereses, pero tras la muerte de Maebios y la casi extinción de los rodnos a manos de las bestias del Dios Sol, las ocho matriarcas y la primera suma sacerdotisa se habían unido y habían gobernado juntas todo cuanto estaba relacionado con la ciudad y sus habitantes. Por ello habían construido el palacio, una sede desde donde reunirse a diario para tratar todos los asuntos de Rodna. A partir de entonces, el único cambio significativo que había sufrido la jerarquía de mando sucedió tras la Noche de las Represalias, dado que la última matriarca de los revocadores fue ejecutada al mismo tiempo que su clan era exterminado, de modo que en la actualidad el gobierno estaba formado por un total de ocho mujeres en lugar de nueve. Al ser ahora un número par, se decidió que, en caso de que hubiera empate de votos a la hora de tomar alguna decisión, la matriarca de los divinos tendría autoridad para desempatar a su favor, puesto que su clan era considerado el más poderoso de todos.

Sin embargo, las aparentes lealtades y confianzas que

mantenían unido su círculo de gobierno se habían visto súbitamente quebradas con la rebelión de los inferiores. Y es que todos los planes y estrategias de las matriarcas habían llegado de algún modo a oídos de los rebeldes, que se adelantaban a sus emboscadas para desaparecer antes de que los rodnos los alcanzaran, o incluso los atacaban cuando estos estaban desprevenidos. En consecuencia, las matriarcas acabaron creyendo que había una traidora entre ellas, lo que las llevó a desconfiar más que nunca y a prácticamente cesar en sus intentos de extinguir la rebelión.

Fue en aquel contexto en el que Irwain, la matriarca del clan de los perceptores, decidió intervenir. Una semana antes de que Elathia partiera de Rodna en busca de la corona del Dios Sol, Irwain escogió a dedo a treinta rodnos de entre los clanes corporales, hombres y mujeres que a su juicio eran totalmente leales, y se había ido con ellos en secreto, sin dar explicaciones a nadie, ni siquiera al resto de las matriarcas.

Más tarde Irwain contó que se habían dirigido al noroeste, donde los exploradores creían que se escondían los rebeldes. Y, en efecto, allí los encontraron: la propia matriarca localizó mediante sus poderes a un numeroso grupo de inferiores que estaban levantando un asentamiento en el fondo de un valle, los asaltaron por sorpresa y los capturaron a todos sin que cayera ni un solo rodno.

Por desgracia, tan buena noticia había causado más recelo que alegría. El éxito de la misión había dejado en evidencia que había una traidora entre las matriarcas, dado que Irwain no se lo había contado a ninguna de ellas, mientras que el hecho de que no hubiera escogido como guerrero a ningún rodno de los clanes ambientales implicaba que no solo desconfiaba de las matriarcas, sino también de todos los miembros de los divinos, los hechiceros y los sacerdotes. La situación se había vuelto tan tensa que incluso había quienes murmuraban que en realidad la traidora era la propia matriarca Irwain, y que había realizado aquella expedición capturando a unos cuantos rebeldes precisamente como tapadera para que las sospechas no recayeran sobre ella.

Tener a un puñado de rebeldes como prisioneros era un lujo extraordinario que no se había producido desde que se habían sublevado, hacía ya un año; lo lógico habría sido someterlos a un interrogatorio usando los milagros de los divinos para obligarlos a decir siempre la verdad y descubrir así dónde se escondían el resto de los rebeldes, qué planes tenían y cuáles eran las identidades de los traidores, si es que los conocían directamente. No obstante, la desconfianza que había entre las matriarcas, ahora incrementada aún más por la expedición de Irwain, había impedido que el interrogatorio tuviera lugar; algunas sospechaban que Hiáradan, la matriarca de los divinos, no era de fiar, porque podría obrar milagros para manipular a los prisioneros y que confesaran información errónea, mientras que otras creían que Irwain podría haber preparado a los cautivos para que revelaran alguna pista falsa.

De modo que, aunque hacía ya un día que Irwain y sus guerreros habían regresado a Rodna, las matriarcas seguían encerradas tratando de ponerse de acuerdo y los interrogatorios aún no habían dado comienzo.

—Cángloth, hay algo que me gustaría preguntarte. —Elerion se volvió hacia su siervo, que en aquel momento se encontraba limpiando los armarios que había detrás de él—. ¿Te consideras un esclavo?

La pregunta cogió al inferior completamente desprevenido. Parpadeó varias veces y luego frunció el ceño.

—No —dijo sin albergar ninguna duda—. Es cierto que vivo para serviros a vos y a vuestra madre, pero no es distinto a cualquier otro trabajo que pudiera tener, no solo como inferior, sino también como rodno. Al fin y al cabo, a cambio de cumplir una labor, obtengo un lugar en el que dormir, comida con la que alimentarme y ropa con la que vestir. Es un inter-

cambio justo. —Hizo una pausa y vaciló antes de continuar—:
¿Lo preguntáis por lo que dijo aquella rebelde?

—Veo que te acuerdas. —La mente de Elerion evocó a la
joven rubia que había conocido el día anterior—. Sí, esa chica
dijo que era mejor morir que vivir sin libertad.

Cángloth asintió y posó una mano sobre la barbilla en
gesto pensativo.

—Puedo entenderlo —confesó—. La libertad se encuentra en la oportunidad de elegir. A mí me complace mi trabajo,
pero no lo escogí. Estaría obligado a cumplirlo incluso si no
quisiera hacerlo. Comprendo que haya inferiores que se sien-
tan atrapados ante la imposibilidad de tomar decisiones.

—Ya veo. —Elerion se acercó a la puerta—. Gracias, Cángloth.

—¿Os dirigís a la Academia?

—No. Voy al palacio.

—¿Queréis que os acompañe?

—No te dejarán entrar a las celdas. Quédate aquí hasta
que vuelva.

—¿A las celdas?

—Sí. Quiero… hacer algo. No tardaré.

Elerion se colocó su gorro de piel de oso para cubrir la
intimidad de la cabeza calva y salió de sus aposentos, dejando
a Cángloth atrás.

Le irritaba sobremanera que las matriarcas fueran incapaces de dejar a un lado sus celos y que todavía no hubieran interrogado a los rebeldes, de modo que había decidido hacerlo
él mismo; cualquiera tenía derecho a visitar a los prisioneros,
aunque tan solo si lo hacía bajo la condición de perder sus
poderes antes de ir a las celdas. Se trataba de un precio demasiado alto para la mayoría de los rodnos, así que casi nadie se
había mostrado dispuesto a acudir a las mazmorras, pero en
el interior de Elerion ardía el deseo de vengar a su hermano y
poco le importaban sus dones si al perderlos durante unas

pocas horas tenía la oportunidad de mirar a los ojos a aquellos asesinos que le habían arrebatado la vida a Elthan.

Los cautivos se encontraban en las celdas subterráneas del palacio, de modo que Elerion cruzó el distrito de los divinos y luego se dirigió al centro de la ciudad. Igual que la Academia, el mercado, el anfiteatro y el Templo del Dios Sol, el palacio era una de las pocas construcciones que no pertenecían al distrito de ningún clan concreto, sino que se hallaban en aquella zona central de Rodna que estaba abierta a cualquier humano, tanto rodnos como inferiores.

La entrada del palacio estaba vigilada por varios guardias armados, que le dieron el alto cuando llegó ante ellos.

—Soy Elerion, hijo de Elathia, del clan de los divinos. —La formalidad era parte del protocolo incluso aunque conociera a los guardias—. Reclamo mi derecho de visitar a los prisioneros rebeldes.

—¿Aun a costa de tus poderes?

—Sí.

—De acuerdo. Acércate, si estás decidido.

Elerion obedeció. El guardia cogió un objeto solar esférico y lo apoyó contra su pecho. No era mucho más grande que su palma abierta y tenía un color ambarino, aunque su interior albergaba una pequeña nube de tinieblas. El muchacho lo observó en silencio: era un sello revocador.

Los conflictos y las costumbres habían hecho oscilar mucho la población de los clanes con el paso de los años, pero solo uno había sido exterminado sin dejar rastro: el de los revocadores. Su desaparición habría sido desastrosa de no ser por los sellos que habían fabricado siglos atrás, aquellos instrumentos en los que, sin que nadie supiera exactamente cómo, habían imbuido su propio poder para que otros pudieran activarlo sin estar ellos presentes. En la actualidad, el principal uso de aquellos sellos era forjar armas solares, dado que antaño habían sido los revocadores quienes habían drenado la vida de la flora para crear los filos con los que cazar a las bestias del Dios Sol; aunque también solían emplearse para anular los poderes de criminales rodnos o cuando era necesario tomar precauciones.

Elerion sufrió una convulsión y notó que su fuerza le abandonaba, como si aquel objeto se alimentara de su espíritu y absorbiera su alma, traspasándola de su cuerpo al interior de las tinieblas. El muchacho se tambaleó y el guardia lo sujetó con la mano libre para evitar que cayera; entonces separó el sello revocador de su pecho y buscó sus ojos con la mirada.

—¿Estás bien? ¿Puedes mantenerte en pie?

—Sí, sí...

Elerion sacudió la cabeza y apartó la mano del vigilante para sostenerse mediante su propio esfuerzo. Uno de los guardias le acercó una hogaza de pan horneado aquella misma mañana.

—Comida de los inferiores —informó al tiempo que se la ofrecía—. Te servirá para reponer algo de fuerza.

Elerion asintió con gratitud, cogió la hogaza y comió con afán. Los sellos revocadores no anulaban los poderes de un rodno para siempre, tan solo agotaban sus reservas de energía igual que lo haría un enorme esfuerzo físico o un uso continuado de sus dones.

Los guardias le dejaron entrar y uno incluso le acompañó hasta las celdas de los prisioneros. El divino se sentía todavía aturdido por el poder del sello, cuyos efectos había sufrido ahora por primera vez en su vida. Sabía que la existencia de tales artefactos se remontaba incontables ciclos en el tiempo, y de hecho hacía tan solo tres días los hechiceros habían confesado que no solo habían aprendido a imbuir poder en objetos solares, sino que además lo habían hecho gracias al estudio de estos mismos sellos revocadores.

Elerion sabía que aquello era lo que su madre temía, porque, ahora que se había hecho pública la capacidad de los hechiceros de imbuir poder, las matriarcas podían deducir que la corona del Dios Sol estaba al alcance de sus manos si construían un detector que pudiera señalar su ubicación. Por fortuna, la revelación de los hechiceros tan solo había incrementado las tensiones entre ellas, fomentando la desconfianza antes que la unidad, así que Elerion creía que su madre no tenía nada que temer.

—Ya hemos llegado. —El guardia se detuvo ante un pasillo donde había otro vigilante apostado—. El chico ha venido a ver a los prisioneros.

El vigilante asintió y se dirigió a Elerion.

—Puedes hablar con ellos, pero no agredirlos o tratar de liberarlos —alertó—. De hecho, es mejor que no te acerques a los barrotes de las celdas.

—Entendido.

—Puedes pasar.

Elerion avanzó por el pasillo mientras los dos guardias se quedaban atrás. En la pared que se hallaba a su izquierda colgaban numerosas antorchas que iluminaban el interior de las mazmorras de la derecha, donde hombres y mujeres de largos cabellos se escondían, recostados en el fondo, lejos de la luz y de los ojos de los rodnos. A pesar de que las celdas eran espaciosas, en cada una de ellas había solo dos inferiores, de modo que en total se encontraban repartidos en casi una treintena de mazmorras distintas. Los primeros a los que Elerion vio no parecían muy habladores, ni siquiera entre sí; yacían separados y recostados contra el suelo, indiferentes a sus preguntas, como si se hubieran resignado al destino que los esperaba.

—¿Estuvisteis presentes en el ataque a la Academia que tuvo lugar hace un año? —interrogaba el divino, haciendo esfuerzos por controlar la rabia—. ¿Sabéis si entre estas celdas hay alguien que estuviera allí en ese momento?

Los inferiores no respondieron. Elerion insistió, aunque sus intentos fueron infructuosos, de modo que se dirigió a la siguiente mazmorra y repitió las mismas preguntas.

Sabía que sin sus poderes no podía obligar a nadie a contar la verdad, pero aun así quería intentarlo, con la vana esperanza de que alguno de ellos albergara más orgullo que miedo y confesara haber presenciado el asesinato de su hermano pequeño. Elerion quería los nombres de todos los que se habían visto involucrados, los nombres de quienes habían ordenado matar a niños y habían llevado a cabo el asesinato. No sabía lo que haría si alguno de ellos estaba entre los prisioneros, pero lo que sí sabía era que no podía quedarse de brazos cruzados en el distrito de los divinos sabiendo que medio centenar de rebeldes se encontraban impunes en las celdas de la ciudad.

No obstante, por más que lo intentara e interrogara, el silencio fue la única réplica que recibió. Sus pasos y sus palabras resonaban con eco en la profundidad de las mazmorras mientras avanzaba de una celda a otra repitiendo las mismas preguntas, pero los prisioneros le ignoraban y fingían no escucharle. Ya empezaba a creer que su visita habría sido totalmente en vano cuando, en una de las últimas celdas, alguien le respondió.

—Ah, así que el pesado que no para de hablar eres tú, el chico que defendía la esclavitud con los buenos tratos.

Elerion escudriñó la oscuridad y reconoció a aquella joven mujer que había visto en la plaza del Behemot el día anterior. Estaba sentada en el suelo de piedra, abrazada a sus propias rodillas, con el largo cabello todavía enmarañado y tan oculto en la penumbra que en lugar de rubio parecía negro. Su voz despertó en Elerion un extraño cosquilleo, sintiéndose de pronto nervioso al percatarse de su presencia, y una duda correó su mente: ¿de verdad había acudido con el único propósito de descubrir la identidad de los asesinos de su hermano o lo había hecho también con el deseo de reencontrarse con aquella mujer?

—¿Estuviste en el ataque a la Academia? —formuló con voz ronca.

—¿Y qué pasaría si hubiera estado?

La timidez desapareció al instante del pecho de Elerion, que se abalanzó contra los barrotes y se agarró con fuerza a ellos, siendo su nerviosismo súbitamente reemplazado por una enorme furia ante la osadía de tales palabras.

—¿Tú estabas allí? ¿Asesinaste a los rodnos que se hallaban en la Academia? ¡Contesta!

La rebelde lo miró con serenidad antes de responder.

—No, no estaba allí. Yo no participé en el asesinato de nadie. ¿Cómo te llamas?

Elerion se relajó y se apartó de los barrotes. La furia desapareció y el nerviosismo regresó acompañado de vergüenza.

—Elerion —respondió intentando que su voz no temblara—. ¿Y tú?

—Elerion... —La inferior frunció el ceño—. ¿Estás emparentado con Elathia?

—¿Conoces a mi madre? —se sorprendió el divino.

—¿Tu madre? —Ella se mostró incluso más asombrada que él—. Vaya..., el destino es caprichoso. Yo... yo me llamo Lessa.

—¿Mi madre te conoce?

—Creo que aún no ha tenido la oportunidad.

—Pero has dicho su nombre...

—Porque es parecido al tuyo. Ha sido mera casualidad.

Elerion la observó con cautela.

—¿Y sabes quiénes fueron los que atacaron la Academia hace un año?

—No. Nadie suele hablar de lo que hizo aquel día.

—Está bien.

Elerion creía que no podría obtener más información de ella. Podía continuar y probar suerte en la siguiente celda, pero el mismo cosquilleo que suscitaba sus nervios mantenía sus pies clavados en el suelo y multiplicaba su anhelo por conversar más con aquella chica. Sin embargo, ¿qué podía decirle? Él era un rodno del poderoso clan de los divinos, mientras que ella era una inferior que se encontraba separada de él no solo por estatus, sino también por una pared de barrotes de hierro. Indeciso e inseguro, Elerion se quedó plantado frente a la celda, completamente inmóvil, cuando de pronto fue Lessa quien volvió a hablar.

—¿Fue en la Academia donde murió tu hermano?

Su pregunta alivió a Elerion de la tensión del momento, aunque le entristeció al recordar el rostro de Elthan sonriendo a su lado.

—Sí.

—Lo siento. Lo mejor habría sido alcanzar la libertad de forma pacífica, pero sabíamos que eso era imposible.

—Tampoco lo intentasteis —replicó el divino.

—Piénsalo bien. ¿Acaso nos habríais escuchado?

Elerion habría respondido instintivamente que sí, pero sus nervios le impedían contestar con la rapidez que habría deseado y le dieron tiempo para pensar bien antes de hablar. Entonces comprendió que, muy a su pesar, la joven tenía razón: los rodnos nunca se habrían sentado a conversar con los inferiores para negociar su completa libertad, puesto que su economía y su sociedad dependían demasiado de ellos.

—Nos debéis la vida —argumentó al mismo tiempo que sacudía la cabeza—. Los inferiores no existiríais si los rodnos no os hubiésemos creado.

Su corazón se heló por un instante cuando se dio cuenta de que sus palabras podrían molestar a Lessa. Por fortuna, el mal trago pasó tan pronto como oyó una risa clara brotar de la garganta de aquella chica.

—¿Eso es lo que te han contado?

—¿Qué quieres decir? —preguntó Elerion con inocencia.

—Dices que los rodnos nos creasteis. —Sonrió la joven—. ¿Y cómo lo hicisteis, si puede saberse? Ninguno de vuestros clanes posee el don de crear seres vivos de la nada.

—Mi madre cree que fueron los revocadores —explicó

Elerion con seguridad—. Es lo que más sentido tiene, porque ellos eran capaces de anular los poderes de los demás. Podría ser que los primeros inferiores fuerais rodnos cuyos poderes los revocadores eliminaron por completo, dejándoos secos, humanos sin dones.

—Vaya, es una teoría mucho más lógica de lo que esperaba —reconoció Lessa—. Pero aun así es falsa.

—¿Cómo lo sabes? —Elerion frunció el ceño.

—Los rodnos claramente sois una evolución de los inferiores. Lo único en lo que no habéis mejorado es en la esperanza de vida, que en vuestro caso es muy corta, pero eso es una consecuencia del uso de vuestros propios dones, ¿verdad?

Elerion asintió con lentitud. Todos los rodnos sabían que sus poderes eran estimulados al alimentarse de las bestias, pero que en realidad era su propia energía vital lo que les permitía activarlos; es decir, cada vez que invocaban los poderes consumían una parte del vigor de sus propios cuerpos, lo que los hacía envejecer prematuramente. En consecuencia, se calculaba que la esperanza de vida de los rodnos era de cinco ciclos, mientras que los inferiores, humanos sin dones, alcanzaban a vivir hasta los siete ciclos o incluso más, porque nunca llegaban a acelerar el agotamiento de su energía vital.

De hecho, si decidían consumir no una parte de su vitalidad, sino absolutamente toda la que restaba en sus cuerpos, los miembros de los clanes ambientales eran capaces de realizar un conjuro extraordinario, mucho más poderoso que cualquiera que pudieran invocar en condiciones normales. Lo llamaban lanzamiento final porque hacerlo requería la muerte del propio usuario, de modo que, en efecto, era el último conjuro que podían lanzar en sus vidas. Por eso casi nadie se atrevía a usarlo, aunque al activarlo eran capaces de manipular una cantidad de poder inconmensurable.

—Si los rodnos sois iguales a los inferiores pero con poderes —prosiguió Lessa—, ¿no sería lógico suponer que en un origen fuimos todos iguales, humanos sin ningún don, pero que con el tiempo la naturaleza hizo evolucionar a algunos en lo que hoy sois los rodnos?

—¿La naturaleza? —Elerion estaba cada vez más confundido—. No..., fue el Dios Sol quien nos creó.

—¿Y por qué crees que os crearía con poderes, si eso os ha llevado a olvidarle e incluso a tratar de rivalizar con él?

—No le hemos olvidado —protestó Elerion—. Tenemos un templo dedicado a él y un culto de sacerdotes que siguen su voluntad.

Su comentario hizo reír a la joven, aunque no dijo nada más. El muchacho no insistió, tan solo se la quedó mirando sin pudor. Se había percatado de que era una chica más culta e inteligente de lo que cabría esperar en una inferior, lo que le hizo de pronto ponerse en su lugar y comprender que, si él fuera un inferior, también habría deseado la libertad. Aquello le hizo sentirse culpable por haber deseado durante un año que la rebelión se extinguiera, y porque sabía que en aquel mismo momento su madre se encontraba lejos precisamente con la intención de someter a todos los rebeldes y obligarlos a volver.

—Debes saber algo —se oyó decir al tiempo que bajaba los ojos al suelo—. La rebelión pronto terminará. Tú y todos los inferiores que se sublevaron regresaréis a Rodna de nuevo.

—Ah, ¿sí? —preguntó Lessa en tono burlón—. ¿Y cómo estás tan seguro?

—Conozco a alguien que ha partido en busca de un poder tan grande que podrá doblegaros a todos.

—Ningún rodno es lo bastante poderoso como para hacerlo —replicó la chica, aunque en aquella ocasión ya no había rastro del tono burlón.

Elerion titubeó. Con las manos cerradas, la cabeza gacha y la mandíbula apretada, su mente caviló posibilidades a toda velocidad. Sabía que si hablaba más estaría traicionando a su madre, pero por otro lado le parecía imposible que aquella rebelde pudiera usar la información de alguna forma que llegara a perjudicarla.

—Hay un objeto —reveló al fin con voz trémula, todavía sin alzar los ojos del suelo—. Un artefacto que contiene el poder del Dios Sol. Quien lo encuentre se volverá imparable y sin duda será capaz de destruir a todos los rebeldes. Su amenaza bastará para que todos tus compañeros regresen a Rodna.

Al momento se arrepintió de haber hablado, pero no porque estuviera traicionando a su madre, sino porque comprendía que al revelar aquella información estaba destruyendo el sueño de libertad de Lessa.

Sin embargo, su reacción no pudo ser más sorprendente. En lugar de preocuparse o entristecerse, tan solo pareció más concentrada.

—Ese objeto, ese artefacto… —murmuró la prisionera—. ¿Qué es?

—Una corona.

—¿La corona de Ainos el Cálido, el Dios Sol? ¿Ese es el objeto del que hablas?

—Sí.

Elerion finalmente levantó la vista hacia ella y vio que la muchacha tenía una expresión atónita.

—¿Qué ocurre? —preguntó con cautela.

Lessa se frotó las sienes con una mano.

—Fue así como lo hicieron —dijo con voz queda y los ojos asombrosamente tristes—. Cometí un error al pensar que nadie la encontraría jamás. Supongo que nada es eterno, salvo tal vez su viaje. —Entonces se incorporó, caminó hacia la pared de barrotes y pasó un brazo a través de ellos hasta tocar a Elerion en el hombro en un gesto de apoyo—. Siento decirte esto, pero si encuentran la corona, todos estaréis destinados a la muerte…, no podréis evitarlo.

10

Elathia caminaba a trompicones. La comida le había dado energía, pero no había calmado del todo su apetito ni había aliviado el cansancio físico que le carcomía el cuerpo tras perder sus poderes. Andaba con pasos cortos, casi arrastrando los pies, incapaz de mantenerse del todo derecha; pero cada vez que parecía a punto de desfallecer clavaba los ojos en Arúnhir y una voluntad férrea despertaba en su interior, otorgándole el fuelle necesario para continuar avanzando.

No solo había sido traicionada por el fornido y sonriente sacerdote, su amante, sino que él incluso había sugerido dejarla abandonada e indefensa, sin armas ni poderes, en medio de la tierra baldía e indómita. ¿Por qué? ¿Durante cuánto tiempo le había estado mintiendo? Sus recuerdos volaron hasta el momento en que él había hablado de la posibilidad de vengar a su hijo asesinado con la corona del Dios Sol, una leyenda, según dijo, de cuya veracidad los sacerdotes no albergaban ninguna duda. Las investigaciones que Elathia había realizado *a posteriori* la habían convencido de que la corona existía y la habían llevado a fabricar el detector, pero ahora comprendía que cuando Arúnhir le había hablado de ella era porque ya entonces la deseaba para sí. ¿Existía la posibilidad de que incluso en ese momento supiera que el clan de los hechiceros estaba desarrollando un conjuro con el que serían capaces de imbuir poder a los objetos solares? ¿Había sido una gran manipulación por su parte para que ella le llevara hasta la corona? ¿Todo cuanto habían vivido desde entonces, el interés manifestado hacia Elerion, las incontables noches de pasión, el cariño expresado por el recuerdo de Elthan, las conversaciones en las que convinieron buscar venganza, todo eso no había sido más que una enorme y retorcida mentira?

Lágrimas de rabia y desconsuelo se acumularon en sus párpados, aunque trató de reprimirlas, ignorando su presencia, decidida a no manifestar sus emociones, al menos no delante de aquel traidor que vestía con los hábitos de un sacerdote, aquel ser despreciable que respondía al nombre de Arúnhir. Él marchaba a la cabeza del grupo, con el detector siempre en la mano, sin prestar ninguna atención a las tres mujeres que apenas horas antes habían sido sus compañeras. Elathia canalizó todos sus sentimientos hacia él, convirtiendo su impotencia y su tristeza en una cólera que ardió en su interior como un volcán a punto de estallar, una ira que renovaba su vigor y la hacía continuar avanzando.

—¡Ilvain!

La voz de Nándil devolvió a la divina a la realidad y la hizo girar la cabeza hacia atrás. Llevaban casi dos horas andando: Ilvain se encontraba entre ella y la hechicera, con la espalda encorvada y el rostro marcado por profundas ojeras; el cansancio acumulado la hizo trastabillar, Nándil trató de sostenerla, pero sus manos atadas se lo impidieron y la perceptora cayó de bruces al suelo. No parecía tener fuerzas para volver a levantarse.

Hasta aquel momento, Thadwos había estado caminando detrás de Arúnhir con el espadón apoyado en su hombro, aunque de vez en cuando se volvía para comprobar que las prisioneras seguían sus pasos, como si temiera que pudieran deshacerse de la cuerda que las maniataba. El grito de Nándil lo puso en alerta de inmediato, saltó y al cabo de un segundo llegó a su lado.

—¿Qué ocurre? —preguntó Arúnhir.

El fuerte se arrodilló junto a Ilvain, apartó la capucha que le ocultaba el rostro, comprobó que respiraba y se giró hacia su compañero.

—Está agotada. No puede continuar.

El sacerdote alzó la vista hacia el cielo nublado. Su contorno grisáceo apenas dejaba entrever algo de luz solar.

—El día aún no ha terminado. Debemos aprovechar el máximo para seguir avanzando y alcanzar la corona cuanto antes; no nos detendremos.

—¿Acaso he dicho lo contrario? —La grave voz de Thadwos sonó burlona desde detrás de su máscara. Acto seguido levantó a Ilvain con el brazo siniestro, se la cargó en el hombro libre y reanudó la marcha como si nada.

Arúnhir sonrió, dio media vuelta y continuó andando, aproximadamente a una veintena de pasos por delante de él. Elathia y Nándil, atadas a Ilvain mediante la cuerda, se vieron obligadas a caminar junto a Thadwos.

—¿Cómo nos has encontrado? —murmuró la perceptora de forma entrecortada.

—No me digas que te has dejado caer tan solo para que te recoja y puedas hablar conmigo.

La mofa de Thadwos hizo que Ilvain torciera una sonrisa.

—Te hemos dado el detector, tal como pedías…, me debes una respuesta.

Su interlocutor no respondió de inmediato, sino que anduvo varios pasos en silencio, aunque tanto Elathia como Nándil desviaron la atención hacia él. Ilvain permaneció con los ojos cerrados, tratando de descansar mientras rebotaba en la espalda de su acarreador.

—Arúnhir me dijo a qué hora saldría Elathia de Rodna —reveló Thadwos al fin, girándose hacia la divina—. Me miraste, pero no me reconociste.

—¿Qué?

Incrédula, Elathia evocó el día de su partida: recordó a

Elerion y Cángloth, el distrito de su clan y las calles vacías de madrugada, apenas se había cruzado con ningún humano, rodno o inferior, aunque hubo varios en la plaza del Behemot..., uno de los cuales se encontraba sentado bajo la sombra de la muralla, tan oculto en la oscuridad que apenas se había fijado en él.

—¿Tú...?

—Sí.

—¡Pero no tenías la espada!

—La había dejado lejos de Rodna. Llevarla conmigo a la ciudad tan solo sirve para despertar la avaricia en todos los miembros de mi clan. —Thadwos se volvió hacia delante—. Ilvain siempre se ha sentido lo bastante segura como para no invocar sus poderes en el Páramo, así que te seguí sin temor para saber qué dirección tomaríais después de imbuir el detector con la piromancia de Arúnhir. Cuando vi que os dirigíais al nordeste, partí de inmediato en busca de camuflaje.

—¿Camuflaje? —repitió Ilvain entre dientes—. Ah..., el cíclope. Noté algo familiar en él...

—Pues no deberías haber dudado de tu intuición —juzgó Thadwos con diversión—. Pero el olfato siempre fue el sentido al que menos atención prestaste. Maté a un cíclope y cargué con su cuerpo en todo momento, confiando en que su pútrido hedor encubriera el mío. De vuelta al Páramo, exploré el bosque allí donde suponía que os habíais internado y acabé encontrando un asentamiento de forja destruido. Entonces vi el hollín de los cuerpos incinerados por Arúnhir. A partir de ahí tan solo tuve que seguir la senda que se internaba hacia el nordeste, hasta que él abrió el camino de fuego y ya no tuve ninguna duda de que seguía el rumbo correcto.

—¿Te enfrentaste a las dríades? —preguntó Ilvain.

—Tuve que hacerlo. Me atacaron en el bosque, creyendo que era vuestro amigo. En las montañas estuve a punto de perderos, pero ayer Arúnhir indicó de nuevo vuestra posición cuando invocó una enorme pira de llamas.

—Se rezagó con la excusa de matar al cíclope, aunque en realidad lo hizo para comunicarse contigo —comprendió Elathia.

—Me contó que el detector funcionaba sin necesidad de obrar un milagro y que Ilvain había detectado al cíclope, así que fingimos su muerte: carbonizó el cadáver que yo cargaba —continuó Thadwos—. Permanecí detrás de las llamas, esperando que el fuego y la carne asada impidieran a Ilvain descubrirme. Arúnhir dijo que os llevaría hasta un dragón para agotaros. Esperé durante un día hasta ver al dragón volar y lanzar fuego en la lejanía.

—Habéis tenido suerte —escupió Nándil con desprecio—. Si no fuera porque conoces tan bien a Ilvain, nunca habrías podido seguirnos con éxito.

—¿Suerte? —se burló Thadwos—. ¿De verdad crees que fue cuestión de suerte, hechicera? Si Arúnhir acudió a mí fue precisamente porque sabía que yo podría seguir vuestro rastro sin que me descubrierais.

Nándil le lanzó una mirada asesina, pero no replicó. Ilvain continuó rebotando contra la espalda de Thadwos con los párpados cerrados, si bien su rostro contenía una expresión algo diferente, más pacífica tal vez, como si la presencia del fuerte la reconfortara.

Elathia estaba totalmente ausente, porque su mente volaba en el tiempo. Las palabras de Thadwos la habían hecho olvidar momentáneamente su cólera para rememorar los dos sueños que había tenido durante el viaje, aquellos en los que Arúnhir había tomado la corona para sí y luego había invocado un sol espantoso que había consumido toda Rodna. Al despertar no le habían quedado más que unos recuerdos borrosos que parecían carentes de significado, pero ahora era capaz de visualizar los detalles con total claridad y se daba cuenta de que, en cierto modo, aquellos sueños habían sido proféticos. Tras eso su memoria evocó una de las imágenes de la segunda pesadilla: el cíclope armado con aquella espada enorme que la había salvado de las llamas invocadas por su antiguo amante.

Atónita, Elathia desvió los ojos hacia Thadwos, un hombre que se había camuflado como un cíclope y empuñaba una espada como la del sueño. ¿Aquella escena también había sido profética? ¿Significaba eso que aquel enemigo la ayudaría contra Arúnhir, a pesar de que el propio Arúnhir fuera su aliado? No parecía lógico, aunque la aparente predicción hizo que surgiera en su interior el deseo de soñar de nuevo aquella misma noche, con la esperanza de que el mundo onírico le ofreciera las respuestas que ansiaba sobre el porvenir.

El cansancio acumulado la acabó sacando de sus pensamientos y la hizo luchar por mantenerse en pie y seguir andando, un paso tras otro, al mismo ritmo que Thadwos y Nándil. El sacerdote guiaba al grupo en línea recta, sin desviarse ni detenerse, atento siempre a la aguja del detector, recuperando la altura que antes habían perdido al acercarse al mar meridional. Atravesaron un prado salvaje repleto de malas hierbas que los llevó a un ancho río; Thadwos saltó una y otra vez para depositarlos a todos en la otra orilla y luego continuaron deslizándose entre las colinas hasta que la noche se cernió sobre ellos.

Arúnhir quiso entonces encender un orbe de llamas y continuar la marcha, pero Thadwos le retuvo.

—Ya basta por hoy. Ellas están agotadas y seguramente tú también; has viajado a su lado, has luchado contra el dragón y contra ellas. No me servirás de nada muerto de cansancio.

—La corona está muy cerca. —Su compañero se volvió hacia atrás y le mostró el detector—. Mira, mira. ¿Ves lo caliente que está? ¡Me quemaría la mano si no mantuviera mis poderes activos! ¡Incluso emite chispas de luz!

Sus ojos brillaban de magia y fervor; en efecto, el artefacto solar que sostenía no solo había tornado su original color ambarino en un rojo tan intenso como el de la sangre y había aumentado su temperatura hasta convertirse en una hoguera esférica, sino que además había empezado a lanzar breves destellos dorados, como si fuera el iris de un rodno que hubiera invocado sus poderes.

—¿A qué distancia calculas que nos encontramos de la corona? —quiso saber Thadwos.

—Creo... creo que estamos apenas a cuatro o cinco horas de marcha. —Arúnhir temblaba de la emoción—. Puedo sentirla, Thadwos. ¡Estamos muy cerca!

—Es momento de descansar, pues. De reponer fuerzas y prepararnos para el último tramo. Mañana llegaremos a la corona.

—Sí..., tienes razón. Necesitamos estar listos para cualquier eventualidad. Llevo mucho tiempo esperando este momento..., puedo esperar una noche más. —Lanzó una mirada recelosa a su compañero—. Pero el detector se quedará conmigo.

—¿No te fías de mí?

—No me fío de nadie.

—Puedes estar tranquilo, no podría cogerlo aunque quisiera, porque de hacerlo me quemaría. Guárdalo tú, si tanto te importa. —El tono de Thadwos había perdido toda diversión, volviéndose completamente serio—. Pero te lo advierto: si me la juegas te mataré.

La amenaza hizo sonreír a Arúnhir.

—Me gustaría verte intentarlo.

Los dos aliados se quedaron de pie durante unos instantes, observándose en silencio; al cabo, ambos dieron media vuelta y se dispusieron a levantar el campamento. Arúnhir recogió leña, encendió un fuego y montó su pabellón cónico, mientras que Thadwos clavó su espadón profundamente en la tierra, depositó a Ilvain en el suelo, desató a las tres prisioneras y les ofreció fruta y carne de ternera que se había conservado fresca en su saco de piel de basilisco. Se sentó delante de ellas mientras cenaban; el cansancio pesaba tanto sobre Elathia y Nándil que ignoraron su presencia y se alimentaron sin atender nada salvo la comida, pero Ilvain, sentada entre las dos, no apartaba la vista de los ojos amarillos de su captor.

—¿Por qué haces esto? —interrogó—. ¿Qué esperas conseguir?

—¿Por qué lo preguntas? Conoces bien la respuesta.

—Puedo imaginarla. Pero ¿el sacerdote te lo ha contado todo? ¿Sabes que podrías morir... si usas la corona?

—Nada es eterno —le recordó Thadwos tras su máscara negra—. El lema de Rodna nos incluye a nosotros mismos. Nacemos y vivimos una vida destinada a la muerte, cuyo encuentro aceleramos debido al uso de nuestros propios poderes. ¿Qué importa adelantarla unos cuantos años más?

—Morir ahora o vivir eternamente...

—Veo que lo comprendes.

—En una corona tan solo cabe una cabeza —musitó Ilvain mientras mordisqueaba la carne—. ¿Cómo esperas compartirla con el sacerdote?

—No lo haremos. En cuanto se cumpla mi deseo, si continúo con vida, me iré y dejaré la corona en sus manos.

—¿Y qué piensa hacer él?

—No lo sé, ni tampoco me importa.

—Siempre has sido tan egoísta... —acusó Ilvain con voz ronca—. ¿No se te ha ocurrido pensar que la corona podría llevar el mundo a la ruina si es usada por alguien como el sacerdote? Someter Rodna a su voluntad, exterminar clanes enteros, adquirir un poder ilimitado..., no sabemos de lo que ese hombre es capaz.

—Ya te lo he dicho: no me importa.

—La impasibilidad te hará cómplice del mal que luego provoque.

—Sabré vivir con ello. Ahora come y descansa; lo necesitas.

Thadwos le dio un odre de agua e Ilvain no añadió nada más. El fuerte aguardó hasta que terminaron de cenar; luego las condujo hasta un árbol y las ató firmemente en el grueso tronco para asegurarse de que pasarían la noche sin intentar huir o asesinarlos.

—¿Y si Arúnhir te traiciona? —preguntó de pronto Elathia antes de que Thadwos terminara de atar el nudo—. Si me ha traicionado a mí... —La voz se le quebró—. ¿Qué te hace pensar que no hará lo mismo contigo? Podría llevarse el detector mientras duermes..., para cuando despiertes, ya será demasiado tarde.

—Si te asusta que tu amante pueda alcanzar la corona sin nosotros, haz guardia durante la noche —se mofó Thadwos—. Turnaos para vigilar su pabellón y, si sale, despertadme a gritos. Pero yo no dejaré que el miedo me robe el sueño.

El fuerte se alejó a grandes zancadas, se acomodó entre sus fardos y se tumbó dispuesto a pernoctar a la intemperie, igual que solía hacer Ilvain. La hoguera seguía crepitando, mientras Arúnhir estaba oculto en su pabellón y Thadwos, de espaldas a las prisioneras, permanecía inmóvil. El silencio se extendió entre ellas, roto tan solo por los bufidos que soltaba Ilvain mientras trataba en vano de deshacerse de la cuerda.

—Lo siento...

Elathia se giró para ver el perfil de Nándil, que había inclinado la cabeza en gesto de desánimo.

—No tienes nada que sentir —trataba de animarla, pero su voz sonó tan triste como la de su amiga.

—Tú estabas agotada e Ilvain es nuestra guía, no nuestra luchadora —murmuró la hechicera—. Yo tendría que haberme hecho cargo de la situación. Pero no pude protegeros..., ni siquiera pude derrotar a un fuerte.

—Thadwos es uno de los miembros más poderosos de su clan, y además empuña a Báinhol. —Ilvain desistió de sus intentos de huir y dejó escapar un sonoro suspiro—. Tiene más experiencia que cualquiera de nosotras combatiendo contra otros rodnos. No es ninguna vergüenza ser derrotada por él.

—No supe reaccionar a tiempo cuando sacó el sello —se lamentó Nándil.

—No podías esperarlo —la consoló Elathia—. Los sellos revocadores se usan para drenar la vitalidad y forjar armas solares, o para anular los poderes de los criminales juzgados por las matriarcas. Nunca había visto a nadie que los usara en medio de un combate para neutralizar a un oponente.

—El sacerdote debió de pedirle que consiguiera uno —dedujo Ilvain—. Solo de esa forma podrían detenernos sin matarnos.

Elathia apretó los puños cuando las lágrimas volvieron a acumularse en sus ojos.

—Si alguien tiene la culpa de lo ocurrido... soy yo. —Trató de pausar su respiración, pero se sintió incapaz de hacerlo y su llanto terminó estallando de forma incontrolada—. Me dejé engañar por Arúnhir y luego os convencí para que nos acompañarais. Y tú, Ilvain, me advertiste..., pero no quise escuchar.

—No te atormentes por eso ahora. Confiaste en un hombre al que apreciabas. No deberías condenarte por ser humana.

—Cuando has perdido tus poderes he estado a punto de invocar un lanzamiento final —confesó Elathia mientras hipaba.

—¿Un lanzamiento final? —repitió Nándil con preocupación—. ¡No digas tonterías! De haberlo hecho, habrías matado a Thadwos, pero no habrías podido atravesar el aura piromántica de Arúnhir. Funciona como una armadura solar: es inmune a cualquier poder, incluso a los lanzamientos finales. ¡Te habrías sacrificado para nada!

—No pensaba lanzarlo sobre ellos, sino sobre vosotras, para que así pudierais escapar. —Elathia seguía llorando, pero a medida que hablaba empezó a recuperar poco a poco la serenidad que la caracterizaba—. Pero no lo he hecho porque creo que todavía podemos revertir esta situación a nuestro favor y conseguir hacernos con la corona. Si cuando la encuentren se enfrentan entre ellos, quizá podamos robársela mientras están distraídos.

—Espero que tengas razón —dijo Nándil.

—Si volvéis a luchar contra ellos…, tened piedad de Thadwos —pidió Ilvain—. Todos tenemos defectos y él no es una excepción, pero no es un mal hombre.

—Sus mandobles tenían la intención de matarme —delató Nándil con hastío.

—Vive con una obsesión que envenena su existencia. Esa fue la razón por la que nos separamos; yo no podía soportar su forma de comprender la vida.

—¿A qué te refieres?

—Nada es eterno. —Ilvain sacudió la cabeza—. Nuestro lema nos invita a aceptar que, a pesar de lo poderosos que podamos creernos, somos meros mortales. Nuestras vidas son efímeras en comparación con la historia del mundo, e incluso este mundo es finito, algún día perecerá. Esa es la belleza de la vida: que es breve, y por eso debemos exprimirla al máximo. Pero Thadwos… —La voz de la perceptora descendió hasta convertirse en un murmullo casi inaudible—. Él reniega de esta vida. Nunca aceptó que la muerte fuera inevitable, sino que desea sobreponerse a ella y derrotarla. Para él no tiene sentido vivir sabiendo que la muerte se encuentra al borde de la esquina, sabiendo que en unos años nadie siquiera le recordará. Cuando nos separamos, sobrepasar la muerte le era imposible, de modo que vivía buscando la gloria como acto de eternidad imperfecta; pero ahora que sabe que la corona existe tendrá como único propósito usar su poder para conseguir la inmortalidad.

Ilvain calló. Elathia la contempló en silencio.

—Tendremos piedad —aceptó al fin—. Pero no porque crea en él, sino porque creo en ti.

—Gracias. —Ilvain esbozó una sonrisa.

—¿Por qué lleva una máscara? —quiso saber Nándil—. ¿Qué trata de esconder?

—Nada concreto —explicó la perceptora—. Nuestra costumbre de cubrirnos la cabeza con capuchas o gorros proviene de nuestros ancestros, que consideraban que sus rostros también formaban parte de su intimidad, de manera que los ocultaban por completo usando tela y dejando tan solo los ojos al aire libre. Thadwos admira la figura de Maebios, porque, aunque fue tan mortal como nosotros, su recuerdo ha perdurado a través del tiempo..., casi volviéndolo inmortal. Por ello usa esa máscara, como un pálido intento de emular a su héroe.

—Thadwos es un fraude —espetó Nándil.

—Quizá —musitó Ilvain.

—Dejad eso ahora y tratad de descansar —intervino Elathia con decisión—. No pasaremos una noche muy agradable atadas a este árbol, pero aun así procurad dormir todo lo posible. Mañana se decidirá el destino de Gáeraid.

Sus compañeras obedecieron y trataron de acomodar lo mejor posible su espalda al tronco del árbol, aun cuando la cuerda sujetaba con firmeza sus pechos, sus tripas y sus manos. Elathia cerró los ojos e intentó calmarse, recordando sus sueños proféticos y confiando en que la noche le otorgaría las respuestas que buscaba sobre la incertidumbre del porvenir.

Sin embargo, aquella noche su mente se mantuvo en la más completa oscuridad, y no tuvo ningún sueño ni ninguna pesadilla.

11

La noche se hizo interminable. Ilvain estaba acostumbrada a dormir al raso, pero no Elathia y Nándil, a quienes les molestaba el ulular de los búhos, la luz de las luciérnagas, el silbido de los grillos, la posibilidad de que hormigas y arañas treparan por sus cuerpos y de que la savia del árbol ensuciara sus pieles. La rigidez a la que estaban sometidas se hizo insoportable; se les entumecieron las piernas, sufrieron calambres en los brazos y dolores en la espalda y el cuello.

Apenas pudieron pegar ojo, si bien el cansancio acabó por vencerlas y se sumieron en una sucesión de sueños ligeros que perduraron hasta las primeras luces del amanecer. Thadwos despertó con ellas y lo primero que hizo fue desatarlas por completo y ofrecerles un desayuno, aunque no se quedó a su lado. Se alejó de ellas mientras las tres prisioneras gemían y se incorporaban a trompicones, aprovechando para estirarse ahora que al fin estaban libres.

Arúnhir salió de su pabellón exultando una alegría y una confianza ilimitadas. Recogió sus pertenencias y luego se sentó para comer un buen filete de dragón asado mientras lanzaba miradas de desafío a las tres mujeres, como retándolas a que intentaran huir o enfrentarse a él. Ninguna de ellas cayó en la provocación, sino que se sentaron en círculo y desayunaron en silencio.

Thadwos se mantuvo separado en todo momento, dando

la espalda al campamento. Fue entonces cuando se quitó la máscara negra que cubría su mandíbula y su nariz, se alimentó de carne tostada de cíclope, volvió a colocarse la máscara y regresó con los demás.

—Vámonos.

Arúnhir asintió y se levantó. Cogió el detector, cuya aguja señalaba firmemente el camino que había que seguir, y se puso en marcha de inmediato. Thadwos se ocupó de maniatar nuevamente a las tres cautivas y, con la espada en una mano y la cuerda en la otra, partió tras el sacerdote.

La vegetación que recubría las colinas se incrementó a medida que descendían hacia el mar septentrional. Se acercaban al golfo que daba entrada a las aguas saladas en la esquina nordeste de la isla de Gáeraid, aunque mucho antes de llegar encontraron un río que seguía la misma ruta que ellos. Se desplazaron bordeando la orilla en todo momento, con Arúnhir cada vez más excitado por el brillo que desprendía el detector en la palma de su mano. El hermoso sonido de las aguas corriendo en el rápido caudal llenaba el silencio de pureza, así como el batir de las alas de las pequeñas aves que construían sus nidos sobre las copas de los árboles y los trotes de las ardillas que se escondían cuando veían a los rodnos acercarse, constatando que la naturaleza los envolvía en un abrazo permanente, acompañándolos como uno más en aquel viaje.

Era ya mediodía cuando la pendiente del río sufrió una brusca inclinación, precipitándose entre una garganta de rocas que desembocaba en un ancho valle cuyo interior estaba completamente recubierto por un gran lago. Más allá, un nuevo río bajaba desde el lago hasta el mar, aunque aquello apenas provocaba ondulaciones en la superficie del agua, que se mantenía tan clara que era capaz de reflejar con el mismo detalle que un espejo las colinas boscosas que se extendían a su alrededor.

Entonces el detector empezó a temblar en la mano de Arúnhir, y él se detuvo para contemplarlo. Sus iris rojos refulgían con un brillo dorado, porque la temperatura del artefacto se había vuelto tan elevada que, sin duda, su piel ardería como el carbón si no activaba sus poderes. El contorno del propio instrumento fulguraba más que nunca, como si fuera el ojo gigante del sacerdote, quien se agachó para coger con la mano libre una hoja caída y apoyó su contorno levemente sobre el detector. La hoja se prendió en el acto y se consumió en apenas unos segundos.

Arúnhir no pudo evitar soltar una carcajada de alegría.

—Es aquí…, ¡es aquí! —Levantó la vista hacia el lago—. No cabe duda…, ¡la corona se encuentra delante de nosotros!

Thadwos asintió y emprendieron el descenso. El detector seguía temblando, pero cada vez de forma más incontrolada; Arúnhir frunció el ceño, aunque no hizo nada para tratar de evitarlo, de modo que continuaron andando. Cuando habían recorrido quizá la mitad del camino el artefacto empezó a emitir un agudo sonido y de súbito explotó, el sacerdote gritó sobresaltado mientras el fuerte y las prisioneras se cubrían de las docenas de fragmentos de material solar que volaban en todas las direcciones.

—¡¿Qué ha ocurrido?! —exclamó Thadwos con un tono que estaba a medio camino entre el enojo y la preocupación.

—No lo sé… —Arúnhir se volvió hacia Elathia en busca de una explicación, pero la divina respondió con una mirada asesina—. Creo… creo que estamos tan cerca de la corona que el detector se ha vuelto loco. Tendría sentido, ¿no? De la misma forma que a medida que nos acercábamos su temperatura y su color se intensificaban, ahora que la tenemos al alcance de la mano el detector ha estallado porque no podía seguir procesando su poder ilimitado.

—¿Y qué hacemos ahora? —La ira parecía ganar control sobre Thadwos—. ¿Cómo encontraremos la corona sin el detector? ¡Aunque estemos muy cerca, se trata de un objeto diminuto! ¡Podría estar en cualquier parte, incluso enterrada!

—¡No me grites! No ha sido culpa mía. —Arúnhir maldijo en voz baja y meditó unos instantes mientras contemplaba los restos del detector que todavía quedaban en su mano—. La aguja... la aguja estaba señalando el lago.

—¿Crees que la corona está bajo el agua?

—Es posible.

—¿Y cómo pretendes rastrear el lago? —Los ojos amarillos de Thadwos escrutaron la superficie azul que había bajo ellos—. Es inmenso y ninguno de nosotros tenemos la capacidad pulmonar de un resistente ni podemos ver en la oscuridad de las profundidades.

—Yo puedo hacer algo mejor que eso. —Arúnhir torció una sonrisa—. Evaporaré el lago entero.

Thadwos observó a su compañero en silencio. Luego se giró hacia las tres prisioneras y tiró de la cuerda para indicar que reemprendieran la marcha. Descendieron la pendiente con aire contenido, tan expectantes ante el porvenir que no se percataron de que a su alrededor la vida animal desaparecía, pues tanto pájaros como roedores e insectos evitaban acercarse a la superficie del agua, ni siquiera para beber.

Los límites del lago lamían la orilla pedregosa con suavidad, casi incitando a los recién llegados a adentrarse en su interior. Thadwos dio el alto y permaneció allí, de pie, con el espadón echado sobre el hombro, contemplando con recelo la tranquilidad de las aguas estancadas. Arúnhir fue el único que puso los pies en el lago y caminó varios pasos hacia dentro, hasta que el nivel del agua le llegó a la altura de la cintura. Entonces hundió ambas manos en la superficie.

—¡*Calor!* —entonó.

De inmediato, las aguas a su alrededor empezaron a hervir, como si un volcán hubiera estallado bajo ellas. El vapor subió y envolvió al sacerdote en una nube opaca y blanquecina que pronto lo escondió de los ojos de los demás, aunque los efectos de su poder siguieron siendo evidentes, porque el nivel del lago empezó a descender a medida que la nube se expandía.

Fue entonces cuando un ruido estruendoso, un rugido gutural y un chapoteo colosal sacudieron el mundo. Arúnhir sacó las manos del agua y giró la cabeza a uno y otro lado, pero no veía nada, porque el vapor lo cegaba; cuando de repente una ola lo embistió y lo arrojó de vuelta a la orilla.

—¿Qué...?

Empapado, el sacerdote alzó la vista al frente al mismo tiempo que las tres prisioneras gritaban de puro pavor.

Una hidra titánica había surgido de las profundidades del lago: sus tres cabezas serpentinas bramaban enloquecidas, cada una de ellas tan grande como la de un dragón, con la piel cubierta de escamas verdosas que chorreaban agua y largos cuellos que retrocedían hasta un cuerpo descomunal, parcialmente escondido en el interior del lago. Sin otorgarles un segundo de respiro, la cabeza central de la hidra se lanzó en picado sobre los cinco rodnos con las fauces abiertas.

Arúnhir consiguió sobreponerse a la impresión que le había helado el alma y reaccionó extendiendo el brazo diestro en horizontal.

—¡*Hoja incandescente!* —vociferó al tiempo que sus ojos destellaban.

El agua que empapaba su ropa y su piel se evaporó en el mismo instante en que el poder surgía de su interior para recubrir su brazo con una potente llamarada que se moldeó para tomar la forma de una afilada espada de fuego. La cabeza de la hidra bajó mientras las tres prisioneras, maniatadas y sin poderes, seguían gritando de miedo y Arúnhir se preparaba para acometerla.

Pero Thadwos se adelantó. Dejó la cuerda, saltó al encuentro de la cabeza y desde el aire le propinó tal puñetazo con la mano zurda que la mandíbula inferior de la bestia se rompió y la cabeza fue impulsada hacia la dirección opuesta, hasta impactar contra el serpentino cuello que había a su lado.

Las otras dos cabezas gritaron de dolor y recularon brevemente. Thadwos aterrizó al lado de Arúnhir.

—Las hidras pueden regenerar sus extremidades —informó con gravedad—. ¡No le cortes ninguna cabeza!

—¿Y cómo piensas matarla entonces?

—Le atravesaré el corazón. —Thadwos mostró su espadón y con la mano libre empezó a arrancar las vendas que protegían el filo—. No podré hacerlo mientras se mantenga en el lago, aunque me lance con fuerza contra ella, la presión del agua me frenará. ¡Necesito que lo evapores todo! ¡Déjala al descubierto!

Antes de que Arúnhir pudiera responder, del interior del lago surgió una cola gruesa y verdosa acabada en una punta de hueso, negra y afilada como un aguijón, que fue descargada directamente contra ellos. Los dos compañeros la esquivaron saltando hacia lados distintos y luego la cola se alzó de nuevo para perseguir a Thadwos, de modo que, aprovechando la libertad momentánea, Arúnhir deshizo su espada flamígera y colocó las manos a ambos lados.

—¡*Calor!*

El sacerdote empezó a levitar en el aire, mientras a sus pies una cruenta batalla daba comienzo.

Tan pronto como tocó el suelo, Thadwos saltó de nuevo, esquivando la cola por los pelos. Mientras aún estaba en el aire, cogió la última venda que guarecía la hoja de Báinhol y la extirpó con un grito de furia, dejándola caer al viento. Se vio entonces que un centenar de mellas recorrían el filo ambarino de su espadón: el legado de los incontables años de lucha que había sufrido a manos de las docenas de rodnos que lo habían empuñado.

Thadwos aterrizó pesadamente en la orilla, pero una de

las tres cabezas había calculado su movimiento y se cernió sobre él antes de que tuviera tiempo de huir de nuevo. Las fauces monstruosas se abrieron de par en par para engullir a aquel ser diminuto, quien no obstante interpuso su espada solar, que golpeó los colmillos superiores de la bestia; los inferiores fueron a seccionarle el cuerpo por la mitad, pero el fuerte levantó las rodillas y pisó la lengua de la hidra con las botas. Thadwos gritó mientras aplicaba tanta fuerza como podía para contrarrestar la terrible presión de la mandíbula de aquella criatura colosal, justo cuando su gigantesco enemigo blandió la cola desde el flanco izquierdo; en el último momento apartó sus quijadas reptilianas, lo que le dio tiempo al rodno para cubrirse con los brazos antes de que la larga extremidad verdosa le golpeara de lleno.

Tanto Thadwos como Báinhol salieron despedidos en dirección opuesta; la espada giró varias veces sobre sí misma hasta clavarse en los límites del lago y quedarse profundamente hundida, de forma que tan solo la empuñadura sobresalía de la superficie del agua, mientras que el fuerte se estrellaba contra un árbol y caía al suelo junto a la corteza resquebrajada.

La hidra rugía desde tres cabezas distintas. La del centro todavía se dolía por su mandíbula quebrada, pero la de la izquierda serpenteó hacia Thadwos para rematar a su oponente y la de la derecha localizó con la vista a Elathia, Nándil e Ilvain, quienes, maniatadas, apenas habían tenido tiempo de recular para alejarse de la espantosa y horrible criatura.

La imagen de Ilvain indefensa ante el monstruo acuático sacudió la mente de Thadwos, que logró ignorar el dolor y sacar fuerzas de flaqueza para incorporarse y saltar hacia su antigua amante. La cabeza que estaba destinada a engullirlo no fue capaz de reaccionar con eficacia y se movió erróneamente porque esperaba que él diera un salto para tratar de recuperar su espada, no que lo hiciera en otra dirección.

Thadwos se precipitó contra la nuca de la cabeza diestra

de la hidra y se abrazó a su ancho cuello tal como caía, derribándola hacia abajo debido a su peso, su impulso y la fuerza de la gravedad. La cabeza rugió mientras Thadwos la estrangulaba con los brazos, dando terribles dentelladas hacia Ilvain, Elathia y Nándil, que habían quedado apenas a unos pasos de los colmillos de la bestia.

—¡Thadwos, cuidado!

Horrorizada, Ilvain vio que la cabeza de la izquierda, la que el aludido antes había evitado, ahora se dirigía de nuevo hacia él a toda velocidad. Su grito previno al fuerte, que soltó el cuello que tenía agarrado y saltó hacia atrás en el preciso instante en que la otra cabeza cerraba las fauces sobre él.

La hidra no llegó a verlo, de modo que las quijadas de la cabeza izquierda mordieron el cuello de la derecha y acto seguido la arrancaron entera, creyendo que había atrapado a Thadwos bajo ellas. El cuello decapitado se balanceó de un lado a otro expulsando humo en su extremidad cercenada mientras el monstruo sufría, sus otras dos cabezas gemían de dolor y la que había sido arrancada caía en el interior del lago y desaparecía en sus turbulentas aguas.

Thadwos aprovechó que la bestia estaba herida para girarse hacia las tres prisioneras y romper en un momento las cuerdas que las ataban.

—¡Huid! —las exhortó sin perder tiempo—. ¡Aquí sois un blanco demasiado llamativo! ¡Corred y alejaos de la hidra tanto como podáis!

Elathia y Nándil no se lo pensaron dos veces; en cuanto quedaron libres, dieron la espalda al lago y se precipitaron cuesta arriba. Ilvain, sin embargo, permaneció al lado de Thadwos y le miró con indecisión.

—¡Vete! —la apremió él.

El fuerte se giró hacia la hidra, cuyos gemidos eran cada vez menos sonoros. La cabeza de la izquierda se enderezó, a la del centro se le recolocó de golpe la mandíbula y acto se-

guido la de la derecha brotó del muñón que era su cuello, recubierta por una capa de un líquido verdoso que la impregnaba por completo, como si hubiera nacido del interior de su
propia extremidad cercenada. Tras eso, los ojos de las tres cabezas se clavaron directamente en Thadwos, que se sintió
abrumado por la magnitud y la cólera de la monstruosidad
que se alzaba ante él.

Entonces Arúnhir actuó.

El sacerdote no podía evaporar el lago desde el nivel del
agua, dado que en tal caso la hidra lo tendría a su alcance y sin
duda sería blanco de sus ataques. En consecuencia, había decidido cambiar de estrategia, aunque ello supusiera consumir
mucho más poder.

Aprovechando que su titánico enemigo estaba distraído,
Arúnhir se elevó muy alto, hasta situarse fuera de su alcance,
para luego separar ambas manos, abarcar con ellas la extensión completa del lago y cerrar los ojos para concentrarse.

—¡Erupción del caos!

Su grito fue tan súbito y potente que tanto las prisioneras
como Thadwos, e incluso las tres cabezas de la hidra, se giraron hacia él. El sacerdote abrió entonces los párpados, sus iris
emitieron luz solar y todos cuantos le miraban fueron des-
lumbrados.

En aquel momento un centenar de columnas de fuego
surgieron del interior del lago: algunas estaban más aisladas y
otras apenas separadas, unas eran más altas y otras más anchas; las llamas emergieron incontroladas y sin considera-
ción, abrasando al colosal reptil por debajo, obligándole a
bramar y retroceder en busca de refugio, aunque en realidad
no podría encontrarlo en ninguna parte, pues el lago entero
estaba repleto de llamas. Las columnas de fuego hicieron hervir el agua, evaporándola al contacto, de forma que el nivel de
la superficie disminuyó en cuestión de segundos. Se vio entonces que las llamas habían brotado de aberturas surgidas

desde el interior de la tierra, cual volcán que, con la cúpula obstruida, estalla a cielo abierto desde un millar de bocas distintas. Una nube de vapor cubrió el valle entero y se alzó hacia Arúnhir, quien mantuvo su conjuro piromántico activo hasta que fue evidente que se había apagado el murmullo de las aguas hirviendo.

El único sonido que quedó entonces fue el que producían las tres cabezas de la hidra, que chillaban de dolor y rabia debido a las quemaduras y la destrucción de su hábitat natural, aquel lago centenario que tardaría años en recuperarse. En cuanto las columnas de fuego cesaron, dejando tras ellas aquellos agujeros repletos de ceniza y lodo, el engendro serpentino agitó todas las extremidades, intentando esparcir el vapor para localizar al diminuto sacerdote.

Pero no lo consiguió a tiempo. Mientras Arúnhir todavía descendía, Thadwos saltó hasta Báinhol, arrancó el espadón del suelo con una sola mano y luego, ignorando el calor, se lanzó sin pensarlo contra la bestia, cuya silueta colosal se recortaba con claridad a pesar de la opaca nube blanquecina que la rodeaba. No podía distinguir con exactitud dónde se encontraba su pecho, de modo que cayó en picado sobre una de sus cabezas con la esperanza de quedar así frente a ella. Amputó el cuello de un certero mandoble, aterrizó abriendo un pequeño cráter a sus pies, se giró hacia el enorme cuerpo reptiliano, vio su pecho arqueado al descubierto y acto seguido se propulsó directamente contra él.

La punta de Báinhol se incrustó como un punzón en la carne de la hidra, atravesando escamas, piel, músculos, huesos y corazón. La gigantesca criatura exhaló un grito ahogado y se derrumbó a un lado, haciendo temblar el valle entero con el impacto de su cuerpo en la tierra desecada, al tiempo que Thadwos retrocedía para no ser aplastado por el descomunal cadáver.

El vapor se dispersó mientras el fuerte sudaba e intentaba

recuperar el aliento. Su corazón latía desbocado debido a la tensión del momento; sus ojos amarillos miraban fijamente aquella bestia colosal que yacía tendida ante él, con las pupilas desenfocadas, las mandíbulas abiertas, las lenguas enrolladas en el suelo y las heridas humeando al entrar la sangre en contacto con el oxígeno del mundo exterior. Era una imagen repulsiva.

—¿Ha muerto? —Arúnhir apareció andando detrás de él.

Thadwos se volvió hacia el sacerdote.

—¿Tú qué crees? Le he perforado el corazón.

—Solo quería asegurarme.

—¿Por qué has tardado tanto en evaporar las aguas? Podría haberme costado la vida.

—Nada es eterno. Acabarás muriendo algún día.

—Eso no te excusa.

—No protestes tanto. He invocado mi piromancia tan rápido como he podido.

—Procura darte más prisa la próxima vez. —Thadwos hizo un gesto hacia la lodosa extensión que los rodeaba—. ¿Y bien? ¿Dónde está la corona?

Arúnhir sacudió la cabeza con lentitud.

—No lo sé. El detector señalaba el lago…, tendremos que rastrearlo palmo a palmo.

Thadwos se giró hacia atrás para distinguir a Ilvain, todavía de pie en la orilla. Elathia y Nándil habían vuelto junto a ella y miraban el cadáver de la hidra aún impactadas por su repentino ataque.

—Quizá Ilvain podría ayudarnos —sugirió el fuerte—. Es una perceptora: estamos tan cerca de la corona que es posible que la detecte con sus sentidos ampliados. Puedo darle carne de dragón para que recupere sus poderes.

—¿Estás loco? —Arúnhir sonreía con sarcasmo—. Ilvain es nuestra enemiga. Si recupera sus poderes, sin duda intentará matarnos y quedarse ella con la corona.

—Sus poderes no le otorgarán ningún tipo de habilidad bélica —razonó Thadwos—. Sin sus flechas no será rival para nosotros.

—No confío en ella. —El sacerdote escupió a un lado—. En realidad, ni siquiera confío en ti.

—Pues deberías empezar a hacerlo.

El fuerte caminó de vuelta hasta el cuerpo de la titánica bestia, agarró la sobresaliente empuñadura de Báinhol y de un tirón la desclavó. Su hoja empezó a despedir humo de inmediato, pero, tan pronto como Thadwos se hubo dado la vuelta de nuevo, el inerte cadáver emitió un ruido gutural que resonó por todo el valle.

—¿Qué ha sido eso? —preguntó Arúnhir con una nota de temor.

Incrédulo, el sacerdote contempló cómo la herida en el pecho de la hidra muerta se cerraba sola, mientras que una nueva cabeza nacía de pronto del humo que brotaba del muñón de su cuello.

—¡No puede ser! —exclamó Thadwos, tan atónito como su compañero.

Los seis ojos del gigantesco monstruo se abrieron simultáneamente y su cuerpo se enderezó en toda su magnitud. Entre los hilos de humo y vapor que flotaban hacia el nuboso cielo del mediodía se entrevió por primera vez la figura completa de la bestia, que de una punta a otra era totalmente serpentina, con un vientre ancho de donde emergían dos gruesas patas que daban a entender que aquel engendro además de acuático también era terrestre. Escamas verdosas como las de un pez recubrían su piel en el lomo, aunque bajo él se volvían más oscuras, mientras que un sinfín de púas sobresalían en su espalda, siguiendo su espina dorsal, desde las tres cabezas hasta la punta de hueso de su cola.

Ahora bien, lo más destacable de aquella criatura no era su forma, sino el halo que desprendía su cuerpo. Al abrir los ojos tras resucitar, sus iris morados destellaron como los de un rodno cuando activaba sus poderes, e inmediatamente una nube negra se formó en el exterior de sus patas y recorrió su cuerpo desde allí hasta la cabeza del centro, que se arqueó hacia atrás para de súbito inclinarse hacia delante y vomitar un chorro de sombras que se precipitó sobre Arúnhir y Thadwos.

—*¡Aura del Sol!*

El sacerdote juntó las palmas e invocó su armadura piromántica con una rapidez inaudita, mientras que el fuerte, esperando algún ataque repentino, saltó hacia atrás para alejarse de su colosal enemigo. El áurea rojiza que envolvió el cuerpo de Arúnhir le protegió de la oscuridad que cayó sobre él, estallando al contacto y dejando una estela de vaho negruzco que rodeó al sacerdote. La hidra detuvo su rayo sombrío y, antes de que pudiera lanzar una nueva acometida, Thadwos dio un segundo salto, esta vez sobre su flanco, atravesando las escamas con el filo de Báinhol y provocando un corte tal que uno de los intestinos de la bestia se precipitó hacia el suelo.

El monstruo tuvo que sentir dolor, porque la cabeza de la izquierda lanzó un aullido lastimero, pero aun así hizo caso omiso tanto de Thadwos como de la herida; del corte volvió a brotar un humo pestilente, el intestino retrocedió hacia el interior como si nunca hubiera caído y la carne se cerró sola. Anonadado, el fuerte sintió impotencia ante semejante visión y permaneció allí, inmóvil, mientras la cabeza central retrocedía, la nube negra que envolvía al engendro desaparecía y en su lugar se formaba una azulada. Acto seguido, la cabeza de la derecha vomitó un aliento gélido que se convirtió en una montaña de hielo que cayó sobre Arúnhir de forma imparable.

—¿Qué...?

Thadwos saltó hasta la otra orilla del lago para observar a su enemigo desde una distancia prudencial. Que él supiera, las hidras nunca habían exhalado tinieblas ni hielo y, aunque eran capaces de regenerar sus extremidades, no podían sobrevivir a heridas letales.

—A no ser que…, ¡claro! ¡La corona está dentro de su cuerpo!

Desconocía qué efectos podía tener la corona de Ainos el Cálido en el interior de un ser vivo, pero si se trataba de un objeto que de verdad contenía el poder del mismísimo Dios Sol, sin duda podría otorgar habilidades sin precedentes incluso a aquellos seres que no tuvieran ninguna de forma natural. Quizá aumentara también su capacidad regenerativa, permitiéndole ahora además de sanar sus extremidades curar cualquier herida que sufriera su cuerpo. Las mandíbulas de la hidra eran enormes y, por si eso no fuera suficiente, no tenía una sino tres, mientras que la corona llevaba perdida desde hacía incontables ciclos; era evidente que la bestia se la habría tragado en algún momento al comer animales sin siquiera ser consciente de lo que había hecho.

Pero ¿cómo podían matar a un monstruo capaz de regenerar cualquier herida? ¿Acaso tendría que meterse voluntariamente en una de sus gargantas para así llegar a su estómago y buscar allí la corona? Semejante idea le produjo náuseas. Thadwos sacudió la cabeza con apremio, sabiendo que Arúnhir no podría luchar eternamente contra tan poderoso enemigo.

La montaña de hielo tenía al sacerdote atrapado, aunque su aura piromántica le había mantenido en calor, impidiendo la congelación de su cuerpo. Contemplaba la oscura silueta de su monstruoso enemigo a través del hielo que se derretía a su alrededor, esperando que al engendro no se le ocurriera aplastar la montaña mientras él estuviera todavía dentro.

—¡*Ignición!*

Las llamas brotaron de su ser descontroladamente, expandiéndose hacia todas las direcciones, acelerando el deshielo hasta resquebrajarlo y hacerlo estallar. La hidra rugió cuando vio que su presa de nuevo salía indemne del ataque que le había lanzado, de modo que intentó otra estrategia: la nube helada que envolvía su cuerpo desapareció y en su lugar surgió un gas verdoso que la cabeza de la izquierda expulsó a través de su garganta contra el sacerdote que corría tratando de alejarse de ella.

—¿Veneno?

Arúnhir se lanzó al suelo boca arriba y levantó ambas manos contra la emanación putrefacta que se le acercaba.

—¡Llamarada tenaz!

De cada una de sus palmas abiertas manó una lengua de fuego que se elevó al encuentro de la nube verdosa y, cuando tales elementos entraron en contacto, explotaron de súbito, como si el gas venenoso sirviera de combustible para las llamas, provocando una reacción en cadena que abrasó el aliento de la cabeza izquierda de la hidra hasta su propia garganta, que ardió desde el interior. Con tal de apagar el fuego, la bestia deshizo la nube de veneno instintivamente, cortando de pleno las explosiones y centrando su poder en sanar el morro carbonizado.

Viendo aquello, Thadwos saltó de vuelta hacia Arúnhir, rodeó su cintura con el brazo libre y se lo llevó al otro lado del lago, a la espalda de la titánica criatura.

—¡Maldición! —El fuerte gimió al darse cuenta de que el aura del sacerdote le había quemado la piel. El contacto había sido lo suficientemente breve como para que no se prendiera, pero sin duda le saldrían numerosas ampollas. Thadwos meneó la cabeza y se dirigió a su aliado sin preámbulos—. ¡La corona está en su interior!

—¿Qué?

—¡Por eso puede invocar poderes y regenerar las heridas más graves!

Arúnhir abrió mucho los ojos dorados.

—Tiene sentido —comprendió—. Entonces ¿cómo la matamos?

—Tu fuego le impide sanar con rapidez. —Thadwos señaló la cabeza venenosa—. ¡Fíjate!

En efecto, las quemaduras que había sufrido la hidra estaban tardando mucho más de lo habitual en ser regeneradas; el dolor era tan extremo que las dos cabezas libres se balanceaban de un lado a otro, incapaces de prestar atención a las dos pequeñas presas humanas que tramaban su asesinato a su espalda.

—Yo atravesaré completamente su vientre —se ofreció Thadwos—. Luego tú cauterizarás el boquete abierto.

—Espero que funcione. —Los ojos rojos del sacerdote se iluminaron como dos rayos del sol—. ¡Vamos!

Arúnhir echó a correr hacia delante, con la túnica ondeando al viento y su aura bermeja intensificando su temperatura hasta el punto de que todo su cuerpo pareció estar rodeado de llamas. Thadwos empuñó a Báinhol con las dos manos, flexionó las rodillas, dio un pequeño salto que le hizo avanzar diez pasos, luego otro con el que se desplazó otros veinte y finalmente clavó el pie en el suelo con tanta fuerza que las rocas se resquebrajaron bajo él para acto seguido impulsarse con todo su poder de cabeza contra el colosal reptil que todavía serpenteaba en el centro del lago.

Pocas veces había realizado un salto con semejante ímpetu; el fuerte gritó de terror y furia, con los brazos recogidos junto al cuerpo y la punta de su enorme espadón mirando adelante mientras se precipitaba directo contra la hidra, cual salto al vacío desde la mayor de las alturas, con el corazón dando un vuelco dentro de su pecho. Su monstruoso enemigo se había percatado de su ataque y tuvo tiempo de girar el cuerpo hacia ellos, cuyas tres cabezas vomitaron tinieblas, hielo y veneno a chorros en un intento de detener la acometida de aquella pequeña presa que volaba en picado hacia ella como si la fuerza de la gravedad no bastara para hacerle descender contra el suelo.

No obstante, el salto de Thadwos fue tan potente que consiguió sortear el triple ataque antes de que cayera sobre él; gritó hasta quedarse afónico e impactó plenamente en el vientre de la hidra.

Báinhol se clavó en las escamas de la bestia, provocando una abertura tan grande en su piel que el propio Thadwos pudo pasar a través de ella. Debido al increíble impulso que se había dado, horadó las entrañas del monstruo y perforó las membranas que cubrían las escamas desde el interior, atravesando el cuerpo entero y saliendo disparado por su espalda hasta impactar contra el lodo del otrora lago. El fuerte cayó dando vueltas y se golpeó dos veces hasta quedar finalmente tendido de cara al cielo, con el espadón clavado junto a él y el cuerpo pringado, pegajoso y humeante por la sangre de la criatura.

—¡Thadwos! —Ilvain, que no se encontraba muy lejos del lugar donde había caído, empezó a correr hacia él.

La hidra había quedado tan inmóvil como su agresor. Atravesada de una punta a otra, sus largos cuellos serpentinos cayeron inertes hacia los lados debido al peso de sus tres cráneos, mientras que un agujero del tamaño de una persona horadaba su vientre escamado; al cuerpo del rodno lo habían seguido docenas de fragmentos de huesos y vísceras que quedaron esparcidos por todo el lago. La enorme herida humeaba y sanaba muy lentamente debido a la gran cantidad de tejido que debía regenerar.

Arúnhir llegó frente al coloso y vio a Thadwos en línea recta a través de la gran abertura que el fuerte había abierto con toda su fuerza. El sacerdote sonrió y extendió las manos hacia delante.

—Hasta nunca, Thadwos. —El fuego que rodeaba su silueta se concentró en sus palmas, formando un enorme orbe de llamas—. ¡*Embestida del Sol*!

El proyectil salió despedido de sus manos casi con la misma potencia que había tenido el salto de su aliado. Impactó primero contra la entrada del agujero, cauterizando los bordes de la herida para luego internarse en el vientre, abrasar todos los órganos maltrechos que quedaban en el interior y salir expulsado por el orificio opuesto que había en la espalda del engendro reptiliano. Así, la esfera de fuego continuó el mismo camino que había recorrido Thadwos, dirigiéndose directamente contra él.

—¡Thadwos!

—¡Ilvain, detente!

La perceptora comprendió las intenciones de Arúnhir, pero en lugar de ponerse a cubierto corrió hacia el fuerte, que continuaba inmóvil en el lodo del lago. Elathia y Nándil partieron tras ella con la intención de detenerla, aunque en el fondo sabían que no llegarían a tiempo.

Los gritos y el ruido producido por el movimiento de aquel orbe de llamas despertaron a un Thadwos molido y aturdido, que tan solo pudo entreabrir los ojos y preguntarse qué estaba ocurriendo justo antes de que el conjuro piromántico le alcanzara de lleno.

Sin embargo, Ilvain saltó en el último momento, no hacia él, sino hacia el proyectil de fuego, que consiguió golpear con el cuerpo para que impactara contra ella en lugar de contra Thadwos. El fuego abrasó su ropa y su piel al tiempo que la esfera era desviada gracias a su impulso y se perdía en el bosque que crecía más allá de la orilla del lago.

—¡Ilvain!

El dolor se esfumó al mismo tiempo que regresaba la claridad de su mente y Thadwos se incorporó de golpe para tenderse junto a la perceptora, cuyos agónicos gritos estremecieron el mundo mientras su cuerpo ardía como una pira. El fuerte se quemó las manos echando lodo sobre las llamas para apagarlas, de un tirón se arrancó la piel de minotauro que lo cubría y trató de extinguir con ella el fuego, pero nada sirvió:

las sacudidas de Ilvain cesaron y sus alaridos se apagaron mientras las llamas seguían consumiendo su cuerpo.

Los restos de la perceptora permanecían en reposo cuando Elathia y Nándil llegaron a su lado y se dejaron caer de rodillas junto a ella.

—¡Elathia, Elathia! —Thadwos le tendió su saco de piel de basilisco con una mano temblorosa—. ¡Come carne de dragón! ¡Vamos! ¡Debes salvarla!

La divina cogió el saco, pero negó con la cabeza en un gesto impotente.

—No puedo —musitó.

—¡¿Qué dices?! ¡Come la carne y lanza un milagro para salvarla!

—No puedo...

—¡Hazlo ahora mismo!

—¡No puedo! ¿Acaso no lo ves? Ilvain... Ilvain ha..., Ilvain está muerta. No existe milagro que pueda salvarla de eso.

Elathia rompió a llorar. Thadwos se volvió hacia el cuerpo de la perceptora y comprendió que la divina tenía razón: tan potente había sido el proyectil de fuego, tan intensas sus llamas y su calor, que Ilvain se había combustionado de inmediato, falleciendo apenas segundos después de sentir el horroroso dolor. Su ropa se había deshecho y su piel estaba negra, completamente carbonizada; ni siquiera se reconocían sus facciones, puesto que su rostro no era más que una masa redonda y oscura de la que tan solo se distinguía la forma del contorno.

—Arúnhir tiene la corona —dijo de pronto Nándil con la voz quebrada.

Elathia y Thadwos se giraron al mismo tiempo hacia el gigantesco cadáver de la hidra. La humedad en los ojos de ambos hacía que su vista fuera borrosa, pero de todos modos alcanzaron a atisbar al sacerdote saliendo del cuerpo de la bestia a través del boquete que Thadwos había abierto en su espalda. Arúnhir había rebuscado en el interior del monstruo para finalmente encontrar la corona, que ahora sostenía entre sus manos humeantes; era un pequeño objeto de color ambarino, más parecido a una diadema que a una corona, dado que su grosor era escaso y no tenía extrañas formas ni joyas damasquinadas, sino que era fina, simple y estrecha.

—¡Arúnhir! —bramó Thadwos, loco de la ira, cuando comprendió que había sido su aliado quien había matado a Ilvain—. ¡Arúnhir!

El fuerte cogió la empuñadura de Báinhol y saltó directo hacia el sacerdote, levantando el espadón por encima de su cabeza para descargarlo con todo su poder contra aquel hombre que no solo había intentado asesinarle a traición, sino que, además, había carbonizado a Ilvain. Gritó mientras se alzaba y caía, con las lágrimas deslizándose más allá de su máscara y la mirada tan borrosa como decidida.

No obstante, Arúnhir no hizo ademán de luchar ni de huir. Tan solo sonrió y levantó frente a él la corona de Ainos el Cálido, el Dios Sol.

—*¡Ignición!*

En sus manos se concentró todo su poder, todo el fuego que era capaz de invocar, que lamió la corona, exponiéndola a una temperatura tan elevada como el magma, su contorno se fundió, entonces Arúnhir aplicó fuerza y lo que quedaba de ella se partió en dos.

Con el sacerdote como epicentro, se generó una potente onda expansiva que empujó a Thadwos con tanta fuerza que lo lanzó hacia atrás, al mismo tiempo que una explosión de luz blanca inundaba el mundo entero.

12

Las palabras que Lessa había dicho el día anterior, cuando Elerion había visitado a los rebeldes en las mazmorras del palacio, le habían dejado tan temeroso como intranquilo. Tratar de hablar con los rebeldes no solo no le había aportado ninguna información sobre el asesinato de su hermano, sino que además le había hecho sentirse mucho más inquieto sobre el viaje que había emprendido su madre. Y por si eso no fuera suficiente, las matriarcas todavía discutían sin ponerse de acuerdo en nada, así que, aunque ya hacía dos días que Irwain había regresado con los prisioneros, los interrogatorios aún no habían empezado.

Ahora el muchacho se encontraba en el Templo del Dios Sol, un día más orando por su madre, por el éxito de su misión y para que regresara sana y salva a casa. Sin embargo, las palabras de Lessa le habían dejado tan preocupado que en aquella ocasión había decidido rezar mucho más de lo habitual, razón por la cual la espalda y las rodillas le dolían más que nunca mientras imploraba al Dios Sol que salvara a su madre. Deseaba fervientemente poder hacer algo al respecto, ayudarla de alguna forma, auxiliarla y socorrerla para que regresara indemne, cuando de pronto su mente se iluminó con una idea inaudita. ¿Acaso no era él un miembro del clan de los divinos? Sus dones le permitían obrar milagros, de modo que... ¿por qué no lanzaba un milagro para ayudar a su madre? Valía la pena intentarlo porque, al fin y al cabo, lo único que perdería si no funcionaba sería un poco de poder, que de todos modos recuperaría cuando ingiriera carne de fénix o de leviatán.

Inmóvil en su sitio, Elerion cerró los ojos y se concentró; podía notar la energía que desprendía su cuerpo y que acumuló con la intención de usarla toda de golpe.

—Que mi madre... —empezó, pero calló enseguida, inseguro ante lo que debía decir. ¿Qué milagro debía ejecutar exactamente? ¿Qué era lo que él quería? Dudó y arrugó la frente, confuso, hasta que al cabo se decidió—. Quiero ser de ayuda para mi madre.

Al instante supo que no había obrado el milagro adecuadamente, porque no había imaginado con precisión lo que quería; con toda seguridad, se trataba de un conjuro demasiado ambiguo como para que fuera efectivo. Sin embargo y para su sorpresa, el poder que había acumulado tiró de él como un remolino, consumiendo sus fuerzas y su vigor hasta casi agotarlo por completo. Se encontraba postrado, pero aun así se precipitó hacia delante. Detuvo a tiempo su caída al apoyar las manos en el suelo y evitó golpearse la cabeza con las baldosas de piedra. Intentó recuperar la respiración mientras el sudor bañaba todos sus músculos.

—Espera la señal al anochecer —oyó que decía la exigente voz de una mujer—. Asegúrate de acabar con todos los prisioneros.

—No quedará ni uno —afirmó otra más grave, sin duda la de un hombre.

—Nada es eterno. Que el Dios Sol te ampare en sus brazos, hermano.

—Lo mismo digo.

Elerion se giró hacia atrás sobresaltado y de inmediato vio que el portón doble que permitía entrar y salir de la enorme sala del templo no estaba del todo cerrado, sino que alguien, por descuido, lo había dejado ligeramente abierto. La rendija era muy estrecha, casi invisible, pero suficiente para que él, situado en una de las últimas filas, alcanzara a oír aquella conversación privada que había tenido lugar al otro lado, en el pasillo que conducía a la sala.

Sin saber muy bien por qué, Elerion se incorporó con un gruñido, todavía agarrotado por la postura y extenuado por el uso de su don, y luego se dirigió al portón. Lo abrió con lentitud y sacó la cabeza para mirar a izquierda y derecha; la túnica anaranjada de un sacerdote ondeó al fondo del pasillo antes de girar en el primer recodo, así que Elerion salió, cerró la puerta tras él y partió tan silenciosamente como pudo en pos de aquella misteriosa figura.

El muchacho se detuvo en la esquina al final del pasillo y vio al sacerdote caminar de espaldas a él, por su corpulencia y sus andares dedujo que se trataba del hombre. Le siguió a una distancia prudencial, pisando con cuidado para no ser descubierto; cuando llegó al exterior, el sacerdote continuó hacia las calles empedradas sin la compañía de ningún inferior. No así Elerion, que salió como si no ocurriera nada y le hizo un gesto a Cángloth para que se acercara.

—Ve a casa, coge alimentos que me den poder y reúnete conmigo en la fachada principal del palacio.

—¿Por qué? —preguntó Cángloth sin entender nada—. ¿Qué ocurre?

—Luego te lo contaré —respondió Elerion con impaciencia—. ¡Tú hazlo, rápido!

—Está bien.

Cángloth asintió y se dio la vuelta para marchar en dirección opuesta, pero Elerion le retuvo en el último momento.

—¡Espera! ¿Cuánto falta para el anochecer?

Extrañado, Cángloth alzó la vista al cielo y calculó durante unos breves segundos.

—Una hora a lo sumo.

—He pensado lo mismo. Maldición, ¡date prisa!

Cángloth echó a correr mientras Elerion empezaba a caminar de forma aparentemente despreocupada, aunque en realidad estaba muy atento para no perder de vista al sacerdote. El milagro que había obrado en el templo le había dejado agotado y necesitaba reponer cuanto antes su poder, porque en las condiciones actuales no se veía capaz de hacer ningún esfuerzo y no sabía a qué tendría que enfrentarse durante las próximas horas.

¿Qué era lo que le impulsaba a continuar con aquel delirio? Había lanzado un milagro para ayudar a su madre y justo después había oído aquella conversación privada. ¿Era casualidad o la respuesta a sus poderes? Si repasaba la conversación, la única conclusión posible era que una mujer había pedido al sacerdote que les hiciera algo a los prisioneros. «No quedará ni uno», había dicho él. ¿Pensaban ejecutarlos a todos? ¿Por qué? Las matriarcas todavía no habían interrogado a los rebeldes, de modo que, si morían ahora, no tendrían la oportunidad de sonsacarles ningún retazo de información. Si los ejecutaban aquella noche, todo el esfuerzo de Irwain y sus guerreros habría sido en vano.

Además, no podía dejar de pensar en Lessa, la joven encerrada en las celdas, aquella rebelde de largo cabello con quien había tenido la oportunidad de hablar hacía tan solo un día. Había sido sorprendentemente dulce con él, había demostrado tener una mente mucho más perspicaz de lo que cabría esperar en una inferior y su rostro bajo la tenue luz de las antorchas le había parecido incluso atractivo...

Elerion sacudió la cabeza para ahuyentar aquellos pensamientos traicioneros. Él era un rodno, ella una inferior, y juntarse sería como tratar de aparear un oso con una liebre. Aun así, no quería que la ejecutaran a sangre fría, porque debía ser interrogada y era hermosa..., no, tan solo porque debía ser interrogada, no porque fuera hermosa, aunque, bueno, no se podía negar que lo era..., nada, una cosa no estaba relacionada con la otra. Sus sentimientos eran confusos, pero en cualquier caso de lo que estaba seguro era de que tanto ella como los demás cautivos debían seguir vivos.

Sin embargo, si aquel sacerdote de verdad pretendía ejecutarlos, ¿qué podría hacer Elerion para detenerlo? ¿Intentar razonar con él? ¿Y qué haría si eso no funcionaba? Un sacerdote no era un oponente precisamente fácil de derrotar, y menos para alguien que ni siquiera había terminado aún su formación en la Academia. El divino empezó a ponerse nervioso mientras avanzaba sin apartar la vista de aquel hombre que andaba una treintena de pasos por delante de él y que, según sabía, había superado incontables pruebas de extrema dureza para conseguir la túnica anaranjada que ahora vestía con tanto orgullo.

Desde la fundación del culto de los sacerdotes, cada año nacía algún niño rodno que resultaba ser totalmente incapaz de invocar los poderes de su clan. Tal acontecimiento se tomaba como una señal del Dios Sol: había escogido al neonato como uno de sus discípulos y le arrebataba los poderes maternos como requisito para dominar la piromancia que caracterizaba su religión. Se consideraba todo un honor ser uno de los elegidos, así que, cuando eso ocurría, la madre en cuestión llevaba al bebé al Templo del Dios Sol, donde se le daba un nuevo nombre y era educado como acólito del sacerdocio.

De esa forma, todos los sacerdotes habían sido originariamente miembros de alguno de los clanes de Rodna, aunque ninguno era capaz de dominar sus poderes nativos, sino tan solo la piromancia del Dios Sol. Además, como ingresaban en el templo cuando todavía eran niños de cuna, nunca llegaban a conocer a sus verdaderas familias. Se distanciaban por completo de ellas y se criaban bajo el credo de que sus compañeros eran sus hermanos y la suma sacerdotisa la madre de todos ellos.

Aquella separación permanente causaba profundo dolor a más de una madre, pero a menudo la ignorancia era preferible a la verdad, puesto que no todos los discípulos llegaban a ser sacerdotes, muchos perecían antes de conseguirlo. Y es que el Dios Sol escogía a los neonatos más dotados, pero más tarde ellos debían demostrar su validez mediante una prueba de fe, un rito de iniciación de extrema severidad que debía ser superado. Se decía que solo un tercio de los acólitos sobrevivía a semejante prueba, así que para las madres la mayoría de las veces era mejor desconocer cuál había sido el destino de sus hijos, puesto que muchos fallecían antes de terminar su segundo ciclo de vida.

El Dios Sol no solía escoger a muchos neonatos y, de entre ellos, eran pocos los que superaban las pruebas, de modo que, como consecuencia, la población total de los sacerdotes era muy escasa respecto a la del resto de los clanes; en la actualidad se calculaba que tan solo uno o dos de cada cien rodnos eran sacerdotes.

No obstante, su influencia en la sociedad resultaba innegable, dado que eran los elegidos del Dios Sol, sus poderes pirománticos podían equipararse a los de un clan ambiental y en la mayoría de los conflictos entre clanes se mantenían neutrales, lo que hacía que todo el mundo confiara en ellos. La única excepción tuvo lugar cuatro ciclos atrás, cuando fueron los propios sacerdotes quienes habían descubierto que los revocadores conspiraban para hacerse con el control de Rodna y se habían encargado de liderar el ataque contra ellos durante la Noche de las Represalias.

Todo aquello había llevado a los rodnos a creer que los poderes pirománticos de los sacerdotes no procedían de su sangre sino de su fe, y que cuando completaban los ritos de iniciación se volvían capaces de entender los propósitos del Dios Sol. ¿Significaba eso que podían leer el futuro? Elerion tembló inconscientemente al pensarlo. Suponía que no, porque nadie le había hablado nunca de semejante habilidad a pesar de que, si existiera, sería sin duda muy famosa. Pero ese pensamiento no facilitaba mucho la situación. ¿Qué podía hacer él contra un sacerdote hecho y derecho? Rezar. O ni siquiera eso, ya que su enemigo era un elegido del Dios Sol, mientras que él era simplemente un chico en su segundo ciclo de vida. Elerion sabía que no podía enfrentarse a él, si no podía hacerle entrar en razón y se veía obligado a luchar, debía pedir ayuda a alguien más.

El sacerdote se detuvo al pasar el mercado y entró en uno de los locales que había junto a los tenderetes. Era una bodega de vino, donde los rodnos se citaban y festejaban, aunque las celebraciones se habían vuelto escasas desde el estallido de la rebelión, así que ahora tan solo era un lugar donde ahogar las penas e intercambiar noticias. Elerion permaneció en el exterior y echó una ojeada por una de las ventanas acristaladas, desde donde pudo ver el rostro de su objetivo por primera vez: se trataba de Kárhil, un sacerdote que se encontraba ya en su cuarto ciclo de vida y uno de los que tenían más renombre en toda Rodna. Suponiendo que se quedaría allí hasta el anochecer, el muchacho se alejó y se sentó en la calle, camuflado entre las lonas de los comerciantes, sin dejar de observar en ningún momento la entrada de la bodega.

¿Qué interés podía tener un hombre como Kárhil en asesinar a los cautivos que estaban encerrados en las mazmorras? ¿Quizá había perdido a algún hermano muy querido durante la rebelión, igual que el propio Elerion? El divino podía entenderlo, pero incluso él era capaz de contener sus ansias de venganza, porque se daba cuenta de que los prisioneros eran más valiosos vivos que muertos. Entonces ¿por qué Kárhil no podía controlarse? Quizá su suposición fuera errónea y el sacerdote no buscara venganza. En ese caso, ¿cuál era su motivación? Si los interrogatorios ya hubieran tenido lugar, las intenciones de Kárhil tendrían más sentido: los rebeldes perderían su valor, porque ya habrían contado todo lo que sabían sobre sus planes de guerra y a lo mejor incluso habrían revelado la identidad de los espías rodnos que los ayudaban en la rebelión...

Elerion detuvo su reflexión en seco. Todo el mundo creía que los rebeldes tenían espías entre los rodnos, pero nadie sabía quiénes eran; por eso Irwain y las matriarcas llevaban dos días discutiendo, porque desconfiaban las unas de las otras. ¿Y si...? ¿Y si Kárhil era uno de los espías? Si en efecto lo era y los prisioneros lo sabían, la vida del sacerdote corría grave peligro, porque si confesaban la verdad sería capturado, sentenciado y ejecutado sin piedad. ¿Por eso quería atacarlos?, ¿para actuar antes de que fuera demasiado tarde y así mantener su tapadera para seguir espiando y ayudando a los rebeldes que se encontraban en el exterior? Elerion se quedó helado cuando recordó que la matriarca Irwain no había confiado en ningún sacerdote a la hora de escoger a los guerreros con los que partió para capturar a los rebeldes, sino que tan solo había confiado en treinta rodnos de los clanes corporales. ¡Quizá lo había hecho porque ya sospechaba de antemano que había espías entre los sacerdotes!

Elerion se dio cuenta de que sus manos temblaban, aunque no sabía si era de miedo o de fatiga. ¿Qué podía hacer? Debía avisar a alguien, pero ¿a quién? ¿En quién confiar? Sin duda Kárhil no era el único espía de Rodna. ¿Cuántos aliados tendría? ¿Cuántos estarían tramando el asesinato de los rebeldes antes de que revelaran sus identidades? ¿La mujer que había oído hablando en el templo era otra espía?

Antes de que pudiera encontrar respuestas a todas sus preguntas, la puerta de la bodega se abrió y Kárhil surgió de ella. El sacerdote miró a ambos lados, sus ojos pasaron por encima de Elerion sin prestarle más atención que a un insecto en el campo y luego emprendió su camino hacia el oeste. El divino, tan nervioso que no podía ni siquiera pensar con claridad, dejó que la distancia entre ellos se ensanchara mucho antes de levantarse y seguirle en silencio.

El resplandeciente sol que siempre bañaba Rodna con intensa luz durante el día había desaparecido entre las nubes, dejando paso a un cielo que se oscurecía más a cada minuto que pasaba. Algunas estrellas habían aparecido como pequeños puntos luminosos, aunque dependiendo de dónde se mirase quedaban ocultas tras el colosal esqueleto que se alzaba sobre la ciudad.

Elerion giró por una calle y descubrió que había perdido de vista a Kárhil. Sin embargo, sabía perfectamente adónde se dirigía, de modo que aceleró el paso y volvió a doblar la siguiente esquina para ver aparecer el palacio de Rodna frente a él. El sacerdote se encontraba caminando por la plaza que había delante de la fachada principal, mientras Cángloth se hallaba allí en medio, de pie y con un saco de piel de basilisco echado a la espalda, mirando en todas las direcciones en busca de su amo.

Cuando Cángloth vio que el divino le hacía una seña con la mano, se acercó a él con rapidez, mientras Kárhil continuaba avanzando hacia la entrada del palacio. Elerion lo siguió con la vista y comprobó con alegría que había cuatro guardias vigilando el portón que se hallaba sobre la escalinata de piedra, en medio de la fachada del edificio. ¡Si Kárhil quería entrar, le quitarían sus poderes con un sello revocador!

—He traído la carne de leviatán que comprasteis anteayer —informó Cángloth cuando llegó a su lado—. ¿Podéis decirme ya qué es lo que ocurre?

—Espera.

Elerion cogió un filete de carne con los dedos y le dio un buen bocado; por fortuna, a Cángloth le había dado tiempo de asarla un poco, de modo que no estaba totalmente cruda. El divino notó cómo recobraba sus poderes a la vez que sus músculos recuperaban el vigor.

Desgraciadamente, su alegría duró poco. Cuando iba por el tercer mordisco, una explosión sacudió el palacio desde el interior e hizo volar una de las alas traseras del edificio. Las rocas saltaron disparadas hacia la ciudad, estallando contra las casas y las calles más cercanas. Al instante, docenas de gritos de pánico colmaron el aire, mientras el humo se levantaba hacia el oscuro cielo nocturno.

Atónito, Elerion vio que dos de los cuatro guardias que vigilaban la entrada se precipitaban en el interior del palacio para ayudar y descubrir qué ocurría, mientras Kárhil echaba a correr hacia la pareja de vigilantes que se quedaba ante el portón. Cuando llegó ante ellos, el sacerdote empezó a hablar fingiendo verdadera preocupación, hasta que de pronto levantó las palmas, cerró los dedos en torno a los rostros de ambos guardias e invocó una piromancia que les abrasó los cráneos en cuestión de segundos. Acto seguido, Kárhil abrió el portón y entró en el palacio.

—¡No puede ser! —Elerion se dispuso a partir tras el sacerdote, pero se detuvo antes de dar el primer paso y se giró hacia Cángloth—. ¡Ve a buscar ayuda ahora mismo! ¡Kárhil quiere matar a todos los prisioneros, lo tenía todo planeado! ¡Así que vete y trae a tantos rodnos como puedas! —El chico echó a correr, pero se detuvo un segundo después—. ¡Ah, espera! Asegúrate de no avisar a nadie de los clanes ambientales, ¿de acuerdo? ¡La matriarca Irwain no confiaba en ellos, así que nosotros tampoco podemos hacerlo! ¡Ni siquiera en los de mi propio clan! ¡Ahora vete, rápido!

—¿Y qué haréis vos? —A Cángloth no parecía gustarle la idea de abandonar a su amo allí en medio—. ¡Venid conmigo y ayudadme!

—¡No, yo me quedaré aquí! ¡Vete! ¡Date prisa!

Cángloth titubeó, pero el deber pudo con él y finalmente salió corriendo en dirección al mercado.

Elerion se llevó el último trozo del filete a los labios y cruzó la plaza con tanta premura como fue capaz. Al ser de noche, los transeúntes eran más escasos de lo habitual, y la explosión había centrado la atención en la parte trasera del palacio, por lo que nadie pareció percatarse de que el joven divino llegaba al portón y entraba en el edificio sin permiso ni autorización.

Los cuerpos de los dos guardias abrasados bloqueaban el paso, de modo que Elerion los saltó y luego se detuvo, paralizado ante el horror que el sacerdote Kárhil había dejado a su paso. Las dos cabezas estaban irreconocibles y carbonizadas; su oponente los había cogido desprevenidos, se habían visto incapaces de reaccionar a tiempo y habían perecido antes siquiera de saber lo que estaba ocurriendo. Sin embargo, si Kárhil les hubiera dado la oportunidad de defenderse, quizá el resultado habría sido muy distinto, no solo porque habrían podido desplegar sus poderes, sino porque también contaban con sellos revocadores para anular a cualquier rodno.

Con el corazón desbocado y los brazos temblando incontrolablemente, el muchacho se arrodilló junto a los cadáveres y palpó sus ropajes hasta dar con un sello revocador. Se dijo que a ellos no les importaría ser saqueados si gracias a eso eran vengados, de modo que se incorporó de un salto, con la esfera solar bien apretada en la mano, y reemprendió su carrera.

La multitud de pasos y voces que oía indicaban que en el palacio todavía había numerosos rodnos, pero la explosión había hecho que la mayoría se alejaran de la entrada para dirigirse a la parte trasera. Aquello había despejado el camino hacia las mazmorras, que Elerion transitó a toda velocidad, repitiendo el mismo recorrido que había realizado el día anterior, aunque de vez en cuando se encontraba con algún cuerpo abrasado que le indicaba que, en efecto, Kárhil se dirigía al mismo lugar que él.

Cuando llegó a las escaleras que descendían a los calabozos, el muchacho escuchó por primera vez gritos de discusión que no procedían del fondo del palacio, sino de debajo de la tierra. El divino saltó los peldaños de dos en dos y luego cruzó un par de pasillos para llegar finalmente a las mazmorras donde estaban encerrados los rebeldes capturados por la matriarca Irwain.

El guardia que había allí apostado para vigilarlos estaba muerto; no tenía solo el rostro carbonizado, sino todo su cuerpo. Sin duda, Kárhil lo había abrasado sin compasión nada más llegar frente a él. Chillidos de miedo y dolor estremecían los oídos de Elerion al mismo tiempo que un tufo a carne quemada impregnaba el aire viciado que había en aquel sótano de piedra. El divino se precipitó junto al siguiente recodo y lo que vio lo dejó horrorizado.

El sacerdote Kárhil se hallaba en medio de las celdas, disparando llamas con cada una de sus dos manos contra los cautivos que había encerrados, quienes no tenían escapatoria alguna, de modo que morían incinerados sin poder hacer nada para evitarlo.

—¡Detente! —exclamó Elerion con todas sus fuerzas.

Mientras hablaba recurrió a su poder para obligar al sacerdote a obedecer, aunque de inmediato se dio cuenta de que era inútil. Asustado, vio que el cuerpo de Kárhil estaba rodeado por un aura rojiza, y por sus enseñanzas supo que aquella protección única que eran capaces de invocar los sacerdotes los protegía de los poderes del resto de los clanes igual que si fuera una armadura solar.

Por fortuna, la sorpresa de su enemigo fue suficiente como para que desviara su atención hacia él a pesar de que su milagro no hubiera surtido efecto. Kárhil no se dignó a decirle nada, ni a preguntarle qué hacía allí ni cómo le había encontrado; sino que simplemente alzó la mano derecha hacia Elerion.

—*¡Dardo flamígero!*

Un proyectil pequeño pero veloz brotó de su palma y cortó el aire al salvar la distancia que le separaba del divino. Sin ninguna experiencia en combates reales, el muchacho no fue capaz de invocar ningún milagro a tiempo, sino que tan solo levantó los brazos en un frágil intento de cubrirse el rostro de aquel aterrador ataque.

La flecha de fuego impactó en el sello revocador que Elerion tenía en la mano; la esfera ambarina absorbió todo el poder que contenía el proyectil y lo deshizo sin dejar rastro, produciendo detrás de sí tan solo un leve aumento en la temperatura del pasadizo.

—Desgraciado… —El sacerdote Kárhil rechinó los dientes con ira—. *¡Hoja incandescente!*

El aura bermeja que rodeaba su brazo se intensificó, se ensanchó y se alargó hasta convertirse en una hoja de llamas; acto seguido, el sacerdote echó a correr hacia el chico, dispuesto a segarle el cuerpo en dos.

Elerion retrocedió con el sello revocador en alto, sin atreverse a darle la espalda a su oponente. Sus nervios estaban disparados y su mente se encontraba demasiado alterada como para pensar en nada. ¡Debía actuar rápido si quería salvar la vida!, ¡debía lanzar algún milagro! Pero no se le ocurría ninguno con el que detener a Kárhil, porque su aura impedía que pudiera invocarlo directamente sobre él. El sello revocador podría neutralizarle, pero tan solo funcionaría si conseguía apoyarlo sobre su pecho, allí donde nacían los poderes de todos los rodnos.

El sacerdote se precipitó hacia delante y blandió la espada de fuego en diagonal; el temor inundó a Elerion, que gritó por el apuro y su valentía al fin quebró; dio media vuelta y echó a correr por donde había venido.

—*¡Dardo flamígero!*

Kárhil levantó la mano libre y lanzó un nuevo proyectil contra la espalda de Elerion antes de que este escapara. Finalmente, el divino invocó sus poderes como acto reflejo.

—¡No quiero morir! —fue lo único que se le ocurrió decir.

Elerion tropezó mientras corría y cayó al suelo cuan largo era, evitando así la flecha de fuego, que pasó por encima de él y fue a estrellarse contra la pared de piedra que había al fondo del pasillo. Por desgracia, el sello revocador se escapó de su mano al caer y resbaló rodando hasta salir del alcance de su brazo.

Sabiendo que se trataba de un arma que podía perjudicarle incluso si la empleaba un simple chico, Kárhil pasó de largo a Elerion sin dedicarle ni siquiera una mirada, corrió hacia el orbe ambarino y lo cogió mientras el joven todavía se estaba incorporando.

—Ya es mío. —Kárhil sonrió y levantó el sello con ambas manos—. ¡*Ignición*!

Horrorizado, Elerion contempló cómo el sacerdote sumía el objeto esférico en una oleada de llamas lo suficientemente potentes como para fundirlo. Abrumado e impotente, el joven giró de vuelta hacia las celdas y corrió, esperando adelantarse mientras su adversario invencible se entretenía quebrando el sello revocador.

—¡Que todas las celdas estén abiertas! —gritó al tiempo que sus ojos se tornaban dorados.

Elerion pasó de largo las primeras celdas, aquellas en las que solo restaban cadáveres incinerados, hasta llegar a las últimas diez, donde Kárhil se encontraba cuando había interrumpido sus ejecuciones.

—¡Salid de inmediato y corred hacia el otro lado! —exhortó a los rebeldes—. ¡Las puertas están todas abiertas! ¡Vamos, salid!

Elerion se dirigió hasta la celda de Lessa, aquella chica que durante los últimos dos días había ocupado sus pensamientos sin cesar, y la vio agarrada a los barrotes, con el cabello rubio enmarañado y las facciones completamente asustadas, pero todavía sana y salva.

—¡Un sacerdote intenta mataros a todos! —gritó Elerion

cuando llegó frente a ella, incapaz de alegrarse por verla viva cuando sabía que Kárhil no tardaría en regresar—. ¡Huye, rápido!

El muchacho propinó una patada a la puerta de la celda, abriéndola de golpe hacia el interior, como si el carcelero se hubiera olvidado de cerrarla con llave.

—¡*Dardo flamígero!* —se alzó la voz de Kárhil.

El sacerdote había vuelto y disparaba fuego contra los prisioneros que había más cerca de él. La joven rebelde, paralizada debido al terror, no hizo movimiento alguno, de modo que Elerion la sacó a la fuerza y la obligó a correr en dirección opuesta a su enemigo. A ellos se unieron otros prisioneros que giraron por el primer pasillo que surgió como desvío al túnel en el que se encontraban, aunque el divino, tratando de ganar tiempo, se volvió hacia atrás para encarar a Kárhil. El sacerdote estaba a una decena de pasos, incinerando a los pobres cautivos que no habían tenido tiempo de huir debido al miedo o la incomprensión.

—¡Que aparezca alguien capaz de salvarnos! —bramó Elerion como si escupiera su vida en aquel grito, con tanta fuerza que se quedó afónico, mientras su poder se concentraba y sus iris brillaban con el resplandor de las estrellas.

El sacerdote Kárhil alzó la vista hacia él y le apuntó con una mano, dispuesto a calcinarlo.

—¡*Llamar...!*

De súbito cayó y se precipitó hacia delante; alguien le había golpeado desde atrás. Asombrado, el divino vio surgir allí donde antes había estado el sacerdote a un hombre alto de ojos grises, con un yelmo solar guareciendo su cabeza y una espada ambarina bien sujeta en la mano. Era Dalion, del clan de los resistentes, uno de los treinta guerreros escogidos por la matriarca Irwain.

—¡Retrocede! —ordenó el recién llegado a Elerion.

El joven asintió y reculó hasta el pasillo que cruzaba, por

donde los rebeldes, huyendo precipitadamente, habían desaparecido. La única que se había quedado allí era Lessa, quien fue hasta él y le abrazó con fuerza, sin dejar de temblar, mientras el muchacho, tan aterrorizado como ella, la separó de su cuerpo para alejarla todo lo posible del sacerdote.

—Vete —le pidió con la voz rota por el miedo—. Vete, huye, ¡sálvate!

Ella asintió y le miró con los ojos abiertos de puro terror.

—Gracias —pronunció antes de dar media vuelta y desaparecer tras la esquina del pasillo.

Elerion se giró hacia atrás.

—*¡Llamarada tenaz!*

Kárhil lanzó su fuego contra Dalion, pero el guerrero partió la trayectoria de las llamas de un solo mandoble.

—¡¿Se puede saber qué estás haciendo?! —exclamó.

—*¡Hoja incandescente!*

La espada flamígera del sacerdote apareció en su brazo y trató de seccionar a su rival por la mitad, pero el resistente interpuso su filo solar, que impactó con el de Kárhil, haciendo que ambos retrocedieran. Sin un segundo de respiro, el sacerdote volvió a blandir su brazo, que Dalion detuvo de nuevo mientras daba un paso hacia atrás, desencadenando un combate feroz. Kárhil llevaba la iniciativa y no cesaba de descargar ataques, si bien su oponente era capaz de detenerlos todos al tiempo que iba retrocediendo, alejándose cada vez más de Elerion.

—¡Esta lucha no tiene sentido! —Dalion intentaba razonar con el sacerdote mientras intercambiaban golpes—. ¿No te das cuenta? ¡Estás cada vez más agotado! No podrás vencerme. ¡Detente de una vez!

En efecto, producir las llamas, mantenerlas y además tratar de ensartar a un enemigo era un esfuerzo conjunto demasiado intenso para Kárhil, quien ya antes de eso llevaba un buen rato lanzando conjuros contra los guardias y los prisioneros, de forma que su respiración era cada vez más agitada y el ímpetu de sus acometidas descendía sin cesar. Por el contrario, Dalion, con sus ojos siempre encendidos, realizaba cada movimiento con tanta frescura como si fuera el primero, y además su manejo de la espada demostró ser muy superior al del sacerdote.

—¡*Ignición!*

En pleno combate, Kárhil hizo brotar de su cuerpo un cúmulo de llamas en un intento de abrasar al resistente con ellas; Dalion reculó para evitarlo, pero entonces el sacerdote aprovechó la distracción para girarse y apuntar con ambos brazos al fondo del pasillo.

—¡*Dardo flamígero!*

—¡No! —gritó Dalion al tiempo que se precipitaba de nuevo hacia su enemigo, aunque ya era demasiado tarde: el proyectil de llamas salió de las manos bermejas directo hacia Elerion.

Por suerte, aquella vez el divino estaba preparado. La tranquilidad momentánea del combate le había dado tiempo para asimilar que debía ayudar a Dalion como fuera posible, de modo que estaba listo para emplear sus dones en cualquier momento; por esa razón fue capaz de mantener la sangre fría incluso cuando la flecha de fuego salió disparada hacia él.

—¡Que no me dé!

Sabiendo que el sacerdote estaba cubierto con su aura y que sus poderes no tendrían efecto sobre él, el divino obró el milagro sobre sí mismo; sus ojos destellaron, su poder fue activado y el dardo llameante pasó rozándole la cabeza para luego dirigirse contra la pared, evitando así su blanco.

Comprendiendo que el sacerdote no cesaría en su empeño de matarlos a todos, Dalion desistió de sus intentos de hacerle entrar en razón y le atravesó el aura flamígera desde la espada con su filo solar. Kárhil boqueó aire en vano mientras el resistente arrancaba la hoja y acompañaba el cuerpo de su adversario hasta el suelo.

—Dime por qué —pidió con suavidad.

El sacerdote no respondió. Tan solo le miró a los ojos mientras su aura desaparecía y sus iris se apagaban. Luego cerró los párpados y ya no se movió.

Entonces Cángloth apareció en el fondo del túnel, allí desde donde tanto Elerion como Dalion habían llegado a las mazmorras. El inferior corrió deprisa por el pasillo, sorteó el cadáver de Kárhil y llegó junto al divino.

—¿Estáis bien? —preguntó con preocupación, palpando sus brazos y su espalda para asegurarse de que el fuego no había tocado al muchacho—. Por poco, ya veo. —Suspiró y sonrió con alivio—. He visto a Dalion en el mercado y he pensado que él no solo pertenecía a los clanes corporales, sino que además había sido escogido por la matriarca Irwain, así que se lo he contado todo..., me alegro de haber llegado a tiempo.

Elerion no respondió. Aún se sentía demasiado alterado como para decir nada.

Entonces Dalion llegó frente a él.

—¿Dónde están los cautivos que has liberado? —inquirió con desconcierto.

—Han escapado —contestó Cángloth en nombre del divino, señalando el pasillo por el que los rebeldes habían girado mientras huían de Kárhil—. Los he visto salir corriendo por allí.

—No pueden quedar libres —decidió Dalion con el ceño fruncido—. ¡Vamos! ¡Debemos dar con ellos!

Cángloth asintió y echó a correr detrás del resistente. Elerion, sin embargo, se quedó de pie en el mismo sitio, viéndolos marchar en silencio.

—Por favor, que no los atrapen... —murmuró casi inconscientemente, y de pronto sus ojos se iluminaron—. Que no atrapen a Lessa.

13

El cantar de las aves despertó a Nándil, quien abrió los ojos con el corazón latiendo a toda velocidad. La cabeza le daba vueltas y se sentía mareada. Se hallaba tendida entre la hierba, con las ramas de los árboles meciéndose sobre ella. Intentó incorporarse y miró a su alrededor.

—¿Qué...?

Elathia gimió a su lado. Entre sus brazos todavía sostenía el carbonizado cuerpo de Ilvain y el saco de piel de basilisco que le había dado Thadwos.

—¿Qué ha ocurrido? —murmuró la divina al tiempo que se llevaba una mano a la frente.

Nándil negó con la cabeza y clavó la vista un poco más allá, donde yacía el fuerte tumbado boca arriba, inmóvil e inconsciente. Su cuerpo humeaba y el enorme espadón sobresalía a su lado, clavado en el suelo.

—Arúnhir... —La hechicera se puso en tensión—. Arúnhir tiene la corona... —Se incorporó a trompicones y observó con suspicacia el bosque que las rodeaba—. ¿Dónde está ese traidor?

—Por allí...

Elathia alzó un dedo para señalar al frente, en la misma dirección donde habían visto al sacerdote por última vez, antes de la explosión de luz que había bañado el mundo. Nándil siguió su indicación y se internó unos pasos entre los árboles, pero lo único que vio fue más vegetación e incontables animales que corrían o volaban para esconderse de su presencia.

—No le veo —informó cuando regresó junto a Elathia—. No sé dónde ha ido. —Hizo una breve pausa antes de continuar en voz más baja—: De hecho, no sé dónde nos encontramos. ¡Deberíamos estar dentro del lago seco, pero lo único que veo son árboles! Maldita sea, ¿qué ha ocurrido? He visto a Arúnhir con la corona en las manos, Thadwos ha saltado encima de él y entonces... —Nándil calló de golpe y empalideció—. Arúnhir ha... ha... ¿ha destruido la corona?

Elathia asintió muy lentamente.

—Yo también lo he visto. —Su mirada estaba perdida, desenfocada—. Ha cogido la corona y la ha roto por la mitad.

—¿Por qué lo habrá hecho? ¿Qué gana destruyendo la corona?

—No lo sé.

La hechicera se lamió los labios con inquietud.

—La corona era un recipiente que albergaba muchísimo poder —reflexionó—. Al romperse, la energía que contenía se habrá liberado de golpe. Por eso se ha producido una explosión. Thadwos... —Miró el cuerpo del fuerte, tendido allí de cualquier manera—. Es posible que la onda expansiva le haya arrojado hacia atrás mientras aún se encontraba en el aire. Pero eso no explica por qué no estamos en el lago ni dónde está Arúnhir. —Se volvió hacia su amiga—. Elathia, ¿puedes levantarte? Debemos buscar refugio, escondernos del sacerdote, pensar qué hacer ahora... —Dejó de hablar en cuanto vio que la divina estaba llorando—. ¿Elathia...?

Preocupada, Nándil se dispuso a tranquilizar a su amiga cuando de pronto comprendió por qué lloraba.

El cadáver de Ilvain seguía junto a ellas. Ya no ardía, aunque los efectos de las llamas eran evidentes: la piel negruzca, los miembros deformados y el nauseabundo olor a carne chamuscada. Nándil se había sentido tan aturdida al despertar que había olvidado lo ocurrido, quizá porque en su interior se negaba a aceptar que su compañera hubiera fallecido.

Se arrodilló al lado de Elathia, le rodeó los hombros con su brazo y rompió a llorar junto a ella. Las lágrimas surcaron sus mejillas como ríos de caudal incontrolado, bañando su rostro y su cuello sin cesar.

El graznido de una tos seca la hizo girar la cabeza y parpadear varias veces, tratando de ver a pesar de la humedad de sus ojos. Cuando al fin consiguió aclarar la vista se percató de que Thadwos había despertado; su cuerpo todavía humeaba a causa de la sangre de la hidra, su espalda se estremecía cada vez que tosía y sus músculos estaban tan exhaustos y doloridos que no le permitían siquiera incorporarse. El fuerte se vio obligado a dar media vuelta sobre sí mismo desde el suelo con tal de poder mirar a las mujeres que apenas minutos antes habían sido sus prisioneras.

—Tú…

La sola imagen de aquel hombre vivo frente a ella despertó en Nándil una ira que la inundó por completo. Sin pensarlo dos veces, cogió el saco de piel de basilisco que Elathia tenía entre las manos, lo abrió, sacó una tajada de carne de dragón y le dio un furioso bocado. Se levantó y caminó a grandes zancadas hacia Thadwos mientras masticaba la carne, que de hecho estaba cruda, pero no pareció importarle; más aún, no pareció ni siquiera darse cuenta de ello, pues era tal la rabia que sentía que incluso su llanto había cesado sin que ella se percatara. Tragó, dio otro mordisco a la carne cruda y empezó a sentir un aumento en su vigor que la revitalizaba poco a poco y multiplicaba su poder.

—¡*Manipulación distante!*

Nándil hechizó las ropas de Thadwos para que se movieran a su voluntad y alzaran al fuerte del suelo para de inmediato lanzarlo contra el tronco de un árbol y mantenerlo allí clavado; su enemigo estaba tan débil que no fue capaz de resistirse o arrancarse las prendas, sino que se quedó pendido, inmóvil e indefenso.

—¡Todo ha sido por tu culpa! —exclamó ella con unos ojos que echaban chispas doradas—. ¡Tú nos atacaste y anulaste nuestros poderes! ¡Has ayudado a Arúnhir a llegar hasta la corona y no has sido capaz de evitar que la destruya! ¡Si nunca hubieras aparecido, Ilvain ahora seguiría viva! ¡Ella ha muerto por tu culpa! ¡Dame una sola razón para que no te fulmine ahora mismo! *¡Lanza gloriosa!*

Sus anillos brillaron y un venablo eléctrico se formó en su mano cerrada. Nándil aguardó, dando una oportunidad a Thadwos para que hablara, pero su prisionero se mantuvo en completo silencio, con la cabeza inclinada y la mirada fija en el suelo.

—Detente, por favor...

Sorprendida, la hechicera se volvió hacia la voz: había sido Elathia, que todavía se encontraba arrodillada junto al cadáver de Ilvain.

—Ella ha dado la vida por protegerlo... —sollozó la divina—. Si lo matas, Ilvain habrá caído en vano.

La verdad de sus palabras impresionó a Nándil, quien solo pudo bajar el brazo y deshacer tanto su lanza eléctrica como el hechizo con el que manipulaba las ropas de Thadwos. El repentino abandono del poder que lo sostenía contra el árbol hizo que el fuerte resbalara hacia el suelo, deteniéndose al quedar sentado en las raíces, con la espalda recostada en el tronco, mientras aquella tos tan seca aún le sacudía el pecho.

—¿Sabes dónde estamos? —le preguntó la hechicera con la voz cargada de desdén.

Thadwos negó con la cabeza. Nándil chasqueó la lengua y regresó con Elathia. Su compañera seguía en el mismo sitio, llorando de dolor e impotencia, de modo que fue la hechicera quien se encargó de encender una pequeña hoguera, donde espetó y asó varios filetes de carne de dragón para las dos. Mientras lo hacía vigilaba de reojo a Thadwos para asegurarse de que no intentara atacarlas por la espalda, pero pronto se dio cuenta de que el fuerte no hacía ningún ademán de moverse y que no fingía su debilidad, sino que de verdad estaba agotado y alicaído.

Cuando los filetes estuvieron hechos, Nándil se los ofreció a su amiga.

—Come —dijo con suavidad—. Debes recuperar tus poderes.

Sin mediar gesto alguno, Elathia tomó los palos con los que Nándil había espetado cada uno de los filetes y empezó a mordisquear la carne con patente tristeza. Ingirieron los alimentos en silencio, hasta que al terminar la hechicera volvió a sellar el saco de piel de basilisco y apoyó una mano sobre el brazo de la divina.

—Debemos enterrar a Ilvain.

Elathia hizo un gesto afirmativo. Nándil se incorporó, lista para invocar su hechicería, cuando su amiga la retuvo.

—Espera. —La divina se enjugó las lágrimas con los dedos y también se levantó—. Cavar su tumba con poderes sería... demasiado fácil. Ilvain merece mucho más que eso. Lo haremos con nuestras propias manos.

Nándil asintió brevemente.

—De acuerdo.

Elathia tendió sobre el carbonizado cuerpo de Ilvain la piel de minotauro que Thadwos se había quitado para apagar el fuego y luego ambas empezaron a cavar con la ayuda de piedras y ramas caídas. Trabajaron metódicamente y en silencio, levantando la tierra con ahínco y sin cesar, desfogando sus emociones mediante el esfuerzo físico que les permitía compartir su dolor por la difunta.

No llevaban ni siquiera la mitad del hoyo excavado cuando sus jadeos se vieron interrumpidos por el andar de unos pasos que se acercaron desde atrás. Thadwos se dejó caer de pronto junto a ellas, entumecido y resollando, pero todavía con la suficiente entereza como para ayudarlas a completar la labor. Sin decir palabra se unió a su empeño con el mismo brío que ellas, hendiendo la tierra sin ramas ni piedras sino con sus propios dedos, como si su redención se encontrara enterrada en aquel subsuelo embarrado. La máscara negra ocultaba sus rasgos, pero era evidente que sentía una aflicción igual o incluso superior a la de ellas.

Cuando terminaron, levantaron el cuerpo de Ilvain con cuidado, aún envuelto en la piel de minotauro, y lo depositaron dentro de la tumba para luego incorporarse y quedarse de pie ante el hoyo. Nadie encontró palabras que decir en ese momento, así que se quedaron callados mientras la brisa soplaba a su alrededor.

—Fuiste una gran compañera —murmuró de pronto Nándil con voz ronca, tratando de mantener la compostura—. La mejor que pudiéramos haber tenido. Fuiste la más sabia y la que menos merecía este destino. Descansa en paz, hermana. Nunca te olvidaré.

La hechicera calló y levantó los ojos hacia Elathia. Ella la vio y asintió, con las mejillas enrojecidas y la vista llorosa.

—Te he fallado —sollozó con la respiración entrecortada—. Decidiste acompañarnos cuando supiste que con la corona podrías salvar el futuro de los rodnos, pero os hemos perdido, tanto a ti como a la corona, y ahora nadie podrá cumplir tu sueño. Lo siento, Ilvain. Lo siento mucho. Todo es culpa mía... —La divina rompió a llorar una vez más—. Intentaste advertirme sobre Arúnhir..., pero yo no te escuché. Me dejé engañar como una estúpida..., y tú has sido quien ha pagado por mis errores. Por eso te pido perdón...

Incapaz de controlar su llanto, Elathia negó con la cabeza y se inclinó hacia delante con impotencia. Tras permanecer varios segundos inmóvil, levantó la vista hacia Thadwos para dar a entender que le cedía la palabra. Sin embargo, el fuerte pareció no darse cuenta, porque tenía la cabeza agachada, las manos unidas en la espalda y las piernas separadas, plantado como un árbol. Elathia seguía llorando y Nándil aguardaba con los ojos cerrados.

—No deberías haber saltado. —Habló al fin Thadwos con su grave voz rebotando desde detrás de aquella máscara negra—. Yo era el blanco de Arúnhir, no tú. No deberías estar en este hoyo. ¡Deberías estar viva! —gritó con fiereza para luego sacudir la cabeza con debilidad. Nándil estaba lo bastante cerca de él como para ver que en el pequeño espacio descubierto que había en sus pómulos las lágrimas rodaban sin cesar—. No es justo. No es justo... —Bufó y abrió los ojos amarillos para mirar una última vez el cuerpo de su antigua amante—. Eres la mejor persona que nunca he conocido. Ojalá hubiera pasado más tiempo contigo. Perdóname por todo... —Hizo una pausa—. Aunque jamás pueda volver a verte, siempre te tendré presente. Adiós, Ilvain.

Thadwos alzó la cabeza hacia las dos mujeres. Sus palabras parecían haber calmado a Elathia, cuyo rostro, aunque rojo, había recobrado algo de serenidad. Acto seguido, y como si se hubieran puesto de acuerdo, los tres cogieron la tierra que habían apilado a un lado y la lanzaron puñado a puñado sobre el cuerpo de la perceptora hasta que quedó completamente enterrada.

—Deberíamos dejar alguna marca —propuso entonces Nándil.

—A Ilvain le hubiera gustado que la naturaleza creciera en su tumba —declaró Elathia en voz baja. Entonces cogió una de las frutas que había en el saco de piel de basilisco, la partió y enterró sus semillas en el centro de la tierra removida para que arraigaran y creciera un nuevo brote.

—Te lo agradezco —dijo Thadwos de repente.

Elathia lo miró con sorpresa.

—No tienes por qué. Ilvain también era importante para nosotras.

—Lo sé.

Thadwos se sentó junto a la tumba y cerró los ojos con cansancio. Nándil se dirigió a Elathia.

—¿Nos vamos?

La divina le lanzó una mirada de completo desánimo.

—¿Adónde? —preguntó con un hilo de voz.

Nándil frunció el ceño.

—A cualquier otro lugar. Aquí ya no queda nada para nosotras.

—Nos queda Ilvain. —Imitando a Thadwos, Elathia se sentó en el suelo y apoyó la espalda junto a una losa rugosa.

—Elathia... —Nándil se puso de cuclillas junto a ella—. La corona ya no existe. Nuestra misión ha concluido. Es hora de volver a casa. ¿No quieres volver con Elerion?

—Elerion... —Al pronunciar el nombre de su hijo, Elathia agachó la cabeza con vergüenza—. No, no puedo volver. No merezco estar a su lado.

—¿Por qué dices eso? —preguntó Nándil alarmada.

—Porque he fracasado. ¿No lo ves? Le prometí que vengaría a su hermano, pero no lo he conseguido. Mi niño, mi pequeño Elthan..., le he fallado. Les he fallado a todos: a Elthan, a Elerion, a Ilvain..., os he fallado incluso a ti y a tu hermano. —Elathia meneó la cabeza con lentitud—. La destrucción de la corona no solo significa que los rodnos estamos condenados a perder nuestros poderes en un futuro, sino que además la rebelión de los inferiores no se detendrá. Nuestro viaje ha sido totalmente en vano.

—Cualquier mal que esté por venir lo afrontaremos con nuestros camaradas, en Rodna —dijo Nándil—. Pero no aquí, en este confín del mundo. Debemos regresar a casa.

—No podemos, porque ni siquiera sabemos dónde estamos

—le recordó Elathia con pesimismo—. Así que no sabemos en qué dirección está Rodna.

Nándil chasqueó la lengua y suspiró.

—Está bien. Quédate aquí. Yo exploraré los alrededores y volveré con una respuesta.

Elathia asintió sin mucha convicción. Nándil se levantó y lanzó una mirada a Thadwos. Sin la piel de minotauro, la única prenda que le cubría el torso era una túnica sin mangas, demasiado liviana como para darle calor y demasiado sucia como para otorgarle buen aspecto. La hechicera titubeó un momento antes de decidirse a hablar.

—¿Quieres acompañarme?

Thadwos alzó los ojos hacia ella y negó con la cabeza.

—Quiero quedarme con Ilvain.

Nándil dudó y finalmente le tendió el saco de piel de basilisco.

—Come algo. Necesitas recuperarte de la lucha contra la hidra.

El fuerte aceptó el saco con un gesto de agradecimiento.

—¡*Manipulación distante!*

Las prendas de la hechicera la elevaron por los aires para superar las copas de los árboles y acercarse hacia el cielo cada vez más oscuro. Las nubes encapotaban el horizonte e impedían el paso de los rayos solares, tal y como era habitual en Gáeraid. Observando el bosque que se hallaba a sus pies, enseguida comprendió que se encontraba en el fondo de un valle, de modo que remontó el vuelo en dirección este hasta sobrepasar el nivel de la depresión y, una vez allí, reconoció la cadena montañosa de las Oélkos en el lejano horizonte occidental. La silueta del sol se recortaba detrás de las nubes y estaba a punto de desaparecer bajo los picos menos elevados.

Nándil frunció el ceño. Movió la cabeza hacia la izquierda y voló en dirección sur hasta localizar un río que corría hacia el valle. La hechicera lo siguió desde el aire hasta ver que, no mucho después, las aguas se precipitaban y formaban un pequeño estanque, apenas de diez metros de diámetro, donde sobresalía el cadáver de la enorme hidra. Nándil volvió a alzar el vuelo hasta comprobar que en oriente, muy cerca de ella, las olas del mar se batían contra las costas de arena blanca.

La hechicera notó que sus reservas de poder disminuían preocupantemente, de modo que decidió regresar con sus compañeros. Los localizó cerca del centro del valle y aterrizó junto a ellos.

—Estamos en el lago —informó con extrañeza mientras recuperaba el aliento—. Las montañas están al oeste, el mar al este..., nos encontramos en el mismo valle y el cadáver de la hidra se halla en un estanque. Lo único que ha cambiado es que el lago, antes tan ancho, ahora ha desaparecido..., y en su lugar están estos árboles que nos rodean, que han surgido por todas partes. No sé. Quizá, al romper la corona, la energía liberada de su interior ha hecho crecer la vida a nuestro alrededor.

Ni Elathia ni Thadwos se dignaron a responder. Ambos seguían sentados y callados, con las miradas perdidas; la postura de él indicaba total abandono, mientras que el rostro de ella estaba claramente afligido. Aun así, Nándil no se dio por vencida.

—Si mi suposición es correcta, para volver a Rodna tan solo tendríamos que ir en dirección sureste, hacia las montañas y más allá, rehaciendo todo cuanto hemos recorrido desde que partimos —continuó la hechicera—. Deberíamos ir hacia allí.

Señaló con seguridad y miró a Elathia, pero su amiga estaba del todo ausente. Ni siquiera parecía escucharla.

—Podríamos llegar a Rodna en siete u ocho jornadas —declaró Nándil, sentándose junto a la divina y forzando una sonrisa—. Y regresarías junto a Elerion. ¿Qué te parece?

La única respuesta de Elathia fue encogerse de hombros.

—Yo no podría llevaros volando porque consumiría todo mi poder en menos de un día —prosiguió Nándil, persistiendo en su intento de animarla—. Pero Thadwos es un fuerte, ya viste lo poco que tardó en salvar la distancia que nos separaba de las Oélkos. Quizá él pueda cogernos y llevarnos saltando de vuelta a Rodna. En tal caso, llegaríamos mucho antes que si vamos andando, ¿verdad, Thadwos?

Nándil se volvió hacia el aludido con la esperanza de que la ayudara a convencer a Elathia, pero él negó con la cabeza.

—No tengo ningún interés en ir a Rodna —respondió amargamente—. Allí no hay nada para mí.

—Bueno, pero a algún lugar tendrás que ir, ¿no? ¿O piensas quedarte aquí toda la vida?

—No lo sé —musitó Thadwos.

Nándil resopló con fuerza, haciendo un esfuerzo por no perder la paciencia.

—Escuchadme los dos, por favor. —Pasó los ojos de uno al otro, asegurándose de captar sus atenciones—. Yo también me siento triste e impotente. Lo que ha ocurrido hoy ha sido…, no tengo palabras. Pero debemos sobreponernos a ello, porque estamos en medio de las tierras salvajes de Gáeraid. ¿Sabéis lo que significa eso? Ahora que no contamos con los poderes de una perceptora, no estaremos prevenidos frente a los ataques de ningún enemigo. ¿Y si nos asalta de pronto una bestia o un grupo de rebeldes con armas solares? ¿Qué haremos entonces? ¿Y qué hay de Arúnhir? Ha desaparecido, pero seguro que sigue deseando nuestra muerte. ¡Debemos estar preparados para cualquier adversidad! Si nos quedamos aquí, abatidos por lo ocurrido sin vigilar ni estar atentos, somos una presa fácil para cualquiera, tanto rodnos como rebeldes y bestias.

—Tienes razón —aceptó Elathia con un murmullo—. Pero la verdad es que no me importa. Lo siento, Nándil. Mi hijo, mi pequeño, Elthan…, le he fallado por completo. En comparación, cualquier otra cosa me parece una nimiedad. Los rebeldes lo asesinaron. He pasado el último año pensando tan solo en la venganza..., ese era el fuego que me daba vida: la esperanza de poder vengar a mi pequeño. Arúnhir usó ese deseo en su propio provecho..., y por su culpa he conducido a Ilvain a la muerte. —La divina se cubrió el rostro con ambas manos—. Soy incapaz de cumplir mis promesas y de proteger a mis seres queridos, ya sean hijos o amigas. No merezco continuar con vida.

—No digas eso... —empezó Nándil, aunque Thadwos la interrumpió casi al instante.

—Te entiendo demasiado bien —intervino con gravedad—. Yo he vivido prácticamente desde que tengo uso de razón persiguiendo un único sueño: la inmortalidad. Nunca quise aceptar la muerte, desaparecer sin dejar rastro, como si nunca hubiera existido..., para mí eso era inaceptable. Quería una vida que no terminara nunca. Me pasé años persiguiendo las leyendas que decían otorgar inmortalidad: buscar el Santuario de Ainos, comer el corazón de un dragón, beber la sangre de los ocho clanes bajo la luz de la octava luna del año..., pero todas resultaron ser falsas. Viví entristecido por la certeza de que nada es eterno y de que mi muerte era inevitable, cuando entonces conocí a Ilvain. Ella despertó en mí el deseo de vivir, no para alargar mi propia existencia, sino por el placer de disfrutar. Estar a su lado me hacía feliz..., pero no fue suficiente para cambiar mi naturaleza. La felicidad no evitaba que me carcomiera saber que estábamos destinados a morir y ser olvidados. Ella no podía entender por qué eso me preocupaba, así que al final nos separamos. —Suspiró y apartó la mirada—. Me alejé de Rodna y viví solo, resignado a la inexorabilidad de la muerte, hasta que Arúnhir acudió a mí, me habló de la corona y del poder que contenía..., un poder con el que quizá podría conseguir la eternidad con la que siempre había soñado. Pero ahora... —Thadwos clavó sus ojos amarillos en Elathia—. Ahora la corona ha sido destruida e Ilvain ha muerto. Hoy lo he perdido todo, tanto el único sueño que he tenido como la única persona que alguna vez me ha importado. —Se volvió hacia Nándil—. Me da igual si nos atacan bestias, rebeldes o quien sea, porque ahora mismo... ahora mismo no tengo ninguna razón siquiera para levantarme de aquí.

Nándil no supo qué responder.

—Hay algo que debes saber. —Elathia, encontrando algo de comprensión en Thadwos, había levantado la vista hacia él—. Ayer, cuando nos ataste a ese árbol para pasar la noche..., Ilvain nos habló de ti. Nos pidió que tuviéramos compasión de ti si volvíamos a enfrentarnos contigo. —Hizo una breve pausa—. Ella creía en ti, Thadwos. A pesar de lo que nos hiciste, ella se preocupaba por ti. Por eso... por eso te ha protegido del fuego: porque tú a ella también le importabas.

—Gracias —murmuró el fuerte.

—Ella no habría querido que te hundieras tras su muerte —continuó Elathia en un susurro—. Habría querido que vivieras una vida que valiera la pena.

—Probablemente eso mismo querrían tus hijos para ti —replicó Thadwos—. Sin embargo, sus deseos no impiden tu desánimo.

—Eres un hombre. —Elathia volvió a abrazarse las rodillas—. No sabes lo que es amar a un hijo, ni mucho menos perder a uno. Cuando Elthan fue asesinado, sentí como si me hubieran arrebatado una parte de mi alma. Cubrí ese vacío con la rabia y el deseo de venganza, pero ahora... ahora ya no tengo ninguna esperanza. Me siento como una sombra que vaga a la deriva sin cuerpo ni voluntad. He sido incapaz tanto de proteger como de vengar a mi hijo. Debería ir al este y arrojarme al mar para que las olas hagan conmigo lo que quieran.

—Nada es eterno —recordó Thadwos—. Ante la imposibilidad de cumplir mi sueño, alguna vez pensé en quitarme la vida, pero ¿para qué? Era una idea estúpida, puesto que la única certeza que tenemos en esta vida es que todos moriremos. ¿Para qué quieres adelantar tu propia muerte? Sabes con completa seguridad que te acabará llegando algún día, así que no vale la pena intentar buscarla antes de tiempo. Es mejor aprovecharlo para hacer cosas que sabes que no podrás conseguir una vez hayas muerto.

—Elathia…, yo no creo que le hayas fallado a Elthan —intervino Nándil con dulzura—. No deberías culparte por nada, porque no fuiste tú quien le asesinó. Aunque ahora todo parezca perdido, no estás sola. Nunca lo has estado. Elerion te está esperando y estoy segura de que estará preocupado por ti. Debes vivir y regresar a su lado. Si no lo haces por ti, al menos deberías hacerlo por él.

Elathia le devolvió la mirada desde detrás de sus rodillas e inclinó la cabeza.

—Supongo que tienes razón.

Nándil le aferró el antebrazo en señal de apoyo y luego flexionó las piernas para incorporarse.

—Comprendo que no estáis en condiciones de marchar de inmediato, así que quedaos aquí, si es eso lo que queréis, y procurad descansar.

—¿Adónde irás tú? —preguntó Elathia.

—Quizá lo hayáis olvidado, pero la corona con la que íbamos a cumplir nuestros sueños ha sido destruida por el mismo hombre que ha asesinado a Ilvain. Ambos le conocéis bien. —La hechicera pasó la vista de la divina al fuerte—. No he visto ningún rastro de llamas que nos pueda indicar dónde está ese desgraciado, aunque sin duda no puede hallarse muy lejos. Quedaos junto a la tumba y vigilad que no se acerque ningún enemigo…, mientras tanto yo buscaré a Arúnhir.

14

Nándil dio media vuelta, dejando atrás la tumba de Ilvain, y se internó en el bosque para dirigirse al centro del valle. Los roedores correteaban a su alrededor y los pájaros volaban de una rama a otra a medida que los árboles se mecían con el viento, acompañándola en su soledad y destacando la numerosa vida vegetal y animal que había surgido allí donde apenas horas antes había habido un lago.

No tardó en llegar junto a los restos de la hidra, el lugar donde Arúnhir había destruido la corona. El cadáver le causaba repulsión, pero aun así la hechicera examinó tanto su cuerpo como el terreno con todo el cuidado que pudo, buscando huellas o restos de fuego. No encontró ninguna pista que le indicara hacia dónde se había dirigido el sacerdote, aunque sí se percató de que el suelo estaba repleto de algas y cantos rodados, como los que había visto en el interior del lago después de que Arúnhir lo desecara. Atónita, continuó su búsqueda alejándose tanto del estanque como de la hidra y descubrió que las algas y los guijarros se extendían en todas las direcciones. Sin embargo, la concavidad causada por el lago no se presentaba en el valle, sino que todo el terreno estaba tan nivelado que parecía que el lago nunca hubiera existido.

Aquello la dejó totalmente desconcertada. Era como si en efecto se encontrara en el mismo lugar donde el sacerdote había roto la corona, pero el nivel del suelo hubiera aumentado hasta hacer desaparecer la depresión del lago. Sin embargo, todo cuanto había en su interior —la hidra, los cantos y las algas—, así como ellos mismos —Elathia, Thadwos y la propia Nándil—, seguía estando ahí. Y al mismo tiempo había aparecido un millar de árboles, zarzas, matorrales y animales en un abrir y cerrar de ojos.

En conjunto era todo tan extraño que resultaba casi inconcebible. ¿Podía suponer que el poder de la corona se había liberado y se había adherido a la tierra que había a su alrededor? Eso explicaría por qué el nivel del lago deseco había aumentado y por qué los minerales del subsuelo habían producido un crecimiento de vegetación tan acelerado..., pero no resolvía la incógnita de por qué los animales habían repoblado todo el territorio con tanta rapidez ni la de dónde estaba el sacerdote ahora mismo.

—Debes ser más racional, como Elathia... —se dijo mientras daba vueltas de un lado a otro—. Lo más probable es que, después de la explosión de luz y la onda expansiva, el sacerdote haya perdido el conocimiento igual que nosotros, ¿no? En ese caso, ¿qué habrá hecho al despertar? Marcharse sin buscarnos..., porque su propósito ya ha sido cumplido. Pero él tan solo puede volar en vertical, así que se desplazará caminando..., todavía no ha tenido tiempo de ir muy lejos. ¿Qué dirección habrá tomado? De vuelta a Rodna, ¿no? Es el único lugar donde tiene un vínculo..., no con Elathia, sino con sus hermanos sacerdotes. Aun así, sabiendo que nosotros estamos vivos y tenemos una deuda pendiente con él, regresar a Rodna sería una imprudencia, porque sabe que le buscaremos allí. ¿No sería más lógico que intentara matarnos para terminar así con nuestra amenaza?

Nándil se llevó una mano a la frente y decidió volver con Elathia y Thadwos para compartir con ellos sus inquietudes cuando un sonido procedente de los árboles la hizo detenerse en seco. Eran pisadas lentas y pesadas, el quebrar de unas ramas y el roce de las hojas al moverse para dejar paso a un cuerpo grande que se acercaba a su presa humana.

La hechicera volvió la cabeza y vio surgir, terrorífica y feroz, caminando despacio a cuatro patas, una quimera, un monstruo que tenía la cabeza de un león, el cuerpo de una musculada cabra y una cola de dragón terminada en un hueso punzante. Todo su pelaje era gris, desde el morro hasta las pezuñas, salvo en la cola, donde el pelo desaparecía gradualmente para dejar paso a unas escamas plateadas que recubrían su piel hasta la punta.

La bestia gruñó y enseñó los largos y afilados colmillos amarillos a modo de amenaza mientras Nándil se encaraba a ella lentamente, temiendo hacer algún movimiento brusco que hiciera a su enemigo saltar de súbito. Temblorosa pero decidida, la hechicera estiró mucho los dedos, notando los anillos solares que canalizaban su poder, lista para activar sus dones al tiempo que el sudor recorría su espalda.

De pronto la quimera dio dos pasos laterales y se precipitó hacia delante con un furioso rugido, abriendo las fauces para atravesar con sus colmillos la garganta de Nándil antes de que esta pudiera escapar.

El ataque no cogió desprevenida a la hechicera, que abrió los brazos e invocó su poder justo a tiempo:

—¡*Onda de choque!*

En su pecho nació una presión demoledora que se propagó más allá de su ser, quebrando las ramas de los árboles y repeliendo al instante todo cuanto la rodeaba, tanto el agua del estanque como las piedras del suelo. Su poder golpeó también al monstruo que la acechaba de lleno en la frente, cortando su acometida y propulsándolo hacia atrás sin que pudiera hacer nada para evitarlo.

La quimera gimió y se enderezó, aturdida, aunque Nándil no pensaba darle ni un segundo de respiro.

—¡*Relámpago terrestre!*

Apuntó con las manos al suelo, de forma que un rayo salió despedido de sus palmas y descargó en la tierra, a los pies de la hechicera, para luego desaparecer sin dejar rastro. Su horrible oponente meneó la cabeza y enseñó los colmillos, ignorando el ataque que se cernía sobre él, cuando de súbito la hechicera levantó las manos para señalarlo. En ese momento el rayo brotó del suelo bajo la bestia e impactó directo contra su vientre. El monstruo no tuvo tiempo de proferir sonido alguno antes de caer fulminado sobre la hierba.

Nándil se relajó perceptiblemente, respiró hondo y se percató de que tenía el corazón acelerado. Estaba observando el cadáver de la quimera con una mezcla de sorpresa y orgullo cuando su oído captó un ruido que la sobresaltó y la hizo girar la cabeza a ambos lados.

Había estado tan centrada en la quimera que no se había percatado de que, por naturaleza, aquella bestia nunca actuaba sola, sino en manada. Por lo menos una veintena de criaturas de la misma especie se hallaban acechándola en aquel momento entre los árboles, quimeras que avanzaron para dejarse ver ante ella, gruñendo y rugiendo como aviso de que estaban dispuestas a atacar en cualquier momento.

La hechicera tan solo contó con unos breves segundos para comprender la terrible amenaza que suponía tal cantidad de depredadores cuando tres de ellos saltaron simultáneamente hacia ella.

—¡*Cerco protector!*

Una semiesfera translúcida la envolvió de la cabeza a los pies, formando un muro contra las quimeras, que cerraron sus quijadas en el aire y golpearon el escudo con la cabeza y las pezuñas sin conseguir abrir ni una sola fisura. Nándil resistió los ataques desde el interior, sufriendo por el impacto de cada uno de ellos, aunque sintiéndose lo bastante segura como para no dudar de la integridad de su defensa mágica.

Sin embargo, tras varias acometidas fútiles, las tres quimeras retrocedieron para unirse a las demás en círculo alrededor de la hechicera y, de forma casi instantánea, arquear sus poderosos cuellos para luego vomitar cada una de ellas un chorro de llamas tan intenso como cualquiera de las piromancias de Arúnhir.

Al ver la espantosa avalancha que se cernía sobre ella, Nándil gritó de puro pavor y levantó las manos para reforzar el escudo. La esfera diáfana resistió la múltiple llamarada sin quebrarse, aunque su diámetro se encogió, la temperatura aumentó y la hechicera se precipitó contra el suelo.

—¡*Tormenta prohibida!*

Aun estirada, Nándil mantuvo los brazos en alto y sus ojos brillaron con tanta intensidad que parecía que el sol hubiera descendido directamente a la tierra. Tratando de replicar el éxito que había tenido contra las dríades, invocó una tormenta de rayos que cayeron aleatoriamente sobre el centro del valle, con la esperanza de contraatacar así a las bestias y acabar con ellas, o por lo menos detener su ataque llameante.

No obstante, las quimeras resultaron ser un enemigo muy superior a las ninfas: dos de ellas fueron fulminadas y cayeron de lado, pero el resto levantaron las colas, arqueándolas desde detrás hacia delante, de forma que los rayos golpearon contra sus escamas plateadas y rebotaron despedidos en direcciones opuestas, tal como habría ocurrido con las escamas de un dragón.

—No es posible...

Era tal la magnitud del fuego que la envolvía que ya ni siquiera era capaz de seguir viendo lo que había más allá de su escudo. Estaba rodeada por llamas que la hacían cocerse dentro de su propio muro. Su cuerpo se resintió de los golpes y el calor mientras ella intentaba por todos los medios contener la embestida y resistir, tratando de expandir la esfera protectora, aunque lo único que conseguía era agotarse y sufrir todavía más a cada segundo que pasaba. Al final pensó en huir volando, pero el miedo la retenía en el suelo, creyendo que no sería capaz de invocar suficiente poder como para levitar al mismo tiempo que mantenía a raya el fuego sin que la barrera protectora se quebrara.

Nándil permaneció inmóvil, arrodillada y con los brazos en alto, luchando por resistir al tiempo que consumía toda su energía hasta que se sintió desfallecer. Resignada, la hechicera se dispuso a morir, aunque no pensaba hacerlo sin luchar, sino que invocaría el lanzamiento final. Cuando estaba a punto de hacerlo, en un último y desesperado intento por, al menos, llevarse a todas las quimeras por delante, un golpe atronador sacudió el mundo. La tierra se inclinó, la mujer se tambaleó y las llamaradas fueron súbitamente cortadas.

Cuando el fuego que la envolvía se deshizo, Nándil vio, aturdida, que Thadwos había llegado para ayudarla.

El fuerte había caído con la potencia de un meteorito sobre una de las quimeras, precipitándose con una velocidad vertiginosa y aplastando a la terrible criatura contra el suelo, no solo atravesándola del lomo al vientre y esparciendo sus restos por doquier, sino además golpeando luego la tierra que había bajo ella con tanto ímpetu que se hundió en un cráter de inmenso diámetro, donde tanto Nándil como el resto de las bestias se precipitaron sin remedio.

Thadwos se alzó tan pronto como pudo y aprovechó el desconcierto de las quimeras para atacar de nuevo, blandiendo el filo de Báinhol para partir por la mitad al monstruo más cercano, cuya columna se quebró como la rama de un árbol contra un huracán y sus dos partes salieron despedidas dejando un reguero de sangre detrás de sí.

El resto de las criaturas se incorporaron y saltaron sobre él, impulsándose de nuevo el fuerte a cielo abierto para luego precipitarse con un grito de guerra y abrir en el suelo un segundo cráter casi tan grande como el primero. Las bestias se dispusieron entonces a vomitar chorros de fuego para abrasarle vivo, mientras las aguas del río y el estanque perdían su curso y caían desbocadas en el interior de aquellos dos enormes boquetes que se habían abierto con el impacto del puño de Thadwos.

Rogando para que su compañero pudiera salir indemne de aquella situación, la hechicera aprovechó la tranquilidad momentánea para invocar sus dones y huir por los aires.

—*¡Manipulación distante!*

Nándil recitó el conjuro, pero sus ojos no se iluminaron, ni tampoco sintió la energía vibrando a través de sus anillos. Atemorizada, la hechicera comprendió demasiado tarde que sus reservas de poder se habían agotado: estaba seca, mustia como una planta sin agua, indefensa ante cualquier ataque. El esfuerzo que había realizado había sido tan grande que incluso su escudo translúcido había desaparecido; el único poder que todavía podía canalizar era el de la energía vital que le restaba, el lanzamiento final que la condenaría a la muerte.

—¡Nándil! ¡Nándil! ¿Estás bien?

La hechicera alzó la vista y vio a Elathia bajando por el cráter a toda prisa en dirección hacia ella.

—Estoy agotada... —musitó.

—Hemos venido tan pronto como hemos visto tus rayos —explicó la divina, agachándose junto a su amiga para ayudarla a incorporarse. Luego levantó la cabeza hacia la multitud de quimeras que saltaban, rugían y lanzaban llamaradas en torno a Thadwos, quien las esquivaba como podía al tiempo que usaba su gigantesco espadón para defenderse—. ¿Cómo es posible que haya tantas a la vez? ¿No se supone que las bestias están al borde de la extinción?

—No lo sé...

Thadwos saltaba de un lado a otro, distrayendo a las quimeras mientras procuraba quedar siempre fuera de su alcance, pero las bestias que le acechaban no eran meros animales irracionales, sino criaturas formidables creadas por el Dios Sol; y aunque muchas siguieron ocupadas tratando de perseguir al rodno, algunas se olvidaron de él y dirigieron su atención hacia Nándil y Elathia. Cuatro de aquellos depredadores se acercaron a ellas sin dilación, amenazándolas con rugidos y feroces miradas que dejaban entrever con claridad que su intención era descuartizarlas.

—Debes activar tus poderes —alertó Nándil a su amiga—. A mí ya no me quedan…

—De acuerdo.

Elathia, con el rostro pálido y afligido, asintió con determinación y convocó sus dones para obrar un milagro que obligara a las quimeras a huir y dejarlas en paz, pero, aunque podía sentir el vigor en su cuerpo, no fue capaz de actuar. Anonadada, contempló con preocupación el avance de las bestias mientras intentaba de nuevo obrar el milagro, pero se sintió incapaz de invocar sus poderes, como si una losa los bloqueara en el interior de su pecho.

—¿A qué esperas? —Nándil intentó no sonar nerviosa.

—No puedo… —La divina rechinó los dientes. Frunció la frente y enrojeció al tiempo que todos sus músculos se ponían en tensión, como si se dispusiera a realizar un gran esfuerzo, pero fue inútil: sus dones no la obedecían y sus iris permanecían tan apagados como los de un inferior—. No consigo… invocar mi poder…

—¡¿Qué?! —incrédula, Nándil se volvió hacia ella con los ojos abiertos de par en par.

Elathia negó con la cabeza, incapaz de pronunciarse, cuando la quimera más cercana se arqueó y vomitó una llamarada con tanta potencia que salió despedida como una flecha hacia las dos mujeres.

Thadwos aterrizó a tiempo ante ellas y partió el chorro de fuego por la mitad con el filo de Báinhol, desviándolo en dos partes que volaron sin impactar en Nándil ni en Elathia.

—¿Qué hacéis? —inquirió el fuerte sin apartar los ojos de las quimeras—. ¡Defendeos y luchad!

—¡A mí no me queda poder! —respondió Nándil con un grito—. Y Elathia... —La divina volvió a negar con la cabeza, tan incrédula e impotente como ella—. ¡No puede ejecutar milagros!

—¿Qué?

La sorpresa fue tal que Thadwos giró la cabeza hacia ellas, estupefacto, momento que las quimeras no desaprovecharon; saltaron sobre él cuando bajó la guardia y se lo llevaron por delante, separándolo de su espadón y lanzándolo contra el suelo. Una de ellas clavó sus pezuñas sobre el pecho del fuerte, inmovilizándolo contra la tierra, para de inmediato abrir las fauces y tratar de arrancarle la cabeza; Thadwos interpuso sus propias manos, cogiendo cada una de las dos mandíbulas con sus dedos, que sangraron al clavarse en los colmillos, y gritando para evitar ser engullido.

—¡Thadwos! —gritó Nándil horrorizada—. ¡Sálvale, Elathia!

Las otras quimeras las rodeaban, bloqueando el camino hasta su compañero; la divina acudió una vez más a sus poderes, pero se sentía incluso más bloqueada, débil y desamparada.

—No puedo... —sollozó entre lágrimas.

Una larga jabalina surcó de pronto el viento y se clavó en el flanco de la quimera que atacaba a Thadwos con tanta fuerza que la lanzó por los aires hasta dejarla incrustada contra un árbol, más allá de los restos de la hidra.

Una de las bestias que se hallaba frente a las dos mujeres, ignorando todavía lo que había ocurrido, se precipitó sobre Nándil y Elathia.

—¡Invulnerabilidad!

La quimera atacó con los colmillos por delante, pero las traspasó como si no existieran, atravesándolas como si fueran aire, de modo que se dio de morros contra un tronco que había detrás de ellas y sacudió la cabeza con confusión. Ambas amigas la siguieron con la vista y descubrieron que más allá, a su espalda, un numeroso grupo de hombres y mujeres con extraños atavíos se acercaba sin dilación.

A la cabeza avanzaba un hombre que se cubría el rostro con una bufanda de tela liviana que le envolvía del cuello a la cabeza, dejando tan solo una pequeña rendija para que los ojos pudieran ver. La quimera se percató de su presencia y se encaró con él, gruñendo, para de repente arquearse con la intención de arrojarle una potente llamarada.

—¡*Argollas de poder*!

El hombre levantó las dos manos y las unió en un círculo que apuntaba a la criatura depredadora, de modo que, tan pronto como su voz se apagó, un cinturón de oscuridad rodeó el pecho de la quimera, que abrió las quijadas para vomitar fuego y, en su lugar, tan solo logró emitir un agudo graznido. Acto seguido, el recién llegado hizo un gesto a uno de sus compañeros, quien, aprovechando el desconcierto de la bestia, le hundió en el cuello una lanza de punta solar.

—¡Atacad! —ordenó entonces el líder, abarcando con una mano a todas las quimeras que había en los cráteres abiertos por Thadwos.

El grupo que le seguía exhortó violentos gritos de guerra y echó a correr hacia delante: docenas de ojos destellearon, varios filos solares hendieron a los monstruos, algunos guerreros lanzaron rayos, otros fueron heridos pero se curaron al instante y unos distintos se endurecieron como piedras para machacar con los puños los cráneos de las quimeras. Las que quedaban vivas huyeron y se perdieron más allá de los árboles, mientras los asaltantes bramaban con fervor.

El único que no se unió a la contienda fue el que los dirigía, aquel hombre que había salvado a Nándil y a Elathia. Las observó con detenimiento mientras caminaba hasta llegar a su lado.

—¿Cuáles son vuestros nombres? —Las señaló primero a ellas y luego a Thadwos, quien se había levantado y observaba, atónito, la embestida de sus salvadores—. ¿Qué hacéis tan lejos de Rodna, siendo tan solo tres? ¿Habéis perdido al resto de los miembros de vuestra compañía?

Nándil fue a responder, pero Elathia se anticipó.

—No digas nada —ordenó con voz autoritaria. Las lágrimas seguían surcando sus mejillas, aunque miraba al recién llegado con cautela—. Este hombre no es de fiar. Los conjuros que ha lanzado... son propios de un revocador.

—¿Un revocador? —repitió la hechicera, captando la implicación de aquellas palabras.

—Es cierto, lo soy —admitió el hombre con jovialidad—. ¿A qué se debe la sorpresa? ¿Guardáis rencor a mi clan?

—Los revocadores fueron exterminados hace cuatro ciclos —protestó Elathia con hostilidad—. ¿Cómo es posible que emplees sus poderes?

—¿Exterminados? —El hombre se echó a reír—. Sí, seguro que la desaparición completa de mi clan sería del agrado de muchos rodnos. Si nada es eterno supongo que eso ocurrirá algún día..., pero ese día todavía no ha llegado.

—Déjate de bromas. —Elathia estaba cada vez más furiosa—. ¿Quién eres? ¿Cómo es posible que tengas los dones de un revocador? ¡Responde!

—Son aquellos que están en deuda quienes deberían mostrar más cordialidad, pero como muestra de buena fe me presentaré yo primero. Mi nombre es Maebios y pertenezco al noble clan de los revocadores. ¿Quiénes sois vosotras? ¿Y por qué lleváis el rostro al descubierto? Miraros me hace sentir vergüenza ajena.

15

El grupo que Maebios lideraba estaba compuesto por una veintena de guerreros que en conjunto desplegaron los poderes de todos los clanes de Rodna, salvo el de la piromancia, puesto que entre ellos no había ningún sacerdote del Dios Sol. La mayoría estaban equipados con armas solares, tanto flechas como lanzas y espadas, y algunos incluso llevaban armaduras completas que los protegían de la cabeza a los pies.

—No lo puedo creer —musitaba Nándil mientras los observaba—. Prácticamente todas las piezas solares que teníamos fueron robadas por los inferiores cuando estalló la rebelión. ¿Cómo es posible que aún tengan tantas?

Elathia no dijo nada, puesto que la presencia de un revocador la había dejado tan sorprendida como recelosa. Se había negado rotundamente a responder a las preguntas de Maebios, de modo que su salvador al final se había encogido de hombros y había continuado adelante, uniéndose a la batalla.

Tras derrotar a las quimeras, Maebios reagrupó a sus hombres, llamó a un puñado de inferiores que se hallaban en la retaguardia y les pidió que levantaran un campamento donde pasar la noche. Los siervos se apresuraron a cumplir las órdenes y establecieron un círculo de hogueras en terreno llano, fuera de los dos cráteres abiertos por Thadwos, donde depositaron todos los enseres que acarreaban para sus amos y prepararon comida y camas para todos.

Nándil y Elathia se distanciaron de ellos para reunirse con el fuerte. Su compañero se encontraba de pie, con un brazo apoyado sobre el espadón, que yacía clavado a su lado en vertical. Contemplaba a los recién llegados con total asombro mientras de sus manos manaban hilos de sangre que recorrían sus dedos y goteaban sobre la tierra.

—¡Estás herido! —descubrió Nándil cuando llegó a su lado.

Thadwos desvió la atención primero hacia ella y luego hacia una de sus palmas; los colmillos de la última quimera a la que se había enfrentado se le habían clavado en las manos justo antes de que los guerreros de Maebios llegaran para auxiliarlos.

—¡Saludos! —les sobresaltó de súbito una inferior que se plantó delante de los tres compañeros con una sonrisa. Se trataba de una mujer joven que apenas habría terminado su segundo ciclo, de largo cabello rubio y expresión decidida—. Mi nombre es Levna. Maebios me envía para ocuparme de cuanto necesitéis. ¿Poseéis alimentos que consumir? ¿Camas donde pernoctar? Pedidme aquello que... —Sus ojos se fijaron en las manos de Thadwos—. ¡Oh, no me había percatado! Esperad aquí, ¡vuelvo de inmediato!

La inferior se fue corriendo y momentos después regresó trayendo entre los brazos un odre de agua, un tarro de ungüento y varias vendas.

—No temáis, tengo experiencia tratando heridas causadas por bestias —afirmó—. Cualquiera que viaje con exploradores rodnos como los de Maebios adquiere práctica como sanador.

Levna tomó las manos de Thadwos, lavó las heridas, aplicó el ungüento y luego le vendó ambas palmas. Mientras trabajaba, el fuerte frunció el ceño y alzó la vista hacia ella.

—Espera... —Meneó la cabeza con confusión—. ¿Has nombrado a Maebios?

—Así es. —Ella se giró e hizo un gesto hacia el revocador, que se encontraba al fondo del campamento, asegurándose de que todos sus guerreros estaban ilesos—. ¿No le conocéis? Durante el último ciclo ha alcanzado gran renombre entre los rodnos.

Sus palabras enmudecieron a Thadwos, que la miró con una expresión de incredulidad total. Asimismo, Elathia se mostró más recelosa que nunca, de modo que Levna trabajó en silencio hasta que ató la última venda con un fuerte nudo.

—Sentiréis escozor y tendré que revisar vuestras heridas a diario, pero si tenéis cuidado creo que cicatrizarán sin problema. —Se irguió y se volvió hacia Nándil y Elathia—. ¿Qué más puedo hacer? ¿Qué necesitáis?

—Tenemos comida —respondió la hechicera—, pero nos iría bien contar con un pabellón.

—¿Pabellón? —Levna se extrañó—. ¿Qué es eso?

—Bueno, ya sabes. —Nándil titubeó—. Un refugio de tela donde pasar la noche…

—Ah, por supuesto. —Levna volvió a sonreír—. Ahora mismo me encargo.

La chica dio media vuelta y se dirigió al centro del campamento, de donde regresó no mucho después con un enorme trozo de tela, aunque lo que montó distaba mucho de parecerse a los pabellones cónicos clásicos de Rodna: no era sino un cobertizo que colgaba de las ramas de un árbol con la esperanza de que los protegiera mínimamente de la intemperie. Nándil y Elathia intercambiaron una mirada de incomprensión y luego se giraron para ver que a su alrededor todos los refugios que los inferiores alzaban para sus amos eran similares a aquel cobertizo primitivo.

—¿Qué significa esto? —murmuró la divina entre dientes.

—Parece que no están muy bien equipados —constató la hechicera.

—Ha dicho que se llama Maebios —recalcó Thadwos,

sentado entre ambas, sin desviar la vista del rodno al que Levna había señalado.

—No podemos pasar la noche en este campamento —declaró Elathia—. ¡No es un lugar seguro! Su líder es un revocador...

—Revocador o no, nos ha salvado de las quimeras —replicó la hechicera.

—¿Os habéis fijado en sus armas? —intervino Thadwos—. No usan vainas para proteger las hojas, sino vendas.

Nándil y Elathia se volvieron y descubrieron que, en efecto, al terminar la escaramuza los cazadores no habían enfundado sus armas solares en vainas de cuero, sino que habían vendado los filos igual que harían ellos mismos si estuvieran heridos.

—Tú también llevabas tu espada vendada antes de llegar al lago —recordó Nándil.

—Es una práctica antigua, una forma de proteger las hojas solares del desgaste que puedan provocar el viento, la lluvia y el sol al incidir en ellas —explicó el fuerte—. Es lo que se hacía antes de ingeniar las vainas de cuero. Yo siempre he protegido el filo de Báinhol con vendas porque siendo un espadón tan grande me parecía más práctico eso que llevar una vaina gruesa como un tronco..., pero para las hojas solares más pequeñas hace tiempo que únicamente se usan vainas de cuero.

—Pero ellos no lo hacen —señaló la hechicera.

—No lo entiendo —admitió Thadwos.

—No son de fiar —aseguró Elathia con desconfianza—. Su líder revocador no pudo haber nacido en Rodna. Supongo que su madre sobrevivió a la Noche de las Represalias y le engendró lejos de la ciudad. Quizá todos los que le acompañan son de hecho rodnos exiliados de los que nunca hemos tenido constancia. Por eso llevan tantas armas, porque la rebelión no les ha afectado. Puede que incluso estén aliados con los rebeldes.

—Quizá, pero aunque estén exiliados siguen siendo rodnos —argumentó Thadwos—. Lo más extraño es que ese hombre se llame Maebios. El nombre del mayor héroe de nuestra historia está vetado, nadie lo ha usado nunca desde hace trescientos años. ¿Es que acaso no lo sabe?

—Es una falta de respeto —convino Elathia, mostrando una vez más su desdén hacia el revocador—. Nadie debería llevar el nombre de Maebios, salvador de Rodna.

—¿Maebios, salvador de Rodna? —Levna había terminado de colgar el cobertizo y parecía haberlos escuchado, porque se volvió hacia ellos con una nueva sonrisa—. Bastante tiene el pobre con intentar que sus guerreros cooperen para cazar bestias en lugar de enfrentarse entre ellos. ¿De qué podría salvar a Rodna?

—Él no —precisó la divina—. Su homónimo. El Maebios original.

—¿Quién? —inquirió Levna.

—No hagas caso. —Nándil le lanzó una mirada de advertencia a Elathia y luego rodeó a la inferior con un brazo, echando a caminar con ella hacia el centro del campamento—. Perdona a mis amigos. Hemos sufrido mucho.

—Puedo imaginarlo —asintió Levna—. Solo sois tres, así que deduzco que vuestros compañeros habrán caído frente a las bestias, ¿no es cierto? Lo lamento tanto...

—No somos una partida de caza, pero sí, hemos perdido a compañeros por el camino —confesó Nándil—. Levna, aún no le he agradecido a Maebios que nos haya salvado de las quimeras. ¿Crees que podría hablar con él ahora? No quiero que piense mal de nosotros.

Levna asintió y condujo a Nándil hacia los límites del campamento. Elathia y Thadwos las observaron alejarse mientras se sentaban bajo el cobertizo y la divina sacudía la cabeza con incomprensión.

—¿Adónde va? —preguntó.

Thadwos contempló sus manos vendadas y suspiró con agotamiento.

—No te preocupes tanto por ella y preocúpate más por ti.

—¿A qué viene eso?

—Has perdido tus dones —recordó el fuerte. Elathia inclinó la cabeza con impotencia—. Nándil es una hechicera capaz de cuidar de sí misma. En cambio, tú no podrás hacerlo si estás en medio de las tierras salvajes de Gáeraid y no puedes recurrir a tus poderes.

—Nada es eterno. Quizá era mi destino perderlos.

—No digas tonterías. Es mejor que pensemos en tus dones más que en ninguna otra cosa…, recuperarlos es nuestra prioridad. Sin ellos estás desamparada.

Elathia asintió con lentitud mientras Levna conducía a Nándil hasta llegar frente a los límites del primer cráter, donde Maebios se encontraba de espaldas, observando cómo las aguas del río se precipitaban cuesta abajo, formando un estanque cuyo tamaño y calado aumentaban a cada minuto y donde flotaban los cadáveres de la hidra y las quimeras.

—Maebios, señor —saludó la inferior—. La dama desea hablar con vos.

El revocador se volvió hacia ellas y sus ojos, la única parte visible en todo su rostro, se clavaron en los de la hechicera. Levna inclinó la cabeza y se fue, dejándolos solos.

—Parece que a tu compañera le amarga nuestra presencia. —Maebios hizo un gesto hacia Elathia.

—Ha sido un día duro —se excusó Nándil con una sonrisa cansada—. No sabíamos que había rodnos tan cerca de nosotros y por eso nos ha sorprendido vuestra llegada. Gracias por salvarnos.

—¡Ha sido un placer! ¿Me dirás ahora vuestros nombres?

—Yo soy Nándil, del clan de los hechiceros. Ellos son Elathia, de los divinos, y Thadwos, de los fuertes.

Maebios se llevó una mano bajo el rostro en gesto pensativo.

—Nunca había oído vuestros nombres —declaró—. ¿Procedéis de Rodna?

—Sí, claro. —Nándil frunció el ceño.

—Qué curioso. —Maebios se encogió de hombros como quitándole importancia al asunto—. ¿Estaría en lo cierto si dijera que sois exploradores? Pero tan solo restáis tres..., ¿qué ha ocurrido con el resto de vuestra compañía? ¿Han caído bajo las garras de las bestias?

—No. —La hechicera negó con la cabeza—. No somos una partida de exploración ni de caza. Viajábamos con dos compañeros más, pero uno de ellos nos ha traicionado y ha asesinado a la otra.

—Lamento oír tales palabras —admitió Maebios con suavidad—. ¿Puedo ser de alguna ayuda?

—Bueno..., el traidor aún debería estar por aquí. ¿Quizá tus perceptores puedan encontrarlo?

—Los perceptores únicamente os han detectado a vosotros tres y a las quimeras —reveló el revocador—. No hay nadie más en esta tierra.

—¿Estás seguro?

—Así es.

—Vaya...

—Me entristece no poder hacer nada más por vosotros. —Maebios vaciló en gesto arrepentido—. ¿Puedo preguntar qué propósito os llevó en primer lugar a viajar hasta los confines de Gáeraid?

—Buscábamos un objeto..., un tesoro. Pero lo hemos perdido. —Nándil suspiró y miró a su interlocutor—. ¿Y qué hay de vosotros?

—Nuestro cometido era investigar a las bestias del Dios Sol —explicó el revocador—. Debíamos tratar de averiguar por qué durante las últimas semanas se han alejado tanto de Rodna.

—¿Qué quieres decir? —preguntó la hechicera.

—Durante las últimas semanas las bestias se han alejado progresivamente de la ciudad —respondió Maebios—. ¿Lo ignorabas? Me sorprende…, creía que la noticia había corrido entre todos los rodnos.

—No lo sabía —admitió Nándil extrañada—. ¿Y qué habéis descubierto?

—Que todavía desconocemos mucho sobre su naturaleza. Por lo que hemos averiguado, han emigrado en masa hacia el norte, distanciándose cada vez más de Rodna, aunque ignoramos la razón. Las regiones septentrionales de Gáeraid se han vuelto impenetrables, son tantas las bestias que han acudido a esas tierras que ni siquiera nosotros, con nuestros dones compenetrados, fuimos capaces de abrirnos paso. Estas quimeras que os han atacado eran un grupo rezagado, pero también ellas iban camino al norte.

—¿Quieres decir que todas las bestias de Gáeraid se han alejado de Rodna al unísono para refugiarse en el norte? —Nándil estaba cada vez más extrañada.

—Así es —asintió Maebios—. Da la impresión de que una misma voluntad las guía a todas. Tal vez nos precipitamos al tratarlas como criaturas irracionales. Por eso es mi deber regresar a Rodna cuanto antes: para informar de lo que hemos descubierto.

—Ya veo.

—Disculpa la indiscreción, pero… —Maebios hizo un gesto tímido, casi cohibido—. ¿Por qué llevas el rostro al descubierto? ¿Tanto tú como tu amiga habéis perdido vuestras bufandas?

—¿Qué? No, nosotras no usamos bufandas…

—Ah, ¿no? ¿Empleáis máscaras, entonces? Ya he visto a tu compañero.

—No, tan solo lo hace él…, nosotras no nos cubrimos la cara.

—¡Imposible! —Maebios parecía escandalizado—. Pero

si tú misma has admitido ser rodna, ¿no es cierto? Entonces ¿dejas el rostro al descubierto voluntariamente? ¿Por qué? ¿Acaso posees alguna relación especial con los inferiores? ¡Ellos son los únicos que no cubren sus intimidades!

—No, bueno…, nosotras no consideramos que el rostro sea una parte íntima del cuerpo.

—Cada vez me siento más desconcertado —admitió Maebios.

—Perdona. —Nándil sonrió con torpeza—. Así son nuestras costumbres. —Hizo una pausa y sacudió la cabeza—. No quiero parecer desagradecida, pero tengo que hacerte una pregunta… ¿Por qué nos has salvado? Eres un revocador. ¿No nos odias?

—¿Odiaros? —repitió Maebios con incomprensión—. ¿Por qué debería odiaros?

—Bueno, porque nosotros, los rodnos, los del resto de los clanes quiero decir, llevamos al tuyo a la extinción…

—Tu amiga antes ha hecho un comentario semejante —recordó Maebios—. No lo comprendo. ¿Es una mofa? No le encuentro la gracia.

Nándil se quedó boquiabierta.

—¿No has oído hablar de la Noche de las Represalias?

—¿Qué es eso? ¿Un libro? —Maebios echó a reír—. Me halagas, pero no aprecio la erudición.

Nándil no supo qué responder. Su interlocutor volvió a girarse hacia el cráter que se abría a sus pies y silbó por lo bajo.

—Nunca había visto a un fuerte desplegar tanto poder —admitió al tiempo que señalaba—. Tu compañero es increíble. Observa la destrucción que ha provocado al intentar salvarte. La tierra se ha hundido, los árboles han sido arrancados de raíz, el río ha cambiado su curso y se ha desbordado…, me atrevería a decir que con el tiempo esto se convertirá en un hermoso lago.

—¿Qué?

Un pensamiento repentino dejó a la hechicera paralizada. Notó que su garganta se había secado de golpe. Después de un minuto en blanco, su rostro empalideció mientras fruncía el ceño, bajaba la cabeza, colocaba los brazos en jarras y echaba a caminar de un lado a otro con pasos cortos.

—Vaya, esto... —Carraspeó. Su voz temblaba—. ¿Quizá...? No, no es posible..., pero ¿y si...? ¿La corona...? Claro, podría ser que..., eso lo explicaría todo..., pero..., oh, por el Dios Sol. ¡No lo puedo creer!

—¿Qué sucede? —quiso saber Maebios.

La hechicera alzó la cabeza hacia él. Su expresión era escéptica y temerosa a partes iguales.

—No sé si esta pregunta te sonará muy extraña, pero... ¿alguna vez has oído hablar del legendario héroe Maebios, el salvador de Rodna? ¿El hombre que detuvo a las bestias?

—¿Cómo? ¿Un Maebios ajeno a mí? No sabía que había habido alguno antes que yo. ¿De qué salvó Rodna?

Nándil sintió náuseas. Su cabeza empezó a dar vueltas y de pronto sus piernas fallaron y dejaron de sostenerla. Maebios reaccionó con buenos reflejos y la cogió antes de que cayera de bruces contra el suelo.

—¿Qué sucede? —Toda la jovialidad había desaparecido de su voz, ahora grave y preocupada—. ¿Te encuentras bien?

—Lo siento... —La hechicera intentó contener el mareo y se agarró con fuerza a los brazos del revocador para sostenerse en pie—. Debo hablar con mis amigos...

—Descuida. Te acompaño.

El revocador rodeó su cintura con un brazo y la guio de vuelta con Elathia y Thadwos, quienes hablaban en voz baja, sentados bajo el cobertizo. La divina no tardó en reparar que Nándil se acercaba, casi incapaz de sostenerse por su propio pie, momento en que se levantó de un salto y echó a correr hacia ella.

—¿Qué ha pasado? ¿Estás bien? —Elathia frunció el ceño

y señaló a Maebios—. ¿Qué le has hecho, revocador? ¡Responde o lo pagarás!

—¡Soy inocente! —protestó él.

—No pasa nada, Elathia. —Nándil se volvió hacia el rodno y forzó una sonrisa—. Gracias, Maebios. Déjame con ella, por favor.

El aludido asintió, se apartó con cuidado y, en cuanto comprobó que la hechicera podía mantenerse en pie, se marchó de vuelta al cráter.

Nándil se apoyó en Elathia y caminó hasta el cobertizo, donde Thadwos ya se había incorporado para dejarles espacio.

—¿Qué ha ocurrido? —repitió Elathia en un susurro—. ¿El revocador o alguno de sus hombres te ha atacado? Este no es un lugar seguro, ¿verdad? Lo sabía...

—No, no. —Nándil se sentó bajo el cobertizo e hizo un gesto para que sus compañeros la imitaran—. Nadie me ha hecho nada..., simplemente me he mareado de la impresión.

—¿Qué quieres decir?

La hechicera suspiró y alzó la vista hacia ellos.

—Deberíamos haber despertado en el lago seco, pero lo hemos hecho en medio de este bosque lleno de animales. Primero he pensado que, al liberarse todo el poder de la corona, la naturaleza había crecido a su alrededor..., pero luego hemos visto que había docenas de quimeras cuando teóricamente casi no quedan bestias, que estos rodnos no solo se cubren las cabezas con gorros sino también los rostros con bufandas, que protegen sus armas solares con vendas en lugar de vainas, que para dormir usan cobertizos y no pabellones, que uno de ellos pertenece a un clan que debería estar extinto y que tiene el nombre de un héroe que murió hace siglos. —Nándil hizo una breve pausa para recuperar el aliento. Tanto su voz como sus labios temblaban mientras hablaba—. Maebios no es un superviviente de la Noche de las Represalias.

Él... él es... él es el salvador de Rodna. Él es el héroe de las leyendas.

—¿Qué dices? —inquirió Thadwos, entornando los ojos y echándose hacia atrás inconscientemente.

—Escuchadme, escuchadme —insistió la hechicera con afán—. Sé que parece una locura..., pero es la verdad. Hemos... hemos sido trasladados..., nos encontramos en otro momento en el tiempo. —Hizo una pausa para que sus compañeros asimilaran sus palabras—. Al destruirse la corona, hemos viajado trescientos años atrás en el tiempo. El ataque de las bestias todavía no ha tenido lugar.

—¿Qué? —murmuró Elathia con incredulidad.

—Los cráteres que Thadwos ha abierto... —prosiguió Nándil, señalando más allá, hacia donde habían combatido a las quimeras—, el estanque del bosque y el río que lo nutría se han desbordado sobre ellos. Las aguas se están congregando, llenando los cráteres..., acabarán formando un lago. El mismo lago donde nosotros hemos encontrado la hidra y la corona.

—No es posible —dijo Thadwos, a punto de echarse a reír, aunque calló en cuanto vio la seria expresión de la hechicera.

—Sí lo es, porque ahora todo encaja —respondió Nándil—. Cuando he sobrevolado el valle me he dado cuenta de que estábamos en el mismo lugar que antes de perder el conocimiento, pero me ha extrañado la ausencia del lago. Esto lo explica todo: el lago no estaba porque aún no existía, pero los guijarros y las algas que había en su interior han viajado al pasado igual que nosotros. Y esta gente, todos cuantos nos rodean... —Hizo un gesto para abarcar el campamento—. ¿Por qué creéis que hay miembros de todos los clanes excepto del de los sacerdotes? No porque desconfíen de ellos, sino porque su culto aún no ha sido fundado. —Hizo una pausa ante las miradas atónitas de sus dos compañeros—. Observad sus costumbres. Para nosotros son anticuadas, pero para ellos son normales.

Elathia y Thadwos levantaron las cabezas para contemplar cómo la mayoría de los guerreros de Maebios se separaban y se giraban de cara al bosque para cenar, dado que para ello debían desenrollarse las bufandas y dejar sus rostros al descubierto, algo que ellos consideraban una intimidad.

—La única persona a la que he visto hacerlo eres tú. —La hechicera señaló al fuerte—. Pero Ilvain nos contó que nuestra costumbre de cubrirnos las cabezas procede de nuestros antepasados, quienes se cubrían también los rostros..., y que si tú haces lo mismo es para imitar a Maebios, a quien veneras.

—Sí...

—Estas personas se cubren los rostros y usan vendas en las espadas, igual que hacían nuestros ancestros —añadió Nándil—. ¿No será que lo hacen, de hecho, porque precisamente ellos son nuestros ancestros?

—Es imposible..., pero aun así lo que dices tiene lógica... —Elathia estaba tan asombrada como contrariada.

Thadwos se sentó en el suelo. Un peso le oprimía el pecho y se vio obligado a quitarse la máscara para poder respirar con mayor libertad. Su rostro quedó así por primera vez al descubierto, aunque no lo levantó, sino que se mantuvo oculto y apoyado detrás de sus brazos y rodillas.

—¿Y qué hay de la corona? —preguntó con un hilo de voz.

—No lo sé. —La hechicera negó con la cabeza—. Deduzco que hemos viajado atrás en el tiempo en el momento en que Arúnhir la ha roto y su energía ha sido liberada.

—Pero... ¿por qué? —inquirió Elathia, con el rostro pálido y sudoroso—. Si de verdad ha ocurrido tal como dices..., ¿por qué razón la onda expansiva nos ha enviado al pasado? ¿Y cómo es eso posible?

—No lo sé —repitió Nándil con frustración—. Pero se supone que en su interior estaba encerrado el poder del Dios Sol. ¿Quién nos dice que, si el Dios Sol pudo crear el mundo, su poder no sea capaz también de desplazarnos en el tiempo?

—¿Y qué haremos ahora? —Las mejillas de la divina se humedecieron con lágrimas de desesperación—. ¿Nos quedaremos aquí atrapados para siempre? ¿Jamás podré volver a ver a Elerion? Oh, por favor, no...

—No todo está perdido —opinó Thadwos—. Si el poder de la corona nos ha enviado al pasado, tendría sentido que ese mismo poder pudiera devolvernos al presente.

—¿Qué quieres decir? —La hechicera frunció el ceño.

—Dices que el ataque de las bestias todavía no ha tenido lugar —respondió el fuerte—. Eso significa que el Dios Sol aún no ha entregado la corona a Maebios. Pero en algún momento lo hará, ¿verdad? Si nos quedamos con él hasta que eso ocurra, podremos conseguir la corona.

—¿Has perdido el juicio? —bramó Nándil—. ¡Si le arrebatamos la corona, Maebios no podrá detener a las bestias!

—No he dicho que tengamos que robársela —declaró Thadwos—. Podemos esperar a que Maebios salve Rodna y luego, cuando ya no tenga que volver a usar la corona, cogerla para utilizarla nosotros. Si nos hacemos con ella, no solo podremos regresar al presente, sino también emplear su poder para cumplir los deseos que nos han traído hasta aquí: yo conseguiré la inmortalidad, vosotras podréis detener a los rebeldes, e incluso podremos cambiar la naturaleza de nuestros poderes, tal como Ilvain quería.

—Sí..., sí. —Elathia clavó la mirada en los ojos amarillos del fuerte y asintió.

—Está bien —aceptó Nándil—. Pero Arúnhir..., ¿qué habrá sido de él? ¿Ha sido enviado también a esta época?

—Si es así, le devolveremos al presente en cuanto consigamos la corona. —Thadwos volvió a colocarse la máscara, impidiendo a sus compañeras distinguir su rostro tras las sombras—. Y, una vez allí, destruiremos todo rastro de su existencia.

16

Al día siguiente, después de que todos hubieran desayunado y mientras los inferiores levantaban el campamento, Maebios se acercó a los tres compañeros y pidió permiso para hablar con Nándil a solas. La hechicera aceptó y paseó con él hasta la orilla del lago que se había formado en los cráteres abiertos por Thadwos.

—¿Cómo se encuentran tus compañeros? —se interesó el revocador—. ¿Habéis descansado bien?

—Mejor de lo que esperábamos. —Nándil asintió con lentitud—. Después de lo vivido ayer, el asesinato de nuestra amiga y la pérdida de todo cuanto parecía importante..., al final hemos encontrado una buena razón por la que continuar adelante.

—Me complace oír tales palabras. —De nuevo, el tono de Maebios parecía indicar que sonreía debajo de aquella bufanda de tela gris—. Desconozco cuáles son vuestros planes, pero quería informaros de que podéis uniros a nosotros en nuestro camino, si así lo deseáis.

—Gracias. —La hechicera sonrió a su vez—. ¿Volvéis a Rodna?

—Así es. —El revocador se giró hacia Nándil—. ¿Nos bendeciréis con vuestra compañía?

—Sí. Iremos con vosotros.

—¡Magnífico! Será un placer viajar contigo y tus compañeros —declaró Maebios con jovialidad—. Partiremos de inmediato.

—De acuerdo.

La hechicera vaciló, de pronto abrumada por un sentimiento de culpa. Su sonrisa se desvaneció mientras se preguntaba si estaba engañando a aquel hombre, el futuro héroe de Rodna, al no contarle de dónde venían realmente y hablarle de lo que sucedería en el futuro. Sin poder encontrar una respuesta, inclinó la cabeza hacia el suelo y regresó al lado de Elathia y Thadwos.

El grupo liderado por Maebios viajaba en formación militar, puesto que la amenaza de las bestias indómitas que habitaban Gáeraid era demasiado peligrosa como para actuar como si no existiera. En consecuencia, los miembros de todos los clanes marchaban mezclados unos con otros para poder compensar sus carencias y explotar sus virtudes en caso de ataque repentino, excepto los perceptores, quienes avanzaban en vanguardia para informar a Maebios de todo cuanto sentían y guiar así al resto de la comitiva.

Nadie dio ninguna indicación concreta a Nándil, Elathia o Thadwos, de modo que ellos tres se colocaron cerca de Maebios y marcharon al mismo ritmo que los demás. El fuerte, con sus manos y el filo de Báinhol vendados a partes iguales, andaba con una timidez impropia en él, incapaz de apartar la vista del revocador.

—Es un hombre real, no un fantasma —constató Elathia como si no fuera una obviedad—. No tienes por qué mirarle con esos ojitos.

—Durante toda mi vida le he admirado —respondió Thadwos en voz baja—. Me cuesta creer que estemos tan cerca de él que incluso podamos tocarle.

—Tan solo es un ser humano de carne y hueso —replicó la divina—. A lo largo de tu vida has visto a cientos como él.

—No…, no como él. —El fuerte se adelantó con grandes pasos—. Hay algo que quiero preguntarle.

Nándil y Elathia permanecieron detrás mientras Thadwos avanzaba hasta la primera fila y se colocaba al lado de Maebios y los perceptores. El revocador se volvió hacia él en cuanto oyó el ruido de sus pisadas, que se hundían en la tierra con más fuerza de lo común debido al peso añadido del enorme espadón que llevaba echado sobre el hombro.

—Disculpa que te moleste —empezó Thadwos con grave respeto—. Esta espada que llevo..., ¿conoces a su propietario?

—¿Acaso no eres tú el propietario? —preguntó Maebios con confusión.

—No, bueno, en realidad sí... —Thadwos titubeó—. La espada es mía, pero quería saber si la habías visto antes.

—¿Antes de encontraros, te refieres? —interrogó Maebios. El fuerte asintió—. No, nunca la había visto.

—¿Estás seguro? —insistió Thadwos.

—Desde luego —afirmó Maebios con jovialidad—. Es un arma de increíble tamaño, ¡creo que la recordaría si mis ojos la hubieran contemplado con anterioridad!

—Vaya... —Thadwos dudó y luego se volvió hacia los perceptores—. ¿Y vosotros? ¿Habíais visto esta espada antes?

Ellos negaron con la cabeza. Frustrado, el fuerte dio media vuelta y se dirigió uno a uno a todos los rodnos de la caravana para averiguar si alguno había visto a Báinhol en Rodna. Sin embargo, todas las respuestas fueron negativas, de modo que cuando regresó con Elathia y Nándil estaba atónito y desconcertado.

—No lo entiendo —murmuró—. Si Maebios usó a Báinhol para matar al Gran Behemot, ¿cómo es posible que nadie conozca aún la espada?

—Nunca tuvo sentido que Maebios usara una espada si tenía el poder de la corona en sus manos —dijo Elathia—. Si nadie ha visto nunca a Báinhol debe de ser porque todavía no ha sido forjada. Los fuertes habéis estado equivocados durante tres siglos al suponer que Maebios había pertenecido a vuestro clan.

Thadwos no replicó. Aquella revelación pareció sentarle como un mazazo, porque continuó caminando a su lado, pero bajó la cabeza y encogió los hombros, como si de pronto hubiera descubierto que la devoción de su vida había estado siempre infundada.

Durante buena parte de la mañana el camino de la comitiva fue acompañado por el retumbar de un ruido lejano pero extremadamente potente, como si una avalancha de rocas se precipitara desde la cima del pico más alto de Gáeraid, incesante y estruendoso como el batir de las olas del mar. Tras remontar el valle y salir del límite boscoso, alcanzaron una colina desnuda y vieron a lo lejos una nube de humo que se levantaba como una hoguera descomunal en el horizonte oriental.

—Un behemot se está desplazando —informó uno de los perceptores.

—¿En qué dirección? —quiso saber Maebios.

—Norte.

—No podía ser de otro modo —masculló el revocador—. Debemos regresar a Rodna cuanto antes e informar de esta migración masiva. ¡En marcha!

Nándil contempló la distante humareda con una mezcla de asombro e inquietud. De los behemots nunca había podido ver más que un mero esqueleto, aunque por el estrépito que oía podía imaginar que todas las leyendas que circulaban sobre ellos no solo eran ciertas, sino que quizá incluso se quedaban cortas.

El grupo de Maebios no viajaba por ningún sendero concreto, porque no había caminos abiertos por humanos en aquellas regiones, tan alejadas de Rodna que eran prácticamente vírgenes. En consecuencia, los perceptores guiaban y los demás seguían, prestando atención continua a todo cuanto los rodeaba.

Se detuvieron al mediodía para reponer fuerzas y luego continuaron su avance hacia el sur. Frente a ellos se alzó un pico solitario, que Elathia y Nándil reconocieron como el mismo donde habían combatido contra el dragón y Arúnhir las había traicionado; pero antes de alcanzarlo viraron rumbo al oeste, alejándose de la cima para encararse a la cadena montañosa de las Oélkos.

Al atardecer levantaron el campamento formando de nuevo un círculo de hogueras que espantarían a cualquier criatura que pudiera amenazarlos. Los guerreros rodnos echaron a suertes las guardias de la noche y tanto Thadwos como Nándil se ofrecieron a vigilar con ellos, aunque no Elathia, a quien todavía le resultaba imposible invocar sus poderes, de modo que se vio obligada a pernoctar como una inferior, sin poder prestar ayuda a los demás.

A la mañana siguiente continuaron su camino hacia las montañas, cuyas cimas eran tan altas que quedaban escondidas bajo las nubes grises que poblaban el cielo de norte a sur. Manteniendo la misma formación, la caravana inició el lento ascenso a las Oélkos, y aunque los perceptores informaron que las cumbres estaban plagadas de nidos de grifos, no desviaron el rumbo porque sabían que aquella era la ruta más rápida para regresar a Rodna.

Al mediodía la lluvia se precipitó sobre ellos sin compasión y la fatiga provocó que los picos parecieran inalcanzables, lo que sumió al grupo en un malhumorado silencio en el que se esforzaban por respirar y no protestar mientras se afanaban en remontar la pendiente por la que los perceptores habían decidido ascender. Sortearon las cuevas de los cíclopes y al atardecer la lluvia cesó y la estela de un fénix iluminó el cielo plomizo con un ápice de luz y vitalidad, momento que Maebios aprovechó para dar el alto y ordenar acampar en la ladera de la montaña.

Como siempre, encendieron varias hogueras y se aunaron en torno a ellas, ávidos del calor del fuego y deseosos de secar sus húmedos ropajes. Levna buscó a Nándil, Elathia y Thadwos para tender su cobertizo rudamente a partir de las ramas de uno de los pequeños arbustos que crecían en aquella dura pendiente montañosa y al terminar se dirigió al fuerte.

—Disculpad, no deseo incordiaros, pero ¿puedo haceros una pregunta?

—Adelante —asintió él.

—¿Cómo lo hacéis?

—¿El qué? —preguntó Thadwos con desconcierto.

—Vuestra espada. —Levna señaló la enorme hoja de Báinhol, que yacía clavada junto a ellos—. Cargáis con ella todo el rato, pero vuestros ojos nunca se iluminan. ¿Cómo lo hacéis?

—¿Y por qué tendrían que iluminarse?

—A todos los rodnos se les iluminan los ojos cuando usan sus poderes —declaró Levna—. Y vos seguro que usáis los vuestros, porque esa espada debe de pesar mucho. ¡Alguien normal no podría sostenerla!

—Eres muy observadora —reconoció el fuerte—. ¿De qué color son mis ojos?

—Amarillos.

—¿Y alguna vez has conocido a alguien más que tuviera los ojos así?

Levna frunció levemente el ceño.

—Creo que no.

—Seguro que no —afirmó Thadwos—. ¿Sabes cómo funcionan los poderes rodnos?

—Al comer la carne de las bestias podéis emplearlos —resumió la inferior.

—Exacto: al activar nuestros dones consumimos los nutrientes que hemos ingerido, de modo que tan solo podemos invocar poder mientras aún restan nutrientes en nuestros cuerpos. Por esa razón no somos capaces de mantener nuestros poderes activos eternamente, de igual forma que tú no podrías estar corriendo durante un día entero sin descansar ni una sola vez. ¿Lo entiendes?

—Ajá.

—Yo lo veía como una debilidad, así que entrené durante años para corregirla. Forcé mi cuerpo comiendo la menor cantidad posible de alimentos al mismo tiempo que invocaba un uso continuado de poder, hasta que al fin conseguí acostumbrarlo para que activara mis dones agotando mínimamente mi reserva de nutrientes.

—No sé si lo acabo de entender —bufó Levna, a medio camino entre la impresión y la confusión—. ¿Qué significa eso exactamente?

Aun sin formar parte de la conversación, Nándil y Elathia habían estado escuchando con atención, y la hechicera se había sorprendido tanto que intervino sin poder evitarlo:

—¿Estás diciendo la verdad? Cuesta de creer que eso sea cierto.

—Sí. —El fuerte asintió.

—Increíble —musitó Nándil. Se volvió hacia Levna—. Básicamente lo que esto significa es que Thadwos puede mantener sus dones activos en todo momento, porque presionando su cuerpo hasta el límite consiguió optimizar el consumo de nutrientes. Por eso sus ojos ya no se iluminan, porque lo hicieron durante tanto tiempo seguido que al final la luz se convirtió en su estado natural, y su brillo hizo que se volvieran amarillos.

—En tal caso, ¿en realidad vuestros ojos no son amarillos? —dedujo la inferior.

—Eso es —confesó Thadwos—. Al natural son oscuros.

Levna se giró hacia Nándil y Elathia.

—¿Y vosotras hacéis lo mismo?

—Nosotras pertenecemos a los clanes ambientales —respondió la hechicera—. Para nosotras supongo que hacerlo sería imposible.

—Pienso lo mismo —convino el fuerte, con la atención centrada en las llamas mientras pensaba en voz alta—. Los dones de los clanes corporales nos conducen a otro estado, porque aumentan una cualidad de nuestros cuerpos: en mi caso, me otorgan más fuerza. Los clanes ambientales sois distintos, porque vuestros poderes no afectan así a vuestros cuerpos, sino que os permiten conjurar elementos de forma externa, algo de lo que los clanes corporales carecemos.

—En cualquier caso, habéis perfeccionado el control de vuestro don hasta el límite —reflexionó Levna—. ¡Habéis cumplido el sueño de cualquier rodno!

—No el mío —reveló Thadwos.

—Ah, ¿no?

—Poseer grandes poderes es un privilegio, pero ¿de qué me servirá cuando esté muerto? De nada. Nada tiene verdadero valor en esta vida, porque todo cuanto hagamos o consigamos se desvanecerá en el tiempo. La certeza de que nada es eterno y de que estamos destinados a la muerte me desespera…, por eso mi deseo es alcanzar la inmortalidad.

—Eso es imposible —declaró la inferior.

—Pero si hubiera una forma de ser inmortal…, ¿no la aceptarías?

—¿Una eternidad sin poderes? —se burló Levna—. ¿Para qué? Antes preferiría tener los dones de alguno de los clanes rodnos.

—¿Y si ya tuvieras los poderes? —la tentó Thadwos—. ¿No desearías entonces mantenerte siempre joven y vigorosa para escapar de la muerte?

—Tal vez. —La chica esbozó una sonrisa soñadora—. Poseer vuestros dones para toda la eternidad sería asombroso…, dedicaría mi vida a ayudar al resto de los inferiores. Y, además, aprendería a controlar mis poderes tanto como vos. Aunque nunca he conocido a nadie que fuera capaz de hacerlo…, ¿por qué los demás rodnos de los clanes corporales no hacen lo mismo?

—En esta época es posible que a nadie se le haya ocurrido

nunca todavía —meditó Thadwos—. En la nuestra algunos intentaron hacerlo, pero no es fácil. Requiere mucho sacrificio.

Tan pronto como le oyó pronunciar tales palabras, Elathia se giró bruscamente hacia él.

—No lo entiendo —reconoció Levna.

—No sabe lo que dice —dijo la divina con rapidez—. Perdona, Levna, pero ¿puedes dejarnos a solas? Quiero hablar con mis compañeros de un asunto privado.

—Por supuesto. —La inferior asintió y sonrió—. Buenas noches.

La chica dio media vuelta y regresó hacia el centro del campamento, donde los inferiores se tendían para pernoctar en grupo, protegidos por el círculo de rodnos y hogueras. Elathia le lanzó una dura mirada a Thadwos.

—Ten cuidado —le advirtió—. Has dicho algo que no debías. No podemos contarle a nadie de esta época de dónde procedemos.

—¿Por qué? —inquirió el fuerte.

—Yo tampoco entiendo por qué quieres que guardemos tanto secretismo —dijo Nándil.

—Nuestra intervención podría cambiar lo acontecido —explicó Elathia—. Vigilad vuestras palabras, en especial con Maebios.

—Le debemos la vida —defendió Nándil.

—Pero no sabemos cómo reaccionará si le contamos que venimos del futuro —razonó la divina—. Podría tomarnos por locos y anular todos nuestros poderes, impidiéndonos regresar a nuestro tiempo.

—Es el mayor héroe de Rodna —recordó Thadwos—. Creo que podemos confiar en él.

—¿Y si por el hecho de contárselo dejara de serlo? —replicó Elathia—. ¿No os dais cuenta? ¡No sabemos cómo cambiará la historia por culpa de nuestra llegada! ¿Qué creéis que pasaría si ahora le matáramos? ¡Pues que Maebios ya no estaría vivo para salvar Rodna, de modo que probablemente nuestra raza se extinguiría y nosotros no llegaríamos siquiera a nacer en el futuro!

—¿Por qué dices eso? —se horrorizó Nándil.

—Era solo un ejemplo. —Elathia miró alternativamente a sus dos compañeros—. Si impedimos que Maebios llegue a Rodna, ya no estará allí para salvarla. De la misma forma, si le alteramos de alguna manera, contándole algo que no debería saber..., sus acciones mismas podrían verse modificadas. Si le contamos que el Dios Sol le escogerá como su paladín y le entregará una corona con todo su poder, puede que el día de mañana luche como un temerario, creyendo que el Dios Sol velará por él, y que su propio descuido le precipite a la muerte. —Hizo una breve pausa—. Lo mismo ocurre con Levna o con cualquier otra persona de este tiempo: nuestras interacciones con ellos podrían modificar el curso natural de la historia.

—Estás exagerando —protestó Nándil, aunque había una sombra de duda en su tono.

—Solo intento advertiros de lo que podría pasar —contestó Elathia—. Deberíamos influir lo mínimo posible en esta época.

Nándil y Thadwos no respondieron. La divina tampoco añadió ningún comentario más, sino que se mantuvo en silencio durante la cena y cuando se tendió luego para descansar, mientras sus compañeros se unían al resto de los rodnos para realizar las guardias nocturnas.

Cuando levantaron el campamento a la mañana siguiente, Nándil tuvo la oportunidad de contemplar el horizonte que se abría a su espalda, todavía grisáceo y mortecino, pero también ancho y salvaje, con el azulado mar batiendo las olas en las pedregosas costas de Gáeraid. La hechicera reconoció que aquel paisaje era muy parecido al que había visto con Elathia, Ilvain y Arúnhir días atrás desde esa misma cadena montañosa, pero aquí y allá se distinguían algunos cambios producidos por el paso del tiempo: laderas que todavía no se habían desprendido, zonas boscosas que más adelante serían un desierto y unas ruinas todavía inexistentes.

Nándil sudaba, pero no porque sintiera calor, sino porque la situación parecía a punto de saturar su mente. ¡No cabía duda de que habían viajado en el tiempo! Se trataba de una idea tan inconcebible que frecuentemente le entraban arcadas tan solo por pensar en ello.

El agobio hizo que, una vez hubieron reemprendido la ascensión de las Oélkos, la hechicera se adelantara a Elathia y Thadwos, dando grandes pasos en un intento, quizá inconsciente, de que el esfuerzo físico la distrajera de su malestar. Maebios, a la cabeza del grupo, no tardó en desviar la atención hacia ella.

—Si prosigues a este ritmo, la fatiga hará mella en ti antes de que alcancemos la cima —rio el revocador—. ¿Tanto ansías regresar a Rodna?

—Es solo que estoy preocupada —respondió ella, turbada de que sus pasos la hubieran llevado una vez más con el líder de la expedición.

—¿Preocupada? —se extrañó Maebios—. ¿A qué se debe?

—Nada en particular.

—Insisto. —Maebios hizo un alegre ademán para que confiara en él.

—Mi amiga Elathia dice que... —Nándil se mordió el labio, deseando contarle la verdad, aunque las advertencias de la divina pesaban sobre su conciencia—. Tiene sus poderes bloqueados —soltó al fin, girando la cabeza para no tener que mirar al revocador a los ojos.

—¿Bloqueados? ¿No es capaz de invocarlos?

—Exacto.

—¿Por qué razón?

—No lo sabemos. —La hechicera se encogió de hombros—. Ocurrió cuando nos atacaron las quimeras. Hasta entonces había podido actuar como siempre, obrando sus milagros sin problema. Pero a partir de entonces le ha sido imposible activar sus poderes.

—¿El compañero que os traicionó era un revocador?

—No, era un sacerdote.

—¿Un sacerdote? ¿Quiénes son esos?

—Ah, nadie... —Nándil se lamió los labios con desesperación—. Un tipo extraño. No pertenecía a ningún clan.

—¿Es un inferior, entonces? —dedujo Maebios.

—Algo así —suspiró Nándil débilmente.

—En tal caso, él no pudo ser. Solo los revocadores somos capaces de anular los poderes de otros rodnos.

—En realidad podría hacerlo cualquiera que tenga un sello revocador —le corrigió Nándil.

—¿Qué es un sello revocador?

—¿No lo sabes?

—¡No lo preguntaría si lo supiera! —Maebios soltó una risotada.

—Los sellos revocadores... —Nándil frunció el ceño— son objetos que contienen vuestro poder, el de los revocadores..., son útiles para que el resto de los clanes podamos anular los dones de los criminales y fabricar armas solares.

—¡No lo puedo creer! —saltó Maebios impresionado—. ¿Y tenéis uno de esos sellos?

—Bueno, sí, creo que Thadwos todavía tiene el suyo...

—¡Por favor, muéstramelo!

Aturdida, Nándil asintió y dio media vuelta para aguardar al fuerte, quedándose Maebios a su lado mientras el grupo continuaba su ascensión. Thadwos avanzaba junto a Elathia, con el espadón echado sobre el hombro, los ojos amarillos entornados y la expresión oculta detrás de su máscara negra. Los vio esperando antes de que llegara hasta ellos y la falta de resuello hizo que interrogara a Nándil no con palabras sino con un simple gesto de cabeza.

—El sello revocador —dijo la hechicera—. ¿Puedes dejármelo? Maebios quiere verlo.

Thadwos miró a Maebios con veneración, sacó el sello del fardo que llevaba atado en la espalda y se lo entregó al tiempo que se encorvaba como si realizara una media reverencia. El revocador cogió el orbe solar con curiosidad y acto seguido el fuerte reemprendió su caminata al lado de Elathia, dejando a la pareja atrás.

—Estabas en lo cierto —murmuró Maebios mientras contemplaba la esfera—. Siento... siento mi propio poder en este objeto. ¿Cómo es eso posible?

—No sé exactamente cómo lo hacíais, pero los revocadores teníais la capacidad de imbuir con vuestro poder los objetos solares —explicó Nándil.

—¿De veras? Lo ignoraba. —Todavía atónito, Maebios no dejaba de observar el orbe oscuro—. Además, también pueden servirte en combate, ¿no es cierto? Con uno de estos sellos en tus manos, podrías detener la llamarada de cualquier quimera o dragón que te atacara.

—Supongo que sí.

—¡Es magnífico! Se trata de un ingenioso artilugio para apoyar al resto de los clanes, ¿no te parece? ¡Con estos sellos estaréis menos indefensos ante las bestias del Dios Sol! ¿Y desconoces la forma de crearlos, dices?

—No sé cómo lo hacíais vosotros, los revocadores, pero yo sí conozco un hechizo con el que imbuir poder —confesó Nándil.

—¡Espléndido! Espero verlo con mis propios ojos, entonces. No aquí, en las Oélkos, donde apenas hay vitalidad que poder drenar... Pero en el descenso, cuando regresemos a los valles, espero contar con tu ayuda.

—Claro. —Nándil sonrió al sentirse útil, aunque de inmediato se preguntó si estaría obrando en contra de las advertencias de Elathia.

Devolvieron el sello a Thadwos y continuaron la caminata; poco antes del mediodía se internaron en las nubes más bajas que coronaban los picos de las Oélkos y Maebios dio el alto. Los inferiores encendieron una hoguera para calentar sus almuerzos, pero no los rodnos, a quienes les había bastado con el desayuno y simplemente se sentaron para tomar descanso y recuperar el aliento. Nándil todavía se hallaba con Maebios, de modo que Elathia y Thadwos se quedaron solos, a un lado, apartados, observando cómo Levna organizaba a los inferiores y racionaba los alimentos para todos.

—Esa mujer es increíblemente sagaz —admitió Elathia—. Más que yo, al menos. No me había dado cuenta del control que posees sobre tu don.

—Tenías otras cosas en las que pensar —respondió él sin darle mucha importancia.

La divina no respondió. Thadwos se volvió hacia ella con curiosidad.

—¿Estás bien?

—No sé... —El rostro de Elathia estaba pálido—. Hemos retrocedido en el tiempo, he perdido mis dones..., todo esto me supera.

—No temas: con la corona regresaremos a nuestra época —aseguró el fuerte—. Sobre la pérdida de tus poderes, no debes sentirte una carga, un estorbo o una lisiada, porque no lo eres. Pero sí es cierto que deberíamos averiguar cómo desbloquearlos.

—Puede que tenga una respuesta —reveló Elathia en un tono que no expresaba ninguna alegría.

—Ah, ¿sí? —se sorprendió Thadwos—. ¿En qué has pensado?

—Es posible que el bloqueo se deba a la angustia que siento.

—¿Angustia?

—Nuestros dones provienen de nuestra propia esencia y requieren un gran esfuerzo por parte de nuestros cuerpos para activarse —reflexionó Elathia con tristeza—. Por esa razón, al hacerlo, consumimos nuestra vitalidad inherente. Por tanto, existe la posibilidad de que sea mi propio estado de ánimo lo que me bloquea…, porque si un rodno está alicaído, afligido o abrumado por el pesar no se hallará en las mejores condiciones para realizar el esfuerzo necesario. Podría ser que el poder invocado en ese estado sea inferior al habitual… o incluso nulo.

—Ya veo —musitó Thadwos—. En ese caso, la solución… la solución está en superar tu sufrimiento.

—Es más fácil decirlo que hacerlo.

—Lo comprendo. Pero debes intentarlo.

—Quizá no quiera lograrlo.

—¿Por qué? —interrogó el fuerte.

—Porque la tristeza me recuerda todo lo que no debo olvidar…, deshacerme de ella sería como deshacerme de una parte de mí misma.

—¿Qué es lo que no debes olvidar?

—Todos mis fracasos. Elthan, Ilvain, Arúnhir…, todo.

—Estás hablando de tu vida. —Thadwos depositó una mano sobre el hombro de la divina—. No deberías sentirte culpable por lo ocurrido, porque tú no eres una asesina, una rebelde o una traidora. Tú nunca has obrado mal. Aún hay personas que te aman, personas a las que aferrarte…, recuerda a tu hijo. Él te está esperando y tu deber es regresar a su lado. Recuérdale y sobreponte al dolor.

Elathia se frotó los ojos con una mano.

—Sí…, lo intentaré.

Después de una hora de descanso, Maebios ordenó reanudar la marcha, si bien los perceptores les previnieron a todos que los grifos podían rondar las alturas y que con toda probabilidad caerían sobre ellos tan pronto como alcanzaran la cima. Los guerreros se mostraron dispuestos a plantar batalla y la caminata prosiguió siguiendo la misma formación que hasta entonces, aunque los inferiores, más desprotegidos que los rodnos debido a su carencia tanto de poderes como de armas solares, se apiñaron al fondo de la caravana con la esperanza de que el combate no los alcanzara.

Las opacas nubes grises que los rodeaban por completo se deshicieron poco a poco en retazos cada vez más livianos, pero no oyeron chillidos de ningún grifo; y cuando el cielo quedó despejado y los tardíos rayos solares los irradiaron de lleno, tampoco vieron ningún círculo de bestias aladas volando por encima de sus cabezas. El silencio tan solo era roto por el respirar de los viajeros y el silbido del viento nocturno que soplaba sobre las cimas de las Oélkos, mientras que sus ojos tan solo veían un cielo vacío y un paraje seco, vasto y deshabitado.

—Todos los grifos se han marchado —informaron los perceptores con alivio.

—¿Todos? —repitió Maebios incrédulo.

—En efecto. —Uno de los perceptores olisqueó el aire—. Bueno, en realidad no. Sí que hay algunos grifos…, polluelos y huevos.

—¿Qué? —El revocador sacudió la cabeza—. ¿Han dejado los huevos atrás?

—Así es.

—¿Qué clase de criatura dejaría a sus crías atrás? —se preguntó Maebios al tiempo que pateaba la dura pendiente bajo sus pies con desesperación—. ¡No lo comprendo! Han ido al norte, ¿no es cierto? —El perceptor asintió—. ¿Por qué? ¿Qué los mueve a emigrar en esa dirección? —Suspiró y maldijo en voz baja—. Será mejor que continuemos. Después de informar en Rodna, reuniremos un grupo más numeroso y partiremos de vuelta al norte.

El revocador hizo un gesto hacia delante y el grupo entero marchó tras él, iniciando el descenso por la cara opuesta de las Oélkos, hacia el oeste, mientras el atardecer caía sobre ellos.

17

El viaje se prolongó a lo largo de varias jornadas sin ningún contratiempo. Durante la primera llevaron a cabo el descenso de las Oélkos y penetraron en los densos bosques del lado occidental, donde no había senderos conocidos que cruzaran la arboleda, de modo que fuertes, pétreos y resistentes se colocaron a la vanguardia del grupo y abrieron un camino a golpe de puñetazos y hachazos.

Los perceptores detectaban insectos y animales salvajes por doquier, pero no bestias del Dios Sol, cuya presencia se había vuelto exigua. Osos y lobos ahora constituían el mayor peligro que encerraban aquellos bosques tan vastos, pero a pesar de su número y su ferocidad resultaban una amenaza irrisoria para los guerreros rodnos de Maebios; por eso la ausencia de las bestias, tan temibles pero tan comunes, los sorprendía hasta el punto de echarlas en falta.

Cuando acamparon aquel primer día, Maebios volvió a buscar a Nándil.

—La vida natural nos rodea —empezó el revocador con jovialidad—. No deseo abusar de tu confianza, pero ¿podrías mostrarme ahora cómo crear un sello como el que posee tu amigo?

—Cuando quieras. —Nándil sonrió.

Maebios asintió.

—Alejémonos. —Hizo una seña para que le acompañara—. El poder de mi conjuro podría drenar la vida de nuestros propios camaradas si lo ejecuto cerca de ellos.

Nándil siguió al revocador, que se internó en la maleza del bosque con decisión, apartando ramas y arbustos cuidadosamente para que la hechicera no sufriera ni un simple arañazo. Cuando al fin consideró que se encontraban a una distancia prudencial, se volvió hacia ella y chocó sus palmas con entusiasmo.

—Dime, ¿qué necesitas?

—Primero, una esfera solar del tamaño de un puño que esté hueca por dentro.

—¿Es imperativo que sea una esfera?

—En realidad no, pero su masa no debe ser elevada. Además, el objeto en cuestión debe estar hueco por dentro para que pueda ser imbuido de poder…, todos los sellos revocadores que he visto son esféricos.

—Me resulta extraño fabricar un objeto solar que no esté destinado a dar caza a las bestias del Dios Sol —confesó Maebios—. Pero me alegra conocer un nuevo propósito para este antiguo material. ¡Bien! Vamos allá. —El revocador se concentró, alzando ambos brazos hacia los lados, colocando su cuerpo en forma de cruz. Parecía estar preparándose a conciencia para invocar sus dones de la forma más peligrosa cuando de pronto desvió los ojos hacia Nándil y habló con un deje de diversión sorprendente dada la seriedad de la ocasión—. Aléjate un poco, por favor. ¡No deseo que sufras las consecuencias de mi poder!

Nándil asintió y retrocedió con rapidez. Maebios la siguió con la vista cuando, de pronto, sus iris relampaguearon como dos soles.

—¡*Absorción vital*!

Un remolino se formó al instante con el revocador como epicentro, con corrientes de aire que tiraban de todo cuando había a su alrededor a un radio de cinco o seis metros. De pronto Maebios juntó ambas manos frente a él y de toda la vegetación que había en el interior del remolino empezaron a brotar pequeñas partículas de luz, puntos como diminutas estrellas tenues y lejanas en el firmamento nocturno, que circularon movidas por el viento hasta las palmas del héroe rodno, juntándose y uniéndose en una masa informe y lumínica que se hacía cada vez más grande, moldeándose bajo la atenta mirada del revocador, cuyos iris seguían brillando con intensidad. Sin embargo, su luz fue pronto amortiguada por la de la resplandeciente masa que crecía sobre sus manos, adquiriendo una forma que variaba cada vez menos y se parecía incontestablemente a un pequeño orbe.

Nándil contempló la escena desde donde el remolino no podía alcanzarla, atónita porque nunca había presenciado la creación de un objeto solar. Al cabo de unos minutos de silencio, el viento cesó, las partículas de luz dejaron de brotar de la espesura y los ojos de Maebios se apagaron, dejando en sus manos una esfera un tanto irregular de color ambarino.

—Carece de un contorno perfecto —se lamentó con amargura—, pero espero que pueda servirte. Toma.

La hechicera se adelantó hasta él y cogió de sus manos el pequeño orbe que acababa de materializarse. El roce de sus dedos con los del revocador le produjo un escalofrío de excitación y timidez a partes iguales, y se alejó a toda prisa con la atención fija en la esfera, cohibida ante la perspectiva de que Maebios se hubiera percatado de ello.

No obstante, sus sentimientos se esfumaron tan pronto como vio que la muerte se había cebado a sus pies. Conmovida, Nándil echó una ojeada a su alrededor y descubrió que no solo todo el verdor había desaparecido, sino que toda vida natural había perecido: las hojas estaban mustias, las ramas quebradizas, la hierba doblada, la tierra desecada e incluso decenas de insectos que antes habían pasado desapercibidos ahora yacían inertes, en un escenario no muy distinto al que sus propios ojos habían contemplado después de que Arúnhir abrasara ese mismo bosque, apenas una semana atrás para ella, pero trescientos años en el futuro de aquel mundo.

—Es un pequeño precio a pagar para un fin mucho mayor —declaró Maebios tras captar el hilo de sus pensamientos—. Las armas creadas con este material son las únicas capaces de dañar a las bestias del Dios Sol.

—Lo sé —respondió Nándil—. Pero quizá... quizá Ilvain tuviera razón.

—¿Quién?

—Nadie...

—En tal caso, veamos qué puedes hacer con este objeto.

—Sí. —Nándil pasó los ojos de la esfera solar al revocador—. Necesito que invoques tu poder, aunque no es necesario que lo lances sobre nada. Sentirás un tirón hacia mí..., mantente tan firme como puedas.

—Entendido. —Maebios asintió y sus ojos estallaron de luz—. *Invulnerabilidad.*

Al instante, un aura de contorno apenas visible se formó alrededor del revocador, cubriendo su cuerpo entero con una lámina que difuminaba sus rasgos, como si una nube empañara los ojos de cualquiera que le mirara, impidiendo distinguir sus facciones con claridad.

Aquello era lo que Nándil necesitaba, de modo que depositó el orbe ambarino en el suelo, respiró hondo, cerró los ojos y se concentró.

—*Infusión parcial.*

Repitiendo el mismo proceso que había realizado con Arúnhir al partir de Rodna, de los anillados dedos de la hechicera brotó un halo que se agarró a Maebios como el largo tentáculo de un monstruo marino y luego tiró de él con una presión abrumadora en dirección a la esfera solar. El revocador gritó por la sorpresa mientras el instrumento absorbía su poder hasta retumbar y devolver al mundo su calma natural.

—¡Maebios, Maebios! —Nándil se precipitó sobre el héroe, que había caído arrodillado al suelo—. ¿Estás bien?

—Así es... —El revocador alzó los ojos hacia ella—. ¡Ha sido increíble!

Maebios se incorporó y recogió el orbe con un asombro patente, incluso aunque llevara el rostro tapado; el contorno ambarino del objeto se había oscurecido, como si unas nubes sombrías circularan en el interior de su corazón.

—Increíble —repitió—. Creía que los dones de los hechiceros se basaban en las partículas eléctricas. ¿Cómo es posible que puedas desplazar los dones de los demás?

—No se trata de una manipulación distinta a la que puedo ejercer sobre un cuerpo físico —explicó ella—. Por eso necesito que invoques tu don y lo mantengas activo: para que pueda tirar de él. Probablemente sería incapaz de realizarlo en los clanes corporales, porque su poder consiste en mejorar una cualidad de sus cuerpos; pero en los clanes ambientales el poder se manifiesta como un elemento con suficiente consistencia como para que pueda moverlo a mi voluntad. —Nándil señaló el orbe que el revocador sostenía—. Por su parte, el material solar es inmune a nuestros dones por la misma razón que resulta ideal para dar caza a las bestias del Dios Sol, pero también puede absorber poder si su masa es hueca por dentro.

—Tu conocimiento me impresiona, Nándil —reconoció Maebios.

La hechicera se sonrojó sin poder evitarlo y automáticamente le dio la espalda, deseando por una vez portar una máscara como la de Thadwos para que sus reacciones involuntarias quedaran ocultas a ojos de los demás.

A partir de ese momento, siempre que el grupo acampaba o daba el alto para descansar, Maebios y Nándil se separaban del resto y, cuando volvían, lo hacían con un nuevo sello revocador en sus manos. La hechicera se sentía muy a gusto en su compañía, aunque a menudo la corroía la culpa al no poder contarle toda la verdad.

Aun así, Elathia no volvió a insistir sobre la necesidad de mantener su historia en secreto, porque se sentía tan abrumada ante la pérdida de sus poderes y el hecho de haber retrocedido en el tiempo sin pretenderlo que no era capaz de pensar ni preocuparse por ninguna otra cuestión. Thadwos estaba siempre con ella, tratando de animarla y aliviarla tanto como podía.

—Si de verdad son tus sentimientos los que bloquean tus poderes, quizá deberías hablar más de ellos —sugirió el fuerte un día mientras caminaban por el bosque—. Expresarlos en voz alta podría acercarte al equilibrio que necesitas para recuperar tus dones.

—Me siento perdida —confesó Elathia con tristeza.

—¿Por qué?

La divina andaba con pasos cortos, la cabeza gacha y la mirada extraviada.

—Desde que Arúnhir rompió la corona e Ilvain murió he sentido... he sentido que con ello perdía el propósito para continuar existiendo.

—¿Y cuál era ese propósito hace una semana, antes de que alcanzáramos la corona?

Elathia dudó un momento antes de responder.

—Mi mayor deseo era vengar a Elthan —admitió al fin—. Esa es la razón por la que emprendí este viaje.

—Pues se trata de un objetivo que todavía puede llegar a cumplirse —le recordó Thadwos—. Cuando consigamos la corona y regresemos a nuestro tiempo, podrás usarla para vengar a tu hijo.

—Me gustaría que fuera verdad, pero creo que te equivocas —dijo la divina con pesar—. Piénsalo bien..., no sabemos cuánto falta para que Maebios consiga la corona. Pueden pasar semanas, meses..., quizá incluso años. Es posible que nos quedemos atrapados en esta época para siempre.

—Tienes razón, no lo sabemos —aceptó su compañero—. Pero ¿sabes lo que sí sabemos? Sabemos que fue la corona quien nos envió a esta época. ¿No te has preguntado por qué? —El fuerte hizo una pausa y se giró hacia ella—. ¿Qué sentido tiene que, cuando Arúnhir la rompió, la corona nos enviara justamente con Maebios, que es el primer rodno que la usó? Dudo que sea casualidad. Si la corona nos ha enviado a este momento en el tiempo, debe de ser precisamente porque no falta mucho para que ella misma haga su aparición.

—¿Quieres decir que...? —Elathia abrió los ojos de par en par—. Claro, tendría lógica...

—Aun así, eso no sería suficiente. Porque si conseguimos regresar a nuestra época y vengar a Elthan, perderás tu propósito otra vez.

—No, no lo habré perdido: se habrá cumplido. Al menos estaré en paz.

—¿En paz para qué? ¿Para morir? Ya te lo conté, que nada sea eterno no implica que debas precipitar tu fin. Debes encontrar una verdadera razón para vivir una vez todo haya terminado.

—Ese escenario es demasiado lejano —se lamentó la divina—. No me atrevo a pensar en él.

—Quizá por eso tus poderes siguen bloqueados.

—¿Y qué esperas que haga? —protestó Elathia con desesperación—. Mi hijo y mi amiga han muerto, y mi amante quiso matarme. ¡No es fácil sobrellevar tanto sufrimiento!

Las lágrimas se acumularon en los ojos de la divina, que apartó el rostro para que su compañero no la viera llorar y se maldijo por sentirse tan débil e impotente. Sin embargo, Thadwos la rodeó con un brazo antes de que se diera cuenta.

—Llora sin vergüenza, si eso es lo que te pide el cuerpo. No hay nada de malo en ello.

—Sé que la muerte de Ilvain te afectó tanto como a mí —sollozó Elathia sin poder evitarlo—. ¿Cómo...? ¿Cómo eres capaz de soportarlo?

Thadwos no respondió enseguida.

—La realidad es que apenas puedo hacerlo —confesó en voz baja—. Me he maldecido durante cada segundo que ha transcurrido desde su muerte. Lo único que me sostiene es la esperanza, porque sé que Maebios tendrá la corona..., si consigo tenerla entre mis manos y obrar el deseo que Ilvain perseguía, al menos su muerte no habrá sido en vano.

—Entiendo...

—Pero eso no impide que la frustración me corroa por dentro —murmuró el fuerte mientras se separaba y le daba la espalda—. No deja de ser irónico que si sabemos que nada es eterno, nos sorprendamos cuando algo termina.

—El conocimiento no impide la tristeza.

—Pero debería aliviarla.

—A veces tan solo sirve para aumentarla —dijo Elathia enjugándose las lágrimas.

Thadwos se giró hacia la divina.

—Ilvain os apreciaba mucho, tanto a Nándil como a ti —sonó su grave voz desde detrás de la máscara negra—. Ella murió protegiéndome, de modo que cuando la enterramos decidí... vivir protegiéndoos a vosotras. Por eso quiero que entiendas que no estás sola..., sino que hay mucha gente que se preocupa por ti. Y no me refiero a mí, sino a Elerion, a Nándil y a todas las personas que dejaste atrás al partir de Rodna. Sé por experiencia que a veces nos cuesta ver aquello que realmente nos importa aunque lo tengamos delante y no quiero... no quiero que cometas el mismo error que yo.

Elathia observó a su compañero como si lo viera ahora por primera vez. El fuerte se alejó con pasos cortos sin añadir nada más, de modo que la divina se secó los ojos y partió caminando tras él.

Cuando acamparon al anochecer, Nándil se alejó con Maebios para fabricar un nuevo sello revocador y al terminar volvió con Elathia para preguntarle cómo se encontraba. La hechicera y el fuerte se sentaron cada uno a un lado de la divina y se ocuparon de espetar un muslo de dragón que asaron sobre la hoguera para cenar de forma conjunta; no hablaron mucho y apenas intercambiaron miradas, pero allí se quedaron, dándose compañía mutua. A la hora de cenar Thadwos solía alejarse para que no le vieran sin la máscara, pero en aquella ocasión no lo hizo, tan solo giró el cuerpo para comer sin que le atisbaran el rostro, aunque quedándose junto a ellas en todo momento. Y cuando al fin terminaron y se retiraron para dormir, ninguno de los dos se unió a las guardias de la noche, sino que se tendieron en el cobertizo, al lado de Elathia.

Aquello hizo a la divina comprender que Thadwos tenía razón y que ambos se preocupaban por ella, lo que hizo que un tremendo sentimiento de agradecimiento la inundara hasta casi ahogarla por dentro. Lloró en silencio, tratando de que su llanto pasara desapercibido mientras entendía que ellos solo eran motas en la vastedad del mundo y que no podían controlar absolutamente nada de lo que ocurría a su alrededor, excepto su propio carácter. Por más que lucharan y se esforzaran, por más relevantes que se sintieran, todos acabarían muriendo; dentro de un tiempo nada de lo que hubieran hecho o dicho sería recordado, su propia existencia pasaría al olvido, e incluso era posible que en un futuro lejano su raza misma desapareciera. Darse cuenta de ello hizo que no quisiera perder tiempo en nimiedades, porque vida solo había una, que además podía terminar en cualquier momento, así que se centraría en lo que de verdad le importaba: las personas a las que amaba. Ese sería su propósito: vivir por los demás, con los seres a los que amaba, buscando siempre su bienestar, porque si ellos estaban felices, también lo estaría ella. En especial pensaba en aquel que le había robado el corazón: su hijo, Elerion, que se encontraba en otro lugar y en otra época, con Cángloth como única compañía, la amenaza de los rebeldes todavía presente y ese desgraciado de Arúnhir quizá rondado cerca de él.

Situación que ella no podía permitir. En aquel instante, tumbada bajo el cobertizo de Levna, con las lentas respiraciones de Nándil y Thadwos resonando junto a ella, Elathia tomó la determinación de hacer cuanto fuera necesario para regresar al lado de su hijo y darlo todo por protegerlo tanto a él como a sus amigos.

Cuando las tinieblas nocturnas se disiparon, la divina vio a Elerion subiendo a un barco junto con Cángloth mientras las gaviotas se alejaban volando con rapidez mar adentro. Elathia levantó una mano desde los muelles y pidió a su hijo que regresara, suplicando a gritos, cuando alguien apareció detrás de ella.

—Déjale marchar.

Elathia se volvió para ver a Thadwos mirándola con sus ojos amarillos desde detrás de aquella máscara negra.

—¿Por qué? —quiso saber ella—. Es mi hijo…

—¿Todavía no te has dado cuenta? Nuestro enemigo es el Sol. Si no lo derrotamos nosotros, nadie lo hará.

—¿Derrotar al Sol? —repitió Elathia con perplejidad.

De pronto, todo cuanto había a su alrededor estalló en llamas; la costa desapareció y en su lugar surgieron cientos de edificios que fueron consumidos por el fuego, se derrumbaron desde la cima hasta los cimientos y enterraron en ellos a la población de una ciudad incendiada. Rodna ardía por completo, y en el centro de semejante caos se encontraban Elathia y Thadwos contemplando cómo su hogar se convertía en ceniza.

De pronto, la vista de Elathia se elevó hasta el cielo, desde donde pudo contemplar la isla de Gáeraid en toda su extensión. La ciudad de Rodna ahora no ardía, ni tampoco estaba construida en piedra, sino que su muralla era una simple empalizada y las casas que había en su interior estaban hechas de madera y paja. A su alrededor no se hallaba el desierto al que ellos llamaban Páramo, porque todavía no existía, dado que los rodnos aún no lo habían creado. En su lugar había un bosque inmenso que se prolongaba desde la ciudad hasta las costas más alejadas de la isla, y Elathia se percató de que entre los árboles había incontables criaturas viajando sin descanso hacia el norte, alejándose cada vez más de Rodna, que se encontraba ubicada justo al extremo meridional de Gáeraid.

Como un relámpago, un pensamiento sacudió su mente: antes de un huracán, el viento reposaba; antes de una ola, el mar retrocedía; antes de un ataque, el depredador acechaba. Si las bestias del Dios Sol se estaban alejando, ¿no sería porque de hecho se disponían a lanzar su terrible embestida?

Asustada ante su propia reflexión, Elathia aguzó la vista hacia el norte y descubrió que se habían congregado miles de bestias en torno a una figura humanoide de cuerpo carbonizado y llameante, cuyo blanco de los ojos se había tornado rojo y sus iris eran tan negros como su piel.

—*Destruid Rodna* —ordenó aquel ser demoniaco con una voz de ultratumba.

18

La celda en la que se encontraba Elerion no era muy distinta a la que Lessa había ocupado con anterioridad. Solo en la penumbra, el divino tuvo tiempo de sobra para descubrir que la vida en las mazmorras era tan deprimente que quizá incluso la muerte fuera preferible antes que permanecer allí encerrado sin saber cuándo le dejarían salir.

En otras circunstancias el muchacho habría sido aclamado como un héroe por haberse enfrentado al sacerdote Kárhil, pero los prisioneros a los que había liberado escaparon en medio del caos causado en el palacio e incluso los perceptores fueron incapaces de seguir su rastro. Después de aquello, algunas voces entre las matriarcas exigieron encerrar a Elerion por temor a que fuera un traidor y que su verdadera intención hubiese sido ayudar a los rebeldes, de modo que pasó cerca de una semana en aquella celda oscura, privado de sus poderes y sin saber qué sería de él.

Por fortuna, tras el último ataque la vigilancia se había duplicado, de modo que las mazmorras se habían vuelto un lugar de lo más seguro, y además no siempre estaba solo, porque había alguien que no se olvidaba de él: Dalion, el miembro del clan de los resistentes que había detenido a Kárhil, acudía a visitarle a diario incluso a costa de que los guardias le arrebataran sus poderes con un sello revocador. El guerrero se llevaba una silla, la colocaba frente a la celda de Elerion, se sentaba y empezaba a hablar con él.

—Hoy traigo otro manjar de parte de tu inferior —dijo un día al tiempo que desempaquetaba una pequeña tarta horneada y se la entregaba a través de los barrotes de la celda—. Dice que es un pastel de manzana..., no sé lo que eso significa, pero espero que te guste.

Elerion tomó la tarta y la probó con curiosidad. El agradecimiento que sentía hacia Dalion era inmenso, su compañía era el único estímulo que había en su vida desde que lo habían encerrado. No tenía duda de que Cángloth habría deseado acompañar al resistente, pero al ser un inferior no tenía permiso para visitar las mazmorras, de modo que cada día entregaba a Dalion alguna comida que consideraba deliciosa para que Elerion no tuviera que subsistir únicamente a base del pan y el agua que le proporcionaban los carceleros.

Además, Dalion también le mantenía al día de las noticias y habladurías que corrían por la ciudad.

—Aún hay gente buscando a los rebeldes en Rodna, pero dudo mucho que los encuentren —informó otro día—. Supongo que recibieron algún tipo de ayuda para salir de la muralla y poder escapar durante la noche del ataque, porque si no ya hubiéramos dado con ellos.

—¿Crees que Kárhil era un espía? —preguntó Elerion, sentado en el suelo de la celda junto a los barrotes.

—Es posible. —Dalion se encogió de hombros.

—¿Y se sabe qué provocó la explosión del palacio?

—No lo hizo algo, sino alguien. Pero no sabemos quién.

—Debió de ser la mujer que dio órdenes a Kárhil en el templo —supuso el divino—. Las matriarcas deberían buscarla a ella en lugar de tenerme a mí aquí encerrado.

—Todos sabemos que Kárhil no actuaba solo —afirmó el resistente con voz pausada, intentando tranquilizar al muchacho—. Es algo evidente incluso si las matriarcas no te creen, porque alguien hizo explotar una parte del palacio como distracción para que Kárhil pudiera llegar a las mazmorras. No te preocupes…, no creo que te tengan aquí durante mucho más tiempo.

—¿Sabes algo sobre mi liberación? —se interesó Elerion.

—Sé que algunas de las matriarcas te acusan, pero la mayoría te defienden. —Dalion sonrió y su pulido yelmo resplandeció bajo la luz de las antorchas—. Además, tu edad cuenta a tu favor. Ni siquiera has completado tu formación en la Academia…, no te juzgarán igual que si fueras un adulto.

Elerion se mantuvo en silencio, con los codos apoyados en las rodillas, la vista al suelo y expresión triste. De pronto frunció el ceño e incorporó lentamente la cabeza.

—Los planes de las matriarcas siempre han llegado a oídos de los rebeldes —murmuró—. Y cuando Irwain os llevó de expedición al noroeste, no informó de ello a ninguna de las otras matriarcas, ¿verdad?

—Cierto. —Dalion asintió con cautela.

—La mayoría de los rodnos creen que alguna de las matriarcas es una traidora… y deben estar en lo cierto. ¿Sabes cuáles son las que hablan en mi contra?

—Esta es una pregunta peligrosa, Elerion —dijo el resistente en voz baja—. No sé en concreto cuáles dicen qué, porque la información que tenemos sobre sus reuniones es siempre parca en detalles. Pero es mejor que no pienses en eso…, al menos por ahora. Hazme caso, por favor. Confía en mí.

Elerion tenía claro que, de entre todos los rodnos que conocía, si podía confiar en alguno ese era sin duda Dalion, el hombre que le había salvado de Kárhil y el único que lo visitaba en las mazmorras. Por tanto asintió y no volvió a mencionar el tema.

Al séptimo día desde que hubiera sido encerrado, cuando el cabello ya había empezado a crecer debajo de su gorro como un cepillo, la matriarca del clan de los divinos, Hiáradan, se presentó ante su celda. Era una mujer de altura extraordinaria, porte recto y rasgos duros que inspiraba gran respeto, aunque sonrió con calidez cuando abrió la celda y extendió los brazos hacia el muchacho.

—Siento mucho que hayas pasado por esto —aseguró mientras lo abrazaba—. Te he liberado tan pronto como he podido. Ya no pesa ningún cargo sobre ti. Hiciste bien, Elerion. Puedes volver a casa.

—Gracias —musitó el chico.

—Intenté hablar con tu madre tan pronto como ocurrió el incidente, pero no la he encontrado por ninguna parte. ¿Dónde está?

—De viaje —contestó Elerion evitando mirarla a los ojos—. Pronto volverá, espero.

—Yo también lo espero —confesó Hiáradan. Se separó de él y lo condujo hacia el fondo del pasillo—. No me vendría mal su consejo en estos tiempos que corren.

—¿A qué te refieres? —quiso saber el divino.

—Traición entre iguales —gruñó la matriarca—. La victoria de Irwain sobre los rebeldes y el intento de asesinato de todos ellos a manos de Kárhil nos han sumido a todas en la desconfianza.

—Las matriarcas... —empezó Elerion—. ¿Cuáles exigieron que me encarcelaran?

Hiáradan titubeó antes de responder.

—Ojalá pudiera contártelo, pero sabes que mis votos me prohíben revelar información específica sobre nuestras reuniones —masculló—. Aun así, ten por seguro que llegaré hasta el fondo de este asunto..., descubriremos la verdad, Elerion. Te lo prometo.

La matriarca le acompañó hasta la entrada del palacio, donde le dio un nuevo abrazo y abrió el portón ante él como signo de libertad. Elerion entornó los ojos cuando la luz del sol incidió en ellos y saboreó el calor durante un breve instante antes de cruzar el portón y salir del palacio.

La plaza no estaba más poblada de lo habitual, si bien tanto Cángloth como Dalion le esperaban en ella. Elerion se precipitó de cabeza contra el inferior y le abrazó con fuerza.

—¿Estáis bien? —preguntó Cángloth mientras aún le sostenía—. ¿Os han tratado bien?

—Sí, no te preocupes. —Elerion sonrió y se volvió hacia Dalion—. Gracias por dedicar tu tiempo a visitarme cada día.

—Es lo menos que podía hacer. —El resistente le tendió una mano que el divino estrechó con alegría. Dalion aprovechó el contacto para acercarse todavía más a él, hasta quedar al lado de su oreja—. Te espero hoy al atardecer en el mercado. Hablaremos con más calma que en las mazmorras.

La sorpresa dejó mudo a Elerion, que miró a su interlocutor con los ojos muy abiertos y asintió. Dalion le dio una palmada en la espalda y se alejó en dirección opuesta al palacio. El chico se lo quedó mirando durante varios segundos para luego girarse hacia Cángloth.

—Volvamos a casa.

Se encaminaron hacia el distrito de los divinos a paso lento, disfrutando del aire puro que se respiraba, la luz y los rayos de sol que los bañaban y guiaban sus pasos siguiendo la sombra del titánico esqueleto que coronaba los edificios de la ciudad. Cuando llegaron a sus aposentos, Elerion pidió a Cángloth que le preparara una generosa tajada de carne de leviatán mientras él se cambiaba los harapos que había llevado durante su estancia en las mazmorras. El hijo de Elathia no recordaba haber estado nunca tantos días seguidos sin emplear sus dones; la falta de nutrientes le consumía y le hacía sentirse débil y frágil, como si su vigor fuera el de un anciano y no el de un joven rodno a punto de culminar su segundo ciclo de vida. Se trataba de una tortura mucho mayor a la de estar encarcelado, así que, tan pronto como Cángloth hubo terminado de asar la carne, Elerion la engulló con ansiedad y entusiasmo, invadido de pronto por una sensación de alivio que recorrió todo su cuerpo, calmándolo, al tiempo que la vitalidad a la que estaba acostumbrado regresaba a sus músculos.

Cuando terminó de comer se sentó delante de la maceta de entrenamiento y se quitó el gorro, sin ningún pudor a que Cángloth le viera, dado que era su inferior de confianza.

—Que florezca la margarita de detrás a la derecha.

Sus ojos resplandecieron cuando obró el milagro y el capullo de la flor destinada se abrió lentamente, extendiendo sus pétalos en todas las direcciones. De inmediato, un ligero cosquilleo le recorrió el cráneo; agitó la cabeza y multitud de cabellos cortos volaron sobre él, precipitándose hasta el suelo.

Elerion sonrió para sus adentros. La abstinencia le había hecho crecer el cabello igual que si de un inferior se tratara, pero al ingerir nutrientes e invocar de nuevo sus poderes los folículos capilares habían descompuesto el crecimiento del cabello y habían acelerado su caída. Cángloth no tardó en llevar una escoba para barrer las baldosas del suelo.

—¿Has oído a Dalion antes? —preguntó Elerion.

—Sí…, os ha citado al atardecer.

—Es extraño, ¿no te parece?

—Quizá, pero no me preocupa —admitió el inferior con naturalidad—. Acudió cuando le llamé y os salvó del sacerdote Kárhil. Se ha ganado mi confianza.

—Sí, yo también confío en él —afirmó el divino—. Pero Rodna es una ciudad inmensa y en ella viven cientos de personas. Kárhil no actuaba solo, así que…, no sé, tengo la impresión de que podría ocurrir cualquier cosa en cualquier momento.

—¿Queréis que os acompañe?

—No…, no quiero ponerte en peligro. Espera mi regreso aquí, a salvo.

—Puedo defenderme —dijo Cángloth en tono ofendido.

—No tienes poderes —concluyó Elerion con suavidad—. No quiero arriesgarme. Espérame aquí, por favor.

Cángloth suspiró con resignación.

—Pediré audiencia con la matriarca Hiáradan si al amanecer no habéis regresado.

—Me parece bien. —El divino sonrió.

Elerion partió por la tarde, pero no fue directamente al mercado, sino que antes se dirigió a la Academia de Rodna. Como es natural, todos cuantos le conocían habían oído la noticia del ataque al palacio, si bien el papel que el muchacho desempeñaba en la historia variaba según quién la contara: para algunos salvaba a los prisioneros en solitario, para otros sobrevivía ingeniosamente haciéndose el muerto a los pies de Kárhil y para otros más era él mismo quien incineraba a los rebeldes mediante antorchas y milagros. El divino se ocupó de contar la verdad tantas veces que al final se hartó, se disculpó ante los instructores por las ausencias de la última semana y luego se marchó.

Pese a que llegó al mercado mucho antes de la hora acordada, Dalion ya le estaba esperando. El guerrero aguardaba de pie, con su yelmo ambarino resplandeciente, la espalda reclinada en la pared de una de las casas que daban a la calle y una mano apoyada sobre el pomo de la espada solar que pendía de su cinto. Le saludó con un gesto de la mano nada más verlo llegar.

—Agradezco la puntualidad —dijo—. Sígueme.

Elerion obedeció sin decir palabra. Dalion lo guio sorteando los puestos de venta, vacíos a aquellas horas tan tardías, y avanzando hacia el norte hasta salir de los límites del mercado y alcanzar el anfiteatro.

—¿Vamos a ver algún combate entre luchadores? —preguntó Elerion con confusión—. No suelo estar muy informado de los espectáculos semanales. ¿Esta noche hay un enfrentamiento con mucha expectación?

—No que yo sepa —respondió el resistente con ambigüedad intencionada.

—¿Entonces? —Elerion no entendía nada—. ¿Adónde me llevas?

—A un lugar donde podremos conversar con calma.

Dalion no añadió nada más, de modo que el divino no tuvo más remedio que continuar andando en pos de su guía con una expresión de desconcierto en su rostro.

Abandonaron el centro de la ciudad al mismo tiempo que caían las últimas luces del día, alargando las sombras de los edificios que los rodeaban. A su izquierda, mirando al oeste, surgieron las construcciones carbonizadas y semiderruidas del distrito de los revocadores, trágico recordatorio de la cruenta matanza que se había llevado a cabo durante la Noche de las Represalias. Elerion ya empezaba a pensar que Dalion quería llevarle hasta el Portón de los Colmillos para salir de Rodna cuando sus ojos de pronto captaron un movimiento que procedía del interior de la zona destruida.

El muchacho se detuvo y forzó la vista, intentando discernir si había sido un producto de su imaginación.

—Creo que allí hay alguien… —murmuró.

Dalion también se detuvo y giró la cabeza hacia la izquierda. Entre las precarias paredes ennegrecidas que todavía se mantenían en pie brotó la figura de un rodno encapuchado, un chico al que Elerion sacaba dos cabezas, que fue a toda prisa hacia ellos.

—¿Ilwos? —El divino reconoció al recién llegado como un compañero de la Academia unos cuantos años más joven que él, miembro del clan de los perceptores—. ¿Qué haces aquí?

—Hola. —Ilwos tenía las pupilas encendidas, señal de que mantenía sus dones activos en todo momento. Apenas le prestó atención, puesto que se dirigió directamente hacia Dalion—. Podéis entrar. No hay nadie cerca.

—¿Qué? —se extrañó Elerion.

—Ya has oído. —Dalion hizo un gesto apremiante—. Por aquí.

El resistente se adelantó, dando un primer paso en el interior de lo que antaño hubiera sido un edificio colindante a la calle, del cual ahora tan solo quedaba una marca allí donde se habían erguido sus cuatro paredes. Elerion fue tras él mientras que el joven Ilwos cerraba la marcha, con sus iris permanentemente iluminados.

—No lo entiendo, Dalion —protestó Elerion mientras caminaban entre los escombros—. ¿Adónde vamos? ¿Por qué no me lo dices? ¿Qué hace Ilwos aquí?

—Pronto lo sabrás.

—No, no me digas eso…, ¡quiero respuestas! —El divino se volvió hacia su compañero—. Responde tú, Ilwos. ¿Por qué estás aquí?

—Sigo órdenes —contestó el chico en tono orgulloso.

—¿Órdenes de Dalion?

—No. Órdenes de mi matriarca.

La revelación dejó a Elerion sin palabras. La matriarca de Ilwos era Irwain, la misma que había reunido a un grupo de guerreros rodnos y había capturado a medio centenar de rebeldes sin informar ni pedir la venia a nadie. De hecho, uno de los que la habían acompañado en su cometido era Dalion, el mismo que ahora le estaba conduciendo aparentemente sin rumbo por el olvidado distrito de los revocadores. ¿Qué relación tenía ella con todo eso?

—Ya hemos llegado.

Dalion se detuvo y propinó dos fuertes pisotones a un tablón de madera que había entre las ruinas de una antigua casa. Segundos después, otros dos golpes resonaron desde el suelo.

Boquiabierto, Elerion contempló cómo su guía se agachaba para abrir una trampilla y le indicaba con un ademán que se adentrara en su interior.

—Adelante. —El resistente sonrió con bondad.

Movido por la curiosidad, el divino se inclinó ante la abertura y descubrió que una escalera de madera descendía hacia una sala iluminada por la titilante luz de las antorchas, desde donde una chica le tendía una mano para ayudarle a bajar. Elerion la reconoció de inmediato: era Ilthad, la melliza de Ilwos.

—Ilthad...

—Hola, Elerion.

—¿Qué haces aquí?

—Esperarte.

Los peldaños crujieron al apoyar su peso en ellos, pero se mantuvieron firmes mientras descendía seguido por Dalion e Ilwos, quien cerró la trampilla tras él. Se encontraban en una sala estrecha, el sótano de una familia revocadora exterminada cuatro ciclos atrás que por simple azar había sobrevivido a la destrucción sufrida en aquel distrito. Al fondo de la sala había algunas sillas viejas pero robustas, desde donde una mujer que vestía con telas de color gris claro y se cubría la cabeza con una capucha se incorporó para darle la bienvenida a Elerion.

—Es un placer conocerte al fin. —La perceptora se adelantó hasta el divino y le estrechó una mano con firmeza—. Muchas gracias por venir. ¿Sabes quién soy?

—La matriarca Irwain —respondió Elerion con la garganta seca.

—Muy bien. —Irwain sonrió, le ofreció una silla y se sentó junto a él—. Creo que ya conoces a mis sobrinos, y también a Dalion, por supuesto. Se encuentran aquí porque son de mi completa confianza.

Hizo una pausa, tal vez esperando a que Elerion hablara, pero el muchacho estaba tan perplejo que no dijo nada. Los mellizos se sentaron a su lado, aunque no Dalion, quien se quedó de pie junto a la escalera en una posición casi idéntica a cuando Elerion lo había encontrado en el mercado.

—Supongo que te preguntarás qué hacemos aquí, ¿verdad? —prosiguió la matriarca Irwain—. En teoría nadie habita en este distrito desde la Noche de las Represalias... y precisamente por eso es el lugar idóneo para reunirse y tratar aquellos asuntos que no son de dominio público.

—No lo entiendo —confesó Elerion.

—No te preocupes. —La voz de la matriarca era tan sosegada que escucharla transmitía tranquilidad—. Como sabes, hace unas semanas partí en secreto con un pequeño grupo de guerreros hacia el oeste, donde encontramos un poblado de rebeldes. Después de capturarlos, los trajimos a Rodna hechos prisioneros. ¿Por qué crees que no se lo conté a nadie, salvo a aquellos que debían acompañarme?

—Por los espías —respondió Elerion inmediatamente—. Todo el mundo sabe que los rebeldes tienen espías entre nosotros.

—En efecto. —Irwain asintió, aunque ya no sonreía—. La realidad es que esos espías son numerosos y manejan mucha información. La mayoría de los rodnos sospechan que hay alguna traidora incluso entre las propias matriarcas..., y no creo que se equivoquen.

Recordando su conversación en las mazmorras, Elerion desvió la vista hacia Dalion, que los observaba con expresión impávida, distanciado y en silencio.

—Me habría gustado acompañarle y haberte visitado, pero habría llamado demasiado la atención —prosiguió Irwain, y Elerion se giró de nuevo hacia ella—. No quería que nadie supiera que tenía interés en hablar contigo. Por eso le pedí a Dalion que te trajera aquí..., para que pudiéramos hablar sin temor a que nadie nos escuchara.

—¿De qué queréis hablar? —inquirió Elerion.

—De lo que ocurrió con el sacerdote Kárhil —contestó la matriarca—. Tanto Hiáradan como Dalion me han contado la historia, pero quiero oírla en primera persona, quiero que me la cuentes tú: desde que estabas en el Templo del Dios Sol hasta que Dalion llegó para hacer frente a Kárhil.

Abrumado ante el hecho de que una matriarca, nada menos, le hiciera una petición, pero al mismo tiempo sintiéndose más útil que nunca en toda su vida, Elerion pasó a relatar con pelos y señales todo cuanto había ocurrido el día del ataque del sacerdote Kárhil, aunque evitó mencionar que había obrado un milagro en el templo con la intención de ayudar a su madre y otro en las mazmorras para que Lessa no fuera capturada.

Los demás escucharon con atención y sin interrumpir ni una sola vez. Al terminar, Irwain reflexionó en silencio durante varios segundos, aunque no tardó en mostrar interés en todo cuanto había ocurrido en el templo.

—Tuviste mucha suerte al oír aquel fragmento de conversación —razonó—. Era algo muy improbable, ¿no os parece? ¿Seguro que sucedió exactamente así, Elerion?

El divino vaciló. La matriarca le miraba de hito en hito, aunque no había dureza en su expresión, sino amabilidad. Nervioso, el muchacho se debatió durante varios instantes entre la lealtad hacia su madre y la sinceridad hacia Irwain.

—Resulta tan improbable que me parece que seguramente obraste un milagro mientras estabas en el templo, y por eso pudiste escuchar esa conversación —añadió la perceptora antes de que Elerion tuviera tiempo de responder—. ¿Un milagro para ayudar a tu madre, quizá?

El chico se quedó perplejo.

—¿Cómo…?

—Sé por qué tu madre ya no está en Rodna —admitió Irwain con voz sosegada, sin dejar de mirar a Elerion a los ojos—. Lo sé porque mi hermana partió con ella. Tranquilo. No se lo he contado a nadie. Puedes confiar en mí. Dime, ¿obraste un milagro en el templo para intentar ayudarla?

—Sí…

—Lo suponía. —La matriarca asintió—. Eso explica por qué tropezaste con esta conspiración: precisamente porque el propósito de tu madre es derrotar a los rebeldes.

—Me he perdido —intervino Dalion desde la escalera—. ¿Qué significan tus palabras? ¿Adónde ha ido Elathia?

—Lo siento, pero mi hermana me hizo jurar discreción. —Irwain se volvió hacia el resistente e hizo un gesto de disculpa.

—Lo entiendo —aceptó Dalion—. Pero si su propósito era detener la rebelión, entonces Elathia es nuestra aliada.

—Lo sería si estuviera aquí —convino la matriarca—. Y después de lo ocurrido con Kárhil, Elerion ha demostrado ser también de confianza. —Se volvió hacia el muchacho—. Tu milagro provocó que algunos cautivos salvaran la vida, lo que indica que tenían información que podría habernos ayudado a terminar con la rebelión. Por desgracia, han desaparecido... y no creo que volvamos a saber nada de ellos.

—¿Por qué? —se interesó Elerion—. No pueden haber ido muy lejos. Sin duda, no pueden haber salido de la ciudad: el Páramo es llano y está vacío, así que los perceptores los habrían visto desde las murallas.

—Temo que no llegaron siquiera a intentarlo. Con toda probabilidad, a estas alturas están muertos.

—¿Qué? —El divino abrió mucho los ojos—. ¡No! ¿Por qué...?

—El don de mi clan nos permite ampliar nuestros sentidos —le recordó Irwain—. ¿De verdad crees que, con nuestros poderes activos, no pudimos seguir a los rebeldes fugados por la ciudad? Lo hicimos mediante el olfato..., pero su rastro terminó en el Templo del Dios Sol.

—¿El templo? —repitió Elerion extrañado.

—Sí. ¿Y por qué razón, de entre todos los lugares posibles, se dirigieron allí? ¿Para rezar? —El muchacho comprendió que era una pregunta retórica, así que no intentó responder. La matriarca señaló a Dalion con la mano—. Antes de partir de expedición secreta en busca de rebeldes reuní a una treintena de guerreros como él, miembros de distintos clanes para que de este modo sus habilidades se fusionaran entre sí. Debían ser hombres y mujeres de absoluta confianza, rodnos a los que conocía personalmente y de quienes estuviera segura que no me traicionarían. Sin embargo, todos los que escogí pertenecían a los clanes corporales. ¿Crees que fue casualidad?

—No lo sé —admitió Elerion.

—Lo hice porque no me fiaba de ninguna de las matriarcas de los clanes ambientales —reveló Irwain—. Por extensión, tampoco lo hacía de ninguno de los rodnos que hay bajo su liderazgo. Y parece que el tiempo me ha dado la razón. De entre todas las matriarcas, ¿sabes cuál es la que ha defendido con mayor vehemencia que eras un traidor por haber liberado a los rebeldes y que debías ser encarcelado, interrogado y ejecutado? Súrali, la suma sacerdotisa.

—¿La suma sacerdotisa? —Elerion no se lo podía creer—. Pero…, si ni siquiera la conozco…

—Ella a ti sí —dijo Irwain—. Dices que en el templo oíste una conversación entre el sacerdote Kárhil y una mujer. Era la mujer quien le daba instrucciones a Kárhil y no a la inversa, ¿verdad? Tan solo hay una mujer capaz de dar órdenes a un sacerdote: la suma sacerdotisa.

—También podría haber sido una mujer de otro clan… —empezó el divino.

—En tal caso no habrían hablado en el templo, sino en algún lugar más alejado, más apartado, como estamos haciendo nosotros ahora —razonó la matriarca—. Si la tuvieron allí es porque el templo es el hogar de todos los sacerdotes del Dios Sol, es donde se sienten más seguros. Más tarde tuve ocasión de estudiar los restos de la explosión provocada en el palacio y comprendí que, sin duda alguna, había sido obra de una piromancia, únicamente los sacerdotes son capaces de invocar conjuros de semejante potencia. Esa misma noche Súrali insistió en que debías ser capturado y estuvo a punto de visitarte en varias ocasiones, seguramente con la intención de averiguar qué habías descubierto sobre Kárhil. Si no lo hizo fue únicamente porque Hiáradan deseaba protegerte a toda costa e impidió que ella se acercara a las mazmorras. Y finalmente está el tema de los prisioneros, que desaparecieron en el templo... Todo parece indicar que acudieron allí porque sabían que los sacerdotes eran sus aliados.

—¿Queréis decir que...? —empezó Elerion con perplejidad—. ¿Que todos los sacerdotes...?

—No sé si todos, pero al parecer los traidores a Rodna se encuentran entre ellos —concluyó Irwain—. Súrali podría estar detrás de todo, lo más probable es que durante este último año haya pasado a los rebeldes la información de todos los planes que trazábamos las matriarcas para que pudieran adelantarse a ellos, y cuando vio que habíamos capturado a unos cuantos ordenó a Kárhil asesinarlos para que ninguno tuviera oportunidad de revelar que ella es la principal espía. Los que liberaste pensaron que en el templo podrían socorrerlos y ella pudo ocultarlos para sacarlos de la ciudad o, quizá más probable, terminar lo empezado y asesinarlos a todos para que ninguno pueda relacionarla con ellos.

La imagen de Lessa carbonizada en el suelo del templo sacudió la mente de Elerion como un martillazo; se mareó y se apoyó en el respaldo de la silla atónito.

—¿Por qué? —dijo solamente.

—No lo sé —confesó la perceptora—. Yo tampoco lo entiendo..., ¿qué puede haber llevado a la suma sacerdotisa a traicionar a todos los rodnos? Ignoro sus razones..., pero nada es eterno. Continuaré investigando hasta que descubra toda la verdad. En lo que a ti concierne, Súrali no te habrá olvidado y es posible que aún tenga intención de interrogarte, pero no podrá tocarte mientras te mantengas en tu distrito o en la Academia.

—¿Qué? Pero..., señora..., si sabemos que la suma sacerdotisa Súrali es una espía rebelde, ¿no debería ser condenada por traición?

—El mundo no es tan sencillo. —Irwain negó con la cabeza—. Lo único que tenemos es una suposición. Aunque personalmente no albergo dudas, necesitamos pruebas que demuestren que nuestra teoría es cierta para que el resto de las matriarcas nos respalden.

—Entonces… ¿la suma sacerdotisa seguirá libre aun siendo traidora?

—Me temo que sí.

El desánimo ante tal injusticia unido a la posibilidad de que Lessa hubiera sido asesinada sumió a Elerion en un pesar tan grande que le impidió incluso pensar. La matriarca pareció darse cuenta de la situación, porque se acercó al divino y apoyó una mano sobre su hombro.

—Tranquilo, Elerion. Estarás a salvo —aseguró con firmeza—. Ahora Dalion te acompañará hasta tu distrito, ¿de acuerdo?

Todavía ensimismado, Elerion apenas fue consciente de que hacía un gesto afirmativo. La matriarca Irwain sonrió para darle ánimos y se levantó, dando por terminada la reunión. Entonces se encaminó hacia la escalera, activó sus poderes y abrió la trampilla para comprobar que no había nadie cerca de ellos que los pudiera ver salir del distrito de los revocadores. La perceptora ascendió la primera, seguida por los mellizos, Elerion y Dalion. Este último se llevó una antorcha, apagó las restantes y cerró la trampilla tras él. Caminaron de vuelta a la calle, donde se separaron de inmediato.

Dalion dio una suave palmada en la espalda del divino, invitándole a andar a su lado.

—¿Estás bien? —preguntó.

—Sí…

—Comprendo que es mucha información para asimilar —dijo el resistente—. Pero no debes preocuparte. Velaré por ti tanto como sea posible.

—Gracias...

—No, gracias a ti. Eres tú quien nos ha acercado más a descubrir la identidad de los traidores.

—Pero ¿por qué...? ¿Por qué obedeces a la matriarca Irwain? Ella no pertenece a tu clan.

—No estamos unidos por sangre, pero sí por un objetivo común: la lucha contra los rebeldes —explicó Dalion mientras caminaban, guiados por la luz que desprendía la antorcha en su mano—. Sabiendo que había traidores entre los rodnos, la desconfianza se había extendido como una enfermedad..., pero la matriarca Irwain unió a treinta guerreros y nuestro triunfo sobre los rebeldes nos demostró que al menos podíamos confiar entre nosotros.

—¿Ilwos e Ilthad os acompañaron en vuestra expedición?

—No. Irwain no se lo permitió debido a su juventud. Pero son sus sobrinos y todos confiamos en ellos..., igual que en ti ahora.

—¿En mí?

—¿No la has oído antes? —Dalion sonrió—. Te has ganado su confianza. Ahora eres uno de los nuestros.

Una pizca de orgullo nació en el pecho de Elerion, aunque quedó de inmediato ahogada por la pena que lo inundaba. Abstraído, el chico recorrió el camino de vuelta sin ser consciente de la ruta que tomaban, ya que se dejó guiar por Dalion, quien lo llevó sin incidentes hasta la entrada del distrito de los divinos. Allí se despidieron y el resistente dio media vuelta para dirigirse a su propia casa, mientras Elerion saludaba a los guardias que custodiaban el arco de las murallas y cruzaba la plaza desierta hasta llegar a su hogar.

Cuando alcanzó sus aposentos, el muchacho vio que todavía había luz en el interior, lo que indicaba que Cángloth le estaba esperando. Elerion cerró la puerta con la intención de meterse directamente en la cama, sintiéndose desfallecer y con ganas de romper a llorar, pero la voz de su amigo le retuvo.

—Señor…, tenemos visita.

El divino se giró hacia la derecha y vio que Cángloth estaba de pie al lado de una chica joven que se cubría la cabeza con un gorro.

—Ha entrado sin mi permiso —se disculpó el inferior con timidez—. Y, a pesar de mis esfuerzos, ha insistido en quedarse. Quiere hablar con vos.

—¿Quién eres? —Elerion escupió todo su mal talante contra aquella desconocida que parecía haber puesto en apuros a su siervo—. ¿Qué haces aquí? ¡Sal ahora mismo!

—¿Tanto he cambiado que ya no me reconoces? —se burló la chica—. Lo único que diferencia a un rodno de un inferior es el cabello.

Elerion se quedó atónito. Tardó varios segundos hasta que finalmente la reconoció y se precipitó sobre ella para abrazarla.

—¡Lessa! —exclamó, sin poder contener la alegría—. Pero… ¿cómo…? ¿De dónde…? ¡Creía que te habían asesinado!

—Sé defenderme por mí misma —dijo ella con una leve sonrisa—. Te estaba esperando, Elerion. Toma asiento. Voy a contártelo todo.

19

—¡Elathia, despierta! ¡Es una emergencia! ¡Despierta, despierta!

La divina se incorporó con un sobresalto. Su mente todavía evocaba la imagen de una figura llameante y por ello tardó varios segundos en percatarse de lo que estaba ocurriendo.

—¡Despierta de una vez! —dijo la voz de Nándil.

La hechicera estaba sobre ella, zarandeándola con más ímpetu del habitual.

—¿Qué...?

—¡Levanta, deprisa! ¡Las bestias se acercan!

Nándil se alejó para dejar a Elathia un momento de tranquilidad que le sirvió para descubrir que un caótico estruendo la envolvía por doquier. Giró la cabeza para mirar a su alrededor y vio a los rodnos desperezándose mientras los inferiores trataban a toda prisa de recoger el campamento y estar listos para partir cuanto antes.

—¡Cientos de bestias del Dios Sol se acercan desde el norte! —gritaba uno de los guerreros, un perceptor que daba la alarma a todos cuantos pudieran escucharle—. ¡Parece que se dirigen directas a Rodna! ¡Debemos partir cuanto antes!

—¿Las bestias? —repitió Elathia con sorpresa—. Oh...

La divina se volvió hacia un lado e intercambió una mirada con Nándil y Thadwos.

—El ataque masivo de las bestias —indicó la hechicera con el rostro pálido—. Ya empieza...

—Pero... ¿Maebios ha recibido la corona del Dios Sol? —preguntó Elathia.

—No lo creo —musitó Nándil con desconcierto—. Hemos estado con él todos los días y no ha habido ninguna interacción o mensaje divino...

—¡No es posible! —bramó Elathia—. Sin la corona, ¿cómo regresaremos al presente? Más aún, ¿cómo detendrá Maebios a las bestias si no cuenta con la ayuda del Dios Sol?

—Quizá recibió la corona antes de nuestra llegada a esta época —dedujo Thadwos.

—Es verdad, podría ser... —caviló Elathia—. Nándil, tú eres quien más confianza tiene con él. ¡Pregúntale directamente sobre la corona! ¡Asegúrate de que ya la tiene! Espero que... que nuestra llegada aquí no haya cambiado el curso de la historia...

—De acuerdo. —Aterrada pero decidida, la hechicera asintió y partió corriendo en busca del revocador.

Elathia maldijo en voz baja mientras se frotaba los brazos con impotencia y recordaba fragmentos de cuanto había soñado durante la noche: miles de bestias concentradas en el norte de la isla, rodeando a aquel ser flamígero que les ordenaba destruir Rodna.

—No lo entiendo. ¿Por qué ahora? ¿Por esa razón las bestias se estaban desplazando hacia el norte? Para atacar todas a la vez como si de un ejército se tratara..., como en mi sueño. ¿Y el hombre en llamas? ¿Qué significa? No lo entiendo... —Sacudió la cabeza—. ¿Moriremos hoy? ¿A qué distancia se encuentran las bestias?

—¿Quieres que las veamos? —preguntó Thadwos.

Elathia alzó la mirada hacia él. El fuerte se encontraba de pie a su lado, lo bastante cerca como para haber oído sus palabras, con un brazo extendido hacia ella. La propuesta heló a la divina, pero aun así asintió, tomó la mano que le ofrecía y se levantó. Thadwos se acercó todavía más y le rodeó la cintura con los brazos; la divina se estremeció ante la intimidad del contacto, pero no protestó.

—Coge aire y agárrate fuerte a mí —dijo él. Sus iris amarillos se encontraban apenas a un palmo de distancia de los azules de Elathia—. ¿Estás lista? ¿Seguro? Bien…, vamos allá.

El fuerte flexionó las rodillas y de súbito se propulsó hacia arriba como un proyectil de guerra lanzado directamente contra el cielo. El claro donde habían acampado contaba con pocos árboles, de modo que ninguna rama dificultó su ascenso; sobrepasaron las copas más altas en un abrir y cerrar de ojos y se elevaron hasta que el campamento fue tan solo un punto diminuto bajo ellos. El mundo quedó a sus pies: el bosque se extendía como un manto verde en todas las direcciones, el contorno de las montañas destacaba en oriente como sombras en el amanecer y las olas del mar se estrellaban en la costa que se dibujaba irregular hasta perderse en el horizonte. Elathia se percató de que todo cuanto veía era parecido a la visión desde las alturas que había tenido en el sueño aquella misma noche, aunque antes de poder hacer ninguna otra reflexión escuchó la potente voz de Thadwos desde detrás de su máscara negra.

—¡Mira hacia el norte!

Elathia obedeció y lo que vio la dejó sin aliento. Incontables siluetas oscuras inundaban el firmamento, en un número tan elevado que en la distancia se confundían con una única nube negra de tormenta; era el movimiento lo que las delataba, porque esos seres batían las alas sin cesar, impulsándose para avanzar cada vez más.

—¡Dragones, grifos y fénix! —describió Thadwos a gritos para que lo oyera a pesar del viento—. Cientos…, quizá miles. Y no solo eso…, ¡mira más allá!

Elathia no comprendió a qué se refería hasta que vio cómo

se movía la silueta de lo que antes había pensado que era una lejana cima septentrional. Entonces lo supo: las criaturas aladas no viajaban en solitario, sino que tan solo eran la escolta de todas las bestias terrestres que habitaban Gáeraid. Y, entre ellas, la que más destacaba era aquel ser colosal, terrorífico de nombre y aspecto, tan antiguo como el mundo, tan feroz como un huracán, tan titánico como una montaña y más poderoso que cualquier otra creación del Dios Sol. Otros miembros de su misma raza avanzaban a su lado, pero era él y solo él el que verdaderamente llamaba la atención más allá de todo lo imaginable.

—El Gran Behemot —reconoció la divina con un murmullo.

Una sensación de impotencia absoluta envolvió en aquel momento a Elathia, que se sintió diminuta e insignificante en comparación con un enemigo tan descomunal.

Pero antes de que tuviera tiempo de hacerse a la idea de lo que significaba la llegada masiva de las innumerables bestias del Dios Sol, la fuerza de la gravedad terminó revirtiendo la velocidad de su ascensión, que disminuyó paulatinamente, los dejó unos instantes quietos en el aire y luego los devolvió a la tierra de donde procedían.

El maravilloso sentimiento de libertad que la había invadido en un primer momento al elevarse y ver el mundo como si fuera un ave fue de inmediato sustituido por un vértigo sin precedentes que subió desde su estómago hasta su garganta y que la hizo soltar un alarido estridente e involuntario mientras ambos caían de vuelta al suelo. Elathia cerró los ojos y se aferró con brazos y piernas al cuerpo de Thadwos como si la vida le fuera en ello, olvidando totalmente el pánico que había padecido hacía medio minuto al descubrir la amenaza de las bestias y centrando su pensamiento de modo irracional en la caída al vacío, creyendo que moriría aplastada al impactar contra el suelo y que sus restos se extenderían por el bosque a medida que el viento los esparciera.

De repente un golpe tremendo, parecido a la explosión de un volcán, sacudió sus oídos al tiempo que se le cortaba la respiración y las manos del fuerte frenaban su cuerpo.

—Ya estamos a salvo —escuchó que decía la grave voz de Thadwos—. Puedes dejar de chillar.

Elathia se calló y abrió los párpados lentamente. Se encontraban en el bosque, cerca del campamento de Maebios, en medio de un cráter que tenía el diámetro de un árbol. Thadwos se hallaba de pie en el centro sosteniendo con las manos la espalda de la divina, cuyos brazos y piernas se habían cernido como pinzas sobre el cuello y la cintura del fuerte.

Avergonzada por haberse dejado llevar por el pánico, Elathia le soltó y se separó de él tan rápido como pudo.

—¡Tus ojos brillan! —se percató Thadwos con sorpresa—. ¡Elathia! ¡Has recuperado tus poderes!

—¿Qué? Oh… —Elathia asintió con confusión—. He obrado un milagro sin darme cuenta mientras caíamos…, para no morir al aterrizar.

—No habrías muerto aunque no lo hubieras obrado —aseguró el fuerte en tono burlón.

Las mejillas de la divina habían enrojecido, aunque su bochorno desapareció tan pronto como recordó la amenaza que se cernía sobre Rodna.

—¡Deprisa, debemos volver con Nándil!

La hechicera no había perdido el tiempo mientras ellos oteaban el horizonte desde las alturas, puesto que había encontrado a Maebios poco después de que Elathia le hubiera ordenado hablar con él.

—¡No hay tiempo que perder! —exhortaba el revocador mientras caminaba por el campamento de un lado a otro, dando instrucciones a rodnos e inferiores por igual—. ¡Fuertes y hechiceros, saltad y volad directos a Rodna para informar a la ciudad de lo que se avecina! ¡Los demás viajaremos a pie! ¡Preparaos para partir de inmediato!

—¡Maebios, Maebios! —le llamó Nándil—. ¡Espera, por favor!

—¿Qué ocurre? —El revocador se giró con brusquedad y, tan pronto como vio a la hechicera, inclinó la cabeza y suavizó la voz—. Disculpa el tono, Nándil..., desconozco qué se proponen las bestias y eso me obliga a actuar con presteza.

—No te preocupes. —Nándil sacudió la cabeza con nerviosismo—. Maebios, hay algo urgente que debo saber..., ¿el Dios Sol se ha comunicado contigo?

—¿El Dios Sol?

—¡Sí! ¿Él te ha entregado algo? —insistió la hechicera con afán—. ¿Un objeto quizá? ¿Ha hablado contigo?, ¿te ha contado lo que debes hacer?

—¿El Dios Sol? —repitió Maebios extrañado—. ¿Por qué tendría el Dios Sol que...?

—Mira, entiendo que te parezca imposible que yo lo sepa y que quieras guardar el secreto... —interrumpió Nándil—. Pero puedes confiar en mí. Necesito confirmación, Maebios..., ¿el Dios Sol te ha entregado ya la corona?

—¿La corona? ¿Cómo sabes que...?

—¡Ah, entonces sí la tienes! —sonrió la hechicera, tremendamente aliviada.

—Tengo una corona de material solar —declaró el revocador—. ¿Es eso lo que buscas?

—Bueno, la corona del Dios Sol era de material solar, sí... —Nándil arrugó la frente—. ¿La tienes aquí?

—Así es. —Maebios rebuscó en el interior del morral que llevaba colgado a la espalda y sacó un aro ambarino de contorno llano y sencillo, sin adornos de ningún tipo.

—¡La corona!

—Es una corona —afirmó el revocador—. Estuve pensando en tus enseñanzas..., mencionaste que los sellos no tenían que ser necesariamente orbes esféricos, ¿no es cierto? Para imbuir poder en un objeto solar basta con que tenga una masa determinada y esté hueco en su interior.

—Espera. —Nándil sacudió la cabeza—. ¿Insinúas que has sido tú quien ha fabricado este instrumento?

—Desde luego, ¿quién si no? —respondió Maebios con jocosidad—. La he creado mientras montaba guardia esta noche. Los orbes no son muy prácticos a mi parecer, puesto que debes guardarlos y sacarlos con cada uso, además de estar obligado a sostenerlos con una mano. Observándote me percaté de que tu uso de las pulseras y los anillos solares es mucho más acertado, porque los tienes siempre contigo, listos sobre tu cuerpo. Por ello se me ocurrió crear un sello parecido, en forma de corona en este caso, que alguien pueda llevarla en el cuerpo en todo momento.

Nándil tardó varios segundos en reaccionar.

—No..., no lo entiendo... —confesó aturdida—. ¿Tú has fabricado la corona? ¿Sin que el Dios Sol te haya dado ninguna indicación?

—Tal vez me haya inspirado —bromeó el revocador.

—Pero... ¿cómo...? ¿Tiene algún poder en su interior?

—¿Qué poder esperas que albergue, si tú eres la única que puede imbuir los objetos solares? —inquirió Maebios.

—¿Está vacía? —Nándil estaba atónita.

—Por supuesto —asintió Maebios—. Pensaba mostrártela más tarde. Pero con las bestias acechando habrá que esperar. —El revocador escondió la corona de nuevo en su morral y cuando volvió a hablar su tono jovial había desaparecido por completo—. Todas las bestias de Gáeraid, que durante tantas semanas han abandonado sus moradas centenarias y se han estado congregando en el norte, ahora se han puesto en marcha directamente hacia Rodna. Es una situación alarmante, Nándil. —Echó una ojeada al campamento, comprobando que todos sus guerreros estaban listos para partir—. ¿Habéis terminado? ¿Está todo a punto? ¿Los inferiores también,

Levna? De acuerdo, ¡partamos! ¡Debemos alcanzar Rodna cuanto antes!

Maebios hizo un amplio gesto con el brazo y echó a caminar a buen ritmo hacia el oeste, seguido por todos sus compañeros. Nándil fue la única que permaneció inmóvil, demasiado impactada como para poder moverse.

—¡Nándil! —Elathia y Thadwos llegaron corriendo en aquel momento—. ¿Estás bien? ¿Has hablado con Maebios?

—El Dios Sol no le ha dado ninguna corona —informó la hechicera con voz trémula—. Tiene una corona solar..., pero la ha fabricado él mismo. Está vacía.

—¿Qué dices? —se alarmó Elathia.

—Lo que has oído.

—Pero..., entonces...

—Puede que el Dios Sol se la entregue más tarde, cuando no quede ninguna otra opción. —Thadwos desclavó del suelo su enorme espadón de filo vendado y se lo echó sobre el hombro—. No perdáis la esperanza. ¡Vamos! ¡Que los demás no nos dejen atrás!

Durante aquella mañana el grupo avanzó a marchas forzadas. Tanto Nándil como Thadwos desobedecieron la orden directa de Maebios y se quedaron con Elathia, aunque a menudo empleaban sus dones para elevarse en el aire, otear a las bestias desde la distancia y regresar con los demás. Sus descripciones eran terroríficas: las bestias estaban cada vez más cerca, dirigiéndose directamente a Rodna. Las criaturas aladas volaban despacio para no adelantarse a las terrestres, que avanzaban al ritmo del Gran Behemot. Antes de que las frías nieblas matutinas se disiparan por completo, los perceptores indicaron que el avance de las innumerables bestias había empezado a provocar leves temblores en el suelo, y con las horas la intensidad del temblor aumentó hasta el punto de que fue evidente para todos: era como el tronar de un tambor de guerra que sacudía el mundo desde su interior, como los últimos latidos de vida que Gáeraid tenía para ofrecer a los humanos. Al mediodía, rodnos e inferiores escucharon el alarido de las bestias, un mero rumor lejano que pronto se convirtió en un estruendo constante que parecía no tener fin.

Fue entonces cuando llegaron a Rodna. Nándil, Elathia y Thadwos la habían visto siempre como una ciudad de piedra, más grande que cualquier otra creación realizada por meros mortales, cercada por una alta muralla, erigida sobre la cima de una colina, coronada por un esqueleto titánico y rodeada por un vasto desierto donde no crecía ni una pizca de vida, salvo en el sur, donde descendía al puerto de marineros que daba acceso al profundo mar.

Sin embargo, lo que encontraron ahora no se parecía en nada a la urbe que los había visto nacer. Aquella Rodna no era una ciudad majestuosa, sino tan solo una aldea pobre en comparación; con casas no de piedra, sino de madera y paja; protegida no con una muralla, sino con una mera empalizada; construida no en una colina, sino en medio del frondoso bosque; rodeada no por un páramo, sino por árboles y matojos; tan alejada del mar que el puerto ni siquiera se divisaba desde la torre más alta.

El grupo de Maebios echó a correr hacia un estrecho hueco que se abría entre las estacas de la empalizada, desde donde dos guardias los vieron venir y los dejaron pasar sin preámbulos; habían sido avisados de su llegada por los fuertes y los hechiceros que se habían adelantado de madrugada. Nándil, Elathia y Thadwos entraron con los demás, internándose en una calle embarrada donde reinaba el caos más absoluto: hombres y mujeres corrían de un lado a otro, gritando en señal de alarma, las hogueras calentaban alimentos entre casa y casa para nutrirse a conciencia antes de la batalla, las armas solares brillaban al descubierto y había tantos ojos iluminados que toda sombra había desaparecido. Los guerreros de Maebios se dispersaron, partiendo cada uno en busca de sus clanes mientras los inferiores se dividían detrás de ellos, sintiéndose débiles e indefensos ante lo que se avecinaba, rezando para que, contra todo pronóstico, los rodnos los protegieran con sus dones y sus vidas.

—¡Cazamos a las bestias de una en una y aun así no siempre las vencemos! —pregonaba alguien desde una pequeña plaza—. ¿Cuántos de nosotros creéis que caeremos si nos atacan cientos de golpe? ¡Todos! ¡Nadie sobrevivirá! ¡Nada es eterno…, nuestro final ha llegado!

Los hechiceros sobrevolaban las calles mientras guerreros de armadura completa se congregaban en la empalizada. Nándil miró en todas las direcciones hasta localizar a Maebios, que se adentraba con Levna en el interior del poblado.

—¡Por allí! —señaló a sus amigos.

Corrieron detrás de él. El suelo temblaba tanto que entumecía sus piernas. Los chillidos de las bestias se oían con claridad, estaban ya muy cerca.

—¡Maebios! —exclamó Nándil cuando alcanzaron al revocador—. ¿Adónde vas?

—¡Las matriarcas deben reunirse! —contestó Maebios mientras andaba a buen ritmo, casi corriendo—. Deben dejar de lado sus diferencias y unirse para enfrentarse a esta amenaza. Espero que al menos ellas sepan por qué todas las bestias están avanzando hacia nosotros…

—¿Y si no pretenden atacarnos? —sugirió Levna, trotando detrás del revocador—. Tal vez nos estemos precipitando con esta conclusión…

—¿Y qué otro objetivo crees que pueden tener si se dirigen directamente hacia aquí? ¡Dime!

—Lo desconozco —admitió la inferior.

—¡Entonces debemos suponer lo peor! —reflexionó Maebios—. Las matriarcas…

—¡Los grifos están aquí!

Una docena de gritos de pánico interrumpieron al revocador, que levantó la cabeza hacia el cielo para ver a multitud de criaturas tan grandes como los humanos, tan pesadas como los caballos y con alas tan amplias que al extenderse de una punta a otra prácticamente duplicaban su extensión de la cabeza a la cola. Sus cuerpos eran mitad águila y mitad león, con puntiagudos picos dorados, dos garras delanteras y dos zarpas traseras. Tenían plumas blancas en el cuello, pardas en las alas y un pelaje amarillo rojizo que bañaba sus cuartos traseros hasta el fleco de cerdas en que terminaban sus colas.

Los grifos llegaron sobrevolando el poblado en un número tan elevado que entre todos ocultaron la urbe entera en las sombras. Se encontraban a demasiada altura como para que los rodnos intentaran alcanzarlos con hechizos o proyectiles, aunque en un primer momento no se mostraron hostiles, sino que parecieron estudiar a los defensores desde la distancia. Su aparente tranquilidad calmó a los humanos momentáneamente y los sumió en un incómodo silencio a la expectativa.

—¡¿Qué queréis de nosotros?! —exigió una solitaria voz que fue incapaz de contener la tensión.

Cientos de chillidos fueron emitidos como respuesta a su pregunta, desquiciando a rodnos e inferiores por igual. Como si aquello hubiera sido una seña requerida, los grifos se precipitaron directos hacia ellos.

Y así dio comienzo el ataque de las bestias del Dios Sol.

20

Uno de los grifos cayó en picado sobre Levna con las garras por delante. Thadwos fue el primero en reaccionar blandiendo a Báinhol con rapidez y destrozando el cuerpo de la bestia antes de que esta tuviera tiempo de alterar la dirección de su vuelo. Plumas, sangre y huesos se esparcieron por doquier mientras el cadáver seccionado impactaba contra la pared de una casa de madera, hundiéndola hacia el interior.

—Gracias —musitó Levna con estupor.

Tan pronto como hubo bajado la espada, Elathia agarró el brazo del fuerte y le lanzó una dura mirada.

—¡No hagas nada! —le pidió—. ¡Es mejor que no intervengamos! ¡No debemos arriesgarnos a que nuestras acciones cambien el curso de la historia!

—¡No sobreviviremos sin luchar! —replicó Thadwos.

Dos de las criaturas aladas volaron hacia ellos mientras estaban distraídos hablando, antes de que levantaran de nuevo la guardia. Nándil y Maebios, todavía demasiado impactados por lo que estaba sucediendo, no fueron capaces de actuar a tiempo, de modo que Elathia y Thadwos no vieron venir las peligrosas garras hasta que ya fue demasiado tarde.

Una lanza solar cortó el aire a una velocidad vertiginosa y atravesó al primer grifo con tanta fuerza que su punta sobresalió y fue a clavarse en el segundo, desviando su trayectoria y haciéndolos caer de golpe sobre la enlodada calle en la que se encontraban. Elathia giró la cabeza hacia atrás y vio a su salvador: un guerrero del grupo de Maebios, que les hizo un gesto para indicarles que estuvieran más atentos.

Un instante después, un grifo se precipitó desde un punto ciego hacia la espalda del guerrero, lo cogió con las garras y se lo llevó por los aires para una vez allí hincarle el pico, arrancarle los ojos y luego dejarle caer al vacío.

—¡No! —gritó Elathia con impotencia.

Rayos y flechas surcaban los aires por doquier, aunque no eran lo bastante numerosos como para contrarrestar, ni siquiera por asomo, la brutal embestida de las bestias aladas.

—¡*Cerco protector!*

Nándil invocó su escudo diáfano, cuya cúpula los cubrió a todos ellos: a Maebios, Levna, Elathia, Thadwos y a la propia hechicera. Al instante uno de los depredadores alados impactó contra la barrera, chilló y la arañó, intentando traspasarla sin éxito.

—¡Vamos a cubierto! —Elathia señaló una de las casas de la aldea.

Los demás corrieron tras ella, con la semiesfera que los envolvía moviéndose a la par que Nándil se desplazaba con los brazos extendidos hacia ambos lados. La hechicera deshizo el conjuro frente a la entrada de la casa, cuya puerta Thadwos derribó de un puntapié; pasaron todos al interior y el fuerte bloqueó la abertura atravesando una mesa que encontró en el salón.

—¿Qué está ocurriendo? —preguntó Levna, pálida y temblorosa, incapaz de asimilar la situación.

—Las bestias del Dios Sol atacan Rodna —constató Maebios con una voz que carecía de su jovialidad habitual—. ¿Por qué...? ¿Cómo es posible que se hayan puesto todas de acuerdo si son criaturas irracionales?

—Nunca ha habido ninguna respuesta para ello —respondió Thadwos con gravedad.

Se quedaron en silencio, lo que intensificó los gritos de

pánico y angustia que se amortiguaban entre las paredes de madera. Junto al fuerte había una ventana acristalada desde la cual se podía observar la matanza que tenía lugar en el exterior: docenas de rodnos trataban de contener a los grifos que embestían una y otra vez desde las alturas. De pronto una mujer fue arrojada ante la ventana y, cuando impactó contra el suelo, el cristal se tiñó con su sangre.

—El Gran Behemot —musitó Nándil.

Todos se giraron hacia ella. La hechicera se había sentado en una silla mientras se frotaba la frente con desesperación, pero ahora había levantado la mirada hacia Elathia.

—Ilvain nos lo dijo —recordó—. Ella creía que el Gran Behemot controlaba a todas bestias. Si conseguimos detenerle, las demás huirán.

—Es posible —admitió la divina con sequedad.

—¡Debemos intentarlo! —La hechicera se levantó con decisión.

—Espera. —Elathia la miró con la expresión turbada—. Nosotros… nosotros no debemos intervenir.

—No digas tonterías —soltó Nándil.

—¡No es ninguna tontería! —Elathia se llevó ambas manos a la cabeza, como si tratara de soportar un dolor indescriptible—. ¿Por qué os negáis a entenderlo? ¡Nuestra presencia en esta época puede estar alterando la historia! ¡Ese hombre que ha muerto allí fuera por culpa nuestra, por haberse distraído unos segundos mientras nos salvaba, podría ser el ancestro de cualquiera de nosotros tres! ¡Pero ahora ha muerto, Nándil! ¿No lo ves? ¡Eso significa que alguno de nosotros tres podría no llegar a nacer en el futuro!

—¿Y qué esperas que hagamos entonces? —protestó la hechicera—. ¿Quedarnos aquí encerrados de brazos cruzados, esperando que la batalla termine sin llegar a actuar?

—¡Sí, eso es precisamente lo que quiero que hagamos! —contestó la divina casi histérica—. ¡Nada!

Nándil parecía horrorizada.

—Es una locura; díselo tú, Thadwos.

El fuerte resopló con incomodidad.

—Yo no sé qué pensar.

—La realidad es que esto no es más que un inmenso error —insistió Elathia—. Esta gente se las apañó en el pasado sin nuestra ayuda. ¡No tenemos que salir, porque nosotros ni siquiera deberíamos estar aquí!

—¿Se puede saber qué estás diciendo? —Maebios, ronco, se dirigió a Elathia de forma amenazante—. Debemos salir, debemos combatir con los demás. ¡No hay duda de ello!

—Hazlo tú —aceptó Elathia con toda la serenidad de la que fue capaz—. Pero nosotros nos quedaremos aquí.

—¡No podemos dejar que nuestros compañeros mueran solos! —exclamó el revocador.

—Pues sal con ellos e intenta acabar con el behemot más grande que veas —le invitó la divina con un gesto—. Si de verdad eres el elegido del Dios Sol, quizá consigas hacerlo.

—Tus palabras carecen de sentido alguno —aseguró Maebios—. Quédate aquí, si es lo que te place. Pero yo no soy ningún cobarde. —Se giró hacia Nándil—. Ven conmigo.

La hechicera vaciló y miró alternativamente a Elathia y a Maebios hasta que al final posó sus ojos verdes en el revocador y negó con la cabeza.

—Yo no…, no sé…, no puedo acompañarte…

—Está claro que me había hecho una idea mejor de todos vosotros —declaró Maebios con rabia—. En especial de ti, Nándil. —Se volvió con brusquedad hacia Levna—. Permanece aquí, seguramente estarás más a salvo con ellos que conmigo.

El revocador dio media vuelta y se dirigió a la entrada. Tras mover la mesa que la bloqueaba, salió de la casa.

—¡Maebios, espera!

—¡Detente, Nándil! —La voz de Elathia sonó tan autoritaria que la hechicera se quedó paralizada—. No vayas tras él.

—Pero… —Los ojos de Nándil se habían humedecido—. Morirá si no le ayudamos.

—Sí, morirá —afirmó la divina—. Pero con su sacrificio salvará toda Rodna y será recordado para toda la eternidad.

—Pero morirá —concluyó Nándil con tristeza.

—No os comprendo —intervino Levna lentamente, casi con cautela—. ¿Por qué habláis como si supierais lo que está por venir?

Los tres la miraron, pero ninguno respondió. Elathia volvió a colocar la mesa en la puerta. Nándil se sentó de nuevo y empezó a llorar de impotencia mientras los gritos de auxilio y dolor proseguían en el exterior.

—¡Respondedme! —exigió Levna en un tono inaudito para ser una inferior—. ¡¿Quiénes sois en realidad?! ¡¿Qué secreto escondéis?!

—¡Venimos del futuro! —estalló Nándil entre lágrimas.

—¡Nándil! —la reprendió Elathia con consternación.

—¡No lo soporto más! —chilló la hechicera, incapaz de contener sus emociones.

—¿Del… futuro? —repitió Levna incrédula.

—Somos rodnos que naceremos dentro de trescientos años. —Nándil hipó y enterró el rostro entre las manos—. Llegamos aquí por casualidad, un gran poder nos trajo sin que fuéramos conscientes de ello.

—Del futuro… —Levna saboreó aquellas palabras como si fueran un manjar desconocido—. Entonces… ¿sabéis exactamente lo que ocurrirá? ¿Rodna sobrevivirá?

—Maebios detendrá a las bestias —asintió la hechicera—. Pero perecerá al hacerlo.

—Del futuro… —Levna empezó a caminar de una punta a otra del salón—. Por eso no deseáis implicaros en esta contienda, por miedo a que vuestras acciones cambien el resultado, ¿no es cierto? Lo comprendo… —De pronto se detuvo y levantó la mirada hacia Elathia—. Pero ¿por qué estáis tan seguros de que vuestra presencia no es necesaria para que la historia tome su curso correcto?

El rostro de la divina se contrajo en una mueca de aturdimiento. Thadwos, que hasta entonces se había mantenido ausente de la conversación, de pie junto a la ventana, entró en tensión e inclinó la espalda hacia delante.

—¿Qué quieres decir? —preguntó.

—Veamos… —Levna frunció el ceño, como si incluso para ella fuera difícil ordenar sus propias ideas—. Os escondéis de la batalla por temor a que vuestra intervención pueda alterar la victoria de Rodna. ¡Pero eso es una mera suposición vuestra! Es decir…, no tenéis ninguna certeza de que vosotros no hubierais tomado parte en la victoria de Maebios en primer lugar.

—No —reconoció Elathia con asombro—. Pero aceptar que nuestra ayuda es necesaria para el rumbo correcto de los acontecimientos sería suponer que… que nosotros estuvimos también presentes en nuestro propio pasado.

—Así es —confirmó Levna.

—Lo que significaría que todo cuanto hemos dicho o hecho durante estos días ocurrió de la misma forma en el pasado —continuó la divina—. Pues claro, porque ahora mismo estamos en ese pasado.

—No sé si os estoy siguiendo. —La confusión de Nándil aumentó hasta el punto de que sus lágrimas cesaron.

—Pero… pero… —La garganta de Elathia se había secado de golpe. Tragó saliva mientras sus pensamientos volaban a toda velocidad—. Lo que esto implicaría es que el libre albedrío no existe y que el tiempo es inalterable…, que es un ciclo que se repite…, y se repite…, y se repite…

—Nada es eterno —murmuró Levna—. Salvo tal vez vuestro viaje.

Thadwos soltó una inevitable risotada. Las tres mujeres se volvieron hacia él.

—Por fin entiendo por qué Maebios no reconoció mi espada. —Apoyó las manos sobre el pomo de Báinhol y empezó a desvendar la hoja—. Es porque todavía no la ha usado. Y no podrá hacerlo hasta que yo no se la entregue. —El fuerte miró a Elathia—. Maebios mató al Gran Behemot con Báinhol. Debemos dársela.

—No creo que pueda usarla —dudó la divina—. ¡Es demasiado pesada para cualquier rodno que no sea de tu clan!

—¡Claro que podrá! —aseguró Thadwos—. ¡Ya lo hizo en el pasado!

Aquellas palabras fueron como un mazazo para Elathia.

—Quizá...

Un bramido colosal y un ruido estrepitoso precedieron a una lluvia de astillas que cayó sobre ellos cuando el techo de la casa fue arrancado de cuajo y en su lugar apareció el cráneo de un dragón de escamas opacas y colmillos como espadas que vomitó un chorro de llamas sobre ellos. Nándil soltó un grito, Thadwos levantó su espadón y Levna se encogió sobre sí misma al tiempo que Elathia se maldecía por haber dado por sentado que en aquella choza estarían a salvo. Cerró los párpados y se creyó muerta, pero segundos después la respiración de sus compañeros seguía siendo audible junto a ella y abrió los ojos para darse cuenta de que Nándil había invocado a tiempo su escudo: el fuego no los había tocado.

Tan pronto como las llamas hubieron desaparecido, Thadwos se impulsó y saltó más allá de la barrera translúcida, apuntando con Báinhol la garganta del monstruo alado que los había atacado. El espadón se clavó en el morro de la bestia, que aulló y echó a volar, con el fuerte todavía colgando de su mandíbula herida.

Dejando a su compañero a su suerte, Elathia, Nándil y Levna salieron de la casa llameante de vuelta a la calle, donde una batalla sin cuartel estaba teniendo lugar; los rodnos de aquel sector de la ciudad habían estado plantando cara a los grifos, si bien aquellas bestias resultaron ser tan solo la avanzadilla del terrible ejército que se había precipitado sobre el poblado sin previo aviso. Varios dragones surcaban los aires y atacaban las chozas aquí y allá, mientras el suelo temblaba tanto que rompía el equilibrio de todos los humanos que se sostenían en pie.

—¡Behemot! —se oyó un grito aislado.

Las tres mujeres alzaron los ojos para ver cernirse sobre ellas a una criatura titánica que sobresalía por encima del bosque y la empalizada: su piel era gruesa y grisácea, su cabeza grande y con varios cuernos, se desplazaba a cuatro patas bastante cortas en proporción con el enorme tamaño de su cuerpo y balanceaba su estrecha cola zumbando como si fuera un látigo.

—¿Es el Gran Behemot? —murmuró Nándil, tan impresionada como aterrada.

El monstruo separó las mandíbulas para escupir un rugido cuya potencia derribó los árboles más cercanos e hizo recular a los guerreros más valientes. Acto seguido, el bramido de un millar de bestias terrestres se alzó en el bosque y un verdadero terremoto sacudió la ciudad entera cuando la empalizada se vino abajo y en su lugar aparecieron un sinfín de quimeras, cíclopes y minotauros que cargaron de cabeza contra los rodnos que había junto a ellas.

—¡Retroceded! —gritaban los guerreros—. ¡Atrás!

—¡*Manipulación distante*! —Nándil echó a volar, sobrepasando a todos los humanos que corrían en dirección opuesta para alejarse de la empalizada—. ¡*Tormenta prohibida*!

Incontables rayos se precipitaron sobre la primera línea de las bestias, fulminándolas antes de que tuvieran tiempo de reaccionar. Los rodnos se detuvieron para contemplar tal espectáculo, aunque una gorgona horripilante reptó por encima de la empalizada y los atacó desde el flanco.

Se trataba de un ser humanoide en su parte superior, pero

en la inferior poseía un largo cuerpo reptiliano; sus pechos y rostro eran los de una mujer, aunque su melena estaba conformada por un sinfín de serpientes que siseaban y se retorcían mientras los ojos rojos de la bestia eran capaces de petrificar a cualquiera que los mirara.

Nuevos gritos de puro pavor se levantaron entre los defensores ante su llegada; los primeros fueron de inmediato convertidos en piedra, la mayoría hechiceros que se precipitaron desde el cielo y fueron a estrellarse contra el suelo, donde sus cuerpos se partieron en mil pedazos rocosos. Pero entonces la gorgona cerró los párpados, siseó como desgañitándose y luego se derrumbó para no volver a moverse.

—¿Qué ha...?

—¡He detenido su corazón! —exclamó Elathia, sus iris resplandeciendo con la misma luz que emitían los rayos de Nándil—. ¡No os amedrentéis! ¡Somos los hijos del Dios Sol y derrotaremos a estas bestias infames! ¡Seguidme a la victoria!

La divina agitó un brazo y se lanzó a la carrera hacia donde se encontraba la hechicera. Los guerreros rodnos que había en la calle la escucharon estupefactos y, alentados por su muestra de valor, partieron tras ella exhortando sonoros gritos ensordecedores.

Los ojos de Nándil resplandecían con tanta intensidad que todo cuanto había a su alrededor parecía oscuro en comparación. Sus rayos seguían cayendo sobre las bestias de forma aleatoria, tan rápidos que se volvían impredecibles e inesquivables. Acababan con la vida de minotauros y cíclopes al primer contacto; pero las quimeras, que se protegían con las colas, resistían el ataque. Por fortuna, los hechiceros se percataron de ello y sacaron provecho lanzándoles jabalinas eléctricas de frente que los engendros no pudieron sortear.

—¡Avanzad! —exhortaba Nándil a todos los que había junto a ella.

El resto de los hechiceros echaron a volar a su lado, aunque Elathia se dio cuenta de que ninguno era capaz de desplegar la misma intensidad de poder eléctrico que su amiga.

—Claro, nosotras estamos más evolucionadas —comprendió de pronto—. Dominamos nuestros dones mejor que ellos. Nándil incluso conoce hechizos que ellos aún no han descubierto.

Un basilisco surgió del bosque para hacer frente a los guerreros que avanzaban dejando atrás a los monstruos caídos. Verdusco y enorme como una serpiente gigante y con una cresta coronando su monstruosa cabeza, los mataba antes siquiera de llegar hasta ellos, tan solo con sus ojos reptilianos y su aliento venenoso.

Por fortuna, ni Elathia ni Nándil tuvieron que dar orden alguna para que los propios guerreros derrotaran a tan terrible enemigo, porque una pareja de perceptores disparó sendas saetas, un divino obró un milagro para que cada una de las flechas atravesara uno de los ojos del basilisco y acto seguido un resistente llegó frente al engendro y le perforó el cuerpo con una lanza.

Asimismo, cuando los cíclopes restantes se encararon con los luchadores, otro divino conjuró un milagro para obligarlos a formar en hilera, y luego uno de los fuertes cogió a un pétreo por la solapa y lo lanzó contra los enemigos como si de un proyectil se tratara. Al activar sus poderes, la piel del pétreo se volvió virtualmente impenetrable, más dura que cualquier material conocido, de modo que atravesó de cabo a rabo la fila de monstruos, que gimieron de dolor y cayeron ladeados sobre árboles que se aplastaron bajo su peso.

Mediante aquellos ataques combinados con los dones de varios clanes, los rodnos que estaban con ellas se abrieron paso hasta limpiar las calles más cercanas. A ellos se unieron otros que lucharon con el mismo arrojo hasta que finalmente el enorme behemot que había aparecido frente la ciudad se cernió sobre ellos, más intimidante que cualquier otra amenaza, ante cuya presencia los defensores no pudieron hacer otra cosa que detenerse y contemplar lo insignificantes que eran en comparación con aquella antigua criatura.

El coloso abrió sus fauces, tan grandes como una casa, tal vez dispuesto a emitir de nuevo su terrible rugido, pero alguien se le adelantó. Como un meteorito, un dragón se despeñó de los cielos mientras bramaba malherido, puesto que una de sus dos alas había sido cortada de raíz, de modo que era incapaz de controlar o detener su caída, que se dirigía en picado contra el behemot. La gran y lenta bestia alzó los pequeños ojos negros y vio lo que se le venía encima sin margen suficiente como para esquivarla; el dragón colisionó inevitablemente contra su lomo, enterrándolo hacia el interior debido a su peso multiplicado por la fuerza gravitatoria, partiendo su espina dorsal y desmoronándolo contra el bosque como si del derrumbe de una montaña se tratara.

Ambas criaturas quedaron tendidas e inertes, repletas de huesos y vísceras que se mezclaban en una masa informe y sangrienta al tiempo que el polvo se alzaba como una ola gigantesca en medio del océano tormentoso. Fue entonces cuando se precipitó sobre Rodna una figura diminuta, la de un simple hombre, que aterrizó tan pesadamente que la calle se agrietó y un cráter se formó a sus pies, aunque sus músculos, fortalecidos por un don demasiado poderoso para aquella época, apenas se vieron resentidos. Thadwos apareció en el centro del cráter sosteniendo a Báinhol con una sola mano mientras la hoja solar, sin ningún vendaje que la cubriera, despedía humo al entrar en contacto con la sangre del dragón cuya ala había amputado.

Hombres y mujeres fueron a recibirle con elogios, aunque el fuerte apenas los escuchaba.

—¿Habéis visto a Maebios? —preguntó.

—¡Aún no! —respondió Elathia.

Thadwos localizó su voz entre los presentes y se reunió con ella de inmediato.

—¡El Gran Behemot está sobre nosotros! —informó—. ¡Debemos encontrar a Maebios ya!

—¿No era este el Gran Behemot? —Elathia señaló a la titánica criatura que acababa de ser derribada por el dragón.

—¿Este? ¡Este no era más que el más débil de sus hijos! ¡El Gran Behemot duplica su tamaño!

—¿Qué...?

Consternada, Elathia miró al cielo septentrional, más allá del polvo y las aves, donde se distinguía una sombra oscura, como si una gigantesca nube de tormenta se aproximara a la ciudad. Estupefacta, la divina entendió que no era una nube, sino la silueta de algo tan enorme que apenas se percibía en su totalidad. De súbito dos luces como faros surgieron en la parte superior, el sol se había reflejado en los ojos abiertos de un ser descomunal, tan grande que podría caminar por el profundo mar sin que el agua llegara a hundirle. Sus pasos sacudían el mundo como si la isla misma de Gáeraid tuviera que partirse bajo su peso.

—¡Reculad! —ordenó Elathia sin poder apartar la vista de tan colosal enemigo—. ¡Ayudadnos a encontrar a Maebios! ¡Debemos dar con él de inmediato!

Nándil se detuvo más allá del boquete abierto de la empalizada, todavía flotando en el aire, mientras los rodnos se congregaban alrededor de la divina.

—¡Manteneos unidos! —Thadwos levantó su espadón en el cielo para que fuera visible para todos—. ¡Seguidme ciudad arriba! ¡Rastread las calles! ¡Encontrar a Maebios es una prioridad! ¡Él es el único que puede salvarnos ahora!

Los hombres y las mujeres que había con ellos no comprendían por qué el revocador era tan importante, pero después de haber presenciado con sus propios ojos de lo que eran capaces no dudaron en seguir sus indicaciones. Thadwos y Elathia echaron a correr hacia el interior del poblado, con todos los rodnos tras ellos, cubiertos por Nándil y los hechiceros. En su camino rescataron a tantos humanos como pudieron, que se unieron a ellos y engrosaron sus filas mientras continuaban adelante gritando el nombre de Maebios.

El Gran Behemot rugió y un huracán destructor azotó el poblado, llevándose a los más ligeros, que salieron volando y tuvieron que ser rescatados por los hechiceros. Los dragones se precipitaron desde las alturas, los revocadores les impidieron lanzar su fuego y en consecuencia fueron atacados por los grifos; pétreos, resistentes y vitales cargaron de cabeza contra las bestias terrestres, mientras los divinos obraban milagros para salvar a tantos compañeros como fuera posible.

La voz de que necesitaban a Maebios corrió entre todos los que los seguían y aquellos que se les habían unido por el camino, de modo que empezaron a llamarle a gritos y acabó siendo el propio revocador quien dio con ellos. Se encontraba dirigiendo a un pequeño grupo de guerreros en el sector norte del poblado, allí donde la embestida de las bestias había sido más dura; apenas quedaban con vida un puñado de los otrora numerosos defensores, así que la llegada de Elathia, Nándil, Thadwos y los demás supuso un gran alivio para ellos. Juntos, contuvieron a los monstruos que intentaban penetrar en las calles mientras el fuerte se reunía con Maebios.

—¡Toma esta espada! —Le tendió su arma sin miramientos—. ¡Debes usarla para derrotar al Gran Behemot! —Señaló la silueta, cada vez más visible, de la titánica criatura que se cernía sobre Rodna—. ¡Eres el único que puede hacerlo!

El revocador se había alegrado al verlos llegar a la batalla, aunque ahora negaba con la cabeza con incredulidad.

—¿Es una broma? —preguntó—. ¡Es una espada demasiado pesada! ¡No podré cargar con ella!

—¡Inténtalo! —insistió Thadwos, clavando a Báinhol en el suelo frente a él.

Soltó la empuñadura para dejarle espacio a Maebios, que se acercó titubeando, cerró las dos manos en torno al mango del espadón y trató de arrancarlo sin éxito del suelo.

—No puedo —bufó tras un largo instante de prueba, soltando la empuñadura y mostrando sus palmas, rojas por la fuerza que había aplicado—. ¡Pesa demasiado!

—Pero... —Thadwos vaciló—. Se supone que...

Se giró hacia Elathia sin saber qué hacer. La divina le devolvió la mirada con expresión desconsolada.

—¡Es tu espada! —añadió Maebios, dando una palmada a Thadwos en el hombro—. ¿Por qué debería llevarla yo? ¡Empúñala tú!

—¿Yo? Pero..., tú..., el Gran Behemot...

—¿Y si no es Maebios quien debe darle muerte? —intervino de pronto Nándil—. La historia no es más que la información sesgada que nos han transmitido nuestros ancestros, ¿no es esto lo que intentaba decirnos Levna?

—¿Levna? —repitió Maebios—. ¿Dónde está?

—Aquí. —La aludida apareció detrás de Elathia con una lanza solar en la mano, recogida de un cadáver que había encontrado en el suelo. Aunque no hubieran reparado en ella, la realidad era que los había seguido en todo momento e incluso había tomado parte en la batalla—. A mi parecer, la historia que os contaron pudo ser malentendida.

—En ese caso, ¿quién le dio muerte al Gran Behemot? —interrogó Elathia.

—¿Podrías detener su corazón? —le preguntó Thadwos.

—Es una bestia demasiado grande y poderosa. —La divina negó con la cabeza—. Podría intentarlo como un lanzamiento final, pero aun consumiendo toda mi vida no estoy segura de que lo consiguiera...

Sus palabras fueron interrumpidas por un nuevo rugido del Gran Behemot que hizo saltar por los aires a hechiceros y bestias voladoras por igual, tan potente que los perceptores, con su audición amplificada gracias a sus dones, cayeron al suelo sangrando por los oídos y enloquecidos: sus tímpanos habían explotado. El polvo había desaparecido y ahora los miembros del coloso eran visibles, como muros gigantescos que separaban el mundo septentrional, grises cuales nubes de lluvia; la inmensa cabeza se inclinaba sobre Rodna casi tanteando la ciudad, dejando entrever aquellos dos ojos negros que caían desde el cielo como pozos sin fondo.

La primera reacción que tan terrible imagen produjo sobre la mayoría de los defensores fue de puro pavor: lanzaron las armas al suelo y huyeron lo más rápido posible en dirección opuesta al monstruo titánico. A causa de ello se convirtieron en presas fáciles para las bestias aladas, que aprovecharon su guardia descuidada para precipitarse sobre ellos y desmembrarlos antes de que pudieran protegerse.

Pero algunos valientes lograron sobreponerse al terror y expulsarlo mediante gritos desesperados; Maebios fue uno de ellos, tan angustiado e incapaz de concebir aquella horripilante amenaza que cargó de cabeza contra el Gran Behemot, loco de imprudencia y temeridad. Al verle, los que permanecían en pie siguieron su ejemplo sin pensarlo y partieron a la carrera tras él, encabezados por Nándil, Elathia y Levna.

Thadwos fue uno de los pocos que no huyeron ni cargaron contra el monstruo, sino que se quedaron rezagados en el mismo lugar, la mayoría encogidos sobre sí mismos, inmóviles por el miedo, aunque no así el fuerte, que contemplaba su espada con expresión abstraída.

—No, esto no tiene sentido —murmuró, ajeno a todo cuanto le rodeaba—. Aunque no la empuñara Maebios, no cabe duda de que Báinhol fue encontrada en el interior del monstruo, fue así como el Gran Behemot murió. Pero, si no fue Maebios, entonces ¿quién…?

Una posible respuesta surgió en su mente mientras contemplaba la hoja desnuda del espadón que durante tantos años había sido su posesión más preciada. Tras tomarse un momento para asimilar el increíble descubrimiento, Thadwos levantó la cabeza, flexionó las piernas y dio un gran salto hasta aterrizar sobre una torre de madera que se erguía en el límite de la empalizada. Cientos de criaturas aladas y terrestres volaban y corrían por encima y por debajo de él, batiéndose contra los defensores que luchaban para intentar salvar sus vidas, pero él no les prestó atención, sino que clavó su mirada y todos sus sentidos en aquella figura colosal que se erguía frente a él.

Algunos guerreros habían conseguido sortear a las bestias y alcanzar al Gran Behemot: los hechiceros lanzaban rayos, los revocadores trataban de inmovilizarlo, los fuertes saltaban sobre él, los pétreos, los resistentes y los vitales intentaban herirlo a ras del suelo y los divinos obraban milagros para protegerlos a todos mientras los perceptores seguían heridos e incapacitados en el interior del poblado. El enorme engendro rugía, embestía con los cuernos, dentelleaba y aplastaba todo lo que podía; la sangre y el caos eran su huella; la destrucción y el horror todo cuanto dejaba a su paso.

Thadwos le miró directamente, temblando de miedo y nervios, pero también de emoción.

—Durante toda una vida he venerado el nombre Maebios por haberte matado —le dijo al monstruo con una voz que ganaba seguridad con cada sílaba que articulaba—. Quería ser como él y alcanzar la gloria igual que él había hecho. Pero parece que siempre estuve equivocado…, no era a él a quien debía venerar, sino a mí mismo.

El fuerte alzó las manos y soltó un grito al cielo, sus iris amarillos estallaron de luz por primera vez en años cuando desplegó todo el poder que poseía, sin contenerlo ni racionarlo, consumiendo en un momento todos los nutrientes que albergaba su cuerpo para que le dieran un fuelle sin precedentes durante los minutos que estaban por venir.

Acto seguido se impulsó y saltó con tanta fuerza que la torre donde se encontraba se derrumbó hacia el interior. Voló directo hacia el lomo del Gran Behemot mientras el titán estaba distraído aplastando a sus camaradas y apuntó con el enorme espadón para perforar su carne, pero el movimiento de los pisotones de aquel ser desplazó su objetivo, de modo que blandió el filo para propinar un corte en uno de sus muslos y luego precipitarse de vuelta al suelo. La hoja solar se hundió profundamente en la piel de la bestia, pero el monstruo no pareció percatarse, y ni una gota de sangre bañó el filo mágico.

El fuerte volvió a propulsarse, esquivó una de las voluminosas piernas y descargó a Báinhol en vertical, arañando nuevamente la piel grisácea; la fricción detuvo su impulso, dejando el espadón allí clavado en la pata del engendro, de modo que Thadwos lo arrancó de un tirón y aprovechó su elevada posición para saltar todavía más alto, hasta el extenso lomo del monstruo, donde se precipitó con el espadón por delante y lo hundió otra vez hasta su empuñadura.

Sin embargo, el Gran Behemot no se inmutó, y Báinhol nuevamente fue extraída de su interior sin que la sangre bañara su hoja. Thadwos giró la cabeza con desconcierto y vio cerca de él a Nándil, quien, con los ojos encendidos como dos estrellas, había volado hasta la espalda de la terrible bestia con otros dos hechiceros para descargar un rayo conjunto que electrocutó una de las gigantescas patas, impidiéndole aplastar a voluntad. Eso hizo bramar al engendro herido. A continuación, ella y sus dos compañeros intentaron repetir el ataque, esta vez contra el enorme cráneo, pero el coloso se agitó y los golpeó con uno de sus cuernos como si fueran moscas, rompiendo su concentración y enviándolos directos a tierra.

Creyendo que su compañera no podría desviar su trayectoria a tiempo y volar para ponerse a salvo, Thadwos olvidó a su enemigo y saltó en dirección a Nándil, logrando atraparla en el aire y moverse para aterrizar de pie, con su amiga entre los brazos. Por desgracia, los otros dos hechiceros no tuvieron tanta suerte, porque impactaron contra el suelo a tanta velocidad que sus cuerpos estallaron como si fueran uvas.

—Thadwos... —musitó Nándil, abriendo los ojos tras la leve convalecencia y viendo al fuerte arrodillado junto a ella.

—Su piel es demasiado gruesa. ¡Las armas solares no le afectan! —explicó él con rapidez—. Tus rayos, en cambio...

—¡Cuidado!

Thadwos elevó la vista a tiempo para ver cómo su terrorífico enemigo se encontraba descargando contra ellos una de sus pezuñas enormes para aplastarlos con todo su peso. En un instante, el fuerte comprendió que no podría saltar con Nándil y esquivar el golpe, de modo que reaccionó instintivamente: soltó a Báinhol, hizo acopio de todo su poder y recibió el pisotón con ambas manos alzadas, en un intento de amortiguar el golpe y contrarrestar el peso con la mera fuerza de sus músculos.

El grito de Nándil se prolongó durante el último segundo que precedió al pisotón, donde el tiempo pareció ralentizarse, justo cuando sus ojos vieron lo imposible: Thadwos detuvo el ataque de la bestia titánica mientras vociferaba hasta quedarse afónico.

Acto seguido, la hechicera reaccionó.

—¡*Onda de choque!*

El fuerte salió despedido al mismo tiempo que la pata retrocedía, alejándose de Nándil para ir a apoyarse en otro lugar del bosque. De inmediato el Gran Behemot perdió su interés en ellos, pues se distrajo con el resto de los guerreros rodnos que intentaban herirle desde todos los flancos y se dispuso a aplastar a aquellos que estaban más indefensos al tiempo que avanzaba adentrándose en Rodna y arrasando las primeras casas.

Aprovechando la calma momentánea la hechicera corrió

hacia Thadwos, que había quedado tendido boca arriba sobre la tierra, aparentemente moribundo.

—¡Thadwos, Thadwos! ¿Estás bien? —La imagen de aquel hombre sin su espadón parecía incompleta, de modo que Nándil levantó un brazo hacia el lugar donde había quedado Báinhol abandonada—. *¡Manipulación distante!*

Tiró de la empuñadura de madera, la hoja solar se elevó hasta ellos y quedó depositada junto a los dedos de su portador. Su contacto pareció revitalizar al fuerte, que se agitó con dolor.

—Mi cuerpo…

Respiraba con dificultad, así que Nándil, sin pensarlo dos veces, le arrancó la máscara negra que le cubría el rostro y la lanzó a un lado. Se sorprendió incomprensiblemente al descubrir que los rasgos siempre ocultos de su compañero eran los de un hombre corriente, sin marcas o cicatrices, sino mejillas sonrojadas por el pánico y el dolor.

Thadwos gruñó sin dar importancia a la ausencia de la máscara y abrió los ojos, que todavía resplandecían intensamente; su luz era tan potente que proyectó sombras sobre sus labios.

—Sin tus rayos, mi espada es inútil —resopló mientras se incorporaba. Su voz era igual de grave al descubierto—. ¿Puedes envolverla con tu poder?

—¡Debes descansar! —protestó la hechicera—. ¡Has soportado suficiente peso como para aplastar una montaña! ¡Estarás al límite de tus fuerzas!

—No…, debo matarle.

—¡No digas tonterías!

—Es mi espada la que se encontró en su interior. ¿No te das cuenta, Nándil? Este nunca fue el destino de Maebios, sino el mío.

La revelación enmudeció a la hechicera. Por un momento se negó a aceptar aquella idea, si bien la incertidumbre no tardó en carcomer su mente. ¿Y si el fuerte tenía razón? Valía la pena aumentar la capacidad ofensiva de su arma. Sin decir palabra, Nándil se arrodilló al lado de Báinhol y apoyó ambas manos sobre su filo.

—*¡Hoja de luz!*

Sus iris brillaron cuando de sus manos brotó una lámina eléctrica que recorrió la hoja del espadón desde la punta hasta la empuñadura, dotándola de un haz de pequeños rayos que se superponían como una red que desprendía luz y chispas a partes iguales.

—Procura no acercarte demasiado al filo —previno con preocupación—. Si no tienes cuidado, resultarás herido.

Thadwos contempló su obra con expresión embelesada. La electricidad de la espada resplandecía a juego con sus ojos, como si una misma fuente de energía los conectara.

—Gracias, Nándil.

Sin un gesto de despedida, el fuerte flexionó las rodillas y saltó, desprendiendo tierra y polvo detrás de él. Báinhol fulguró como una tea en sus manos cuando la blandió contra una pata del Gran Behemot y le produjo un corte en el tendón detrás de la rodilla que obligó al titán a trastabillar. Casas, guerreros y bestias fueron aplastados por igual, si bien en aquella ocasión la descomunal bestia aulló de dolor y su piel herida quedó colgando ennegrecida y sin vida.

El fuerte no se detuvo, sino que volvió a tomar impulso tan pronto como aterrizó, alcanzó su hombro y allí saltó de nuevo, esta vez directo contra la cabeza de su enemigo. El coloso giró el cuello para golpearlo con uno de sus cuernos igual que había hecho antes con los hechiceros, pero Thadwos ya lo esperaba y fue capaz de interponer su espadón; gritó al tiempo que el filo mordía el hueso, la electricidad recorría al engendro hasta la raíz del cuerno y este era partido en dos.

El monstruo soltó un bramido tan agudo que incluso sonó con un tono lastimero. Lejos de compadecerse, el rodno tomó tierra pesadamente y, sin un segundo de respiro, volvió a propulsarse hacia el cielo. Cayó encima del largo lomo grisáceo, que se extendía desde el cuello hasta la cola como una cresta montañosa; el Gran Behemot se sacudió para intentar apartarlo y entonces Nándil surgió de la oscuridad, voló como un pájaro hasta situarse delante de sus enormes fauces y allí conjuró un haz de luz que cegó al engendro. Como si se hubieran entendido sin necesidad de palabras, Thadwos aprovechó la ocasión para acercarse a la cabeza del titán y hundir la punta de Báinhol en una de las grandes orejas hasta llegar a perforarla. Seguidamente incrustó la hoja solar en toda su longitud dentro del cráneo de su feroz enemigo.

La bestia fue electrocutada de arriba abajo. Por desgracia, la espada no pareció alcanzar el cerebro, porque el coloso continuó bramando y moviéndose, irritado y sangrante, más peligroso incluso que antes. Thadwos arrancó su arma y saltó hacia atrás, presa del asombro.

¿Cómo era posible que aquella bestia, por más grande que fuera, se mostrara inmune a todas sus acometidas? ¿Cómo podía sobrevivir a una espada de dos metros bañada en electricidad? ¿Cómo se suponía que debía acabar con ella?

Entonces lo supo. En realidad siempre lo había sabido, pero se había centrado tanto en su cometido que había olvidado lo más obvio. Todos los miembros del clan de los fuertes habían escuchado la historia: ¡no en vano se decía que Báinhol había dado muerte al Gran Behemot, puesto que todos sabían que la espada había sido encontrada atravesando su corazón! El pecho de la terrible bestia debía ser su objetivo; debía atravesarlo, igual que había atravesado a la hidra del lago. Pero la piel de su enemigo había demostrado ser demasiado dura, necesitaría un milagro para alcanzar su corazón.

Thadwos sonrió mientras caía de vuelta a tierra y empezaba a buscar a Elathia entre las docenas de guerreros que rodeaban al monstruo. Algunos fuertes, siguiendo su ejemplo, intentaron atacar al horrendo engendro igual que él, pero no habían desarrollado tanto su don, de manera que ninguno fue capaz de saltar lo bastante alto y el Gran Behemot los aplastó como a meros insectos. Lo mismo hacía con las casas de Rodna e incluso con las quimeras y los minotauros que, enloquecidos en su destructivo cometido, no se percataron de que el inmenso e irracional coloso descargaba sus pezuñas sobre amigos y enemigos por igual.

Dragones y grifos surcaban el cielo tormentoso a sus anchas, porque los hechiceros estaban demasiado centrados en el enorme titán como para prestar atención a ninguna de las otras amenazas. No obstante, incluso las bestias aladas, temiendo la furia del Gran Behemot, se alejaban de él para dejarle espacio y se dirigían a los rincones más alejados de la ciudad, atrapando a los desprevenidos y destruyendo tanto como les era posible. Las llamas que se alzaban otorgaban suficiente luz como para comprender que, si no hacían algo para evitarlo, aquel sería el último día para la raza humana de Gáeraid.

Thadwos localizó a Elathia junto a cinco divinos que se hallaban algo rezagados de la batalla, obrando milagros sin cesar para intentar salvar a tantos rodnos como fuera posible, aunque sus intentos parecían fútiles: la mayoría encontraban su fin entre las patas del colosal engendro. Nándil estaba cerca de ellos, reposando brevemente antes de continuar el enfrentamiento.

—¡Elathia! ¡Nándil!

El fuerte aterrizó junto a la divina formando un cráter a sus pies, lo que provocó que su amiga se tambaleara. Ella lo miró sin reconocerlo debido a sus ojos iluminados, el rostro al descubierto y la espada recubierta de electricidad.

—¡Os necesito para matarlo! —exclamó Thadwos con premura—. ¡Elathia, debes conjurar un milagro para que pueda atravesar su pecho hasta el corazón!

—¿Thadwos? ¿Eres tú?

—¡Pues claro! ¿Quién si no?

Elathia no supo qué responder, porque sin la máscara y con los ojos luminosos aquel hombre parecía una persona completamente distinta.

—Mi espada fue encontrada en su corazón. —La sonrisa de Thadwos todavía perduraba a pesar del caos que los rodeaba—. ¡Así es como debemos derrotarle!

Aquella primera sonrisa que el fuerte mostró al descubierto era tan eufórica e insensata que, al verla, unas emociones que la divina no había sentido desde sus noches con Arúnhir despertaron en su interior.

—De acuerdo —aceptó con voz ronca.

Thadwos se giró hacia Nándil.

—¡También te necesitaré a ti! —afirmó—. ¡Usa tus dones para empujarme tan adentro como puedas!

La hechicera asintió y la sonrisa de Thadwos se ensanchó.

—Por fin lo he entendido —dijo—. Los rodnos de esta época nunca estuvieron destinados a matar al Gran Behemot. ¡Siempre fuimos nosotros tres!

Elathia y Nándil lo contemplaron con asombro mientras él desviaba los ojos hacia la enorme bestia que se alzaba ante ellos, que había proseguido con su embestida a Rodna, devastando todo cuanto encontraba a su paso. El fuerte saltó tres veces hasta aparecer frente a ella, momento en que hizo rotar su reluciente espada para llamar la atención del gigante, que giró lentamente la enorme cabeza hacia él. Acto seguido, Thadwos se propulsó hacia el norte, sin llegar a dar la espalda al Gran Behemot, que siguió su estela primero con la vista y luego con el cuerpo, virando su rumbo y encarándose hacia la dirección deseada.

El fuerte echó una rápida ojeada a Elathia y a Nándil, y vio que ambas estaban preparadas. Les hizo un gesto y aterrizó en las ruinas de la otrora empalizada, ahora un simple páramo de estacas rotas, desde donde esperó a su colosal enemigo con los brazos abiertos. La enorme bestia se encaró con él y de súbito soltó un rugido tan atroz que hizo temblar el mundo entero.

—Creo que esta es la posición de tu muerte —calculó Thadwos con emoción y nervios contenidos—. Hasta nunca, Gran Behemot.

El rodno gritó como si tratara de responder al bramido del gigantesco monstruo, consumiendo en un solo instante todo el poder que todavía albergaba para acto seguido saltar hacia el gigantesco animal.

Elathia activó su don una vez más para que el ataque del fuerte surtiera efecto al mismo tiempo que Nándil levantaba ambas manos y conjuraba el hechizo de manipulación sobre las prendas de su amigo.

Thadwos recorrió en un abrir y cerrar de ojos la distancia que lo separaba de su objetivo. Alcanzó el pecho empuñando a Báinhol con ambas manos; la punta de la espada atravesó la piel y se internó en la carne, calcinándola con la electricidad que desprendía la hoja, seguida por el fuerte, cuyo impulso, ayudado por sus dos compañeras, le hizo perforar el múscu-lo, sortear las costillas y llegar hasta un corazón más grande que su propio ser.

El Gran Behemot gimió y se derrumbó sobre Rodna.

21

—¡Thadwos! —gritó Elathia con desesperación cuando vio que la terrible criatura caía sobre su propio pecho y que, por tanto, su compañero no podría escapar de su cuerpo por el mismo lugar por donde había entrado.

Comprendiendo que si no actuaban el fuerte sería sepultado en el interior de la bestia, Nándil, con el conjuro de manipulación todavía activo, movió ambas manos haciendo el gesto de dar un fuerte tirón. Al hacerlo, Thadwos salió atravesando la espalda del Gran Behemot; pero no se movía ni hablaba, sino que permanecía estático, sujeto en el aire por sus propias ropas, cubierto de sangre y vísceras. Con sus poderes aún activos, Nándil atrajo el cuerpo inerte, que flotó hacia ellas sin ningún impedimento, hasta dejarlo tendido en el suelo.

—¿Está vivo?

Elathia se tumbó junto al fuerte con los ojos encendidos.

—Sí..., sí. —Limpió con las manos la nariz de su compañero de sangre y pequeños trozos de carne para que pudiera respirar sin problema—. Solo está inconsciente, ha agotado todo su poder. —Empezó a limpiar su rostro completo, aunque de pronto se detuvo y miró a Nándil—. ¿Y su espada?

—Se habrá quedado incrustada en el monstruo. —La hechicera alzó la vista hacia el colosal cadáver que había frente a ellas dispuesta a extraer a Báinhol con sus poderes, pero su atención fue desviada hacia un haz de luz que caía del cielo—. ¿Qué es eso?

Parecía la silueta de una persona, aunque todo su cuerpo resplandecía como si tuviera luz propia. La figura descendió lentamente de las nubes hasta posar sus pies en el lomo del Gran Behemot y agacharse para acariciar a la gigantesca criatura con ternura, como si de una mascota se tratara. Tras un minuto inmóvil, el ser luminoso se alzó, se elevó y encaró la ciudad en ruinas que yacía frente a él.

—*Exterminadlos.*

Aquellas palabras resonaron en los oídos de Elathia y Nándil como si hubieran sido pronunciadas delante de ellas, aunque se encontraban a una distancia considerable de la figura resplandeciente. Atónitas, observaron que, como respuesta a aquella orden, la furia de las bestias que restaban vivas aumentaba hasta el punto de que se lanzaron contra los rodnos sin miedo ni precaución, enloqueciendo de ira y sed de sangre.

—Pero... —Nándil estaba boquiabierta—. ¿No deberían huir tras la muerte del Gran Behemot?

—Es ese ser... —Elathia señaló—. No era el Gran Behemot quien las lideraba, sino él.

—¿Cómo...? ¿Cómo lo sabes?

—Creo que... lo vi en un sueño...

—¿Qué?

Antes de que Elathia tuviera tiempo de dar ninguna otra explicación, los miembros de los divinos que había cerca de ellas se juntaron para lanzar cinco milagros conjuntos contra la figura luminosa para que pereciera, huyera o por lo menos dejara de incitar a las bestias.

No obstante, no solo ninguno de los milagros surtió efecto sino que, además, el ser pareció percatarse de que lo habían hecho objetivo de sus poderes, porque se giró hacia ellos bruscamente y acto seguido salió propulsado por los aires hasta quedar pendido en el cielo encima de ellos.

Los cinco divinos, junto con Elathia, Nándil y Thadwos, se encontraban sobre el segundo nivel de una casa cuyo tejado había sido arrancado de cuajo, de modo que tenían una vista bastante completa de todo cuanto los rodeaba y pudieron contemplar con claridad la figura que voló hasta ellos a una velocidad trepidante.

En efecto se trataba de una criatura humanoide y de complexión atlética, aunque su piel era negra como el carbón y un aura parecida a la de los sacerdotes la rodeaba por completo; pero no consistía en una mera envoltura rojiza, sino en puras llamas que se extendían y disminuían a ritmo aleatorio, como si sus huesos y su carne sirvieran como combustible para que el fuego se propagara por todo su ser, dotándolo de un halo resplandeciente que quemaba al contacto y a la vista, como una burbuja flamígera que cubría hasta la última porción de su cuerpo. Y, a pesar de ello, lo que más destacaba de aquella silueta eran sus ojos, rojos como el mismo fuego que desprendían sus músculos, con unos iris totalmente negros.

Elathia le observó con fascinación y descubrió que, si bien su rostro era irreconocible, sus facciones le recordaban mucho a las de un viejo enemigo.

—¿Arúnhir? —inquirió perpleja—. ¿Eres tú?

Su pregunta no recibió respuesta, porque aquel hombre en llamas los apuntó con una mano extendida y, sin previo aviso, un orbe de fuego de diámetro tan grande como la casa en la que se encontraban se formó ante su palma para de pronto salir disparado contra ellos.

Nadie tuvo tiempo de esquivar el lanzamiento. Los divinos intentaron obrar un milagro, pero no había posibilidad alguna de sobrevivir a tan poderoso y repentino ataque.

—¡*Cerco protector*!

Sin llegar a moverse, Nándil fue la única que consiguió invocar sus dones de forma efectiva; consiguió levantar un escudo lo bastante grande como para que cupieran ella, Elathia y Thadwos.

El fuego no alcanzó a ninguno de los tres, pero sí a los cinco divinos, que fallecieron carbonizados en un instante, y también a la casa en ruinas donde estaban, que se incendió provocando el hundimiento del segundo nivel. El impacto fue tan fuerte que tumbó a Nándil al suelo, aunque consiguió retener su escudo activo de tal manera que, incluso después de la caída al primer nivel, ella y sus dos amigos se mantuvieron a salvo de las llamas.

—*Vuestra hechicería no resistirá eternamente ante el poder de un dios* —resonó aquella voz profunda.

Desde su elevada posición, el ser de fuego dobló el brazo diestro y luego lo descargó contra el aire en dirección a la esfera protectora de Nándil. Un instante después un vendaval abrasador sacudió la esfera translúcida, sometiéndola a una presión sin precedentes que dejó a la hechicera clavada en el suelo, gritando para intentar contener el huracán mientras las paredes de su escudo empezaban a agrietarse.

—¡Ahora! ¡Cargad!

Maebios apareció seguido por una veintena de rodnos que se precipitaron contra la figura flamígera; los fuertes saltaron contra ella, los hechiceros invocaron rayos y los demás le arrojaron lanzas, flechas y hachas solares. El ser esquivó sus ataques volando y enseguida contraatacó con un cúmulo de llamas.

A diferencia de los demás, Levna no se quedó a combatir, porque siendo la única inferior tenía menos posibilidades de sobrevivir que el resto. Por esa razón, Maebios le pidió que ignorara la lucha y atendiera a Nándil tan pronto como consiguieran desviar la atención de su enemigo llameante.

El huracán había extinguido el fuego que se había propagado por las ruinas de la casa, de modo que cuando Levna llegó encontró entre los escombros a Nándil tratando de incorporarse, a Elathia más pálida que nunca y a Thadwos tendido junto a ellas, todavía inconsciente.

—¿Qué ha ocurrido? —preguntó la inferior—. ¿Estáis bien?

—¿Qué es... eso? —Nándil señaló con una mano trémula a la figura flameante que volaba de un lado a otro abrasando a los rodnos.

—Lo ignoro —confesó Levna con preocupación.

—Ha dicho que es un dios —murmuró Elathia—. Pero a mí me recuerda a Arúnhir.

—Sí... —La hechicera asintió—. Guarda cierto parecido.

Nándil calló, sobresaltada por los horrendos gritos de dolor que se alzaban a su alrededor. Frente a las ruinas de la casa, los guerreros de Maebios estaban siendo incinerados uno a uno por aquel individuo luminiscente que los embestía de forma imparable e incesante. Maebios fue quien resistió durante más tiempo debido a sus dones, pero incluso él acabaría cediendo al yugo del intenso fuego que invocaba aquel demonio venido de los cielos.

—¡Detente! —gritó entonces Elathia con toda la potencia de la que fue capaz—. ¡Detente, Arúnhir! ¿No me buscabas a mí?

El ser volador detuvo su acometida, se quedó pendido del cielo y giró el tenebroso rostro hacia la divina.

—¿*Tú? ¿Quién eres tú para tratar con un dios?*

—¿No eres Arúnhir?

—*Mi nombre es Ainos. Habrías hecho bien en venerarme, aunque ahora ya es demasiado tarde.*

—¿Ainos? —repitió Elathia—. ¿Ainos? ¿Ainos... el Cálido? ¿Quieres decir que eres... el Dios Sol?

El hombre llameante no respondió; simplemente permaneció flotando, inmóvil y con los ojos clavados en ella.

—¿El Dios Sol? —preguntó la divina incrédula—. No..., no es posible...

—No te creo —escupió Nándil enrabiada—. Los rodnos somos súbditos del Dios Sol. ¡Él nunca nos atacaría!

Su enemigo siguió manteniendo el silencio.

—Está rodeado de llamas —constató Levna con voz temblorosa—. Nunca se ha dicho que el Dios Sol no pueda encarnarse. Además..., ¿quién sino el Dios Sol sería capaz de controlar a las bestias? Él fue su creador. ¿Y si...? ¿Y si es cierto?

Elathia y Nándil se volvieron hacia ella boquiabiertas.

—Pero... —empezó la hechicera.

—No es posible —intervino Maebios, llorando por la muerte de sus camaradas incinerados—. ¡Abrid los ojos y mirad lo que ha hecho! ¿Qué razón podría tener el Dios Sol para atacarnos con semejante crueldad?

—*No vale la pena exponer mis razones* —retumbó la voz de aquel ser de fuego—. *Ya habéis demostrado que nunca las compartiréis. Vuestra existencia es un error que pretendo remediar de inmediato.*

—¿Qué? —Elathia sacudió la cabeza—. No lo entiendo...

—*Ni falta que hace.* —Ainos hizo un rápido movimiento con el brazo—. *Atacad.*

Durante la calma momentánea, docenas de minotauros y cíclopes habían abandonado la batalla por las calles de Rodna y se habían concentrado debajo de la figura llameante, donde permanecieron aguardando, hasta que después de la orden saltaron con furiosos rugidos contra la casa arruinada donde se encontraban los escasos defensores.

Maebios retrocedió a toda prisa mientras Levna gritaba y blandía su lanza solar contra un grifo que descendió de los cielos desde su espalda en un intento de cogerlos desprevenidos. La inferior hundió la punta entre las costillas de la criatura alada para luego pisotearla y rematarla en el suelo.

Entonces Nándil se elevó hasta lo que antaño había sido el tejado de la casa y descargó una tormenta de rayos contra los enemigos que se precipitaban hacia ellos. Algunos impactaron en el ser llameante, aunque no parecieron causarle efecto alguno, sino que se desvanecieron en retazos de humo tan pronto como tocaron las flamas que brotaban de su cuerpo carbonizado. Un dragón apareció entre las nubes y se dispuso a lanzar una llamarada sobre ella, pero Maebios y los revocadores bloquearon su poder, de modo que la bestia fue a parar directa contra la hechicera. Nándil activó su escudo y el dragón rebotó cuan largo era contra los minotauros y cíclopes que se disponían a asaltar la casa, aplastándolos con su enorme cuerpo al tiempo que ella salía despedida de vuelta al suelo debido a la fuerza del golpe.

Sin pensarlo dos veces, Levna saltó adelante esgrimiendo la lanza por encima de su cabeza y luego la descargó contra el vientre del dragón, que todavía yacía boca arriba frente a ellos. El monstruo gimió y expulsó vapor de las fosas nasales mientras la inferior extirpaba su arma y volvía a clavarla tan adentro como podía.

Viendo la encarnizada defensa de los rodnos, Ainos descendió en picado de los cielos para atravesar a Levna con un puño de fuego, pero Elathia intervino mucho antes de que alcanzara su objetivo. La divina se colocó en lo alto de las ruinas, levantó las manos, sus ojos estallaron de luz y acto seguido miles de gotas de agua se derramaron sobre el poblado. En un abrir y cerrar de ojos, la lluvia repentina se convirtió en un diluvio copioso e intenso que no llegó a sofocar las llamas de Ainos, pero sí las mitigó y le obligó a detenerse en el aire, asombrado ante lo que acababa de ocurrir.

—¿*Eres capaz de invocar la lluvia?* —preguntó con desconcierto.

—¡No solo la lluvia!

Sin que sus iris se apagaran en ningún momento, Elathia soltó un grito, dirigió las manos hacia su enemigo lumínico y una ráfaga de viento huracanado sopló directamente contra él, haciéndolo retroceder en el aire al tiempo que dirigía las gotas de lluvia sobre su cuerpo como si fueran un aluvión de flechas.

—¡Sigue así! —exclamó Levna, animando a la divina a continuar.

—*Ignoraba que hubierais aprendido a manipular los elementos* —se oyó la profunda voz—. *Más razón aún para erradicaros cuanto antes.*

Nándil se incorporó con la ayuda de Maebios y observó cómo Ainos extendía los miembros y, al hacerlo, expulsaba una ola de calor que hervía la lluvia y cambiaba el viento a su favor. Elathia volvió a gritar y convocó un torbellino todavía más potente, obligando a su oponente a cubrirse, aunque no cabía duda de que aquel ser, dios o mortal, era demasiado poderoso para que ella pudiera vencerlo.

—Debemos ayudarla —afirmó Maebios.

—Sí —convino Nándil—. Pero ¿cómo? Sus llamas le vuelven inmune a nuestros ataques. Ya has visto que mis rayos no le afectan; probablemente tampoco le hagan nada tus dones.

—Te equivocas —rebatió el revocador—. Recuerda que nada es eterno. Yo debería poder anular sus dones si ejecuto un lanzamiento final.

—¡No! —La hechicera se volvió hacia él y le agarró el brazo con fuerza—. ¡Consumirás tu propia vida si lo haces! Y si de verdad se trata de Ainos el Cálido, el Dios Sol encarnado, ¡es demasiado poderoso! ¡Ni siquiera con un lanzamiento final le anularías durante mucho tiempo!

—Tan solo durante unos segundos —reconoció Maebios—. Pero deberían ser suficientes para que lo encierres en un recipiente solar.

—¿Qué?

—Sé que es egoísta por mi parte pedirte esto, porque, aunque Ainos quede debilitado, sin duda tú también tendrás que realizar un lanzamiento final si queremos triunfar.

Nándil se quedó en blanco. Un leve escalofrío recorrió su espalda y, de pronto, fue consciente de su respiración, del sudor que le recorría el cuerpo y de los latidos de su propio corazón.

—¿Tienes un objeto solar vacío? —oyó que preguntaba su voz, completamente seca, como si fuera ajena a ella.

—Así es.

Maebios metió una mano en su morral y de su interior alzó una corona solar. Se trataba del mismo artefacto que le había mostrado aquella mañana, antes de abandonar el campamento; una corona solar idéntica a la que Nándil había visto en manos de Arúnhir después de haberla extraído del cadáver de la hidra que Thadwos había matado.

De súbito un relámpago azotó la mente de la hechicera, como si acabara de descubrir la pieza que faltaba en el rompecabezas, una mota de información con la que toda la historia cobraba sentido, la culminación de su viaje.

—Ahora lo entiendo todo —susurró.

Las lágrimas asomaron a sus ojos y su compañero, malentendiendo su reacción, apartó la mirada.

—Lo siento, Nándil —empezó—. Sé que es un disparate, pero es la única forma que se me ocurre de derrotar a Ainos y que Rodna sobreviva.

—Lo haré —lo tranquilizó la hechicera con voz neutra—. Lo haré porque ya lo hice en el pasado. Al fin y al cabo, este es mi destino.

—¿A qué te refieres? —preguntó Maebios extrañado.

—Hay algo que aún no te he contado sobre nosotros. —Sin llegar a soltar su brazo en ningún momento, Nándil se encaró al revocador para mirarle a los ojos—. Elathia, Thadwos y yo venimos del futuro. Estamos aquí por mera casualidad, sin desearlo ni comprenderlo. Pero ahora sé que... que esto era lo que debía ocurrir. —Su llanto empezó a descontrolarse—. Al conocerte..., yo..., oh, Maebios..., lamento que este sea nuestro final. Me gustaría haber tenido la oportunidad de pasar más tiempo contigo, fuera en la época que fuese. Ojalá todo fuera distinto…, ojalá hubiera otro modo…, pero no lo hay. Este siempre ha sido nuestro destino.

La expresión de Maebios quedaba oculta detrás de su bufanda, pero sus pupilas estaban fijas en ella. Cuando vio que sus lágrimas se desbocaban, se acercó todavía más y la estrechó entre sus brazos.

—Me llena de gozo haberte conocido —dijo con emoción—. Gracias por haber compartido tu tiempo conmigo. He disfrutado de cada segundo que he estado a tu lado.

—Yo también —sollozó ella.

—Adiós, Nándil.

La hechicera intentó responder, pero se le quebró la voz; Maebios se separó, dio media vuelta y se encaró con Ainos el Cálido, quien, tras deshacer el último ataque de Elathia, volaba de nuevo hacia ella con intención de calcinarla por completo.

—*¡Argollas de poder!*

Sus ojos brillaron cuando el revocador dirigió las manos a su enemigo volador como si lo atrapase con los dedos y las llamas que envolvían a aquel ser de pronto desaparecieron. Como una bestia voladora que de súbito hubiera perdido sus alas, la criatura oscura se precipitó en picado contra la ciudad y trató de activar de nuevo su poder, pero Maebios soltó un aullido gutural, la luz de sus iris aumentó hasta expandirse por todo su cuerpo, como si le abrasara desde dentro para acto seguido caer fulminado sobre el suelo.

—*¡Infusión total!*

Apenas un instante después de que el revocador hubiera invocado con éxito su conjuro, Nándil, con la corona tendida a sus pies, recurrió a sus poderes para atar con ellos la figura negra que había impactado contra la calle; la criatura chilló, aterrorizada por vez primera, mientras la hechicera vociferaba expulsando su fuerza y su vitalidad a través de aquel grito, al tiempo que su cuerpo era consumido por tanta luz que se convertía en una estrella venida a la tierra.

—¡No! —Los gritos hicieron que Elathia se girara hacia atrás y, después de ver a Maebios, comprendiera al instante lo que su amiga se disponía a hacer. Demasiado tarde, sin embargo, porque tan solo tuvo tiempo de alzar una mano antes de que su enemigo de carbón fuera absorbido por la corona solar y toda la vida que restaba en Nándil se agotara por completo.

En ese momento se produjo un estallido de luz blanca que inundó el mundo, con la corona como epicentro.

Levna aún se hallaba sobre el cadáver del dragón, esperando a las bestias que se acercaban desde las calles contiguas, cuando la luz la bañó por completo. Ignorando lo que ocurría, la inferior cerró los ojos, se echó al suelo y se cubrió torpemente con los brazos.

Al cabo de varios segundos escuchó el rumor de multitud de pasos que se alejaban, seguidos por el bramido de docenas de animales, y levantó la cabeza para ver a todas las bestias que todavía había en Rodna huyendo en desbandada de la ciudad. Tanto el carbón como las llamas habían desaparecido del cuerpo de Ainos, del que ahora no quedaba más que un esqueleto humeante que se había estrellado contra el barro.

Atónita, Levna se giró para celebrarlo con sus compañeros, pero lo que vio la dejó sin aliento: Elathia, Thadwos y Nándil habían desaparecido, y en la casa derruida tan solo quedaba el cadáver de Maebios. La guerrera se arrodilló ante el cuerpo sin vida de su amo y lloró, incapaz de reaccionar, justo cuando sus ojos se vieron atraídos por una corona ambarina de contorno reluciente que había detrás de él. La mujer se estiró y la recogió.

22

—¿Cómo has podido entrar en este distrito? —preguntó Elerion, todavía lleno de asombro y gozo por el reencuentro con Lessa—. ¡Solo se nos permite el paso a los divinos o a los inferiores que nos acompañan!

—Todo a su tiempo. —Lessa se sentó frente al muchacho; en su expresión ya no quedaba ni rastro de dicha, estaba completamente seria—. He venido... he venido para contarte algo. Nunca pensé que lo haría, pero tú me salvaste en el calabozo y esta es mi forma de recompensarte. No con grandes poderes, elogios o regalos materiales, sino con un bien mucho más preciado: conocimiento. Sobre Rodna está a punto de caer el mayor desastre de la historia de Gáeraid y debes ser consciente de ello si quieres sobrevivir.

—Me estás asustando. —Elerion sonrió casi con vergüenza.

—Eso es bueno. —Lessa hizo una pausa para respirar hondo, como si se dispusiera a dar un salto al vacío—. Lo que vas a oír a continuación es la historia de Ainos el Cálido, el Dios Sol.

—¿La historia del Dios Sol? —repitió el divino con confusión—. No te entiendo.

—Pronto lo harás —dijo Lessa con suavidad—. Por favor, escucha con atención.

El muchacho asintió. Las palabras de la inferior le habían hecho empalidecer.

—Ainos el Cálido creó toda la vida que hoy en día existe

en Gáeraid —empezó Lessa—. Esto incluye tanto a los humanos como a las doce razas de grandes bestias que habitan esta isla. Su intención original era que unos y otros conviviéramos en un equilibrio que no tendría por qué haberse quebrado nunca. Sin embargo, nada es eterno, ni siquiera la armonía planeada por el Dios Sol. Ocurrió algo que él no esperaba, los humanos consiguieron cazar algunas de sus grandes bestias y, al ingerirlas como alimento igual que hacían con los otros animales salvajes, descubrieron que sus cuerpos contenían un poder latente: los dones rodnos. Así los despertaron por primera vez, lo que suscitó un interés mucho mayor en las bestias del Dios Sol. A causa de ese interés, se investigaron nuevos métodos de caza y los revocadores acabaron desarrollando las armas solares. Así, con el paso del tiempo, los rodnos evolucionaron a costa de la destrucción de Gáeraid: por un lado, cazando a las bestias sin contemplación con tal de acumular mayor poder, pieles para vestir y colmillos o garras y huesos para adornarse; y por el otro, extrayendo la vida de plantas, ríos y rocas para fabricar tantas armas como podían. Al final, Ainos el Cálido acabó comprendiendo que, si no hacía nada por impedirlo, la tierra que había creado acabaría quedando completamente muerta, así como todas sus criaturas, que se extinguirían por la caza indiscriminada y por las malas condiciones de sus hábitats, hasta que al final tan solo restarían vivos los humanos en el mísero desierto que ellos mismos habrían creado, momento en que fallecerían de inanición, dándose muerte los unos a los otros por los escasos botines de un mundo yermo. Por tanto, decidió intervenir erradicando aquella enfermedad que asolaba su creación: exterminando a los humanos.

—¿Qué dices? —Elerion no pudo contenerse ante semejante barbaridad—. ¡Eso es herejía!

—No, no es herejía, es la verdad —afirmó Lessa—. Y tú has oído hablar de esa intervención.

—Ah, ¿sí? —Elerion no estaba muy convencido—. ¿Cuál es?

—El ataque de las bestias que ocurrió hace trescientos años.

—¿El ataque...?

—¿Por qué crees que miles de bestias irracionales fueron capaces de unirse para atacar simultáneamente a los rodnos? No fue casualidad. Hay quien cree que el Gran Behemot las lideraba, pero se equivocan. En realidad, quien las dirigía era Ainos el Cálido, el Dios Sol en persona.

Lessa calló para que Elerion asimilara sus palabras. Cerca de ellos se encontraba Cángloth de pie, aunque el impacto de la revelación le obligó a sentarse a su lado para no caer de bruces al suelo.

—Si lo que dices es verdad —la voz del divino temblaba—, ¿cómo se supone que Maebios pudo detener a las bestias?

—Maebios pertenecía al clan de los revocadores —respondió Lessa—. En cuanto vio que Ainos era quien guiaba a las bestias, conjuró un lanzamiento final..., dio su vida para anular durante escasos instantes el poder de Ainos. En ese momento, una hechicera conjuró otro lanzamiento final, sacrificándose para sellar ese poder en una corona.

—¿Una corona? —La mente de Elerion captó la idea de inmediato—. ¿La corona del Dios Sol?

—La misma. —Lessa asintió con gravedad—. En cuanto Ainos el Cálido fue neutralizado, todas las bestias que habían atacado Rodna huyeron y se dispersaron, puesto que la voluntad que las mantenía unidas desapareció.

—¿Y qué hay del Gran Behemot? —inquirió Elerion ávidamente—. No cabe duda de que fue derrotado. ¡Su esqueleto es visible desde cualquier punto de la ciudad!

—Murió, pero no a manos de Maebios. Un fuerte lo hizo.

—Vaya...

—No estás comprendiendo la gravedad de la situación, Elerion. —Lessa le lanzó una mirada severa—. Ainos el Cálido fue encerrado en una corona, una corona que hace poco fue destruida.

—¿Qué? —El muchacho se puso en tensión—. ¿La corona ha sido destruida? ¿Cómo lo sabes?

—Lo he sentido.

—¿Lo has sentido? —repitió Elerion con confusión—. ¿Qué significa eso?

Lessa suspiró.

—Cuando Ainos fue sellado, una mujer cogió la corona —dijo con suavidad—. Era una muchacha sin poderes, una inferior. Se llamaba Levna. Durante su corta vida siempre había soñado con ser como los rodnos, con poseer un don propio, así que lo primero que hizo con la corona en sus manos fue un acto egoísta: la usó para hacerse con un nuevo don distinto a todos los demás. ¿Se te ocurre cuál es?

Elerion negó con la cabeza. Para sorpresa de ambos fue Cángloth quien respondió.

—El único que no existía hasta aquel momento. —El inferior tenía el cuerpo inclinado hacia delante debido a la concentración—. La piromancia. El don de los sacerdotes.

—Exacto. —Lessa asintió con vehemencia—. Con la corona, Levna descubrió que, si tenía fe en Ainos el Cálido, es decir, si creía realmente en su existencia y en la increíble magnitud de sus poderes más allá de toda duda y comprensión, obtendría como don el mismo fuego que lo caracterizaba. Así fue como se convirtió en la primera sacerdotisa de Rodna.

—La primera sacerdotisa... —repitieron Elerion y Cángloth al unísono.

—La suma sacerdotisa Levna. Aunque hubiera nacido como una inferior, el poder que demostró fue tan abrumador que los rodnos supervivientes la aceptaron como una de los suyos. Por desgracia... —Lessa cerró los ojos e inclinó la cabeza con arrepentimiento—. Como era la única que quedaba viva de entre todos los que estaban cerca de Maebios en el momento culminante de la batalla, solo ella sabía de la existencia de la corona. De nuevo su egoísmo pudo más que cualquier otra cosa y decidió no hablar abiertamente de tal artefacto, por miedo a que, si lo hacía, le arrebataran sus poderes. —Hizo otra pausa para buscar las palabras adecuadas con las que continuar, mientras Elerion y Cángloth la miraban con expectación—. Únicamente les habló de la existencia de la corona a sus discípulos. Veréis, después de haber vivido la dura vida de un inferior, la suma sacerdotisa Levna quiso ayudar a aquellos que no tuvieran poderes, pero no podía hacerlo con toda la población de inferiores, porque de haberlo intentado sin duda los rodnos la habrían perseguido. Debía hacerlo de forma más sutil, así que decidió auxiliar a los neonatos de las familias rodnas que al nacer carecían de sus dones maternos, para al menos evitar que aumentara la población de inferiores.

—¿Cómo? —Elerion frunció el ceño—. ¿Sugieres que los inferiores eran hijos de rodnos? ¡Eso es imposible!

—¿Y qué crees entonces que ocurría con aquellos rodnos que nacían sin dones? —cuestionó Lessa con voz autoritaria—. ¿Que vivían con sus familias con normalidad en medio de una sociedad donde lo único que importa son los poderes?

—No… —El divino se inclinó hacia atrás debido a la sorpresa causada por el duro tono de la chica—. Los rodnos sin poderes no existieron hasta después de la fundación del culto de los sacerdotes.

—Eso es mentira —declaró Lessa sin tapujos—. Los rodnos sin poderes se remontan incontables ciclos en el tiempo. Ya te lo conté en la celda: antiguamente no había distinción entre inferiores y rodnos, porque eran todos iguales, seres humanos sin poderes. En cuanto cazaron e ingirieron a las primeras bestias, descubrieron que absolutamente todos tenían poderes latentes, pero la naturaleza siempre se equilibra por sí misma. Aunque los humanos aprendieron a dominar aquellos dones, entre los hijos que engendraban a veces nacía alguno que carecía completamente de poderes. Era la selección natural: igual que hay hombres y mujeres, altos y bajos, rápidos y lentos, ágiles y torpes, listos y bobos…, los hay también con dones y sin dones. Sin embargo, daban tanta importancia a los poderes que despreciaron a aquellos hijos que no los tenían, sintieron tanta vergüenza que los repudiaron; a algunos les dieron muerte, mientras que a otros los convirtieron en los siervos de sus familias. Ese fue el origen de los inferiores.

Elerion se había quedado sin palabras. Cángloth se tapaba el rostro con una mano.

—No puede ser… —musitó.

—Los rodnos se dijeron a sí mismos que nos habían creado, aunque la realidad era que nos habían esclavizado. —Lessa hizo un gesto como para recuperar el hilo de sus pensamientos—. Sabiendo todo eso, la suma sacerdotisa Levna quiso salvar a las futuras generaciones de inferiores instaurando el dogma de que los neonatos rodnos sin poderes en realidad eran señalados por el Dios Sol como sus elegidos terrenales. Al comienzo los rodnos fueron reacios a aceptar tal pretensión, pero cambiaron de opinión tan pronto como los primeros acólitos demostraron poseer el mismo don piromántico que Levna. Deseando evitar comparaciones con los inferiores, la suma sacerdotisa defendió que ahora que existía el culto los hijos de rodnos sin poderes podían considerarse elegidos por el Dios Sol, pero no las docenas de generaciones que habían existido con anterioridad. Y funcionó. Fue una proeza…, logró convertir un estigma en un honor. Por supuesto, el éxito de su nueva doctrina no impidió que siguieran naciendo inferiores, porque había tantos que ya se reproducían entre ellos, pero al menos no aumentó todavía más su población.

—¿Y cómo conseguían dominar la piromancia los rodnos nacidos sin poderes? —quiso saber Cángloth.

—Igual que lo había logrado la suma sacerdotisa —contestó Lessa—, profesando una fe ciega en la existencia de Ainos el Cálido.

—¡Pero si el Dios Sol había intentado exterminarnos! —recordó Elerion.

—Pero eso no implicaba que no existiera o que no fuera increíblemente poderoso, ¿verdad? Al contrario: Levna lo había visto en carne y hueso, o en fuego y carbón, más bien. Para ella, creer en su presencia era tan fácil como respirar.

—Una fe ciega… —Cángloth parecía absorto en profundas cavilaciones—. Pero, entonces, cualquiera podría profesar esa fe, ¿verdad? ¿No significa esto que cualquiera podría dominar la piromancia? ¿Yo mismo podría conseguirlo, por ejemplo?

Lessa le lanzó una larga mirada antes de finalmente asentir con la cabeza.

—Podrías.

La revelación dejó a Cángloth sin aliento.

—Pero es extremadamente difícil —añadió Lessa con voz pausada—. No todos lo consiguen.

—¿Te refieres a… a los acólitos que no superan las pruebas? —intervino Elerion con inseguridad.

—¿Qué sabes de las pruebas del culto? —interrogó Lessa.

—Bueno…, todo el mundo sabe que los acólitos deben demostrar su validez con una prueba de fe que solo un tercio de ellos superan; los que fallan perecen en el intento.

Lessa sonrió con sarcasmo.

—Supongo que es más fácil esconder la verdad entre las mentiras —dijo con desdén—. No, en aquella época no era así. La corona enseñó a Levna a cultivar la fe en Ainos, y ella transmitió sus enseñanzas a sus discípulos para que dominaran la piromancia igual que ella. Pero entonces cometió un error. —La mirada de Lessa se perdió a través de la ventana que mostraba la luna brillando en el cielo nocturno del exterior—. Levna confió en sus acólitos, no tenía ninguna razón para no hacerlo, dado que era como una madre para ellos. Les mostró la corona y les contó la verdad de lo que había ocurrido durante el ataque de las bestias: que había sido el propio Ainos quien las había convocado y dirigido para exterminar a la humanidad, pero que Maebios le había detenido encerrándole en aquella corona. Y entonces... entonces... los acólitos se rebelaron contra ella.

—¡No es posible! —saltó Elerion—. ¿Por qué? ¿Qué hicieron?

—La misma fe que la suma sacerdotisa les había enseñado a profesar se volvió en su contra. —La voz de Lessa descendió hasta convertirse en un murmullo apenas audible—. Sus discípulos, capaces de controlar los poderes pirom“nticos gracias a Ainos, habían desarrollado tanta veneración hacia él que decidieron aceptar cualquier veredicto divino que tomara, incluso si ello desencadenaba la extinción de los rodnos. Les pareció un sacrilegio que su Dios Sol estuviera encerrado, de modo que conspiraron para asesinar a la suma sacerdotisa, hacerse con la corona y destruirla para así liberarle de su prisión.

—Malditos locos... —bufó Cángloth de forma casi inconsciente.

—Pero no lo consiguieron, ¿verdad? —dedujo Elerion.

—Por fortuna, Levna se percató a tiempo de sus intenciones y logró huir antes de que la asesinaran —prosiguió Lessa tan absorta que no pareció percatarse de la interrupción—. Y se llevó la corona con ella, tan lejos como pudo. Los sacerdotes traidores la buscaron durante años, pero nunca la encontraron.

—Así que eso fue lo que ocurrió —dijo Elerion en un susurro.

—La historia no termina aquí. —Lessa volvió la cabeza hacia él con seriedad—. Tras la desaparición de la suma sacerdotisa Levna, la doctrina de los sacerdotes cambió radicalmente. Continuaron reclutando e instruyendo a los rodnos que nacían sin poderes, pero con un cambio significativo: ahora, cuando los acólitos alcanzaban cierta edad, se les revelaba cuál era el verdadero propósito de Ainos el Cálido y lo que había ocurrido en el ataque de las bestias. Si los acólitos demostraban venerar lo bastante al Dios Sol como para estar de acuerdo con su voluntad de exterminar a los rodnos, entonces se convertían en sacerdotes; pero, en caso contrario, eran asesinados. Durante trescientos años se ha hecho así: esta es la supuesta prueba que os han hecho creer que practican y la razón por la que los sacerdotes son tan escasos en proporción.

Cuando Lessa calló, el silencio inundó los aposentos. Elerion y Cángloth la miraban con expresiones boquiabiertas e incrédulas.

—¿Cómo es posible... que nadie lo sepa? —musitó el divino.

—Ni los propios acólitos conocen con exactitud en qué consiste la prueba hasta que la llevan a cabo —explicó Lessa—. Y, para entonces, ya es demasiado tarde. Los que sobreviven son tan leales que nunca se traicionarían.

—Entonces la matriarca Irwain tiene razón —reflexionó Elerion—. Los sacerdotes..., todos los sacerdotes están aliados con los rebeldes, ¡porque ambos grupos quieren la ruina para los rodnos!

—¿Aliados? —se mofó Lessa con acritud—. Son mucho más que eso: los sacerdotes son quienes impulsaron la rebelión desde las sombras.

—¡¿Qué?! —exclamaron Elerion y Cángloth al unísono.

—Los sacerdotes decidieron terminar lo que su venerado Dios Sol había empezado: la destrucción de los rodnos —explicó Lessa—. El único clan al que temían era el de los revocadores, porque podían anular su poder y, además, había sido uno de ellos quien había detenido a Ainos en persona. Por tanto, hace cuatro ciclos planearon una farsa y se inventaron pruebas falsas, hicieron creer a todos los demás que los revocadores conspiraban para hacerse con el control de Rodna. La jugada les salió a pedir de boca y, como ya de por sí todos los clanes recelaban de los revocadores, se unieron y los exterminaron.

—¿La Noche de las Represalias fue una mentira sembrada

por los sacerdotes? —concluyó Elerion, obligándose a decirlo en voz alta para resaltar su ignorancia.

Lessa se limitó a asentir.

—Sin la amenaza de sus mayores enemigos, los sacerdotes tuvieron libertad para hacer lo que de verdad deseaban —continuó—. Durante los últimos ciclos se han dedicado a persuadir a los inferiores para que se rebelen, ahuyentando sus miedos y prometiéndoles todo su apoyo. Fue un proceso lento, porque ningún rodno debía percatarse de ello y muchos inferiores, como tú, Cángloth, erais demasiado leales a vuestros amos como para sublevaros. Pero al final lo consiguieron. El año pasado estalló la rebelión y desde entonces los sacerdotes se han mantenido en contacto con los inferiores, alertándolos de todo cuanto planeaban los rodnos. Por eso el asalto de la matriarca Irwain triunfó, porque contó tan solo con un puñado de guerreros, entre quienes no se encontraba ni un solo sacerdote.

—No lo entiendo —intervino Cángloth—. Si los sacerdotes velan por la suerte de los rebeldes, ¿por qué Kárhil intentó ejecutar a todos los que estabais en las mazmorras?

—La respuesta es obvia: para que ninguno contara la verdad —dijo Lessa con sencillez—. El año pasado la mayoría de los rebeldes todavía lo ignoraban, pero a estas alturas todos saben que son los sacerdotes quienes los han estado ayudando desde el principio. Cuando Irwain nos capturó…, supongo que la suma sacerdotisa Súrali le ordenó a Kárhil que nos matara a todos por precaución.

—Si los sacerdotes están ayudando a los inferiores y cualquiera puede dominar la piromancia mediante la fe, ¿significa eso que les están entrenando? —La voz de Elerion temblaba de puro terror—. ¿Miles de rebeldes con poderes pirománticos se están preparando para asaltar Rodna en cualquier momento?

—Por fortuna para ti, no. —Lessa esbozó una leve sonrisa—. Como he dicho antes, es extremadamente difícil dominar la piromancia. Uno debe profesar una fe ciega en Ainos el

Cálido, y la realidad es que los inferiores… —Se giró hacia Cángloth con expresión de disculpa—. Los inferiores no tenéis ni una pizca de fe.

—Ah, ¿no? —se sorprendió Cángloth.

—Me temo que es lo más lógico —dijo Lessa—. Durante incontables generaciones habéis sido siervos y esclavos, obligados a trabajar hasta la extenuación, a procrear para engendrar hijos que vivirán igual que vosotros, a que os traten sin decoro ni respeto. Los sacerdotes han intentado adiestrar a los rebeldes en el arte de la piromancia, pero no he visto a ninguno que haya conseguido dominarlo, porque ninguno profesa verdadera fe en Ainos el Cálido, un dios que los dejó abandonados y que nunca hizo nada por evitar o amortiguar su sufrimiento.

—Ya veo —murmuró Cángloth.

—Bueno, al menos eso es una noticia positiva —dijo el divino con alivio.

—No, Elerion. —Lessa negó con la cabeza—. Lo peor todavía está por venir.

—¿A qué te refieres? —preguntó el chico.

—Te lo he dicho antes. La corona en la que estaba encerrado Ainos ha sido destruida.

—Destruida —repitió Elerion como si tuviera que desentrañar un rompecabezas—. ¿Por qué…? ¿Cómo estás tan segura?

—Lo he sentido.

—Sí, ya lo has dicho antes, pero no te he entendido. Entonces nos has explicado toda esta historia sobre los sacerdotes, pero sigo sin entenderlo.

—Yo estoy… vinculada al Dios Sol.

La revelación no inmutó a Elerion ni a Cángloth, que se quedaron mirándola con expresión perpleja. Lessa suspiró de nuevo, estiró un brazo hacia el vacío y de súbito sus ojos relampaguearon con luz dorada.

—¡*Llamarada tenaz!*

Una lengua de fuego brotó de la palma abierta de su mano y se extendió vivamente hacia el techo. Elerion se incorporó y retrocedió por instinto, mientras Cángloth pegaba un bote por la impresión y se caía al suelo. Lessa pasó la vista de uno al otro para, al cabo de unos instantes, cerrar los dedos con fuerza y hacer desaparecer las llamas al tiempo que sus ojos se apagaban.

—Soy una sacerdotisa —confesó con voz suave—. La matriarca Irwain y sus guerreros pudieron capturarme porque llevo meses viviendo entre los rebeldes como si fuera una más, meses sin activar mis poderes para que mi cabello creciera como el de los demás. Pero hace dos días lo noté. Sentí en lo más hondo de mi ser que Ainos el Cálido nos llamaba a todos los sacerdotes. Eso significa que Ainos... que Ainos está libre. Alguien ha destruido la corona.

—Tú..., ¿sacerdotisa? —tartamudeó Elerion—. Pero... ¿cómo...?

—Eso no es lo más importante —se percató Cángloth, girando la cabeza hacia el divino—. Vuestra madre partió en busca de la corona. Si alguien la ha destruido, ¿significa eso que ella ha fracasado?

—Oh no. —Elerion abrió mucho los ojos—. Si el Dios Sol ha sido liberado cerca de ella y tiene intención de aniquilar a todos los rodnos..., ¿qué habrá sido de mi madre?

El muchacho, pálido de nuevo, lanzó a Lessa una mirada suplicante.

—No es solo la vida de tu madre la que está en peligro. —La expresión de Lessa era de lo más sombría—. Ahora que vuelve a estar libre, Ainos se precipitará sobre Rodna. Y esta vez no lo hará solo con las bestias, sino que a su lado marcharán también los sacerdotes y los rebeldes, y ya no queda vivo ningún revocador que pueda plantarle cara. Si no huis, todos pereceréis.

23

Elathia despertó con la garganta seca y un horroroso mareo que le impidió ponerse en pie. Abrió los ojos y vio el caluroso sol del mediodía caer sobre multitud de edificios derruidos. Miró alrededor preguntándose qué había ocurrido cuando de repente la sorprendió descubrir que las ruinas en las que se encontraba eran de piedra, no de paja y madera. Dio media vuelta sobre sí misma y a lo lejos alcanzó a divisar casas enteras y, más allá, una alta muralla que resplandecía con los rayos bajos del sol.

La divina tardó un momento en comprender que se hallaba en el distrito de los revocadores dentro de la Rodna evolucionada de su época, no en la antigua ciudad del pasado.

Una sensación de alivio monumental invadió su corazón, pero antes de poder asimilarla por completo su mente fue sacudida por los recuerdos de todo lo que había ocurrido justo antes de perder la consciencia.

—¿Nándil...? ¡No!

El cadáver de su amiga estaba tendido cerca, humeando y con las cuencas de los ojos vacías. Elathia se lanzó sobre ella, la abrazó y rompió a llorar desconsoladamente; el rostro de la hechicera había perdido todo su encanto y se había contraído en incontables arrugas, como si hubiera envejecido de golpe todos los ciclos que le faltaban por vivir.

La divina gritó para ahogar la pena, pues sabía que Nándil había fallecido.

Se mantuvo así, inmóvil mientras lloraba y abrazaba el cuerpo inerte, durante tanto tiempo que al final se le agarrotaron los músculos. Cuando su pensamiento fue capaz de reactivarse recordó que con ellas dos viajaba otro compañero. Azotada por el temor, Elathia se levantó y buscó con desesperación el cuerpo del hombre entre las ruinas del distrito en el que se encontraba; y entonces lo vio, tendido entre viejos escombros, con el rostro desenmascarado y repleto de sangre seca, aunque su figura era claramente reconocible.

—¿Thadwos? ¡Thadwos! ¡No, no, no...!

Saltó y corrió hasta llegar al lado del fuerte, agarrarlo entre los brazos y sacudirlo levemente.

—¡Despierta, Thadwos, despierta! No me digas que tú también..., ¡despierta, por favor!

La necesidad la hizo invocar un milagro aun sin desearlo, sus ojos se iluminaron y su compañero se removió en sueños para finalmente abrir los párpados.

—¡Thadwos! —Elathia lo abrazó casi tan fuerte como a Nándil poco antes—. Estás bien, estás bien, estás bien...

—¿Qué ha...? —preguntó él con un hilo de voz.

—Thadwos... —La divina se separó, todavía llorando—. Nándil..., Ainos..., Rodna...

El fuerte se sintió sobrecogido por el llanto de su amiga y trató de incorporarse para consolarla, pero su cuerpo no respondió.

—No puedo moverme —gruñó entre dientes.

—¿Qué? —Elathia intentó enjugarse los ojos para observarle con detenimiento—. Levanta los brazos.

—No puedo —confesó Thadwos con espanto—. Me siento muy débil.

—¿Débil? —Incapaz de detener sus lágrimas, la divina siguió llorando mientras le miraba de arriba abajo—. No sé qué..., ¡oh!

—¿Qué ocurre?

—Tus ojos…, ¡se han vuelto negros!

En efecto, los iris del fuerte no eran amarillos o luminosos, sino oscuros como pozos sin fondo.

—Has agotado todas tus reservas de poder al enfrentarte al Gran Behemot —dedujo Elathia—. Ahora que no te quedan nutrientes por consumir, tus ojos han recuperado su color original, del mismo modo que tu cuerpo ya no posee la fuerza a la que está acostumbrado.

—Llevaba años manteniendo mi don activo en todo momento —murmuró Thadwos—. Ya no recordaba lo que es la debilidad de los humanos corrientes.

Elathia esbozó una triste sonrisa, pero no pudo evitar recordar el cadáver de Nándil y sus lágrimas continuaron bañando sus mejillas sin cesar.

—Elathia, háblame. —El fuerte frunció el ceño al intentar mover los brazos, aunque de nuevo fue en vano—. ¿Qué ha ocurrido? ¿Dónde está el Gran Behemot? ¿Y las bestias? ¿Dónde…? ¿Dónde estamos?

—En Rodna…, nuestra Rodna.

—¿Nuestra Rodna? —Thadwos hizo un esfuerzo por girar el cuello y contemplar las ruinas de piedra que los rodeaban—. ¿Hemos vuelto a saltar en el tiempo? Pero… ¿cómo?

—La corona…, Nándil…

Elathia intentó explicar lo ocurrido, pero las palabras se trabaron en su lengua y fue incapaz de pronunciar ningún sonido inteligible. Thadwos empezó a comprender que algo no iba bien.

—Tranquila, Elathia —murmuró con impotencia—. Cálmate. Habla despacio.

La divina negó con la cabeza e hizo un gesto para indicar que debía acompañarla. Aún con los ojos borrosos, le cogió las manos y tiró de él para levantarle. Thadwos gimió, pero consiguió ponerse en pie, aunque las piernas le fallaron y se precipitó hacia el suelo. Por suerte, Elathia lo sostuvo. Apoyando casi todo su peso en ella, el rodno empezó a caminar con lentitud, mientras la divina, sin dejar de llorar, le guiaba hacia el cuerpo de Nándil.

—Oh, no…

Thadwos cayó arrodillado frente a la hechicera e inclinó la cabeza en señal de tristeza. Elathia se dejó caer a su lado y le contó todo cuanto había ocurrido desde que el fuerte había dado muerte al Gran Behemot. A medida que hablaba su voz se fue serenando, pasando del sollozo a un débil susurro apenas audible.

—Maebios había fabricado una corona solar —recordó Elathia—. Supongo que mientras yo combatía a Ainos ellos decidieron usarla para contenerlo.

—Entonces la corona siempre existió —concluyó Thadwos—. Pero si albergaba el poder del Dios Sol no era porque él se la hubiera entregado a Maebios, sino porque Maebios y Nándil lo habían encerrado en su interior…

—¿Será esa la razón por la que hemos viajado en el tiempo? —reflexionó la divina—. El poder del Dios Sol nos desplazó.

—¿Qué quieres decir?

—Ponte en su lugar…, ¿qué hubieras hecho tú de haber estado encerrado durante trescientos años sin poder escapar? Tu pensamiento habría vuelto una y otra vez al momento en el que habías sido capturado. Cuando Arúnhir rompió la corona, el poder de un dios fue liberado de golpe, un poder de tal magnitud y tan obsesionado por su cautiverio que envió todo cuanto había a su alrededor a la época en la que había sido derrotado. Del mismo modo, cuando fue sellado en el pasado, el poder que nos mantenía en esa época se deshizo y fuimos devueltos al presente.

—Te equivocas —dijo el fuerte—. Porque mi espada se ha quedado ahí, atrás en el tiempo, no ha vuelto con nosotros.

—Estaba demasiado lejos de la corona cuando Nándil ha

encerrado a Ainos —refutó Elathia—. Tu espada se quedará ahí, enterrada en el corazón del Gran Behemot, para que tú..., en un futuro..., vuelvas a hacerte con ella. Es una paradoja, tu espada es un producto del tiempo.

Thadwos guardó silencio mientras ella se enjugaba las últimas lágrimas y el viento soplaba a su alrededor, agitando la ropa del cadáver de Nándil.

—¿Aún conservas tu sello revocador? —preguntó entonces la divina. El fuerte palpó el fardo que llevaba cruzado en la espalda y asintió—. Guárdalo bien. Es el último recuerdo que tenemos del poder de Nándil.

—¿Su poder?

—¿No te has dado cuenta? Los revocadores nunca aprendieron a almacenar su don en artefactos solares, sino que fueron Nándil y Maebios quienes crearon todos los sellos que existen hoy en día. Nunca se hicieron más porque nadie tenía esa habilidad, hasta que los hechiceros desarrollaron el conjuro para imbuir poder hace cuatro semanas.

—Ya veo... —Thadwos asintió lentamente—. ¿Y qué hay de Arúnhir? Él fue quien destruyó la corona, pero no fue enviado al pasado con nosotros.

—Lo sé —admitió la divina—. Arúnhir..., Ainos me recordó a él.

—¿El Dios Sol te recordó a Arúnhir?

—Sí..., no entiendo lo que..., ojalá pudiéramos dar con él y hacerle hablar.

—No sabemos dónde buscarlo —discurrió Thadwos—. Si de verdad estamos en la Rodna de nuestra época, lo primero que deberías hacer es ir a visitar a tu hijo.

—¿Mi hijo?

—No creo que me equivoque si supongo que él fue la principal razón por la que conseguiste recuperar tus poderes, ¿verdad? Seguramente te está esperando.

—Elerion... —Pronunciar el nombre en voz alta hizo que

una sonrisa se asomara a los labios de Elathia, aunque de inmediato sacudió la cabeza—. No, no puedo dejaros aquí abandonados, debemos entregar el cuerpo de Nándil a su clan.

—Yo lo haré.

—Pero no estás bien, no has recobrado tu fuerza.

—Puedo esperarte aquí. Me quedaré con Nándil hasta que regreses.

—Pero...

—No te preocupes, Elathia. Ve a ver a tu hijo. Deberías comprobar que está bien y asegurarte así de que estamos en nuestra época.

La firmeza en la mirada de Thadwos hizo que Elathia asintiera.

—De acuerdo. Iré a buscarle y luego volveré.

—Cuando lo hagas tráeme carne de cíclope, si puedes.

—Claro.

Elathia se levantó, vaciló un momento sin saber cómo despedirse y al final partió corriendo sin decir o hacer nada más. Se precipitó por las calles de piedra ajena al cansancio o al dolor, porque la perspectiva de volver a ver a su hijo después de todo lo ocurrido la llenaba de júbilo y vitalidad. Aquí y allá se encontró con rodnos que la saludaban, aunque ella apenas les prestaba atención y los pasaba de largo a toda prisa, centrada en cruzar la ciudad cuanto antes para llegar al distrito de su clan.

Como siempre, la entrada estaba guardada por varios compañeros que tan solo necesitaron echarle un vistazo para reconocerla.

—¿Elathia? ¡Cuánto tiempo! ¿Dónde est...?

—¡Lo siento, luego hablaremos!

La divina se internó en la ciudadela y continuó corriendo a lo largo de la plaza hasta alcanzar el edificio donde se hallaban sus aposentos familiares. Abrió la puerta de golpe y atravesó el umbral mientras llamaba a su hijo por su nombre.

Cángloth fue el primero que apareció, asomando la cabeza desde la cocina.

—¡Señora! —exclamó—. ¡Habéis vuelto!

Elerion lo siguió con expresión de sorpresa y se abalanzó sobre Elathia de inmediato.

—¡Madre! ¡Madre, estás aquí!

Ambos se fundieron en un fuerte abrazo.

—Te he echado mucho de menos —confesó ella.

—Y yo a ti. —Elerion se separó—. Madre, ¿estás bien? ¿Qué ocurrió con la corona? El Dios Sol fue liberado, ¿verdad? ¿Te hizo algo? ¿Te atacó?

—¿Qué? —Elathia miró a su hijo sin comprender—. ¿Cómo sabes...? ¿Qué sabes sobre Ainos?

—Que intentó exterminarnos en el pasado. Lessa nos contó su historia ayer.

—¿Quién es Lessa?

—Una chica..., una inferior. Bueno, en realidad no..., es una sacerdotisa.

—¿Una sacerdotisa?

—Sí. Se hacía pasar por una inferior. Es como si fuera una inferior, de hecho, dado que todos los inferiores son los predecesores de los sacerdotes.

—¿Qué?

—Acomódate, madre. —Elerion se sentó y Elathia le siguió sin llegar a soltarle las manos—. Han pasado muchas cosas desde que te fuiste. La matriarca Irwain capturó a un grupo de rebeldes y el sacerdote Kárhil intentó asesinarlos antes de que fueran interrogados, pero yo los salvé.

—¿Tú? —musitó Elathia con incredulidad.

—Bueno, no estaba solo —admitió el muchacho—. Dalion, del clan de los resistentes, me ayudó. Lessa era una de las prisioneras y, como agradecimiento por salvarla, me contó que hace tres siglos el Dios Sol convocó a las bestias para destruir Rodna, pero fue encerrado en la corona. Entonces reveló que en realidad ella es una sacerdotisa y que hace cosa de una semana sintió que la corona era destruida. Dijo que el Dios Sol había sido liberado..., y que ahora su propósito será acabar lo que dejó a medias hace trescientos años: exterminar a los rodnos.

—Oh..., claro, supongo que es lógico... —Perpleja ante todo cuanto su hijo le había contado, Elathia no pudo sino inclinarse hacia delante y sostener la cabeza con ambas manos, intentando asimilar la amenaza que se cernía sobre ellos—. No se me había ocurrido pensar que, cuando Arúnhir rompió la corona, Ainos fue liberado.

—¿Qué haremos, madre? —Elerion parecía más inseguro que nunca—. No supe cómo reaccionar. Lessa dijo que todos los sacerdotes son espías de los rebeldes, porque ellos en realidad nacen sin poderes, de modo que siempre han velado por la causa de los inferiores..., dijo que ellos fueron quienes condenaron a los revocadores y quienes convencieron a los inferiores para que se sublevaran.

—¿Los sacerdotes? —Aquella información ya ni siquiera inmutó el gesto de la divina—. ¿Ellos fueron quienes estuvieron siempre... detrás de todo?

—Es la verdad —afirmó Cángloth, quien había escuchado toda la conversación sin intervenir—. Yo estuve presente cuando Lessa nos lo contó todo y puedo ratificar que vuestro hijo dice la verdad.

—La suma sacerdotisa Súrali ordenó a Kárhil asesinar a los prisioneros para que no pudieran confesar que ella es la principal espía —añadió Elerion con premura—. Pero como no tenemos pruebas, de momento sigue libre en la ciudad.

Elathia se frotó el rostro con lentitud.

—Pensaba que nuestro enemigo era Arúnhir, pero esto es mucho peor de lo que me temía..., sí, no cabe duda, Ainos buscará venganza y nos atacará con todas las bestias, los sacerdotes y los rebeldes.

Los tres se volvieron hacia la puerta que daba al pasillo cuando oyeron que llamaban con golpes sonoros.

—¡Elathia! Elathia, ¿estás aquí? ¡Ábreme, por favor! —dijo una voz de mujer.

Cángloth lanzó a Elathia una mirada pidiendo permiso y ella asintió con un gesto para que el inferior caminara hasta la puerta y la abriera con suavidad.

—Matriarca Hiáradan —saludó Cángloth con sorpresa al tiempo que inclinaba la cabeza en señal de respeto—. Bienvenida.

La matriarca del clan de los divinos, alta y muy erguida, entró sin reparar en el inferior y buscó ansiosamente con la mirada hasta dar con Elathia.

—¡Elathia! ¡Cuánto me alegro de verte! Los vigías tenían órdenes de avisarme si te veían llegar. ¿Dónde has estado?

—De viaje. —Elathia se levantó, abrazó a la matriarca como una vieja amiga y luego la invitó a sentarse—. Yo también me alegro de verte, porque hay información que debo compartir contigo de inmediato.

—Y yo. —Hiáradan se sentó frente a ella mientras Cángloth cerraba la puerta y Elerion, sin saber muy bien qué hacer, se quedaba de pie en el salón—. Tu hijo se vio involucrado en un incidente y fue hecho prisionero.

—¡¿Qué?! —estalló Elathia girándose hacia el muchacho.

—Fue por salvar a los rebeldes —dijo Elerion—. Pero ayer la matriarca me liberó.

—Ya no pesan cargos sobre él —asintió Hiáradan.

—Luego me lo contarás todo. —Elathia desvió la atención de nuevo hacia la recién llegada—. Escucha, una de las rebeldes contactó ayer por la noche con Elerion.

—Ah, ¿sí? —La matriarca se volvió hacia el aludido con interés.

—Reveló ser una sacerdotisa enmascarada —continuó Elathia antes de que Hiáradan o su hijo tuvieran tiempo de decir nada más—. Y confesó que los sacerdotes, en toda su extensión, nos han traicionado: ellos son los espías de los rebeldes que tanto nos han perjudicado.

—¿Todos los…?

—Sí, todos —intervino Elerion—. Empezando por la suma sacerdotisa Súrali.

—Vaya —incrédula, la matriarca pasó los ojos alternativamente de madre a hijo—. ¿Estáis seguros de que…?

—Obra un milagro sobre mí y sobre Elerion —pidió Elathia sin dudar—. Oblíganos a contar la verdad.

—¿Qué? —El asombro de Hiáradan era completo—. Sabes que lanzar tu don sobre otro rodno no está permitido…

—Es una emergencia —justificó Elathia—. Debemos actuar de inmediato y tú eres la única que puede movilizar Rodna para enfrentarnos a la amenaza que pretende nuestra extinción.

—¿Los rebeldes? —inquirió la matriarca.

—Oblígame a responderte —suplicó Elathia.

Hiáradan dudó durante unos segundos. Finalmente tomó una decisión y sus ojos se iluminaron con luz estelar.

—Cuéntame toda la verdad —exigió—. Confiesa dónde has estado, qué es lo que sabes sobre los sacerdotes y la amenaza que debemos detener.

Elathia no trató de resistirse al conjuro. Tras escuchar las palabras de la matriarca, en su mente surgió una necesidad inexorable de contestar de forma tan exacta e inmediata como fuera posible.

Entonces empezó a hablar atropelladamente sobre su partida con Arúnhir, Nándil e Ilvain, su propósito de encontrar la corona del Dios Sol para derrotar a los rebeldes y su decisión de no confiar en nadie por temor a los espías. Le habló de la traición de Arúnhir, de la llegada de Thadwos, de la muerte de Ilvain y de la destrucción de la corona que los hizo retroceder en el tiempo hasta la época de Maebios, su enfrentamiento con las bestias y el descubrimiento de que quien lideró el ataque no era el Gran Behemot, sino Ainos el Cálido, el Dios Sol encarnado. Finalmente le contó que Nándil y Maebios se habían sacrificado para encerrar a Ainos en la corona durante tres siglos, pero que Arúnhir le había liberado al destruirla y que ahora probablemente se disponía a atacar Rodna de nuevo.

—Sobre los sacerdotes, todo lo que sé me lo ha contado mi hijo...

—En ese caso, detente. —Con los iris todavía resplandecientes, la matriarca, tensa como la cuerda de un arco ante lo que acababa de escuchar, se giró hacia el muchacho—. Dime todo lo que sepas sobre los sacerdotes.

Invadido por la misma necesidad de obediencia que su madre, Elerion le describió sin tapujos su encuentro durante la noche anterior con Lessa, una prisionera que había admitido ser una sacerdotisa. Le explicó que habían sido ellos quienes habían planeado exterminar a los revocadores hacía cuatro ciclos, además de quienes habían incitado la rebelión de los inferiores, y que había sentido al Dios Sol llamarlos a todos para enfrentarse a los rodnos.

Después de aquello, Elerion calló y sintió que los efectos del milagro se desvanecían, porque volvió a tomar control sobre sus acciones tan pronto como los ojos de Hiáradan se apagaron.

Por su parte, la matriarca apoyó la espalda en el respaldo del asiento, resopló y permaneció inmóvil, con la vista perdida en un punto inconcreto del salón. El sudor cubría su rostro, que había empalidecido al tiempo que sus labios se secaban. Elathia mostraba una expresión semejante a la de ella y la observaba casi sin pestañear.

—La situación es crítica y va mucho más allá de la rebelión —dijo con toda la entereza que fue capaz de reunir—. Los inferiores son tan solo el menor de todos nuestros males.

Los sacerdotes son increíblemente poderosos, por no hablar del peligro que entrañan todas las bestias del Dios Sol reunidas bajo una sola voluntad. Y además está Ainos, no es necesario que te diga nada; puedes imaginarte lo que supone enfrentarse a un dios en persona.

La divina hizo una pausa para que su compañera tuviera tiempo de ordenar sus ideas y dar una respuesta, pero la matriarca parecía totalmente petrificada, incapaz de hablar o reaccionar.

—Hiáradan. —Elathia estiró una mano y le apretó el brazo con suavidad—. Debemos actuar antes de que sea demasiado tarde. Un dios encarnado, un clan entero intrigando a nuestras espaldas…, sé que, en conjunto, todo puede parecer un disparate y que tan solo tenemos una confesión, pero los sacerdotes…

—No es un disparate. —Su voz sonó como un graznido, pero la matriarca se aclaró la garganta y luego desvió la mirada hacia su amiga—. Para mí, cuando Súrali protestó contra Elerion fue evidente que ella era una espía…, lo que no esperaba es que todo su clan estuviera a su lado. Irwain acertó al confiar tan solo en miembros de los clanes corporales; los sacerdotes se han convertido en una plaga que debemos exterminar. —Hiáradan se alzó cuan alta era—. No hay tiempo para reuniones o actos legislativos. Prepárate, Elathia. Levantaré a nuestro clan en armas. Nada es eterno, y ha llegado la hora de ir al Templo del Dios Sol y ajustar cuentas con todos esos traidores.

24

La matriarca Hiáradan abandonó los aposentos, dejando a Elathia, Elerion y Cángloth tras ella. Los tres permanecieron inmóviles y en silencio unos minutos, absortos y cabizbajos, hasta que al final la divina irguió los ojos hacia el inferior.

—Cángloth, ¿cuántas raciones tenemos de carne de leviatán?

—¿Para vos y Elerion? No creo que sean suficientes para una semana —respondió él—. Los precios no hacen más que aumentar y…

—No importa. —Elathia lo interrumpió—. Necesito que me hagas un favor.

—Desde luego.

—Ve al mercado, compra una ración de carne de leviatán o cíclope y llévala al distrito de los revocadores. Adéntrate en las ruinas desde el este y busca a Thadwos. Lo encontrarás entre las primeras calles, cuidando del cuerpo de Nándil. Entrégale la ración, cuéntale lo que sabes sobre los sacerdotes y dile que la matriarca Hiáradan encabezará a los divinos hacia el Templo del Dios Sol. Allí le esperaré.

—Sí, señora.

Cángloth asintió con determinación, retrocedió hasta una estancia contigua a la cocina donde guardaban en una bolsa unos cuantos soles y luego salió de los aposentos por la misma puerta que Hiáradan.

Entonces Elathia se volvió hacia Elerion y descubrió que su expresión estaba desolada por una profunda tristeza. Preocupada, la divina se levantó y lo abrazó con suavidad.

—¿Estás bien? ¿Qué ocurre?

El muchacho no tenía fuerza siquiera para mirarla a los ojos.

—Nándil... —musitó—. ¿Nándil ha muerto?

Elathia sabía que su hijo conocía perfectamente la respuesta a aquella pregunta, porque acababa de escuchar con claridad cómo ella le describía a la matriarca todo cuanto había ocurrido en su enfrentamiento contra Ainos. Aun así, también entendía que quisiera negar la verdad, como a ella misma le gustaría hacer; en realidad, Nándil apenas era medio ciclo mayor que Elerion y ambos siempre habían hecho buenas migas.

—Ha dado su vida para salvarnos de Ainos —dijo Elathia mientras acariciaba a su hijo, intentando mostrarse más firme de lo que en realidad se sentía—. Pero ahora que él ha sido liberado..., habrá que luchar si queremos que la voluntad de Nándil se cumpla.

Elerion quiso contener las lágrimas, pero el dolor era demasiado intenso y rompió a llorar mientras su madre todavía hablaba. Compungida, Elathia siguió abrazándole durante un rato más, procurando que el llanto no se extendiera a sí misma, y al cabo de unos segundos se separó para ir a la cocina.

—Necesito alimentarme antes de partir —pronunció mientras cogía un saco de piel de basilisco y preparaba la carne de leviatán que había en su interior—. Háblame, Elerion, cuéntame todo lo que ha ocurrido desde que me marché, por favor. No solo sobre esta tal Lessa, sino también sobre el resto de los rebeldes, sobre Kárhil, cuéntame por qué te hicieron preso, hazlo con tantos detalles como puedas.

Elerion asintió entre sollozos y empezó a relatar todo cuanto recordaba sobre la llegada de la matriarca Irwain con los prisioneros, lo que había escuchado en el templo, la explosión en el palacio, cómo se había enfrentado al sacerdote Kárhil, su posterior estancia en las mazmorras y el encuentro que había tenido el día anterior con Irwain y Dalion. Su voz se fue calmando mientras le hablaba de sus sospechas y pensamientos; Elathia le escuchó al tiempo que asaba un filete de cola de leviatán y reponía los nutrientes que había consumido durante su combate en el pasado.

—Así que el don piromántico de los sacerdotes procede de la fe que profesan a Ainos. —De todas las revelaciones, aquella era la que más la había impactado—. En ese caso, cualquiera que profese esa misma fe podría conseguir su mismo poder...

—Lessa dijo que era casi imposible —rememoró Elerion—. Solo lo consiguen aquellos que son criados desde bien pequeños por los sacerdotes..., adoctrinados para que dominen sus creencias.

—Sí, lo comprendo. —La divina se miró una mano con expresión vacilante—. Aun así, valdría la pena intentar aprenderlo. ¿Dónde está Lessa ahora?

—Supongo que ha vuelto con los rebeldes —contestó su hijo sin poder esconder su decepción—. Se asomó por la ventana y... se fue volando.

—¿Volando? —Elathia se extrañó—. Pero los sacerdotes tan solo son capaces de volar en vertical...

—Ella no. Trazó un arco por el cielo mientras volaba, como si fuera una flecha. —Elerion describió el movimiento con el brazo—. Tal y como habría hecho una hechicera. Te lo aseguro, madre.

La perplejidad de Elathia era total, pero no tuvo tiempo de decir nada más, porque en aquel momento múltiples campanas tañeron de forma desbocada en señal de alarma. Olvidando las dudas que le surgían, la divina bebió un largo trago de agua y se dispuso a salir.

—Quiero ir contigo —pidió entonces el muchacho.

—No sé lo que ocurrirá en el templo. —Ella negó con la cabeza—. Es posible que debamos enfrentarnos a los sacerdotes.

—Lo sé. Por eso quiero ir.

La madre se detuvo y miró a su hijo sorprendida ante el decidido tono en el que se había expresado.

—Los sacerdotes instigaron la rebelión que mató a mi hermano, su dios ha matado a Nándil y fue uno de ellos quien te traicionó y destruyó la corona —continuó Elerion con fervor—. Quiero ayudar.

Por primera vez en su vida, Elathia no lo vio como a un niño, sino como a un adulto, un rodno con voluntad y audacia propios.

—Aún no has sido graduado en la Academia —dijo, sin embargo. Dudó un momento antes de continuar, porque, por más que aspirara al bienestar de su hijo, sintió que ya no tenía derecho a exigirle obediencia—. ¿Prometes que harás todo cuanto yo te diga? —El muchacho asintió con determinación—. De acuerdo, pues, prepárate para salir.

Las campanas del distrito de los divinos todavía tañían con aparente descontrol cuando madre e hijo cruzaron el umbral y descendieron hasta la plaza que ejercía como punto de encuentro para los miembros del clan. La matriarca Hiáradan se encontraba allí, rodeada por un centenar de divinos, todos aquellos a los que había podido reunir con tanta premura, listos para seguir sus órdenes y entrar en acción cuando fuera necesario. La Noche de las Represalias les había enseñado la importancia de estar preparados ante cualquier adversidad en todo momento; y, después de que corriera la voz de que los sacerdotes habían traicionado Rodna, todos parecían dispuestos a ir al templo y enfrentarse a ellos hasta la muerte.

Cuando Hiáradan juzgó que estaban listos, dio una señal, las campanadas cesaron y cien divinos salieron de su distrito para cruzar las calles de la ciudad en dirección al centro. Tras la caída de los revocadores se habían instaurado leyes que prohibían a los clanes organizarse y actuar a gran escala sin la aprobación previa del consejo de las matriarcas, pero Irwain había demostrado que a veces era mejor tomar decisiones sin pedir permiso, algo que Hiáradan, sabiendo que Súrali era una traidora al consejo, pensaba repetir con la intención de cogerla desprevenida.

El avance de la multitud fue vista por muchos rodnos de otros clanes que, curiosos o preocupados, decidieron seguirlos para saber qué era lo que ocurría. Como ninguno de ellos era un sacerdote, los divinos divulgaron a los recién llegados que se había descubierto que los sacerdotes los habían manipulado a todos para exterminar a los revocadores cuatro ciclos atrás, que habían instigado la rebelión y que eran los espías que tantos males habían causado durante el último año. Aquella información provocó que los ánimos fueran encendiéndose cada vez más durante su caminata hasta que por último alcanzaron el Templo del Dios Sol.

Elathia y Elerion se encontraban entre el numeroso gentío que se detuvo ante el hermoso edificio cuando Hiáradan gritó exigiendo que la suma sacerdotisa Súrali y todos los miembros de su culto se rindieran de inmediato. La única respuesta que recibió fue el silencio de las altas paredes, seguido por la salida de los pocos hombres y mujeres que habían acudido a orar durante el mediodía.

—Matriarca Hiáradan —saludó el primero—. No hemos visto a ningún sacerdote en el templo a lo largo de esta mañana. Es muy extraño, ¿verdad?

—¿El templo está vacío? —inquirió la matriarca con asombro.

—Vacío de sacerdotes —asintió otro.

—¿Qué hacéis tantos aquí reunidos? —se sorprendió un tercero.

Mascullando una maldición, Hiáradan dio orden de entrar y registrar el edificio de arriba abajo. La mayoría obedecieron, aunque no Elathia, que se quedó en el exterior con Elerion.

—¿Qué fue lo que te dijo Lessa exactamente? —quiso saber ella—. ¿Que todos los sacerdotes y sacerdotisas habían sentido la llamada de Ainos?

—Sí —afirmó el chico.

—Vaya... —Elathia se cruzó de brazos y suspiró con resignación—. Pues es posible que se hayan ido.

—¿Adónde? —quiso saber Elerion.

Su pregunta hizo volar la mente de Elathia, que de súbito evocó su último sueño, aquel en el que había visto a un ser demoniaco en el extremo septentrional de Gáeraid rodeado por infinidad de bestias. Acto seguido recordó que durante su breve viaje con Maebios las bestias se habían estado desplazando constantemente hacia el norte de la isla y que, en consecuencia, su posterior ataque se había iniciado también desde el norte.

—Claro..., Ainos está convocando a todos sus siervos —dedujo la divina—. Es lo mismo que hizo la última vez.

Absorta en sus pensamientos, Elathia tardó en darse cuenta de que su hijo había empalidecido de la impresión. Lo abrazó otra vez para transmitirle tranquilidad, aunque no dijo nada, porque no se le ocurrieron palabras que pudieran paliar la magnitud de la contienda que estaba a punto de desencadenarse. Ambos se quedaron así, juntos, de pie ante el templo, mientras a su alrededor los rodnos daban voces, corrían y buscaban con ahínco.

—¡Al fin os encuentro! No ha sido fácil entre tanta gente...

Elathia se volvió para ver llegar a Cángloth corriendo hasta ellos. A una veintena de pasos detrás de él iba Thadwos, sucio, desenmascarado y desarmado, aunque aparentemente en plenas facultades, porque a pesar de llevar un fardo entre los brazos y de que sus ojos todavía eran oscuros, podía sostenerse nuevamente por sí mismo. Cuando se fijó mejor la divina se percató de que aquel fardo en realidad era el cuerpo de Nándil, cuyo rostro el fuerte había cubierto en signo de respeto.

Thadwos se detuvo frente a ella y permaneció en silencio mientras Elathia se demoraba observando el cadáver de su antigua amiga. El dolor volvía a aparecer como un puñal hundido en su corazón, aunque la presencia de Elerion a su lado la reconfortaba. El muchacho pareció entender lo que sucedía, porque abrazó a su madre y enterró el rostro en su hombro para que su llanto pasara inadvertido.

Se quedaron juntos sin moverse o hablar durante varios minutos, hasta que la voz de Hiáradan reclamó su atención.

—¿Elathia? Ah, estás aquí. —La matriarca se acercó a ellos a grandes zancadas—. Como decías, tan solo tenemos una confesión, pero parece que esa sacerdotisa fue sincera con tu hijo. El templo está vacío. Todos los seguidores de Súrali se han ido. Hemos descubierto un túnel secreto que se dirige al norte. He enviado a un pequeño grupo para que lo recorran hasta el final.

—Ainos los ha llamado —explicó Elathia—. Sacerdotes, rebeldes y bestias se reunirán bajo su mando para luego marchar todos juntos contra Rodna.

—Debo informar a las matriarcas —dijo Hiáradan muy tensa. Entonces sus ojos repararon en Thadwos y el cuerpo que llevaba entre los brazos—. Vaya, ¿qué...? Oh..., ¿es Nándil?

El fuerte asintió. Hiáradan inclinó la cabeza con pesar.

—Llevad su cuerpo al distrito de los hechiceros —pidió—. Luego venid a verme al palacio. Es posible que las matriarcas quieran hablar con vosotros. —Señaló a Elathia y Elerion.

—De acuerdo.

Con una voz y un posado cargados de tristeza, Elathia se volvió, dando la espalda al templo, para dirigirse hacia el suroeste de la ciudad, seguida de cerca por los demás. Se alejaron del gentío y discurrieron por calles más tranquilas, donde el sol poniente iluminaba el pavimento con luz anaranjada. El respeto que sentían hacia la difunta hizo que la procesión marchara lenta y silenciosa, como si de hecho pretendieran alargar tanto como fuera posible aquellos últimos instantes que compartirían al lado de una mujer a quienes todos habían apreciado.

El distrito de los hechiceros, igual que el de los divinos, estaba rodeado por muros que protegían a sus habitantes incluso del resto de la ciudad, con una entrada que consistía en un gran arco excavado, desde donde un puñado de miembros del clan asignados por orden de su respectiva matriarca detenían a cuantos quisieran pasar.

Elathia se giró hacia Thadwos poco antes de llegar y tomó de sus brazos el cuerpo de Nándil. Era pesado, pero la divina aceptó con alegría el dolor en los músculos y recorrió el último tramo sin quejas ni lamentos. Thadwos, Elerion y Cángloth se mantuvieron algo atrás mientras ella alcanzaba a los guardias y hacía entrega del cuerpo con tanta solemnidad como era capaz.

—Os traigo a Nándil —les dijo, viéndose incapaz de contener las lágrimas y su trémula voz.

—¿Nándil? —repitió uno de ellos con asombro para acto seguido destapar el rostro cubierto y comprobar con horror que la divina no mentía—. Pero ¿qué...? ¿Cómo...?

—Se enfrentó a Ainos el Cálido, el Dios Sol.

—¿El Dios Sol? —El hechicero se mostró incrédulo—. ¿Qué dices?

—La verdad —respondió Elathia en voz baja—. Quizá me creas con más facilidad cuando se extienda la noticia de lo que está por venir.

Dando por zanjada la conversación, la divina dio media vuelta y cerró los ojos, aún llorando, aunque el guardia la retuvo por el brazo.

—¡Espera! No puedes irte sin más, ¡necesito un informe de lo que ha ocurrido!

—Pídeselo a las matriarcas. Ellas pronto lo sabrán. —Hizo un gesto hacia Nándil—. Haced que corra la voz. Espero que toda Rodna acuda a su funeral, porque no merece menos. Si no fuera por ella, nosotros ni siquiera habríamos llegado a nacer.

Aquellas palabras sonaron tan extrañas a oídos de los hechiceros que ninguno volvió a tratar de detenerla, sino que la dejaron marchar mientras ellos todavía asimilaban que su compañera había fallecido.

Elathia se reunió con Elerion, Cángloth y Thadwos y, sin mediar palabra, los cuatro se pusieron en marcha en dirección al palacio. Antes de que hubieran avanzado mucho, una figura encapuchada y no muy alta se mostró ante ellos, de pie al fondo de la calle, aguardando sin moverse. Elerion fue el primero que la reconoció.

—¡Matriarca Irwain!

La perceptora alzó los ojos hacia ellos con una expresión que denotaba completa desconfianza.

—Hola, Elerion. No esperaba volver a verte tan pronto. —Desvió la atención hacia los demás y señaló a Thadwos—. ¿Qué haces al lado de este palurdo, Elathia?

—¿Me reconoces sin la máscara? —se sorprendió el fuerte.

—El tufo que desprendes es demasiado horrendo como para olvidarlo —respondió la matriarca con desdén—. No sé cómo mi hermana lo soportó durante tanto tiempo. —Irwain se giró hacia Elathia—. ¿Dónde está mi hermana?

La divina bajó la vista con vergüenza.

—Ilvain ha muerto —confesó en voz baja.

—¿Muerto? —La perceptora tembló ligeramente—. ¿Al usar la corona?

Elathia negó con la cabeza.

—Antes de poder alcanzarla. El sacerdote Arúnhir la asesinó con una piromancia.

—¿Arúnhir? —Irwain recorrió la distancia que las separaba y la agarró por la solapa sin miramientos—. ¿No era él alguien en quien tú confiabas? ¿Alguien que se suponía que era vuestro aliado?

—Sí —reconoció ella con pesar—. Nos traicionó.

—¡Maldito desgraciado! —La matriarca inclinó la cabeza—. Oh, Ilvain...

—El ataque de Arúnhir no iba dirigido a ella, sino a mí —intervino Thadwos con gravedad—. Ilvain se sacrificó... para salvarme.

—Tú... —La perceptora soltó a Elathia y se volvió hacia el fuerte—. ¿Y qué hacías tú allí, si puede saberse?

—Buscaba la corona por mi propio interés —confesó él.

Irwain bufó con desprecio, se apartó unos pasos y se cubrió el rostro con una mano. Su espalda subió y bajó mientras sollozaba en silencio; Elathia se acercó y apoyó una mano en ella con suavidad.

—Ilvain y tú teníais razón en todo —dijo—. La cacería de las bestias del Dios Sol tal y como la hemos llevado a cabo durante siglos siempre fue insostenible. Y como consecuencia de ello, además de arriesgarnos a perder nuestros poderes en cuanto las bestias se extingan, hemos despertado una amenaza aún mayor.

—¿A qué te refieres? —preguntó Thadwos.

—¿No te lo ha contado Cángloth? Esta es la motivación de Ainos, la razón por la que atacó Rodna hace trescientos años y pretende volver a hacerlo ahora —explicó la divina—. Para él, exterminar a los rodnos no es sino un mal menor, porque hace mucho tiempo que comprendió lo que Ilvain e

Irwain siempre defendieron: que a largo plazo nuestras costumbres acabarán desolando Gáeraid y nos llevarán a nuestra propia ruina.

—Pero en ese caso... —El fuerte abrió sus ojos oscuros como platos—. Quizá podamos razonar con él, intentar convencerlo de que somos conscientes de ello y de que...

—¿Dialogar con un dios? —se mofó Elathia con sequedad—. Ya lo he intentado en el pasado y Ainos ni siquiera me ha escuchado.

—¿Ainos? —murmuró la matriarca, girándose de nuevo hacia ella—. ¿De qué estáis hablando?

—Hiáradan ha convocado al consejo —informó la divina—. Allí... allí se explicará todo. Elerion y yo también debemos acudir..., podemos ir juntos, si quieres.

Irwain dudó. Finalmente se enjugó una lágrima y asintió.

—Mi hermana..., ¿la enterrasteis? —preguntó cuando se pusieron en marcha.

—Sí —afirmó Elathia—. En un bosque..., allí donde pereció.

—¿Y os vengasteis... del sacerdote?

—No nos dio tiempo —declaró la divina tristemente—. Arúnhir escapó.

—No podrá huir para siempre —dijo la matriarca—. Nada es eterno.

—Creo que pronto nos atacará —añadió Elathia.

—Ah, ¿sí? —Había cierta alegría macabra en la voz de Irwain—. Si lo hace, no cabe duda de que la justicia lo alcanzará..., de mi mano, quizá.

—O de la mía —intervino Thadwos en el mismo tono.

—O de la mía —susurró Elathia.

25

La desconfianza que había surgido entre clanes durante los últimos tiempos impidió que las matriarcas se convencieran con facilidad de que el Dios Sol pretendía exterminar a los rodnos y de que habían sido los sacerdotes quienes habían planeado la caída de los revocadores e iniciado la rebelión de los inferiores. Algunas objetaron que, como Hiáradan, Elathia y Elerion pertenecían al mismo clan, su historia formaba parte de un complot orquestado por los divinos para sembrar el caos en Rodna.

Por fortuna, ninguna de las matriarcas rechazó con firmeza su explicación, porque la súbita desaparición de los sacerdotes sembró la duda en todas ellas. Entonces Irwain se postuló en favor de Hiáradan, argumentando que tanto el ataque del sacerdote Kárhil como el comportamiento de la suma sacerdotisa Súrali le habían dado razones previas para sospechar que los sacerdotes eran los espías que tanto los habían incordiado; y, si ellos eran los emisarios del Dios Sol, no cabía más que pensar que quizá estaban siguiendo directamente las órdenes de Ainos el Cálido.

—¿Ainos el Cálido? —Hiáradan pronunció el nombre casi como si fuera un insulto—. Creo que ya hemos demostrado que su calidez nos abandonó hace mucho tiempo. El Abrasador sería un epíteto más apropiado.

Poco después, los perceptores y resistentes que habían enviado por el túnel recién descubierto en el interior del templo regresaron para informar de que este desembocaba muy lejos, al noroeste del Páramo. Todos sabían que esa era la misma dirección en la que se suponía que estaban los rebeldes, así que parecía evidente que había sido mediante aquella galería secreta que unos y otros se habían mantenido en contacto, y que ahora los sacerdotes habían partido para reunirse con sus aliados.

Aquella revelación terminó de persuadir a las matriarcas más recelosas de que los divinos decían la verdad, de modo que por primera vez desde que la rebelión había estallado los siete clanes se unificaron como uno solo y trabajaron en conjunto contra el enemigo que amenazaba con extinguirlos como especie.

El funeral de Nándil se celebró al día siguiente en el Templo del Dios Sol. Las costumbres dictaban que los sacerdotes eran quienes debían oficiarlo, pero como no quedaba ninguno fueron las siete matriarcas las que se encargaron de dar sepultura a la hechicera. En toda la historia de Rodna no se recordaba nadie que hubiera recibido tal honor, aunque no era para menos, porque Nándil fue tenida por una heroína que había dado su vida por salvarlos a todos mientras se enfrentaba a Ainos el Cálido, ahora renombrado como Ainos el Abrasador.

Los detalles exactos de lo que había ocurrido se mantuvieron en secreto, pero las matriarcas extendieron el mensaje de que el Dios Sol se había encarnado, que pretendía exterminar a los rodnos, que estaba reuniendo a sacerdotes, rebeldes y bestias y que no tardaría en lanzar un ataque masivo contra su ciudad. Así pues, la mayoría pensó que Nándil había tropezado con él mientras estaba de viaje y que, gracias a su sacrificio, toda esa información había podido llegar hasta el consejo.

No dejaba de ser una ironía que el funeral de la hechicera

tuviera lugar en un edificio que estaba consagrado al mismo ente contra el que había perdido la vida, pero siglos de tradición no podían esfumarse de la noche a la mañana. Por lo menos sirvió para que prácticamente toda la población acudiera a rendirle homenaje, pues de hecho hubo tantos asistentes que no cupieron todos dentro y la matriarca Hiáradan se vio obligada a montar un velatorio en la plaza frente al templo.

Elathia acudió en compañía de Elerion y Cángloth, pero se sintió más sola que nunca. No podía olvidar la promesa que se había hecho a sí misma de proteger a sus seres queridos, algo en lo que había fracasado de nuevo. No solo creía que Ilvain y Nándil habían fallecido por su culpa, sino que además estaba convencida de que ambas merecían vivir más que ella. Sin embargo, era ella quien se encontraba ahora llorando sus muertes, colmada de pesar e impotencia. ¿Cómo podía tener la conciencia tranquila sabiendo que Nándil había muerto para que todos los rodnos tuvieran paz durante trescientos años? ¿Cómo podía vivir a la altura de semejante herencia?

Las matriarcas encontraron la respuesta por ella. Nándil había dado su vida para salvar a los rodnos de la ira del Dios Sol, de modo que decidieron continuar su legado asegurando la supervivencia de su pueblo. Ya no existía ningún revocador que pudiera anular el inmenso poder de Ainos y, además, en esa ocasión sus filas estarían formadas por miles de humanos, algunos con dones pirom...nticos y otros armados con hojas solares, por lo que se preveía que la magnitud del ejército enemigo sería incluso superior al de hacía tres siglos. Por esa razón, las matriarcas de los siete clanes decretaron que todos los jóvenes que todavía no hubieran sido graduados en la Academia embarcaran mar adentro, a la espera del desenlace de la batalla. Así, en caso de derrota absoluta, como mínimo las futuras generaciones de Rodna se salvarían del desastre.

La preparación de las embarcaciones requirió de una semana entera. La mayoría eran navíos pesqueros que tuvieron que ser adaptados para transportar personas y alimentos, aunque también se construyeron unos pocos barcos nuevos, más grandes y lentos, para que cupieran todos los jóvenes de Rodna. El tiempo que tuvieron para tal labor fue demasiado escaso y la mayoría de los carpinteros pidieron ampliar el plazo, pero las matriarcas temían que el ataque del Dios Sol llegara en cualquier momento y no quisieron arriesgarse más.

No obstante, ni siquiera el mar estaba libre de amenazas, porque en él habitaban los terribles leviatanes, criaturas feroces de cuerpo serpentino e incontables colmillos, tan grandes que una sola de sus aletas vista sobre las aguas parecía un barco que se desplazaba a velocidad vertiginosa. Como precaución ante lo que pudieran encontrar, los hijos de Rodna no viajarían solos, sino que con ellos embarcaría también un grupo de guerreros cuya función sería protegerlos de cualquier enemigo marino; se trataba de una compañía formada por miembros de todos los clanes, con más abundancia de resistentes que del resto, porque sus dones les permitían aguantar largo tiempo sin respirar y moverse bajo el agua sin que el cansancio reparara en ellos, por lo que siempre habían sido, por tradición, el clan con más pescadores de la ciudad.

Dalion fue uno de los elegidos debido a su don, la lealtad que había demostrado bajo el mando de Irwain y la entereza al enfrentarse al sacerdote Kárhil. El resistente no pudo más que aceptar la tarea a regañadientes, avergonzado de que a él le tocara huir de la batalla mientras los demás adultos luchaban por defender Rodna; aunque, en realidad, su nombramiento fue una de las pocas alegrías que recibió el joven Elerion durante aquellos aciagos días.

El divino estaba sumido en la tristeza. La noticia de la muerte de Nándil lo había destrozado; pero ser informado más tarde de que lo obligaban a embarcar mientras su madre se quedaba atrás le desgarró completamente el alma. Intentó convencerlas a ella y a la matriarca Hiáradan de que era un hombre capaz de luchar, puesto que ya lo había hecho contra Kárhil, añadiendo además que apenas le faltaban unos pocos meses para graduarse en la Academia. Por desgracia, ninguno de sus argumentos fue escuchado, y lo único que consiguió con su insistencia fue que lo vigilaran de cerca para cerciorarse de que no pensaba engañar a los oficiales del puerto para permanecer en tierra.

Además, Elerion también quería quedarse por Lessa. Se preguntaba si la misteriosa sacerdotisa se habría unido al ejército del Dios Sol y si atacaría Rodna con el propósito de destruirla. La información que ella le había dado había resultado esencial para conocer los planes de Ainos el Abrasador y que las matriarcas se prepararan para la batalla, lo que le hacía pensar que la joven rechazaría obedecer a su dios, aunque en realidad no estaba seguro de nada; tan solo recordaba con cariño los breves momentos que había pasado a su lado y rezaba por volver a verla algún día.

La cuestión de la religión había trastocado las oraciones de toda la población, porque ahora que sabían que el Dios Sol en realidad buscaba su aniquilación, no tenía sentido seguir implorando a él sus ruegos personales. Por ello, las matriarcas extendieron la hipótesis de que seguramente más allá de Gáeraid existían dioses más benignos que podrían escuchar sus súplicas, y los rodnos se volcaron en masa a pedir a cualquier divinidad que estuviera presente que los salvara del demonio rojo que los amenazaba.

Y así fue como al fin llegó el día señalado, en el que cientos de jóvenes acudieron al puerto para partir a través del mar. Elerion era de los mayores, pero aun así lloraba como los demás, porque se separaba de su madre quizá para no volver a verla jamás.

El muchacho cargaba consigo un único fardo con ropa para el viaje; había dejado atrás todos sus objetos personales, pues no estaban permitidos en aquella travesía incierta donde el espacio en las bodegas era imprescindible para transportar personas y víveres. Cángloth le acompañaba, porque a los pocos inferiores que quedaban en la ciudad, como no poseían dones ni armas solares con las que poder luchar, se les había dado la opción de quedarse o embarcar. La mayoría obraron según la voluntad de sus amos; en su caso, Elathia pidió a Cángloth que acompañara a Elerion, con la idea de que su hijo no estuviera solo.

Aquella mañana las nubes grises cubrían el cielo mientras las gaviotas chillaban y remontaban el vuelo de los muelles a los mástiles de los grandes navíos. La madera del atracadero crujió bajo los pies de Elerion cuando se dirigió a la pasarela que lo alejaría de su tierra natal.

—No quiero irme —confesó al tiempo que se detenía y se giraba hacia su madre—. Quiero quedarme aquí contigo.

—Lo sé. —Elathia trató de consolarle abrazándolo una vez más—. Yo tampoco quiero que nos separemos, pero...

—¡Pues entonces no lo hagamos! —imploró el muchacho—. ¡Deja que me quede!

La divina negó con la cabeza mientras lo estrechaba aún más fuerte.

—Ya perdí a tu hermano —susurró—. No puedo perderte a ti también.

La mención de Elthan dejó a Elerion mudo, porque su madre no solía hablar de él. De pronto entendió los sentimientos de ella: por un lado, la angustia de despedirse del hijo que le quedaba; por el otro, la alegría de saber que estaría a salvo.

—No tienes por qué perderme —murmuró entonces Elerion—. Puedes... puedes venir con nosotros. ¡Únete a los guerreros que nos escoltarán! No todos son resistentes, los hay también del resto de los clanes...

—No, hijo mío. Eso sería un acto de cobardía. —Elathia

separó el cuerpo y le miró a los ojos—. Quiero quedarme y defender esta ciudad en la que hemos vivido durante tanto tiempo.

—Pero yo también...

—Debes hacerlo por mí —interrumpió la divina con suavidad—. No sabes cuánto me tranquiliza saber que estarás a salvo. Gracias a eso estaré más preparada para combatir a Ainos. Hazlo por mí, por favor.

—Bueno. —Elerion bajó la cabeza con tristeza—. Está bien. ¡Dale su merecido, entonces! ¡Acaba con él y así volveremos a vernos pronto!

—Lo intentaré —prometió Elathia—. Recuerda siempre que te amo muchísimo. Estoy muy orgullosa de ti.

Con la vista borrosa por las lágrimas, el chico la abrazó una última vez y luego dio media vuelta hacia la pasarela. Cángloth se demoró unos momentos más al lado de Elathia.

—Pase lo que pase, Elerion vivirá —juró el inferior—. Cuidaré de él.

—Gracias, Cángloth —asintió la divina—. Gracias por todo. Siempre hemos confiado en ti y nunca nos has fallado. Yo..., me regocija que Elerion esté contigo. Eres como uno más de la familia.

Aquellas palabras conmovieron al inferior, que se quedó allí plantado sin saber muy bien cómo reaccionar, hasta que Elathia lo abrazó. Cángloth también rompió a llorar y al final se separó para caminar detrás de Elerion.

El divino se giró varias veces para despedirse con la mano, pero antes de alcanzar la última pasarela se encontró de frente con una joven mujer que vestía como una inferior pero llevaba un gorro en la cabeza.

—¡Lessa! —saludó Elerion tan sorprendido que empezó a tartamudear—. ¿Qué has...? ¿Cómo...? ¿Por qué...?

Ella sonrió con diversión.

—Vengo a despedirme. Veo que has hecho caso a mi consejo de huir.

—No..., no es algo que haga porque quiero —replicó Elerion—. Me gustaría quedarme, pero las matriarcas han ordenado que todos los que aún no han completado su segundo ciclo de vida embarquen para alejarse de Gáeraid.

—Entonces, todavía pecan de confiadas —opinó Lessa—. Los rodnos no tenéis ninguna posibilidad de sobrevivir al ataque de Ainos. Los adultos deberían embarcar con los jóvenes y navegar tan lejos como puedan en busca de una nueva tierra.

—¿Y si el Dios Sol nos persigue? —inquirió Elerion con valentía—. Huir tan solo retrasará lo inevitable. ¡La única forma de sobrevivir es luchando!

—Dices eso porque no has visto el terror de Ainos con tus propios ojos —susurró Lessa.

Una sombra había cruzado el rostro de la sacerdotisa y Elerion, preocupado, se acercó y la cogió del brazo.

—Es que... me siento impotente —se disculpó con torpeza—. Estoy obligado a irme..., a dejar todo lo que me importa.

—Lo haces por tu propio bien —razonó Lessa—, para que puedas vivir muchos años más.

—No sé si quiero vivir lejos de mi hogar..., lejos de mi madre.

—Todos estamos destinado a perder a los padres que nos vieron nacer —reflexionó ella—. Tanto los rodnos como los inferiores y cualquier bestia o animal que habita este mundo. Así funciona la vida: las nuevas generaciones sobreviven a las anteriores. Aceptarlo puede resultar doloroso, pero tal vez sea más fácil de asimilar sabiendo que no eres el único: miles pasaron por lo mismo antes que tú, y miles pasarán por lo mismo cuando ya no estés.

Anonadado, Elerion permaneció inmóvil, observando a

Lessa con toda su atención, sin llegar a soltarla en ningún momento. Cángloth se había detenido detrás de él y aguardaba pacientemente sin intervenir en la conversación.

—¿Y qué será de ti? —preguntó el divino con voz temblorosa—. ¿Te unirás al Dios Sol?

—No. —Lessa sacudió la cabeza—. El Dios Sol es cruel y despiadado. Mi deseo es ayudar a los inferiores tanto como sea posible, pero dudo que exterminar a los rodnos sea la manera más indicada de hacerlo.

—Ven conmigo —pidió de pronto Elerion con vehemencia—. No tienes por qué quedarte aquí. Ven con nosotros…, ¡aléjate del Dios Sol y empieza una nueva vida!

—No puedo. Lo lamento, Elerion. Permaneceré aquí.

—Pero… ¿volveremos a vernos?

—Lo dudo.

—Lessa…, yo…, quiero que…, decirte que…

Elerion se sonrojó y bajó la mirada mientras sus palabras se trababan, intentando confesar un sentimiento que ni siquiera él mismo comprendía.

—Tranquilo, Elerion. —Lessa levantó una mano y le acarició la mejilla con ternura—. Nunca hubiera podido ser. Soy demasiado mayor para ti.

—¿Qué? Pero…, no…, eso no es verdad…

—Sí lo es. Encontrarás otras mujeres más adecuadas que yo, te lo prometo. —Lessa se separó con una última sonrisa—. Cuídate mucho, Elerion. No olvides el pasado, pero vive centrado en el futuro. Todavía tienes un arduo camino por delante.

El muchacho asintió con tristeza.

—Adiós —murmuró.

—Adiós, Elerion.

El joven continuó hacia el final del muelle seguido de cerca por Cángloth, dejando a la sacerdotisa tras ellos. Un marinero con un pergamino en la mano se encontraba al fondo de la pasarela tachando nombres y dando instrucciones para que los jóvenes formaran en una fila bien ordenada. El divino se volvió hacia atrás en un par de ocasiones para divisar a lo lejos tanto a Lessa como a su madre. Las lágrimas volvieron a humedecer sus ojos, que se frotó con rabia mientras el marinero hacía una marca en el pergamino cuando Elerion llegó a su lado y subió a bordo del barco.

El panorama que encontró en cubierta era desolador. Docenas de niños lloraban y moqueaban con impotencia al tiempo que agitaban las manos para despedirse de sus parientes. Entre sus compañeros de viaje distinguió a los mellizos Ilthad e Ilwos, cuya tía, la matriarca Irwain, aún les estaba gritando una última vez que los amaba y que obedecieran a Dalion. El resistente también se encontraba allí, cerca de los mellizos, con los brazos cruzados y cara de pocos amigos, dando la espalda al puerto, con su espada solar pendida del cinto y el yelmo ambarino guareciendo su cabeza.

Elerion buscó un rincón vacío, se sentó en el suelo y abrazó el fardo donde llevaba su ropa.

—¿Crees que volveremos?

—Eso espero. —Cángloth se sentó con él y contempló el inconmensurable mar que se abría ante ellos.

—¿Y si no lo hacemos?

—Nada es eterno —le recordó el inferior mientras su largo cabello se agitaba por la fría y salada brisa marina—. En especial, no lo es el dolor. Ahora puede parecer insufrible, pero dentro de una semana ya lo será un poco menos. Con el tiempo, esto no será sino una experiencia más dentro de vuestra vida…, una experiencia que os habrá hecho crecer.

Elerion tardó varios segundos en responder.

—Mi único consuelo es que al menos tú sigues a mi lado.

Cángloth sonrió y le rodeó con un brazo.

—Hasta mi muerte. Eso es lo que se llama amistad.

Los marineros gritaron e hicieron sonar un tambor. Las

gaviotas chillaron y echaron a volar cuando la pasarela de madera fue apartada de la cubierta y los largos remos se hincaron en el agua por primera vez, adentrando el navío en el mar.

Elathia observó la partida desde lo alto del muelle esforzándose por impedir que la pena la consumiera. El barco de Elerion se desplazó lentamente hacia el horizonte meridional seguido por otras embarcaciones de tamaños diversos, todas ellas repletas de niños que se despedían de sus madres desde las popas.

—No temas por él —dijo Thadwos a su lado—. Cuanto más lejos se encuentre de esta costa, más seguro estará.

Elathia asintió en silencio. El fuerte era uno de los pocos hombres adultos que habían acudido a los muelles. Seguía desarmado y desenmascarado, aunque se había hecho con una nueva piel de minotauro que ahora volvía a llevar encima de su túnica; había permanecido rezagado mientras madre e hijo se despedían, sin dejar de mirar el barco que había frente a ellos.

—Gracias por acceder a acompañarme —susurró la divina.

—No lo he hecho solo por ti —reconoció Thadwos con la vista fija en el navío de Elerion.

—Lo sé —admitió Elathia—, pero te lo agradezco igualmente.

Cuando dejó de distinguir a su hijo entre la multitud de cabezas que había sobre la cubierta, la divina desvió la atención hacia la mujer con la que lo había visto hablar justo antes de subir a bordo.

—Esa debe de ser Lessa —señaló con discreción—, la sacerdotisa que le contó a Elerion todo sobre Ainos y su culto. Quiero hablar con ella.

—De acuerdo.

Elathia empezó a moverse entre la multitud de mujeres que en aquel momento se hallaban viendo partir la flota, abriéndose paso como si buceara.

—Se está alejando —informó Thadwos desde detrás; era tan alto que podía sacar la cabeza por encima de los demás y ver lo que sucedía en el muelle—. Tendrás que darte prisa si quieres alcanzarla.

La divina obedeció, obligándose a empujar para seguir adelante, hasta llegar a una escalera que descendía hasta casi el nivel del agua, donde se topó de cara con aquella mujer.

—Hola —saludó—. Soy Elathia, la madre de Elerion. Perdona que te...

Miró el rostro de la mujer y el asombro que sintió la hizo enmudecer.

—¿Qué ocurre? —Thadwos llegó a su altura y levantó la cabeza hacia la sacerdotisa—. Ah, hola. —El fuerte abrió los ojos como platos—. No es posible...

—Elathia, Thadwos —dijo Lessa con una leve sonrisa—. Oh, cuánto me alegro de veros. Temía que después de tanto tiempo ni siquiera pudiera reconoceros, al menos a ti, Elathia, porque el rostro de Thadwos no había llegado nunca a verlo sin la máscara.

—¿Levna? —Elathia estaba perpleja—. ¿Eres tú?

—Levna. —Lessa pronunció el nombre como si lo saboreara—. Hacía mucho que nadie me llamaba así.

—¿Qué has...? ¿Cómo es posible que...?

—Seguidme. —La sacerdotisa hizo un gesto con la mano—. Hablemos en un lugar más privado.

—Pero... ¿cómo...? —Elathia apenas era capaz de articular palabras—. ¿Eres la Lessa de quien tanto me ha hablado Elerion?

—Así es.

—Levna...

—Venid.

Echaron a andar en dirección opuesta al mar, alejándose de la multitud que se apiñaba para despedir los navíos. Iniciaron así la vuelta hacia Rodna, que remontaba una empinada pendiente mediante un camino empedrado que serpenteaba hacia la cima de la colina en la que se erigía la hermosa ciudad.

—Durante mis años como inferior, mi mayor deseo siempre fue el de obtener dones como los rodnos —empezó a explicar Levna cuando hubieron pasado de largo el gentío acumulado en los muelles—. Por ello, ese fue el primer uso que di a la corona después de recogerla. El segundo fue... volverme inmortal.

Thadwos se quedó sin aliento. La sacerdotisa lo miró directamente.

—Sí, tomé prestada tu idea. Me surgió el deseo de reencontraros en el futuro, aunque ignoraba cómo lo habíais hecho para viajar al pasado y cuánto tiempo debía pasar hasta que nacierais, y más tarde me di cuenta de que era necesario extender mi vida para poder vigilar la corona permanentemente.

—¿Vigilarla? —repitió Elathia.

—Para que Ainos no fuera nunca liberado —asintió Levna—. Lo asumí como una responsabilidad.

—¿Vigilaste la corona durante siglos? —La divina estaba perpleja.

—Ese era mi propósito.

—Mientes —acusó Thadwos—. Nosotros encontramos la corona en el interior de una hidra. ¿Dónde estabas tú? Si la hubieras estado vigilando, todo esto se habría evitado.

—Hace tiempo abandoné la tarea que yo misma me había impuesto —admitió Levna con tristeza—. Los ciclos, si son eternos, se acaban volviendo agotadores. Vivía en la solitud más completa y al final me cansé. Ansiaba volver a hablar con alguien, a escuchar noticias sobre el mundo..., pensé que era imposible que alguien encontrara la corona en la inmensidad de la tierra, de modo que la sepulté.

—Pues algún animal la desenterró —dedujo Thadwos con rabia—. Y de alguna forma la corona llegó al lago y una hidra se la comió.

—Soy consciente de ello…, lo lamento. ¿Cómo pudisteis dar con ella?

—Fabriqué un detector solar con la ayuda de Nándil —explicó Elathia—. Un objeto que pudiera percibir el poder de Ainos a partir del de un sacerdote.

—Ah…, comprendo. Qué inteligente. Nunca pensé que algo así pudiera ser posible…

—¿Qué hiciste cuando dejaste la corona? —preguntó la divina—. ¿Adónde fuiste?

—A Rodna —respondió Levna—. Me hice pasar por una inferior. Todo había cambiado tanto…, pero lo que más me impactó fue saber que los revocadores habían sido masacrados. Conocía el verdadero propósito de los sacerdotes, así que los investigué y no tardé en deducir que ellos habían sido los culpables. —Se volvió para mirarlos—. Entonces fui a buscaros.

—¿A nosotros? —se sorprendió Elathia.

—Quería saber si ya habíais nacido —afirmó Levna—. Y os encontré…, pero todavía erais niños.

Elathia y Thadwos permanecieron mudos, con los ojos clavados en la sacerdotisa, que todavía mantenía su leve sonrisa.

—Pregunté por vosotros en vuestros distritos —continuó Levna—. Nándil no había nacido, pero vosotros sí, y entrenabais en la Academia. Fui a veros un día…, guardo un bonito recuerdo, me hizo muy feliz reencontraros después de tanto tiempo, y me hizo gracia ver que en aquel momento aún no erais amigos, de hecho, apenas os hablabais. —Inclinó la cabeza—. Sin embargo, no podía contaros nada. Erais demasiado jóvenes…, no habríais entendido nada.

—Levna…

—¿Y por qué no acudiste a las matriarcas? —pidió Thadwos—. Si sabías que los sacerdotes eran quienes habían orquestado la caída de los revocadores, ¿por qué no los condenaste de inmediato?

—Porque no quería revelar mi historia ni mi verdadera identidad. Además, no sabía si me creerían y corría el peligro de que la suma sacerdotisa me capturara y me hiciera confesar dónde estaba la corona de Ainos. No, decidí actuar sin llamar la atención. Mi deseo siempre había sido ayudar a los inferiores: cuidarlos, educarlos, velar por su bienestar. Si os soy sincera, cuando descubrí que se estaba gestando una rebelión me emocioné..., quería que consiguieran la libertad que toda criatura merece.

—¿Participaste en la rebelión? —interrogó Elathia con recelo.

—Ayudé a varios grupos de inferiores a alcanzar el puerto y huir en barco. —La sonrisa de Levna se desvaneció—. Pero nunca estuve a favor de que se derramara la sangre de los rodnos. Lo siento, Elathia..., siento mucho que tu hijo fuera asesinado.

—Aún puedes remediarlo. —La divina consiguió mantenerse serena a pesar del amargo recuerdo—. Ayúdanos a derrotar a Ainos.

—¿Cómo? —Levna sacudió la cabeza—. Es demasiado poderoso como para ser derrotado.

—Ya le vencimos una vez —insistió Elathia—. Podemos repetirlo.

—El clan de Maebios ya no existe —le recordó la sacerdotisa—. No queda nadie que pueda anular su poder.

—No tenemos que anular su poder, sino acabar con él para siempre.

—¿Y cómo esperas hacerlo? —inquirió Levna con escepticismo.

—Con su propio don. Le contaste a mi hijo que cualquiera que cultive la fe a Ainos podría obtener su poder, ¿verdad?

—Teóricamente sí, pero en la práctica tan solo aquellos que han sido criados con esta concepción en mente desde la más tierna infancia son capaces de profesar una fe lo bastante elevada como para que el don piromántico despierte en ellos.

—Excepto tú —dijo Elathia—. Tú naciste como inferior y fue en tu tercer ciclo cuando conseguiste la corona y aprendiste a usar la piromancia.

—Mi caso es excepcional —se defendió Levna—. No necesitaba una fe extraordinaria para creer en él, porque era la única que le había visto en persona: sabía indudablemente de su existencia, de su poder, de su capacidad.

—Te equivocas —dijo Elathia en un susurro—. No fuiste la única.

Levna se volvió hacia ella con expresión confusa, aunque de repente se detuvo y abrió los ojos como platos.

—Elathia, ¿tú…?

La divina también se detuvo y tendió una mano hacia delante. Dos venas se marcaron en su frente cuando se concentró y entornó los párpados al tiempo que sus iris estallaban con luz dorada.

—*¡Llamarada tenaz!*

Una pequeña flama nació de su palma abierta y se extendió hacia arriba durante unos segundos antes de desvanecerse en el aire.

—Elathia… —murmuró Thadwos, incapaz de apartar la mirada de la palma blanca de la divina.

Ella levantó la cabeza hacia Levna, cuyo rostro mostraba una expresión tan incrédula como la del fuerte.

—Aún no consigo invocar una llama tan potente como la de un sacerdote —admitió—. Por favor, enséñame antes de que sea demasiado tarde.

26

Thadwos esperaba de pie, con los brazos cruzados, la cabeza inclinada y la espalda apoyada en la pared de la muralla interior que circundaba el distrito de los divinos. Todavía no había amanecido, aunque los rayos del sol pronto se asomarían por las cúpulas de los edificios de Rodna, lo que provocaba que una luz tenue iluminara el mundo con un velo grisáceo y helado que serpenteaba por las calles de la ciudad.

No solía haber mucho movimiento a aquellas horas, lo que hizo que el fuerte escuchara con claridad el golpeteo de unos pies que se acercaban suavemente hacia él. Alzó la cabeza y vio llegar a Elathia, tan serena como siempre, que acababa de cruzar el portón de la ciudadela.

—¿Llevas mucho rato esperando? —se interesó ella con calidez.

—No —mintió Thadwos.

—Bien. —La divina extendió ambos brazos hacia él y lo abrazó, agarrándose con firmeza a sus hombros—. Vamos —susurró en su oído.

El fuerte cogió sus piernas con delicadeza, flexionó las rodillas y se impulsó. El pavimento a sus pies se agrietó, aunque ninguno de los dos llegó a verlo, porque un segundo después ambos se encontraban muy alto en el cielo. Saltaron por encima de Rodna y la gravedad los devolvió a la tierra, haciéndolos aterrizar tan pesadamente que abrieron un hoyo en medio del Páramo; pero Thadwos se impulsó de nuevo mientras Elathia cerraba los ojos y lo abrazaba con más fuerza. Los saltos se sucedieron sin impedimentos, alejándose más y más de la civilización.

—Ya hemos llegado —dijo Thadwos cuando aterrizó por sexta vez.

Soltó a la divina con lentitud, casi como si deseara demorar el momento de la separación. Ella giró la cabeza y miró hacia atrás: la ciudad se había convertido en un punto visible pero lejano, irreconocible salvo por el titánico esqueleto que lo coronaba.

—Mira —Elathia señaló—, creo que ya veo a Levna.

El fuerte siguió su dedo con la vista y distinguió una figura que surcaba los cielos en horizontal, sin arquearse y caer como él, sino volando como si el viento la sostuviera. Cuando se encontraba cerca de ellos la anciana sacerdotisa los saludó con una mano e inició el descenso con una habilidad exquisita.

—Me fascina tu capacidad de vuelo —confesó Elathia mientras caminaba hacia ella—. No sabía que los sacerdotes podían desplazarse en horizontal.

—Eso es porque todavía no han desarrollado bastante su don. Yo he tenido mucho tiempo para hacerlo…, demasiado. —Levna se acercó a la divina y chocó las palmas—. ¿Empezamos? No creo que tengamos tiempo suficiente como para que alcances un grado tan elevado de control sobre la piromancia, pero que no sea por no intentarlo.

Thadwos se sentó sobre una pequeña roca redonda que quedaba medio enterrada en el suelo y observó cómo ambas mujeres iniciaban el entrenamiento diario. Aquella era la quinta jornada desde la partida de la flota de Rodna, momento en el que Levna había accedido a adiestrar a Elathia en su nuevo don piromántico.

El fuerte había escuchado con atención las instrucciones

de la sacerdotisa y había tratado él mismo de invocar el poder llameante, pero se había visto totalmente incapaz, porque la realidad era que él no había visto al Dios Sol con sus propios ojos, se había quedado inconsciente justo antes de que su enemigo apareciera. Por extraño que fuera, aquello ahora parecía provocar que en su cuerpo no circulara el poder necesario ni siquiera para invocar la piromancia más exigua.

Su alma se hundía entre la frustración, la tristeza y la impotencia. Frustración por no ser lo bastante apto como para emplear la piromancia; tristeza por la muerte de Nándil, a quien había jurado proteger tras el entierro de Ilvain; impotencia por haber regresado a su época sin estar preparado para ello, perdiendo por el camino tanto a Báinhol como la corona del Dios Sol. Ahora no solo le había fallado a Ilvain por permitir que una de sus amigas pereciera, sino que además se había quedado sin la valiosa espada que le había acompañado durante tantos años y se había desvanecido toda esperanza de cumplir su sueño de obtener la inmortalidad.

Sentía que su vida ya no tenía ningún sentido. ¿Para qué continuar en aquel mundo si ya no podía estar con la mujer a la que amaba ni tener su posesión más preciada ni conseguir el propósito que había perseguido desde que su memoria alcanzaba a recordar? Y por si todo eso no fuera suficiente, un dios de fuego se disponía a atacar pronto su ciudad para exterminar a toda su especie.

—*Ignición.*

Una llamarada brotó del cuerpo de Elathia y lamió el aire durante varios segundos antes de desaparecer sin dejar rastro. Levna asintió y pasó a indicarle cómo debía canalizar el fuego para obrar el conjuro de forma que se mantuviera activo durante más tiempo.

La única razón por la que habían decidido desplazarse tanta distancia diariamente era para poder entrenar en un lugar apartado, sin ser objeto de miradas o preguntas por parte de los demás rodnos. Además, la capacidad destructiva del don piromántico era tan elevada que se sentían más seguros practicando en el desierto que en medio de la ciudad.

Lo cierto era que Elathia progresaba a un ritmo asombroso. Probablemente se debía tanto al hecho de que su mentora era una sacerdotisa que había tenido trescientos años para perfeccionar su poder como porque ya antes de eso la propia Elathia había pasado mucho tiempo con un sacerdote del que había podido aprender los conceptos básicos de la piromancia.

Al pensar en Arúnhir, la mente de Thadwos recordó con demasiada precisión la imagen de Ilvain carbonizada al salvarle del proyectil llameante del sacerdote. La visión de aquel hombre encendía un odio salvaje en su interior, un deseo irrefrenable de buscarlo, abalanzarse contra él y atravesarle el pecho de un puñetazo tan fuerte que lo lanzaría directo hasta el mismísimo sol. Ese era el único pensamiento que le hacía vivir un día tras otro, aguardando con ansiedad la batalla que estaba por venir tan solo para poder reencontrarse con su mayor enemigo.

Bueno, en realidad no era el único. Había otra razón que lo impulsaba a despertar, a luchar por la victoria de Rodna y a viajar hasta la inmensidad del Páramo cada mañana.

Thadwos levantó sus ojos amarillos hacia Elathia; en aquel momento estaba rodeada por un aura bermeja mientras Levna hacía hincapié en la importancia de tal conjuro, afirmando que era el más útil en combate, dado que la protegería de cualquier ataque al mismo tiempo que dañaría a los enemigos que intentaran acercarse a ella.

El fuerte evocó los breves instantes diarios de contacto directo que había habido entre ambos, cuando ella lo abrazaba y él la cogía para propulsarse por los aires; y al recordar el roce de su piel, su voz en su oído y el calor que desprendía su cuerpo notó que algo en su pecho se removía con inquietud.

Se daba cuenta de que Elathia era la única conexión que le

quedaba con el mundo. Aunque en el pasado nunca hubieran sido cercanos, las experiencias que habían vivido durante las últimas semanas los habían unido de una forma que él nunca hubiera creído que fuera posible. Sentía que habían alcanzado un grado de entendimiento mutuo irrepetible en toda Gáeraid, como si ellos dos fueran los últimos supervivientes de una especie destinada al colapso; por ello, la idea de una vida sin ella se le hacía de pronto inconcebible.

Levna dejó a medias sus lecciones poco antes del mediodía para que Elathia descansara antes de retomar el entrenamiento. Ambas mujeres caminaron de vuelta hasta Thadwos, se sentaron con él y la divina invocó un pequeño fuego que dejó pendido frente a ellos para poder asar alimentos con los que reponer sus reservas de poder.

—Lo has hecho a la perfección —la felicitó la sacerdotisa ante el éxito de su conjuro.

—Gracias —respondió Elathia con expresión sombría—. Pero esto no bastará para derrotar a Ainos.

Thadwos guardó silencio. Se había percatado de que la partida de Elerion había sumido a la divina en un estado de permanente desánimo. Era comprensible: sabía que lo único en lo que ella pensaba era en vencer al Dios Sol, no solo para su propia supervivencia, sino también por la esperanza de que su hijo viviera en libertad. Pero Ainos el Abrasador y su ejército interracial no eran una amenaza que pudiera tomarse a la ligera; todos los rodnos sabían que aun luchando e invocando todo su poder quizá murieran en vano.

Elathia cogió el morral de piel de basilisco, rebuscó en su interior y sacó una única tajada de carne de leviatán.

—Vaya…, apenas me quedan raciones —murmuró en voz alta—. Mi consumo es muy elevado desde que practico la piromancia, tendré que comprar más.

—Dame el saco. —Thadwos tendió un brazo—. Yo compraré para ti.

La divina levantó la vista hacia él con sorpresa y esbozó una breve sonrisa.

—No, no hace falta que...

—No es ninguna molestia —aseguró el fuerte.

—¿Estás seguro?

—No tengo nada mejor que hacer. —Él sonrió a su vez.

—Bueno..., está bien. —Elathia le tendió el morral—. Compra carne de leviatán, por favor. Al ser universal, es capaz de nutrir tanto mis dones divinos como los pirománticos.

—Entendido.

Sus dedos se tocaron cuando Thadwos cogió el saco, lo que le hizo sentir un cosquilleo, aunque no dio ninguna muestra de ello. Simplemente se levantó, se alejó unos pasos y se propulsó, saltando de regreso a Rodna.

De entre todas las habilidades que le proporcionaba el don de su clan, la capacidad de recorrer grandes distancias con el simple impulso de sus piernas era la que más apreciaba. Al hacerlo veía el mundo encogerse a sus pies, cortaba el viento con su cuerpo y disfrutaba del vacío que sentía en el estómago al caer, como si durante los segundos que se mantenía en el aire fuera completamente libre de temores y ataduras.

La tierra se hundió bajo él y Thadwos saltó de nuevo, arrastrando arena y raíces moribundas que salieron despedidas en todas las direcciones cuando sus botas volvieron a volar hacia occidente. Era importante mantener el equilibrio si no quería aterrizar con el rostro en lugar de con los pies, pero había realizado saltos de aquel estilo tantas veces a lo largo de los ciclos que ya se trataba de una acción que hacía sin pensar, tan natural como respirar.

Cuando saltó por encima de las murallas de Rodna e impactó contra una de las calles se produjo un ruido tan sonoro como el del proyectil de una catapulta, puesto que las piedras se hicieron añicos bajo su peso. Los peatones de otros clanes le miraron con gestos de desaprobación, tal como ocurría siempre; el fuerte los ignoró y echó a caminar hacia el mercado.

Hacía mucho que no vivía en la ciudad. En su distrito ni siquiera tenía aposentos propios, pues los que una vez le habían pertenecido habían sido requisados tiempo atrás. No tenía buena relación con ningún miembro de su clan, porque el entorno que rodeaba a los fuertes era siempre traicionero y extremadamente competitivo; además, él era odiado por casi todos por poseer a Báinhol, la espada más renombrada de todas las armas solares que alguna vez habían sido forjadas sobre la faz de Gáeraid.

Aquella hoja legendaria representaba todo lo que él siempre había soñado: sobrevivir al paso del tiempo y de la memoria, ser reconocida, recordada y alabada incluso siglos después de su forja. Por eso, su enorme peso sobre el hombro siempre le había reconfortado, dándole la seguridad y confianza de que podía conseguir cualquier propósito que persiguiera.

Pero ahora había perdido su amado espadón. Sin él se sentía desnudo, vacío, como si le hubieran arrebatado la esencia de su personalidad. En aquel estado, desarmado y desenmascarado después de tantos años, dudaba que nadie le reconociera.

Aunque no podía estar más equivocado. Acababa de comprar tanta carne de leviatán como cabía en el morral de Elathia cuando escuchó el golpetazo de un cuerpo impactando contra el pavimento, seguido por las reacciones de asombro típicas del momento.

Thadwos se giró para distinguir la inconfundible figura de Vándol de pie a pocos pasos tras él; su gorro serpentino cubría su cabeza como si fuera su propio cabello, la mano diestra estaba cerrada en la empuñadura de la espada solar que adornaba su cintura y su inmaculada capa caía hacia atrás con elegancia.

—Sí..., eres tú —dijo Vándol mientras lo miraba con aspecto triunfante—. Te has quitado la máscara, pero nunca olvidaré el rostro del hombre que asesinó a mi madre.

—Llevo días paseando por Rodna —se burló Thadwos—. ¿No has podido encontrarme hasta ahora? Estás perdiendo facultades.

—Te habría encontrado antes si no actuaras como un cobarde.

—Pues tendrás que irte con las manos vacías, porque no tengo lo que buscas. Lo he perdido.

—¿Perdido? —Vándol rompió a reír—. Es un objeto demasiado grande como para perderlo, ¿no crees, patán? Además, no solo quiero a Báinhol…, también te quiero a ti.

Thadwos no respondió. Bajó los ojos hacia el saco de Elathia y pensó que probablemente la piel de basilisco se desgarraría si luchaba con ella en la mano.

—Sabes que el espadón debería ser mío —continuó Vándol—. Mi madre era su portadora. No te pertenece. Dámelo y quizá… quizá te deje marchar.

—Mientes —acusó Thadwos al tiempo que dejaba caer el morral de Elathia al suelo—. Báinhol siempre ha pertenecido a quienquiera que matara a su anterior propietario. Esa ha sido la tradición de nuestro clan desde que la espada fue encontrada. Así que ya sabes…, mátame y podrás reclamarla. —Levantó los brazos hacia ambos lados—. ¡Vamos! ¿A qué estás esperando?

El ambiente que se desprendía era tan hostil que la gente que rondaba el mercado se apartó de ellos, abriendo un pasadizo de veinte metros que unía a uno con el otro. La sonrisa triunfante desapareció del rostro de Vándol, que observó a su oponente de arriba abajo, estudiándolo sin atreverse a desenvainar la espada, como si la indecisión hubiera hecho mella en él.

—De nada me servirá vengar a mi madre si no me dices antes dónde has dejado a Báinhol —razonó—. Dime, ¿dónde está?

—Ya te lo he dicho: la he perdido.

—No te creo.

—Ese es tu problema.

Los ojos de Vándol se crisparon cuando estallaron de luz al activar su don y desenfundó su hoja en gesto amenazante.

—¿Esto es lo único que te importa? —interrogó Thadwos con un deje irónico—. Estamos al borde de nuestra extinción ¿y lo único que te preocupa es conseguir una espada?

—El dios al que durante toda una vida he venerado ha resultado ser un mero farsante —declaró Vándol con ira contenida—. ¿Cómo crees que me siento? Quizá tu muerte no cambie nada..., ¡pero al menos me aliviará!

El guerrero saltó a ras del suelo directo hacia su objetivo. Los iris amarillos de Thadwos no se inmutaron mientras plantaba los pies con firmeza y se adelantaba a los movimientos de su adversario, atrapando su mano armada en el aire antes de que tuviera tiempo de descargarla.

—¡Alto! —se alzó una voz potente—. ¡Deteneos de inmediato!

Las palabras fueron escuchadas e ignoradas, puesto que ambos fuertes siguieron forcejeando entre ellos sin obedecer.

—¡He dicho que os detengáis! ¡Es una orden!

—¿Una orden? —gruñó Vándol.

Intentó propinar a Thadwos una patada que él detuvo levantando la rodilla. En el acto se separaron unos metros y antes de que se embistieran de nuevo una mujer encapuchada se situó entre ambos con las manos levantadas.

—¡Deteneos de una vez! —exigió la matriarca Irwain—. ¿Qué os pasa? ¿Es que no tenéis nada mejor que hacer que luchar entre vosotros? ¿En qué estáis pensando? ¡La mayor amenaza de nuestra historia está al caer! Si tanto ansiáis la muerte, tan solo tenéis que esperar..., en cualquier momento, el Dios Sol llegará para destruirnos a todos. ¡Conservad vuestras fuerzas y preparaos para la inminente batalla! Ya habrá tiempo de resolver vuestros problemas cuando esto termine…, si es que conseguís sobrevivir.

—Él mató a mi madre en combate —acusó Vándol con rabia—. ¡Tengo derecho a reclamar su vida!

—No en este momento —dijo la perceptora con autoridad—. No delante de mí.

Vándol chasqueó la lengua y retrocedió un paso.

—¿Por qué…? —murmuró, sobrecogido de pronto por la desesperación—. ¿Por qué me arrebatas lo único que me queda?

—No es lo único que te queda —aseguró la matriarca—. Espero que ambos defendáis Rodna codo con codo.

—El Dios Sol nos ha abandonado —le recordó Vándol con expresión angustiada—. No hay ninguna esperanza.

Sin gesto alguno de despedida, el fuerte flexionó las rodillas y saltó por los aires, haciendo estallar las losas que había bajo él debido a la fuerza del impulso. Su cuerpo se alzó muy alto, trazó una curva en el cielo, perdió propulsión y empezó a descender; Thadwos lo siguió con los ojos hasta que lo vio desaparecer detrás de los edificios más lejanos que se divisaban desde su posición.

Al instante, la gente que había en el mercado reanudó sus paseos como si no hubiera ocurrido nada, aunque Irwain se mantuvo clavada en el mismo sitio, cabizbaja y con aspecto abatido.

—Gracias por intervenir.

La perceptora levantó la vista hacia él.

—No me las des. —Suspiró—. Si queremos derrotar al Dios Sol, necesitaremos tantos guerreros como sea posible.

—No creo que sirvan de mucho, si ya antes de entrar en combate se sienten desquiciados.

—Mejor luchar desesperados que no luchar porque han sido previamente enterrados. —Irwain se cruzó de brazos—. ¿Dónde tienes a Báinhol?

—Se quedó atrás en el tiempo —respondió Thadwos mientras recogía el fardo de Elathia.

—Mal asunto —masculló la matriarca—. Admito que un arma como esa en tus manos nos habría venido bien.

—Te agradezco el cumplido.

—Tengo algunas hojas solares sin dueño en el palacio —reveló Irwain—. Son las que conseguí de los inferiores a los que embosqué. Si quieres, puedes examinarlas y quedarte con la que más te plazca.

Thadwos vaciló, pero al cabo negó con la cabeza.

—Ninguna será como Báinhol. A su lado, el resto de las espadas no parecen sino cuchillos para esquilar quimeras..., si no puedo tener mi espadón, me las apañaré únicamente con mis poderes.

—Como quieras. —La matriarca se encogió de hombros.

—Aun así, deberías entregar las armas que tengas a tantos rodnos como sea posible —aconsejó Thadwos—. Sería un desperdicio no darles ningún uso.

—Lo sé. —Irwain levantó la vista hacia el sol del mediodía—. Y debo hacerlo con premura, porque creo que nuestro breve periodo de paz está a punto de tocar a su fin.

—¿Por qué lo dices? —Thadwos frunció el ceño.

—Porque lo percibo. —Los ojos de la matriarca se iluminaron, señal de que había activado su don—. Aún no oigo sus pasos o voces, ni los veo en la distancia..., pero algo ha cambiado. Lo noto en el viento, si es que eso tiene algún sentido.

—¿Sientes un leve temblor en la tierra?

—Mínimo, sí.

—Eso es que se están acercando —asintió Thadwos—. La última vez vinieron del norte. Supongo... supongo que en un plazo de uno o dos días llegarán a la ciudad.

—Avisaré al resto de las matriarcas. —Los iris de Irwain se apagaron y ella fue a girarse, pero en el último momento se detuvo y se quedó mirando al fuerte de perfil—. ¿Adónde vais Elathia y tú? Estos últimos días no os estoy detectando casi nunca.

—Al Páramo. Ella está practicando para dominar un nuevo poder.

—Ah, ¿sí? —La matriarca se sorprendió y, por primera vez desde que hubieran regresado del pasado, Thadwos la vio sonreír—. Su fuerza de voluntad me da esperanza. Durante la batalla, debes protegerla aun a costa de tu propia vida. Los divinos son el clan más poderoso…, si alguien puede salvarnos del Dios Sol, sin duda serán ellos.

—Lo intentaré.

—Espero que hagas algo más que intentarlo. Algo más de lo que hiciste por proteger a mi hermana.

Thadwos inclinó la cabeza con pesar. El silencio fue su única respuesta. Aquella reacción hizo titubear a Irwain, que cambió el peso de una pierna a otra y terminó suspirando.

—Al menos sus hijos estarán a salvo —añadió en un tono mucho más suave—. Ellos… ellos te vieron en el puerto el día de la partida. Eso… a ella… le habría gustado.

Thadwos asintió en señal de agradecimiento. Irwain hizo un gesto de despedida.

—Adiós, Thadwos.

La matriarca se volvió y echó a andar por donde había venido.

—Hasta la vista —dijo el fuerte.

Se demoró unos segundos con la mirada clavada en la espalda de Irwain, hasta que de pronto flexionó las rodillas y se impulsó, pasando por encima de las murallas de Rodna y partiendo de vuelta al Páramo. Sus saltos se prolongaron mientras el viento soplaba en su rostro y la altura le encogía el estómago cada vez que la gravedad lo devolvía al vacío y aterrizaba en el suelo, hasta que localizó a sus compañeras y cayó en picado junto a ellas.

La arena y el polvo se levantaron a su alrededor en una

pequeña nube que lo cubrió cuando sus pies tocaron la superficie. Esperaba escuchar las palabras de sus amigas mientras discutían sobre algún conjuro piromántico o, como mínimo, sentir el calor del fuego que entre ambas eran capaces de invocar, pero las encontró todavía sentadas en el mismo lugar donde las había dejado, con los rostros pálidos formando expresiones tensas y desesperadas.

—¿Qué ocurre? —inquirió Thadwos echando a caminar hacia ellas.

—Hemos oído la llamada de Ainos. —Elathia le miró con los ojos muy abiertos—. Su ejército se ha... se ha puesto en marcha.

El fuerte asintió y le entregó el saco de piel de basilisco.

—Lo sé. La matriarca Irwain también lo ha sentido. Solo era cuestión de tiempo.

—Yo... debo irme —declaró Levna en un murmullo—. Debo regresar con los inferiores.

—¿Tan pronto? —preguntó Elathia en tono desesperado—. Aún tenemos algo de tiempo para practicar más...

—Si lo deseas, puedes seguir perfeccionando en solitario los conjuros que te he enseñado. Son los más básicos, pero creo que te serán de utilidad.

—¿Y qué hay de ti? —intervino Thadwos—. ¿Por qué nos has ayudado si ahora pretendes unirte al Dios Sol?

—No me uniré a él —aseguró Levna—. No lucharé contra vosotros. Pero mi deber es proteger a los inferiores, ellos son solo marionetas que han sido usadas tanto por Ainos como por los sacerdotes y que no deberían tener absolutamente nada que ver con este enfrentamiento. Poseo amigos entre los rebeldes, intentaré convencerlos para que deserten e ignoren las órdenes de los sacerdotes.

La sacerdotisa se levantó, pero Thadwos la retuvo cogiéndola por el hombro.

—Perdona que sea tan directo, Levna..., pero esta batalla

te concierne a ti más que a nadie. Recuerda que fuiste tú quien fundó el culto de sacerdotes que acabó conspirando contra los revocadores y provocando la rebelión, y también fuiste tú quien dejó la corona sin vigilancia para que Arúnhir la destruyera. No puedes huir, debes quedarte y luchar a nuestro lado.

—Lo siento, Thadwos. Todo cuanto he hecho ha sido siempre para velar por los inferiores. Mi responsabilidad es para con ellos, no para con los rodnos.

La pena inundaba la expresión de Levna cuando se apartó, sus ojos estallaron de luz y, sin llegar a pronunciar ningún conjuro, su cuerpo empezó a elevarse lentamente hacia los cielos.

—Espero que derrotéis a Ainos —dijo mientras levitaba—. Os deseo toda la buena fortuna de este mundo. Adiós, amigos, y gracias por todo.

Levna levantó la vista hacia el sol y salió disparada hacia el norte. Su figura fue visible en el cielo hasta que se perdió tras las nubes grises que cubrían el horizonte. Thadwos lanzó a Elathia una mirada de resignación.

—Es su decisión. —Suspiró la divina—. Nosotros hemos tomado la nuestra.

Thadwos asintió.

—¿Quieres que nos quedemos aquí para que puedas practicar un poco más?

—Activar nuestros dones de forma continuada requiere un gran esfuerzo por parte de nuestros cuerpos. —Elathia echó una ojeada a su morral de piel de basilisco y luego negó con la cabeza—. Tú entrenaste mucho para que tu cuerpo se acostumbrara a la carga, pero en mi caso, si mañana debo luchar contra Ainos, es mejor que hoy descanse tanto como pueda.

—¿Regresamos a Rodna, entonces?

Elathia no respondió enseguida. Se cruzó el morral en la espalda y alzó los ojos azules hacia el fuerte.

—¿Es eso lo que quieres? —preguntó en un susurro.

Thadwos enmudeció.

—Puede que esta sea la última tarde de nuestras vidas —continuó la divina en el mismo tono de voz—. No me gustaría pasarla encerrada entre los vacíos muros de piedra.

—¿Y adónde te gustaría ir?

—A un lugar perdido —confesó Elathia—. Desde donde pueda contemplar la belleza de este mundo una última vez.

Él tendió una mano hacia ella.

—Levanta.

La divina obedeció. Thadwos la agarró con delicadeza y ella se abrazó a él con fuerza. El tacto mutuo era reconfortante. Ambos escucharon el aliento del otro junto a sus oídos momentos antes de que el primer salto los llevara por los aires. Para que sus piernas no se balancearan hacia el vacío, Elathia las cerró alrededor de la cintura de su compañero, que la sostuvo con seguridad mientras su propio peso los llevaba de vuelta a la tierra de donde procedían. A los pies de Thadwos se abrió un cráter cuando aterrizó, y acto seguido empleó el mismo ímpetu que le había hecho flexionar las rodillas al caer para propulsarse de nuevo hacia las nubes opacas del firmamento.

Elathia se dejó llevar sin dar ninguna indicación. La impresión y el miedo la hacían cerrar los ojos cuando volaba con el fuerte, pero los minutos fueron pasando sin que él decidiera detenerse, de modo que, muy despacio, la divina abrió los párpados y observó el mundo que pasaba de largo delante de ella. Ya no se hallaban en el Páramo, sino en un paraje boscoso que corría como un inmenso océano verde por debajo de sus pies. Al cortar el viento con la nuca, sus ojos quedaban más protegidos que si hubieran estado mirando de frente, así que contempló el paisaje como una mera observadora y descubrió que eso la relajaba. Invadida por aquella agradable sensación, se percató de que tenía los dedos agarrotados a causa de la fuerza desmesurada con la que se agarraba a Thadwos, de forma que los liberó con cuidado y, al hacerlo, se dio cuenta de que el temor que presionaba su pecho se desvanecía por completo.

Un salto se sucedió tras otro mientras un sentimiento de libertad crecía en su interior con más intensidad de lo que había sentido en toda su vida. Por primera vez olvidó sus preocupaciones, su destino, sus pesares y sus lamentos, y disfrutó del viaje con una sonrisa sincera, deseando que no terminara nunca, que se prolongara durante toda la eternidad.

Sin embargo, sabía bien que nada es eterno. Cuando habían pasado horas desde su partida, aunque mucho antes de lo que Elathia hubiera deseado, Thadwos alcanzó la ladera de una montaña que trepó hasta sobrepasar las nubes más altas, aterrizar en un suelo rocoso y no volver a saltar.

—Ya puedes bajar —susurró.

Elathia separó sus entumecidas piernas, tocó el suelo con los pies y soltó la espalda de su amigo. Entonces se giró y vio que habían llegado a un lago entre montañas, de aguas tan claras e imperturbables que reflejaban con perfecta precisión inversa todo cuanto había a su alcance. Los dos picos grises entre los que se encontraba aparecían bajo el rojizo cielo que indicaba que, a lo lejos, en occidente, el sol había empezado a ponerse. La visión la embelesó hasta el punto de olvidar el dolor en los miembros entumecidos.

—¿Dónde estamos? —preguntó.

—¿Acaso importa? —replicó Thadwos con un deje de misterio—. Ven conmigo.

La divina lo siguió por una pequeña cuesta que remontaron juntos hasta hallar una cavidad casi circular y no muy profunda que penetraba de repente en la pared del desfiladero. Al filo de la cavidad la roca había sido pulida por el uso, y fue justo allí donde Thadwos se sentó y la invitó a que le acompañara.

Ella obedeció y se sentó a su lado, con las piernas colgando al vacío bajo el cual se extendía aquel hermoso lago. Él apoyó ambas manos en el suelo de piedra y guardó silencio mientras contemplaba la puesta de sol.

En Gáeraid las nubes siempre cubrían el horizonte de una punta a otra. La única excepción era Rodna, pues el clan de los divinos empleaba sus dones para obligar al cielo a abrirse y que los rayos de sol bañaran su ciudad. No obstante, aquello no permitía a los rodnos ver con claridad el amanecer ni el atardecer, porque el astro se inclinaba tanto hacia el este o el oeste que su luz quedaba oculta incluso desde la cúpula del Templo del Dios Sol, que era el lugar más elevado de la poblada urbe.

Esa fue la razón de que Elathia, al imitar a su compañero, quedara fascinada por la vista que se presentaba ante sus ojos.

—¿Cómo descubriste este sitio? —musitó sin apartar la mirada.

—Mientras cazaba —respondió Thadwos—. Desde entonces he vuelto a menudo.

Elathia no añadió nada mientras el sol descendía cada vez más rápido hasta que al fin desapareció en el horizonte más lejano, detrás del mar de nubes plomizas que se sucedían sin interrupciones a sus pies. El rojo del cielo dio paso a un naranja que se fue oscureciendo al tiempo que las diminutas estrellas surgían para salpicar la bóveda celeste y, entre todas ellas, grande y plateada, la luna destacó irradiando su luz sobre el lago. El crepúsculo se acabó desvaneciendo para dar paso a las tinieblas de una noche iluminada con miles de estrellas claras y brillantes; en particular, la luna tenía tales dimensiones que su luz les permitía ver incluso en la oscuridad.

—Este es el mundo donde vivimos —dijo Thadwos mirando al lago, desde donde podía contemplar la luna sin torcerse el cuello—. El mundo por el que debemos luchar contra el Dios Sol.

—¿Luchar por este mundo? —murmuró Elathia con tristeza—. No…, es Ainos quien lucha por este mundo. Ya te lo dije: Ilvain tenía razón. Los rodnos somos como una enfermedad para Gáeraid, porque destruimos la naturaleza para fabricar armas con las que exterminamos a las especies que viven aquí. ¿Por qué hemos estado tan ciegos? ¿Acaso las bestias o los árboles no son criaturas de este mundo tanto como nosotros mismos? Entonces ¿qué derecho tenemos nosotros para decidir qué es lo que vive y qué es lo que muere? Lo único que nos diferencia de ellos es la inteligencia…, una inteligencia que, de todos modos, tan solo nos ha servido para aniquilar toda vida animal y vegetal que había a nuestro alcance.

—Lo comprendo —admitió Thadwos—. Pero nunca conseguirás convencer a todos los rodnos para que renuncien a los dones que nos dan poder.

—Honestamente, dudo que renunciar a los dones fuera suficiente. Aun sin ellos no somos más que humanos que siempre persiguen las comodidades…, destruiríamos bosques para construir hogares, mataríamos animales para alimentarnos y vestirnos, y cuando no hubiera ningún animal contra el que luchar lucharíamos contra nosotros mismos por botines o agravios. ¿Por qué somos así? ¿No podríamos simplemente convivir con el mundo sin dañarlo, igual que hacen todas las criaturas que nos rodean?

—No lo sé. Lo único que sé es que yo… yo no quiero morir.

Elathia se volvió hacia él con sorpresa. Thadwos seguía con la vista clavada en el lago; su expresión era inescrutable.

—Nada es eterno —entonó—. Entiendo el significado de esa frase: absolutamente todas las cosas de esta vida, incluso las mejores, tienen un final. Pero esa certeza me produce náuseas. ¿Qué sentido tiene que estemos destinados a morir, independientemente de todo lo que hayamos hecho a lo largo de nuestras vidas? Saber que dentro de unos años estaré muerto, y que en unos pocos ciclos ya no quedará siquiera un solo rastro o recuerdo de mi paso por este mundo, me disgusta hasta el punto de hacerme perder todo deseo de seguir existiendo. ¿Para qué vivir si el tiempo nos acabará haciendo desaparecer por completo? Por culpa de eso, nada de lo que hagamos tiene ninguna relevancia…, porque este mundo seguirá en pie incluso miles de años después de este momento, y ni siquiera se habrá inmutado ante todas las generaciones que habrán pasado por él. Tienes razón, puede que los rodnos exterminemos toda la vida que hay en Gáeraid y que eso cause nuestra propia extinción…, pero en unos cuantos siglos o milenios la tierra se habrá recuperado y la vida habrá vuelto a crecer…, y de nosotros no quedará ni siquiera el polvo de nuestros huesos. Saber eso es… deprimente.

Elathia apoyó la palma encima de una mano de Thadwos.

—Te entiendo. Y entiendo que buscaras la inmortalidad como forma de huir del círculo de la vida y la muerte. Pero la realidad es que todas las criaturas que alguna vez han caminado sobre este mundo están destinadas a morir, y ninguna podrá hacer nada más que resignarse. Porque esta es la vida que se nos ha dado…, imperfecta y finita, sí, pero es la única que tenemos. Desear otra cosa es desear lo imposible. Por eso no debe importarte el porvenir, porque si algo es seguro es que todos moriremos un día u otro…, y por eso debes vivir centrado en el presente, en las cosas que puedes hacer y en aquellas que puedes mejorar. Porque no se trata de vivir una vida que pueda ser recordada, sino una vida en la que tú seas feliz.

Thadwos se volvió hacia ella. Elathia lo miraba con tanta intensidad que sus iris parecían brillar.

—Lo importante es disfrutar tanto como puedas de cada momento de tu vida —concluyó—. Porque cualquiera de ellos podría ser el último.

Thadwos no respondió. Ambos se estuvieron contemplando durante segundos, minutos u horas, ninguno lo sabía, porque no tenían prisa, la noche era joven y estaban solos en la inmensidad de un mundo vasto. Sus dedos se habían entrelazado en algún momento que ya no recordaban; sus pupilas se movían casi imperceptiblemente, observando cada detalle de sus rostros, cada curva y cada rasgo, como si de hecho los estuvieran memorizando. En un momento dado él se inclinó hacia ella y cerró los ojos sin pensar en nada, porque tenía la mente en blanco, preocupado tan solo por dejarse llevar.

Su primer beso fue corto y suave. Cuando se separaron intercambiaron una larga mirada, estudiándose en silencio antes de volver a acercarse y besarse de nuevo. Entonces se movieron, incómodos al estar de lado; Thadwos se tumbó sobre el suelo de piedra y ella lo abrazó desde arriba, situados a pocos dedos del filo del risco, aunque no les importaba lo más mínimo. Mientras la luna se reflejaba en las aguas del lago, ambos se besaron más veces de las que pudieron contar o recordar y gozaron de la agradable sensación que seguía a cada una de las caricias que intercambiaban, hasta que Elathia, muy despacio, le quitó el gorro de la cabeza, lo que hizo a Thadwos temblar levemente por el frío.

—Espera —susurró la divina con voz ronca al tiempo que alzaba una mano hacia el aire—. *Hijo del Sol.*

Un orbe llameante se formó sobre su palma y permaneció allí, flotando ingrávidamente al tiempo que arrojaba sobre ellos una tenue luz anaranjada. Thadwos sonrió ante los nuevos poderes de Elathia; ella sonrió a su vez antes de inclinarse para volver a besarlo.

El calor que emanaba de la esfera de fuego les permitió desprenderse de sus ropajes, que amontonaron a su lado para luego tenderse más cómodamente sobre ellos. A pesar de la atracción que sentían, sus movimientos no se volvieron rápidos o ansiosos, sino que se mantuvieron lentos y suaves mientras las caricias y los besos daban paso a que sus cuerpos, desnudos y anaranjados a la luz de las llamas, se unieran bajo la atenta mirada de la luna y las estrellas; y aprovecharon la ocasión para disfrutar de todos y cada uno de los segundos que tenían para estar juntos, ahora que todavía podían, quizá por última vez en sus vidas.

Al terminar permanecieron estirados y con los dedos todavía entrelazados, mirando la oscura cúpula estrellada que se extendía ante sus ojos. El ritmo desbocado al que latían sus corazones descendió al mismo tiempo que calmaban sus respiraciones para finalmente sumirse en una tranquilidad absoluta.

—Me siento muy a gusto —murmuró Elathia de pronto—. Ojalá pudiéramos alargar este momento para siempre.

Thadwos se mantuvo en silencio, acariciándole distraídamente un hombro desnudo, cuando incorporó un poco la espalda y se giró hacia ella.

—Aún estamos a tiempo de hacerlo —insinuó con gravedad—. Podríamos olvidarlo todo: Rodna, el Dios Sol, la guerra…, podríamos irnos y vivir juntos hasta el fin de nuestros días. No le debemos nada a nadie. Ya salvamos a nuestro pueblo una vez, no tenemos por qué volver a hacerlo.

Una sombra de duda pasó por los ojos de Elathia, pero casi de inmediato bajó la mirada y sacudió la cabeza.

—Yo no puedo hacerlo —confesó con pesar—. No por nosotros, sino por Elerion. Es mi hijo. Nada me asegura que, si Ainos vence esta batalla, no persiga a los supervivientes de Rodna a través de los mares. Ainos debe ser derrotado…, de otro modo, mi hijo nunca estará a salvo.

—Lo entiendo —afirmó Thadwos segundos antes de estirarse nuevamente—. No te preocupes.

—No te juzgaré si decides irte —añadió Elathia con serenidad—. Has hablado con la voz de la verdad: no le debes nada a nadie. No tienes por qué luchar si no lo deseas.

Thadwos esbozó una leve sonrisa.

—No. Al fin he entendido que una vida en solitario, aunque sea una vida inmortal, nunca valdría la pena. No es posible alcanzar la verdadera felicidad si uno no vive rodeado por aquellas personas que le importan. Y, ahora mismo, la única persona que me importa eres tú..., eres la única que me queda. Lucharé contigo, y si muero a tu lado, al menos moriré feliz.

Las lágrimas se acumularon en los párpados de Elathia, que trató de ocultarlas abrazándose a él.

—Cúbrete bien —susurró mientras pasaba por encima de su cuerpo algunas de las prendas que habían quedado más alejadas—. El orbe no se mantendrá toda la noche, y no quiero que pases frío.

A pesar del incierto porvenir que los aguardaba al día siguiente, Thadwos se quedó dormido no mucho después, como si su mente se hubiera liberado de todos sus pesares. La divina se lo quedó observando con una expresión que parecía indicar que el rostro del fuerte era lo más bello que había visto en su vida, hasta que la espalda empezó a dolerle por la mala postura, momento en que apoyó la cabeza a su lado, se aseguró de que ambos estuvieran bien tapados y cerró los ojos para intentar conciliar el sueño.

Sus pensamientos volaron irremediablemente hasta Elerion, la persona que más amaba en el mundo, aquella por la que estaba dispuesta a dar su vida sin contemplaciones. El recuerdo de su rostro le trajo paz, aunque no pudo evitar preguntarse si obligarlo a embarcar había sido la mejor decisión y si, cuando todo hubiera terminado, estaría de verdad a salvo de Ainos.

Cuando el sueño al fin venció a Elathia, su mente se alejó de la oscuridad y sus sentidos se mantuvieron tan vívidos como si estuviera despierta. Entonces percibió que el viento salado soplaba con suficiente potencia como para henchir las velas del navío, que remontaba las oscuras olas del mar mientras se balanceaba de un lado a otro. Elerion se encontraba en la cubierta, ayudando como podía a los marineros que manejaban los cabos, que le gritaban unas instrucciones que ya había empezado a interiorizar después de tantas semanas de travesía. No llevaba el gorro de piel de oso sobre la cabeza, porque lo había perdido durante la última tormenta; en su lugar, finas hebras de cabello habían empezado a crecer, igual que bajo la mandíbula, de donde habían brotado incontables pelos rubios.

A su lado se dejó caer Cángloth, agotado y magullado. Elerion compartió con él un pequeño sorbo de agua dulce justo cuando escucharon el inconfundible chillido de una gaviota. Ambos levantaron la vista al cielo y vieron una de esas aves volando por encima del mástil, dando la bienvenida a su barco, al mismo tiempo que el vigía que estaba situado en la cofa gritaba que había avistado tierra.

27

Al amanecer del día siguiente, Thadwos descendió con Elathia del mar de nubes que los envolvía, dejando atrás el lago y la pequeña cueva para nunca más regresar a ese lugar. Cuando el mundo se abrió de nuevo ante sus ojos se detuvieron para mirar hacia el norte.

—Es como la última vez —constató el fuerte al tiempo que la divina tocaba con los pies en el suelo.

Ella se giró hacia donde él señalaba para ver una masa negra de criaturas que surcaban los cielos, seguidas por tantos seres a pie que la nube de polvo que levantaban entre todos hacía desaparecer la retaguardia del ejército. Se distinguían claramente dos behemots que viajaban con aquella horda, de dimensiones no tan descomunales como el lejano pariente cuyos huesos coronaban Rodna, pero aun así tan grandes que, si hubieran estado quietos y en reposo, se habrían podido confundir fácilmente con dos colinas.

—¿Llegaremos antes que ellos? —preguntó Elathia con la voz seca.

—Sí, porque están obligados a avanzar al ritmo de los humanos. —Thadwos volvió a cogerla—. Vamos.

Descendieron al valle que había en las faldas de la montaña y desde ahí partieron en dirección sur de salto en salto, aunque en aquella ocasión los ojos de la divina, como quedaban encarados de forma inversa a los del fuerte, miraban directamente al gran ejército que Ainos había congregado bajo su mando. Angustiada ante tan terrorífica visión, Elathia cerró los párpados y apoyó la mejilla sobre el hombro de Thadwos, sintiéndose segura en su abrazo, disfrutando de su compañía mientras todavía podía.

El ritmo repetitivo y constante del impulso, la pugna contra la gravedad y la posterior caída al vacío la sumieron en una extraña calma que no se vio perturbada por la inminente amenaza ni por el estruendo que hacía la tierra cada vez que el fuerte aterrizaba en ella. Aquella tranquilidad le permitió evocar el extraño sueño que había tenido sobre Elerion, lo que a su vez la hizo pensar en todas las pesadillas que habían sacudido su mente desde la primera noche de viaje que había pasado en el Páramo, tendida al lado de Arúnhir.

¿Albergaban algún significado concreto o eran simples deseos de su subconsciente? Recordaba que antes de alcanzar la corona había llegado a creer que en realidad eran imágenes premonitorias, pero ¿acaso era eso posible? ¿No sería más lógico suponer que eran meros productos de su imaginación? Intentó rememorar todos sus sueños: había visto la traición de Arúnhir, la llegada de Thadwos, la partida de Elerion, el ataque de Ainos...

Se vio obligada a reconocer que verdaderamente parecían visiones sobre el porvenir. Pero aquello no tenía ningún sentido, porque ¿cómo podía explicarse que de repente hubiera adquirido un nuevo don que nadie había tenido antes que ella? Ni más ni menos que la habilidad de ver el futuro...

—Ya estamos cerca —anunció Thadwos con voz potente para que sus palabras no se las llevara el viento.

Elathia abrió los ojos y vio que acababan de alcanzar los límites del Páramo. Las huestes de Ainos se divisaban detrás de ellos, aunque su compañero había conseguido sacarles bastante ventaja, porque ahora se hallaban a mucha más distancia que al amanecer.

De pronto, Elathia se percató de que sus reservas de poder habían disminuido notablemente durante la noche. Aquello la hizo concebir una idea descabellada: ¿y si sus sueños eran invocados por el don de su clan de forma inconsciente cada vez que, justo antes de dormir, pensaba en aquello que estaba por venir?

—¡Ya llegamos! —gritó Thadwos justo antes de abrir un cráter en la tierra y propulsarse una última vez en el aire. Sus cuerpos volaron hasta alcanzar los muros de Rodna, momento en que el fuerte se inclinó a voluntad para caer de lleno en la plaza del Behemot.

Los murmullos causados por su aparición repentina no duraron mucho, porque rodnos e inferiores por igual se encontraban demasiado atareados como para dedicarles la más mínima atención. Hasta el último de ellos se estaba preparando para la batalla, y vieron que sobre la muralla norte habían sido apiladas enormes saetas y munición rocosa al lado de grandes escorpiones y catapultas que los ingenieros se hallaban ultimando.

Elathia tomó la mano de Thadwos.

—Vayamos a un lugar elevado —pidió.

El fuerte asintió, la abrazó y se propulsó hacia el interior de la ciudad. Aterrizaron sobre una antigua torre del distrito de los revocadores, maltrecha y ennegrecida por los golpes y el fuego al que había sido expuesta, aunque todavía se mantenía en pie, como una isla solitaria en medio de un océano de casas derruidas. Desde allí observaron a docenas de compañías de arqueros organizándose en los tejados de edificios estratégicos por toda Rodna, si bien solo unos pocos contaban con los valiosos proyectiles de punta solar y la mayoría tendrían que conformarse con flechas de acero corriente.

Se sentaron en la cúpula de la torre, Elathia invocó un orbe de llamas y asó dos lonchas de carne de leviatán. Entregó una a Thadwos y después sopló para enfriar la otra antes de engullirla y recuperar hasta la última pizca de nutrientes que su cuerpo era capaz de asimilar.

Los ojos de ambos se alzaron hacia el norte para observar aquella masa de seres y polvo que se hallaba cada vez más cerca. Intentaron divisar una figura llameante volando por encima del resto, pero no tenían los dones de los perceptores y fueron incapaces de distinguir nada tan preciso en la distancia. Aun así, la divina no tardó en entornar los párpados e inclinarse hacia delante en señal de atención.

—Las bestias aladas... ¿se están adelantando?

Thadwos imitó su gesto y lanzó un gruñido.

—Eso parece —masculló—. La otra vez hicieron lo mismo: las voladoras fueron las primeras en atacar y luego llegaron las terrestres.

—Fíjate en su número —señaló la divina—. No sabía... no sabía que quedaban tantas en Gáeraid.

—El Dios Sol las habrá reunido a todas —supuso el fuerte—. Ni una sola bestia se habrá quedado escondida en su nido; absolutamente todas las que aún habitan esta isla estarán congregadas bajo su mando.

—En cualquier caso, bestias, sacerdotes y rebeldes serán solo una distracción. —Elathia se volvió hacia él—. Ainos es nuestro único objetivo. La última vez acompañó al ejército desde el cielo y solo intervino después de que mataras al Gran Behemot. Si ahora actúa del mismo modo, habrá que buscarlo en las alturas.

—Entendido.

Como un eco a sus palabras, la abertura celeste que había justo encima de Rodna, la única que presentaba el manto de nubes opacas que siempre se extendía de un horizonte a otro y a través de la cual los rayos del glorioso sol alumbraban permanentemente la ciudad, empezó de súbito a disminuir de tamaño, puesto que los nubarrones se cerraron desde todos los flancos hasta tapar por completo el gigantesco orificio.

—¿Nubes de tormenta? —se percató Thadwos con asombro—. ¿En Rodna? ¡No es posible!

—Benditos sean mis ojos. —Elathia sonrió ligeramente—. Hiáradan, ¿has sido tú?

—¿La matriarca?

—El don de los divinos es el único capaz de manipular el clima. Sí..., supongo que ella habrá pensado que, puestos a enfrentarnos a un dios llameante y a sus sacerdotes de fuego, nuestra mayor ventaja reside en la lluvia.

—¿Eso no debilitará tus nuevos poderes? —preguntó Thadwos con preocupación.

—Quizá, pero entonces todos los sacerdotes sufrirán la misma debilidad. Y, a diferencia de ellos, yo aún podré recurrir a los dones de mi clan natal.

El fuerte asintió mientras las nubes se cerraban encima de la ciudad, acumulándose en una masa tan impenetrable que ni una sola hebra solar se filtraba en su entramado. Rodna quedó envuelta en una luz fría, gris y escasa. La lluvia no tardó en precipitarse, al comienzo apenas perceptible, para luego aumentar su ritmo a medida que pasaban los minutos, hasta acabar sumiendo el mundo en una densa cortina de agua. A pesar de ello, las huestes agresoras todavía se distinguían en la lejanía, como una oscuridad más antigua y peligrosa que las tormentas, avanzando por el Páramo sin ningún impedimento.

Elathia y Thadwos no se preocuparon en cubrirse de las gotas, sino que siguieron sentados sobre la cúpula del edificio ennegrecido, contemplando la ciudad donde habían nacido, crecido y vivido, hasta que múltiples campanas procedentes de todos los distritos tañeron sin pausa ni control, alertando a los defensores de que el enemigo estaba sobre ellos.

Los amantes se miraron con ternura una última vez antes de ponerse en pie. Con el fardo cruzado en la espalda, Thadwos cerró los puños y alzó los ojos amarillos hacia las nubes que se cernían en el cielo mientras Elathia juntaba las palmas delante de su rostro.

—*Aura del Sol.*

Sus iris resplandecieron al tiempo que un aura rojiza se formaba alrededor de su figura, cubriendo el contorno de su piel y sus ropajes por completo. El calor que desprendía era tan intenso que su silueta se difuminó a la vista; la lluvia hervía al contacto con el fuego que la rodeaba, emitiendo hilos de vapor que se desvanecían en el gélido aire tormentoso.

—¿Crees que podrás elevarte como los sacerdotes? —preguntó el fuerte sin apartar la vista de las nubes.

—Lo intentaré si no tengo más remedio, pero carezco de una técnica depurada —respondió la divina con sinceridad—. Prefiero combatir desde tierra firme.

—Entonces yo buscaré al Dios Sol en el cielo e intentaré atraerlo hacia la ciudad. Aquí es donde será más vulnerable, porque estará al alcance de todos los rodnos.

—Es cierto. —Aunque sabía que se trataba de una estrategia razonable, quizá la mejor que podían seguir, ella no pudo evitar sentir temor por lo que pudiera pasarle a aquel hombre al que recientemente había llegado a apreciar hasta límites insospechados—. Por favor, Thadwos, ten cuidado.

Él sonrió como si le hiciera gracia su petición.

—Recuerda que nada es eterno —dijo como única despedida—. Nada..., ni siquiera el Dios Sol.

Flexionó las rodillas hasta que casi tocó con ellas las tejas y de súbito se propulsó, dejando a Elathia atrás y elevándose hacia el cielo, cortando el viento con la frente mientras las gotas salpicaban todo su cuerpo. Le había parecido distinguir una oscura silueta más allá de las nubes grises, cuyo tamaño fue aumentando a medida que se elevaba hasta que no tuvo ninguna duda: se trataba de un dragón.

La terrible bestia de escamas verdes y cuernos negros se hallaba sobrevolando Rodna desde las alturas cuando Thadwos brotó repentinamente desde su izquierda; los nubarrones le habían ocultado a la vista y la lluvia había camuflado su olor, de modo que el fuerte alcanzó al monstruo sin que este tuviera oportunidad de anticipar su llegada. El ímpetu de su salto fue tal que perforó la membrana del ala que apareció sobre su cabeza y acto seguido se asió a la herida para frenar su ascenso, desgarrando todavía más la carne con las manos.

El dragón rugió de dolor y batió las extremidades en un intento de deshacerse de la molesta pulga, pero Thadwos, sujeto con los dedos y volando con los pies al aire, consiguió mantenerse firme hasta el momento en que su enemigo planeó de nuevo con las alas en horizontal. Entonces impulsó su cuerpo con las manos para salir disparado hacia el lomo del engendro reptiliano, de donde sobresalían incontables huesos en forma de pinchos del tamaño de una persona que recorrían su espina dorsal desde el cráneo hasta la cola. Uno de ellos se partió con el impacto, pero detuvo al fuerte, que se agarró para no resbalar y tomarse un breve momento de calma para observar todo cuanto había a su alrededor.

Entre el cúmulo de nubes de tormenta que envolvían su visión distinguió una decena de dragones y un centenar de fénix, grifos y ninfas auras que surcaban los cielos en enormes círculos concéntricos mientras la lluvia caía entre ellos. En aquel momento se hallaban en aparente reposo, simplemente volando con suficiente espacio para que desplegaran sus alas sin molestarse los unos a los otros, como si esperaran una orden que les permitiera actuar.

El dragón herido sabía que aquel incordio humano permanecía en su lomo, así que rugió una vez más y volteó sobre sí mismo para tratar de desprenderse de él con la ayuda de la gravedad. Percatándose de su movimiento, Thadwos tomó un nuevo impulso y saltó hacia arriba antes de que la bestia llegara a girar por completo. Durante su recorrido aplastó a dos fénix con el puño antes de alcanzar a un grifo desde abajo;

su enemigo chilló y trató de atizarle con el pico, pero el fuerte, agarrado a sus patas, lo desequilibró y lanzó hacia abajo al tiempo que se colocaba encima de él. Así, usándolo como punto de apoyo, se propulsó una vez más para ascender hasta un dragón rojizo a cuya cola consiguió agarrarse a pesar de su improvisada trayectoria.

Fue en aquel momento cuando oyó una voz profunda y gutural que pareció resonar en el interior de su propia cabeza.

—*Atacad.*

Thadwos alzó la vista, buscando el origen de aquella autoritaria voz, y vio un punto anaranjado que se difuminaba detrás del gris nubloso, un fuego que ardía y se sostenía por encima de todas las demás criaturas que volaban.

Obedeciendo la orden del dios, el dragón rugió y viró, dejándose caer en picado hacia la ciudad junto con el resto de las bestias aladas; pero el fuerte aprovechó el balanceo de la cola para soltarse con impulso una vez más, atravesar los últimos jirones de nubes y salir al cielo descubierto. La luz del sol incidió en sus iris amarillos cuando giró la cabeza y contempló a una veintena de metros a un ser carbonizado y llameante que flotaba ingrávido y cabizbajo, observando con aparente calma todo cuanto ocurría a sus pies. Thadwos gritó para llamar su atención y el demonio flamígero alzó los ojos rojos hacia él; sus miradas se cruzaron y en el rostro de aquel ente de fuego apareció una sonrisa fugaz.

—*Thadwos.* —Resonó su voz en tono sorprendido—. *No esperaba volver a verte.*

—¿Arúnhir? —preguntó el rodno incrédulo—. ¿Eres tú?

Las facciones eran las mismas que las del fornido sacerdote, aunque su ropa había desaparecido, su piel se había vuelto negra de la cabeza a los pies y la aureola rojiza que solía invocar durante los combates había triplicado su densidad y ardía con lenguas de fuego que brotaban desde todas las extremidades de su ser.

—*Tus esfuerzos son en vano.*

Ainos levantó una mano a la altura de la cintura y movió un dedo hacia arriba. Thadwos se encontraba en el punto álgido de su salto, justo antes de que la gravedad lo hiciera descender de vuelta a la tierra, cuando de súbito un dragón de escamas como la noche surgió de debajo de las nubes con las fauces abiertas y las pupilas alargadas apuntando directamente al rodno desamparado.

El don de los fuertes tan solo les permitía impulsarse si se apoyaban en un cuerpo físico, pero no podían moverse a voluntad en el aire; por tanto, fue incapaz de apartarse del camino del titánico depredador, que en un instante cerró las mandíbulas sobre él.

—*Adiós.*

Thadwos soltó un grito que exprimió su alma y detuvo las quijadas apretando el paladar con las manos al tiempo que pisaba la lengua bífida con los pies, aplicando todo su poder para contrarrestar la terrible presión, consciente de que flaquear sería equivalente a morir.

Sorprendido por que aquel diminuto humano se le hubiera quedado atravesado en la boca, el dragón zarandeó la cabeza en un intento de desequilibrarlo y engullirlo; pero el fuerte se mantuvo firme, aullando mientras empujaba por sobrevivir. Enojado, el engendro alado sacudió el cráneo todavía con más violencia, lo que no logró que su presa cayera por su garganta, sino que la lanzó despedida de vuelta al cielo abierto.

—*Persíguelo.*

La bestia reptiliana partió volando detrás de Thadwos. Él extendió los brazos para recuperar el control de la caída y luego inclinó el cuerpo en vertical, apuntando hacia abajo con la frente, con tal de incrementar su velocidad de descenso. El viento le obligó a entornar los ojos hasta que prácticamente perdió toda visión, mientras el dragón batía las alas para impulsarse en picado y abría las mandíbulas una vez más; pero su intención no era engullirle, sino abrasarle. Las escamas en su pecho adquirieron un tono escarlata cuando el fuego se concentró en sus pulmones, arqueó el largo cuello y de repente escupió una llamarada para que el rodno no pudiera escapar.

—*¡Cerco protector!*

Una esfera translúcida rodeó a Thadwos por completo, repeliendo el aliento llameante de su enemigo y empujándolo aún más hacia la tierra de donde procedía. A su lado, entre la lluvia y las nubes grises que lo envolvían, surgió la figura de un hechicero que voló directamente hacia el dragón y le lanzó un rayo que acertó en uno de los inmensos ojos.

El monstruo rugió y extendió las alas para recular. Thadwos abrió sus brazos y sus piernas para girar sobre sí mismo y caer de espaldas. Desvió la vista a ambos lados y descubrió que una cruenta batalla había dado comienzo en medio de la tormenta: todos los fuertes y hechiceros que quedaban en Rodna, liderados por sus respectivas matriarcas, habían acudido a los cielos igual que él para combatir a las huestes voladoras del Dios Sol.

El rodno volvió a girar para encarar su descenso y movió los brazos para dirigirse en picado contra la espalda de un grifo que batía las alas mientras trataba de clavar las zarpas en una hechicera. Thadwos se precipitó sobre él como un meteorito y lo atravesó con los puños por delante, partiéndole el lomo y continuando su descenso hacia Rodna.

Cruzó las nubes de tormenta y al fin distinguió la urbe bajo él, donde cientos de compatriotas combatían contra las criaturas aladas que cercaban la ciudad. Siguiendo la dirección de la lluvia que anegaba el cielo, el fuerte aterrizó con tanta potencia sobre el distrito de los revocadores que un montón de escombros se hicieron añicos bajo su peso. Levantó la cabeza y observó a decenas de miembros de su clan caer como él para, instantes después, saltar de nuevo hacia las alturas. Thadwos se dispuso a imitarlos cuando un rugido estruendoso lo alertó de una presencia enemiga, se giró y vio que el dragón negro que Ainos había enviado contra él, aun con un ojo ciego, lo había seguido hasta el nivel del suelo.

El monstruo vomitó fuego de arriba abajo, impidiendo a su presa saltar para intentar esquivarlo. Indefenso, el rodno no pudo sino protegerse la cabeza con los brazos, creyendo que moriría incinerado; pero tras el calor y el vendaval que siguieron el paso de su enemigo se percató de que todavía seguía vivo. Asombrado por su increíble suerte, el fuerte echó una ojeada a su alrededor y vio que la llamarada del reptil volador había fallado milagrosamente, impactando contra las ruinas que había a su espalda.

Thadwos se giró hacia la torre donde había dejado a Elathia y vio a la divina todavía allí, haciéndole una señal con la mano. Él asintió, agradecido, y la observó durante el tiempo suficiente como para darse cuenta de que, a pesar de la posición tan visible en la que se encontraba, ninguna bestia de Ainos la tomaba como objetivo, sino que todas la pasaban de largo sin prestarle atención mientras ella, envuelta aún por aquella aureola rojiza que había invocado antes de empezar la batalla, obraba milagros para proteger a tantos compatriotas como podía.

—Claro…, creen que es una sacerdotisa —comprendió Thadwos con una sonrisa—. ¡Las bestias no la atacan porque piensan que ella es su aliada!

El fuerte se volvió para ver venir al dragón de escamas negras, que había planeado hasta dar la vuelta en el aire y ahora regresaba para atacarle otra vez. Thadwos tensó los músculos, dispuesto a plantarle cara, cuando de pronto una saeta de punta solar y envergadura igual a la de un hombre cortó el viento y penetró limpiamente en el pecho del engendro. Un gemido agónico brotó de la terrible garganta cuando su cuerpo se derrumbó sobre Rodna; el reptil exhaló una última bocanada antes de cerrar el párpado del ojo sano y que de sus fosas nasales brotara un breve hilo de humo que no tardó en desvanecerse.

—¡Más munición! —bramó la matriarca Irwain a sus inferiores desde la cúpula del Templo del Dios Sol, donde había instalado un escorpión del tamaño de Báinhol que disparaba con precisión milimétrica gracias a los sentidos aumentados que le otorgaban sus poderes.

—Debo atraer a Ainos —se recordó Thadwos sin perder tiempo.

Flexionó las piernas y se propulsó de nuevo hacia arriba. Rayos y llamaradas teñían las nubes de colores preciosos mientras el cielo lluvioso se precipitaba contra él.

Cuando alcanzó los primeros jirones de nubes descubrió con alegría que la batalla se estaba decantando a favor de sus camaradas. No cabía duda de que sus enemigos eran sumamente peligrosos, pero los rodnos se habían organizado a conciencia; sabiendo que el pelaje de grifos, fénix y ninfas no era inmune a la electricidad, los hechiceros los estaban atacando a distancia, evitando sus picos y garras en enfrentamientos cuerpo a cuerpo; al mismo tiempo, los fuertes cargaban en masa contra los dragones, quienes sin duda eran más poderosos que ellos, pero su número resultaba demasiado escaso como para combatir a un clan entero por sí solos.

Plumas y escamas caían por doquier junto con la lluvia mientras Thadwos, ignorando la encarnizada lucha que tenía lugar a su alrededor, buscaba con la mirada una mancha anaranjada o una figura carbonizada; sin embargo, la luz de los ojos rodnos, la electricidad de los hechiceros y el fuego de los dragones distraían de tal modo y había tantas criaturas volando, saltando y aleteando que no fue capaz de localizar a su objetivo.

—¡Debería sobrepasar las nubes otra vez!

Por desgracia, el caos lo rodeaba. Un fénix apareció ante él con las garras por delante y Thadwos lo decapitó de un puntapié. Un cuerpo pesado lo golpeó por la espalda, un grifo que chillaba le hirió una pierna con las zarpas y trató de arrancarle la garganta de cuajo con el pico. El fuerte se movió en el aire para deshacerse de su enemigo; pero antes de conseguirlo una onda de choque los separó y ambos salieron despedidos en direcciones opuestas.

Thadwos cayó dando vueltas hacia abajo cuando sus ropajes lo detuvieron y un hechicero lo hizo volar nuevamente a la batalla. El dragón de escamas verdes y cuernos negros con un ala perforada pasó volando descontroladamente por delante de él con tres fuertes intentando herirle en el lomo mientras rugía y viraba para sacárselos de encima; uno de ellos perdió el equilibrio y cayó todavía empuñando su espada solar.

Thadwos inclinó el cuerpo para dirigirse hacia él y, mientras volaba, reconoció el rostro de su aliado: era Vándol. Los ojos de ambos se encontraron en medio del caos y compartieron una mirada de mutuo entendimiento. Thadwos tendió una mano, Vándol estiró el brazo libre, se asieron a la vez y el primero giró el cuerpo entero para lanzar a su compañero de vuelta hacia el dragón verde. Vándol aprovechó el impulso para dirigirse al monstruo alado con la espada por delante, la punta solar se incrustó en el vientre escamoso, la sangre manó humeando y se desparramó por el cielo a la par que la lluvia, el fuerte movió su hoja para abrir más la herida y finalmente se descolgó. El dragón gimió casi sin aliento y se precipitó de cabeza sobre la ciudad.

Thadwos movió los brazos para desviar su caída hacia un grifo que volaba bajo las nubes y logró agarrarse a su lomo a tiempo, aunque llevaba tal ímpetu que el engendro gimió de dolor, se inclinó con él y empezó a batir las alas desesperadamente para intentar estabilizarse. Cuando al fin lo consiguió, el fuerte le rodeó el cuello con los brazos y apretó las piernas en cada uno de sus flancos; la bestia se agitó para quitárselo de encima, pero él se mantuvo firme e inmóvil, inalcanzable tanto para sus garras como para su pico afilado. Así, ambos ascendieron a trompicones mientras ella se sacudía en vano y él la estrangulaba con un abrazo tan fuerte que le aplastaba los músculos del cuello emplumado.

Sin llegar a aflojar la presión sobre su presa, el rodno levantó la vista hacia la cruenta batalla aérea y vio al dragón rojo, la última de tales criaturas que quedaba en los cielos, rugiendo y echando tantas llamaradas como podía para calcinar a los fuertes que intentaban acercarse a él.

—*¡Manipulación distante!*

El agudo grito de la matriarca de los hechiceros se distinguió con claridad incluso a pesar del viento y la lluvia. Decidida a conseguir la victoria de una vez por todas, sus ojos estallaron con suficiente luz como para iluminar la noche más oscura cuando lanzó su conjuro sobre las prendas que vestían una decena de fuertes y los arrojó a toda velocidad hacia el enorme reptil volador.

Aun sin llegar a hablar entre ellos, los elegidos entendieron al momento cuál era su cometido, porque todos se estiraron en el aire con los puños por delante y las cabezas encogidas entre los hombros. Los diez impactaron con tanta fuerza que atravesaron al dragón rojizo por diez puntos distintos simultáneamente: por la cola, las patas, el torso, las alas, el cuello y la cabeza. Sus escamas se rompieron y las vísceras volaron en todas las direcciones mientras los párpados de su enemigo se cerraban y su cuerpo caía inerte sobre la ciudad.

Los aullidos de júbilo de los rodnos colmaron las nubes mientras las bestias aladas que restaban daban media vuelta y huían entre chillidos de pavor. El grifo sobre el que había montado Thadwos había conseguido elevarse bastante, aunque no pudo deshacerse de su abrazo, de modo que sucumbió asfixiado al mismo tiempo que el dragón moría atravesado. El fuerte tomó impulso sobre su cadáver para saltar una última vez y ascender en busca de Ainos, aunque no logró divisarlo entre la lluvia y las densas nubes grises que envolvían su visión por completo.

La gravedad frenó su avance y curvó su salto para devolverlo de nuevo a Rodna cuando de súbito aquella voz de ultratumba surgió de las alturas para amargar la alegría de los vencedores.

—*Ya es suficiente* —dijo con enfado.

Entonces lo vio. Primero como un mero destello, aunque en apenas unos segundos se convirtió en una intensa luz que se precipitó de la atmósfera como si el propio sol descendiera hacia la tierra.

Thadwos no tuvo tiempo de reaccionar cuando de repente una esfera de fuego de tamaño descomunal, más grande que el Templo del Dios Sol, apartaba las nubes de tormenta, deshacía toda la lluvia a su paso y caía cual meteorito imparable sobre los rodnos que estaban congregados en el cielo. Sus llamas desprendían tanto calor que un viento huracanado siguió su estela, de forma que, aunque él se había separado tanto que no se encontraba en la trayectoria del proyectil, el viento posterior lo empujó hacia atrás y lo arrojó tan lejos que ni siquiera pudo ver lo que les ocurría a sus camaradas.

—*¡Cerco protector!*

La matriarca de los hechiceros extendió brazos y piernas y una barrera esférica nació de su pecho y se propagó en el aire hasta abarcar unas dimensiones casi tan abrumadoras como las de la bola de fuego que se precipitaba sobre ella, intentando repeler el ataque al mismo tiempo que garantizaba la seguridad de todos aquellos que la rodeaban.

El impacto entre el escudo y las llamas sacudió el mundo. El cerco diáfano se quebró al tiempo que el proyectil se dividía en mil lenguas de fuego que rebotaban y se extinguían en la lluvia. La matriarca flotó convaleciente en el aire cuando por la abertura entre las nubes apareció aquella figura de carbón y fuego con las facciones del sacerdote Arúnhir y se dirigió en picado hacia ella como una flecha en combustión.

Los hechiceros vocearon alarmados e invocaron sus poderes a la vez para tratar de detener a aquel amenazante ser, pero todos sus rayos juntos no lograron siquiera inmutarlo;

las llamas que lo envolvían deshicieron la electricidad y la luz igual que evaporaban la lluvia que caía sobre ellas, dejando jirones de humo blanco que ondearon detrás de sí. La figura flamígera se abrió paso entre los hechiceros con un remolino de fuego, alcanzó a la indefensa matriarca, la tomó por el cuello y en cuestión de segundos la abrasó con tanta intensidad que su cuerpo se convirtió en ceniza.

28

Elathia vio a los dos behemots llegar ante las murallas de Rodna, avanzando a grandes pasos y haciendo temblar la tierra bajo sus pies, cuando un impacto descomunal procedente de las nubes la hizo agacharse instintivamente. Al cabo de un segundo, la divina levantó la cabeza y vio una silueta anaranjada volar en solitario de un lado para otro.

—Es Ainos —comprendió.

Un escalofrío recorrió su espalda mientras contemplaba cómo su enemigo perseguía a los hechiceros que intentaban huir, rompía sus escudos y los calcinaba a todos sin que ellos pudieran hacer nada para evitarlo. Los fuertes que caían en la ciudad por primera vez se negaban a saltar de nuevo por los aires, temerosos de enfrentarse a aquel veloz demonio de fuego.

—¡Las bestias están aquí! —se alzó un grito de aviso.

Hasta entonces, los rodnos se habían estado enfrentando a las criaturas voladoras del Dios Sol, pero en aquel momento las murallas de la zona norte fueron derribadas y los dos behemots dieron el primer paso en el interior de la urbe. A ellos los siguieron cíclopes, gorgonas, basiliscos, ninfas terrestres, minotauros, quimeras e hidras, además de multitud de rebeldes equipados con armas solares y numerosos sacerdotes recubiertos por aureolas rojizas que se elevaron en vertical y empezaron a lanzar piromancias contra todo aquel que estuviera a su alcance.

Elathia deseaba ayudar a sus aliados, pero incluso si derrotaban a las innumerables huestes agresoras no conseguirían nada mientras Ainos el Abrasador siguiera indemne. La única solución era detenerle a él; por tanto, ignoró a los invasores y centró todos sus sentidos en la figura llameante que surcaba el cielo tormentoso.

Después de exterminar a cuantos hechiceros había entre las nubes, Ainos reunió a todas las bestias aladas que todavía quedaban y descendió con ellas hacia a los edificios más altos de la ciudad, allí donde se habían apostado las compañías de arqueros para tener una visión completa de toda Rodna. Las criaturas se precipitaron sobre ellos con las garras por delante mientras el demonio de fuego arrojaba proyectiles tan potentes que carbonizaban en cuestión de un instante a cualquiera contra el que impactaran.

Elathia estiró los brazos, juntó ambas palmas y apuntó a Ainos con los dedos. Siguió el recorrido de su vuelo durante unos segundos, calculando su trayectoria, cuando de repente sus ojos, ya de por sí iluminados al mantener activa el aura roja que la recubría, brillaron con un resplandor todavía más intenso.

—¡*Dardo flamígero*!

Una flecha llameante surgió de sus manos, cruzó el cielo evaporando la lluvia que caía sobre ella y golpeó la espalda de su enemigo. El fuego del dardo se fundió con el que rodeaba al demonio, demostrando que no surtía efecto alguno sobre él, aunque el impacto fue lo bastante fuerte como para sacudir su cuerpo, de modo que Ainos se giró y buscó con la mirada hasta encontrar a la responsable del ataque.

—¿*Elathia*? —reconoció con sorpresa.

Haciendo caso omiso a los arqueros que había bajo él, el ser de carbón voló hasta situarse ante la ennegrecida torre del distrito de los revocadores, sobre cuya cúpula la divina lo esperaba de pie.

—¿*Dominas la piromancia?* —preguntó sin salir de su asombro.

—¿Eres Arúnhir? —interrogó ella con voz serena.

—*Lo soy* —afirmó él sin inmutarse—. *Pero también soy un dios.*

—Sacerdote, dios o demonio, este será tu último día en esta tierra —declaró Elathia.

La luz de sus iris se intensificó cuando un virote de dos metros de largo y acabado en una punta solar surcó el cielo silbando a toda velocidad directo hacia Ainos. Él prestaba tanta atención a Elathia que no lo vio a tiempo de esquivarlo, sino que tan solo pudo moverse lo suficiente como para que la saeta no impactara en su corazón; en lugar de eso, perforó su hombro izquierdo incluso atravesando el fuego que lo protegía con tanta fuerza que desequilibró su vuelo y lo empujó hacia atrás.

Ainos gritó de dolor y alzó los ojos rojos para descubrir a Irwain en lo alto del Templo del Dios Sol, recargando el gigantesco escorpión con un nuevo proyectil que no tardaría en estar listo para lanzarse.

El ser de carbón arrancó de un tirón el virote que lo había herido y se dispuso a atacar a la matriarca, justo cuando Thadwos reapareció en la batalla, bramando y saltando por encima de él con una enorme losa entre las manos, que no dudó en descargar sobre la cabeza del demonio; la roca se partió en cien pedazos, su enemigo salió despedido hacia abajo y se estrelló contra el suelo en ruinas del distrito de los revocadores.

Una ola de llamas surgió con Ainos como epicentro cuando se irguió y soltó un rugido rebosante de ira. Como respuesta a ello, todas las bestias que había en Rodna olvidaron a sus presas más cercanas y se abalanzaron a la desesperada para ir en ayuda de su dios, cargando directas contra Elathia, Thadwos e Irwain.

—¡*Destruidlos!*

Ainos el Abrasador se elevó igual que sus discípulos y las lenguas de fuego que lo recubrían taponaron la herida del hombro, aunque resultaba evidente que ya no podía mover el brazo con la misma fluidez que antes.

Los grifos fueron los primeros en llegar volando hasta Elathia, quien invocó un torbellino tan intenso que los impidió acercarse lo suficiente como para atacarla y se vieron obligados a retroceder. Los cíclopes los siguieron a ras del suelo; tenían unos cuerpos tan grandes y pesados que el viento apenas los empujó, e iban armados con grandes martillos que no dudaron en usar para machacar los cimientos de la torre donde se encontraba la divina. Con tan solo tres golpes consiguieron desequilibrar las maltrechas paredes, que se inclinaron hacia un lado. Elathia dio un grito al verse arrojada de pronto al vacío, pero Thadwos saltó hacia ella, la cogió y la alejó del distrito de los revocadores.

—¡Cuidado! —avisó Elathia alarmada.

Los dos behemots corrieron detrás de ellos como si la ciudad fuera un prado totalmente plano, sin inmutarse por los incontables edificios que había a sus pies, derribándolos como si no fueran más que delgadas briznas de hierba. El fuerte soltó a su amante y gimió de dolor, pues se había quemado el brazo al tocar el aura llameante que protegía el cuerpo de Elathia. De súbito un nuevo virote, largo como un árbol, fue disparado desde el Templo del Dios Sol, impactó contra el behemot más cercano, atravesó su pecho y lo derrumbó sobre la ciudad.

Iracundo, Ainos no dudó en partir volando hacia la matriarca Irwain a una velocidad idéntica a la que alcanzaban las saetas del enorme escorpión, y no se preocupó de arrojar una llamarada, sino que se precipitó con una mano por delante, dispuesto a atraparla por la garganta y abrasarla igual que había hecho con la matriarca de los hechiceros. No obstante, en el último momento un huracán todavía más poderoso que el de Elathia desvió la trayectoria del dios llameante, impidiéndole alcanzar su objetivo.

—Así que tú eres el falso dios al que hemos venerado cien ciclos en vano —escupió la matriarca Hiáradan con los ojos estallando de luz al lado de Irwain—. Te aseguro que traicionar nuestra fe será el último acto que cometerás. ¡Desaparece, demonio!

El propio viento que la matriarca había invocado la levantó en el aire más allá de la cúpula del templo, haciéndola flotar como si de una sacerdotisa se tratara mientras sus ropajes ondeaban con intensidad y se colocaba ante la figura carbonizada y flamígera de Ainos como si fuera su par.

—*Los humanos no sois más que una plaga.* —Él alzó el brazo sano, apuntando a Hiáradan con la palma abierta—. *Y, como toda plaga, debéis ser exterminados.*

Ante sus dedos se materializó de la nada una esfera de fuego que multiplicó su tamaño en pocos segundos, pero la matriarca no esperó a que estuviera lista para ser lanzada; en lugar de eso, usó el mismo torbellino que la mantenía en el aire para desequilibrar a todas las criaturas aladas cercanas y arrojarlas contra el demonio llameante. Así, grifos, ninfas auras y fénix se precipitaron sin control sobre el dios que las había convocado, siendo abrasadas por la esfera de fuego o impactando sobre la figura carbonizada como una andanada de flechas. Ainos rugió enrabiado y deshizo el orbe de llamas para acto seguido expulsar del interior de su cuerpo una ola de aire caliente que empujó hacia atrás a todas las bestias voladoras que se acercaban descontroladamente hacia él.

Y mientras sus sentidos estaban centrados en el combate contra Hiáradan, su ejército terrestre, siguiendo su voluntad, llegó en avalancha hasta el Templo del Dios Sol. De inmediato, las bestias empezaron a treparlo o intentar derribarlo para neutralizar la amenaza que suponían Irwain y su escorpión gigante.

Elathia acudió en su ayuda, obrando milagros para detener a las bestias más peligrosas, aunque no Thadwos, que se quedó atrás para tratar de contener al behemot que quedaba. Una y otra vez, el fuerte saltó contra su titánico enemigo para propinarle un golpe detrás de otro, si bien no conseguía atravesarlo ni herirlo de gravedad, sino tan solo ralentizar su imparable marcha hacia Irwain y Elathia.

Un centenar de gritos le hicieron retroceder y desviar la atención para ver llegar, procedentes de todas partes de Rodna, a incontables rodnos de los siete clanes que acudían con la valiente intención de detener al colosal behemot que estaba destruyendo su hermosa ciudad. Su unión no pasó desapercibida para las demás bestias de Ainos, algunas de las cuales se quedaron en el Templo del Dios Sol sin perder de vista a las dos mujeres que tenían como objetivo, mientras muchas otras se movilizaban en auxilio del behemot, persiguiendo y dando caza a los guerreros que se acumulaban junto a la enorme criatura.

Todo sucedía tan rápido que Thadwos no tenía tiempo para pensar, sino tan solo para reaccionar. Cuando saltó hacia el behemot, la larga cabeza de una hidra se interpuso en su camino, abriendo las mandíbulas para engullirle tal como venía; el fuerte gritó de terror, un resistente hirió el serpentino cuello con una lanza y la hidra se apartó mientras gemía. Thadwos fue a aterrizar sobre el cráneo del behemot, pero una compañera de su propio clan atacó a la terrible bestia desde el flanco, lo que la hizo sacudirse y golpear de casualidad a Thadwos con uno de los cuernos para enviarlo de vuelta al suelo.

Las losas se partieron cuando el fuerte impactó contra la calle empedrada, justo en el momento en que un cíclope descargó un enorme martillo sobre él. Thadwos se propulsó contra el vientre de su enemigo, propinándole tal puñetazo que le cortó la respiración y lo tumbó de espaldas; pero nada más tocar el suelo de nuevo, un minotauro lo embistió con una furia irracional. Un pétreo apareció a tiempo como un escudo para detener al engendro, aunque una quimera aterrizó de pronto a su izquierda y les lanzó una intensa llamarada.

Thadwos saltó para alejarse, pero la cola de una gorgona le rodeó una pierna mientras se encontraba en el aire y lo empujó de vuelta a la tierra. El fuerte impactó de cara contra el suelo de piedra, agrietando la calle al tiempo que gemía de dolor. Su enemigo volvió a lanzarlo, esta vez contra la pared de una casa, sin llegar a soltarle la pierna en ningún momento, mientras Thadwos se mantenía con los ojos cerrados por temor a que la mirada de la criatura lo convirtiera en piedra.

De pronto notó que la presión se desvanecía y alguien gritaba.

—¡Levanta y lucha!

Thadwos se puso en pie y alzó la vista para ver a Vándol con la espada solar en una mano y la cabeza decapitada de la gorgona en la otra. Sin decirse nada más, ambos saltaron hacia un cíclope que había levantado el martillo contra un perceptor indefenso; Thadwos le partió la columna vertebral de una patada y Vándol aterrizó en su cráneo para atravesarle el único ojo con su espada.

La gigantesca bestia cayó y Thadwos vio surgir detrás de su compañero la silueta de un enorme basilisco que se disponía a cerrar las quijadas sobre él; el fuerte se propulsó sin pensarlo dos veces hacia el cuerpo del reptil, empujándolo contra una casa que se derrumbó hacia el interior debido al impacto, y acto seguido empezó a repartir puñetazos contra la verdosa piel del engendro. Cuando las heridas fueron lo bastante graves como para haber atravesado sus escamas, Thadwos abrazó el cuerpo sin llegar a descubrir si la criatura había muerto y tiró de él con tanta fuerza que lo partió.

Entonces saltó de vuelta a la calle enarbolando el largo cuello de la gran serpiente y descargándolo contra la primera bestia que vio, una quimera que intentaba arrancarle la pierna a una vital. La cabeza del basilisco y el cuerpo de la quimera fueron aplastados al unísono, la vital le dio las gracias con un gemido y de inmediato regeneró la carne de su extremidad como si nunca hubiera sido herida.

Un estruendo descomunal atrajo su atención y Thadwos vio con asombro que el behemot caía ladeado, con una herida que le había perforado el pecho. El fuerte saltó para comprobar que, tal como había pensado, Irwain había usado nuevamente el escorpión; pero se desalentó al descubrir que basiliscos, gorgonas y quimeras habían trepado hasta casi alcanzar la cúpula del Templo del Dios Sol, donde se encontraban tanto la matriarca como Elathia.

—¡Necesitan ayuda en el templo! —gritó Thadwos a todo aquel que pudiera oírle y actuar en consecuencia.

Se propulsó sin mirar atrás directo a lo más alto del edificio, aterrizó contra el cuerpo de una gorgona a la que aplastó con los pies, hundiendo con su peso la pared y en consecuencia cayendo dentro del templo sobre el cadáver de la bestia serpentina, en medio la sala de las oraciones. Una explosión le hizo girar la cabeza para percatarse de que alguien caía a su lado: era Vándol nuevamente, quien había saltado detrás de él y había empalado a una quimera con su espada solar antes de hundirse también hacia el interior.

Tras cruzar una mirada silenciosa, ambos se impulsaron de nuevo, atravesaron la pared hasta el exterior y, una vez allí, saltaron para alcanzar la cúpula del templo. Un puñado de ninfas auras, de cuerpos delgados y alas como nubes, estaban arrojando a los inferiores al vacío e intentaban destruir el escorpión, aunque Elathia no se lo permitía, lanzando piromancias para ahuyentarlas y obrando milagros para matar a las más obstinadas. Ajena a todo lo demás, Irwain estaba colocando un nuevo virote en el mecanismo del artefacto de guerra, aunque se trataba de un objeto tan grande y pesado que se veía obligada a manejarlo despacio y con precaución.

—¡Os atacan desde abajo! —avisó Thadwos señalando el borde del edificio.

—Y desde arriba —dijo una voz—. *¡Embestida del Sol!*

El fuerte se giró para ver caer sobre la cúpula una bola de llamas del diámetro de su propia altura. Antes de que tuviera tiempo de actuar, Vándol saltó blandiendo su espada solar con ambas manos; golpeó la esfera de fuego con la hoja, el filo se hundió en las llamas y la piromancia estalló, empujando al fuerte de vuelta a la torre.

Ante sus ojos apareció entonces la suma sacerdotisa Súrali, que se había elevado por los aires hasta superar la altura del templo y obtener así un ángulo ventajoso sobre la matriarca y su escorpión.

—Debéis morir todos —declaró—. ¡Esa ha sido siempre la voluntad del Dios Sol!

—Tú iniciaste la rebelión en la que Elthan fue asesinado —recordó Elathia con ira contenida—. Y luego intentaste condenar a Elerion.

La divina dio un grito y se lanzó al vacío. Un huracán se formó a sus pies y la elevó con tanta potencia que su gorro salió despedido y todas las ninfas auras que quedaban se vieron obligadas a huir o a ser arrojadas sin control sobre los edificios de Rodna. Súrali no tardó en invocar densas llamaradas contra ella, pero el halo rojizo que recubría la piel de Elathia absorbió los impactos como si ni siquiera la afectaran.

—¡Si no lo veo no lo creo! —El asombro detuvo a la suma sacerdotisa en medio de su ataque—. ¿Cómo es posible que una infiel como tú controle las llamas del Dios Sol?

La divina no respondió, aunque aprovechó la pausa momentánea para intensificar la lluvia que se precipitaba sobre la ciudad.

—¿Alguna vez te has preguntado qué podría ocurrir si el aire que te sostiene se enfriara mientras vuelas? —inquirió con una sonrisa.

Súrali abrió los ojos como platos y rápidamente extendió ambas manos hacia abajo.

—¡*Calor!*

—¡No te servirá de nada! —bramó Elathia al tiempo que sus ojos estallaban una vez más como si el propio sol se encontrara en ellos.

Obró un milagro para que el huracán que había bajo sus pies se desplegara hacia la suma sacerdotisa, deshaciendo la corriente de aire caliente que la elevaba hacia el cielo. Durante breves instantes, la piromancia de su enemiga trató de compensar el viento que pretendía llevársela, pero su don resultó ser incapaz de igualar el de la divina, que demostró por qué su clan era considerado el más poderoso de Rodna; Súrali empezó a balancearse sin control en el aire, el huracán tiró de ella y al final se la llevó, haciéndola girar de un lado para otro. Mientras se balanceaba invocó numerosas llamaradas, mas Elathia no tenía necesidad de preocuparse por nada que no fuera manipular el huracán, dado que su aura la protegía de cualquier ataque; por ello, se quedó de pie en el aire, observando con los iris brillantes desde arriba, como una diosa de los vientos encarnada con un cuerpo físico sobre la tierra.

Tras dar cuatro vueltas en el aire, la suma sacerdotisa fue arrojada contra uno de los edificios que había frente al templo, donde quedó incrustada entre las baldosas de la pared sin que pudiera hacer nada para liberarse. La divina descendió y con un grito obligó a la lluvia a concentrarse sobre su enemiga: dirigió mil gotas para que cayeran en picado como flechas de caza sobre el cuerpo de Súrali, tan seguidas y con tanta intensidad que el aura que rodeaba a la suma sacerdotisa no fue capaz de hervir toda el agua. Poco a poco se vio superada por la lluvia, hasta que la lámina perdió densidad y finalmente se deshizo por completo. La discípula del Dios Sol soltó un alarido de puro terror cuando su protección flamígera desapareció y lanzó a Elathia una mirada suplicante.

—¡Piedad! —pidió con sus últimas fuerzas.

—No para ti.

La divina levantó una mano que de inmediato cerró con firmeza, deteniendo el corazón de Súrali ahora que no había armadura alguna que envolviera su cuerpo. Su enemiga se tensó, boqueó en vano y falleció.

El estruendo de la batalla devolvió la atención de Elathia al caos que la rodeaba. Thadwos y Vándol se hallaban defendiendo en solitario la cúpula del templo mientras la matriarca Irwain y uno solo de sus inferiores, el único que permanecía con vida, ultimaban el escorpión para realizar un nuevo disparo.

—¡Ya está listo! —informó el inferior cuando acabó de tensar la gruesa cuerda.

—¡No malgastes los virotes contra las bestias! —vociferó Thadwos mirando a Irwain—. ¡Usa todos tus disparos contra Ainos!

—¡No sé dónde está! —replicó la matriarca en el mismo tono.

El fuerte descubrió entonces que, en efecto, la figura llameante del líder invasor no se encontraba al alcance de la vista. Tampoco podía localizar a Hiáradan, la matriarca de los divinos que había retado al demonio.

—¡Al cielo, arriba! —se alzó la voz de Elathia entre los rugidos de las bestias que acechaban el templo.

Thadwos y Vándol siguieron saltando de aquí para allá, batiéndose contra los monstruos que los atacaban, mientras Irwain levantaba la vista y contemplaba una batalla de poderes que tenía lugar entre las nubes, donde se habían formado tornados, caían rayos y estallaban llamaradas del tamaño de casas. Con sus sentidos aumentados mediante su don, la matriarca fue capaz de distinguir a Hiáradan luchando contra aquel ser de fuego y carbón al que una vez habían tomado por un dios.

—¡Debemos rotar el escorpión! —dijo a su inferior.

Él se apresuró a obedecer, ayudándola a girar la enorme máquina de guerra que, como una ballesta gigante, habían acoplado a la cúpula del templo para que pudiera ser orientada hacia uno u otro lado dependiendo de las circunstancias de la batalla. Irwain intentó apuntar a su objetivo, pero de inmediato comprendió que el ángulo que tenía era demasiado escaso como para que pudiera lanzar un virote contra él.

—¡Ainos está a demasiada altura! —alertó—. ¡Necesito que baje mucho más para poderle disparar!

Thadwos destrozó el cráneo de una quimera con las dos manos antes de alzar la cabeza y disponerse a saltar, justo cuando un grito de triunfo se prolongó en los cielos. El mundo pareció detenerse cuando Ainos, a pesar de la ingente cantidad de milagros obrados por su adversaria, consiguió al fin abrirse camino hasta Hiáradan y acertarla con un proyectil de fuego que combustionó su cuerpo.

—¡No! —gimió Irwain, observando cómo su compañera se precipitaba desde las alturas en caída libre hacia la ciudad.

—Si la matriarca de los divinos no ha podido detenerle…, ¿quién lo hará? —dudó Vándol con impotencia.

—¡Atento! —Thadwos saltó sobre una quimera que pretendía engullir a su compañero ahora que no miraba y machacó su cráneo a puñetazos.

—¡Estamos sentenciados! —se lamentó Vándol con desesperación.

—¡Ainos se acerca! —indicó Elathia.

El cuerpo abrasado de Hiáradan todavía caía en picado hacia Rodna cuando su enemigo llameante, libre de oponentes, despegó de las nubes para descender a una velocidad aún mayor hacia el Templo del Dios Sol. Su sonrisa permanecía en su rostro mientras las llamas que lo envolvían rugían como un volcán en erupción, lamían el aire y evaporaban la lluvia que impactaba sobre ellas.

—¡Muere, demonio!

La matriarca Irwain, con lágrimas en las mejillas, forzó el escorpión con las dos manos para levantar la punta, dirigirla hacia aquel horrible ser y disparar el virote que reposaba sobre el mecanismo de madera. El proyectil salió despedido con un sonoro golpeteo y surcó el cielo con tanta rapidez como el dios de carbón, aunque en sentido inverso, directo hacia sus ojos rojos.

Por desgracia, en aquella ocasión Ainos no estaba desprevenido, sino que esperaba el lanzamiento, de manera que se movió en el aire mientras volaba y esquivó la saeta, que lo pasó de largo a dos palmos de distancia y continuó su recorrido hasta desaparecer en el horizonte lluvioso. El dios encarnado se acercó al templo hasta quedar apenas a un puñado de metros.

—*Todos vuestros esfuerzos son en vano. Nunca podréis detener a un dios.*

—Perdóname, oh, Dios Sol. —Vándol se dejó caer de rodillas frente a él—. ¡Perdona todos mis pecados!

—*Encontrarás el perdón en la muerte.*

Sin esperar respuesta, Ainos tendió ambas manos hacia ellos y en un momento formó una esfera de fuego tan grande como el mismísimo sol, redonda y llameante, de luz tan intensa que hería los ojos y calor tan abrumador que la lluvia se desvanecía antes incluso de llegar a tocarla. Cuando estuvo listo profesó un grito descomunal y la esfera empezó a desplazarse, lenta pero inexorable, sobre la cúpula del templo dedicado a él durante siglos.

Dando por sentado que Elathia podría sobrevivir al ataque gracias a sus nuevos dones piromânticos, Thadwos se giró hacia Irwain, la agarró y saltó para alejarla del impacto. Por el contrario, Vándol no reaccionó, sino que permaneció arrodillado y con los ojos clavados en las llamas purificadoras.

Incontables gritos de pánico, seguidos por el estrépito de

una explosión y una ráfaga de viento que estuvo a punto de desequilibrar a Thadwos mientras aún volaba le hicieron saber que la bola de fuego había derrumbado el Templo del Dios Sol y todo cuanto había a su alrededor. El fuerte aterrizó en un tejado del distrito de su clan, depositó a Irwain en el suelo y se giró para contemplar una visión de destrucción y horror; no solo el templo, sino también el palacio y el anfiteatro habían sido completamente arrasados; las llamas asolaban el centro de la ciudad, abrasando a bestias y a humanos por igual.

—¡Está aquí! —gritó la matriarca.

—¿Qué...?

Thadwos no se había dado cuenta de que, nada más soltar la esfera de fuego, Ainos los había seguido con la vista y había partido volando tras ellos. Apenas unos segundos después de que ambos aterrizaran, el demonio de carbón se precipitó desde las alturas; Irwain lo detectó, pero no pudo hacer nada más que avisar a Thadwos antes de que su enemigo llameante los alcanzara.

Sin llegar a detener su trayectoria, Ainos ignoró al fuerte, cogió a la matriarca por el cuello y la elevó hacia las nubes.

—¡Irwain! —exclamó Thadwos, presa de la sorpresa, para de inmediato saltar detrás de ellos.

—*Me has herido* —acusó Ainos, clavando los ojos rojos en los iris dorados de la matriarca—. *Por ello sufrirás la misma muerte dolorosa que tu hermana.*

Irwain gritó cuando Ainos, sin dejar de volar, hizo brotar de su mano un cúmulo de llamas que se expandieron por el cuerpo de la perceptora, abrasándola viva y dejándola caer luego en medio de la ciudad.

—¡No!

Thadwos se precipitó tras ella, cogió a la matriarca mientras caía y aterrizó en el techo de un edificio que se hundió debido a su peso. Tan pronto como tocó el suelo descubrió que era demasiado tarde: el rostro de Irwain, negro y desfigurado, le recordó tanto al de Ilvain que no pudo sino evocar el recuerdo de la mujer a la que había amado, asesinada por el hombre que ahora se proclamaba un dios.

El fuerte gritó de dolor mientras las mismas llamas que abrasaban a la matriarca se extendían a los brazos con los que la sostenía y contemplaba con ojos borrosos a su enemigo, que flotaba allí pendido en el aire, indemne y sonriente mientras preparaba un nuevo ataque con el que pensaba incinerarle.

Thadwos dejó el cadáver de Irwain y saltó con todo el ímpetu del que fue capaz, aún con los brazos llameantes, directo hacia él. El demonio todavía sonreía cuando concentró el fuego en la mano diestra, esquivó al fuerte en el aire y le propinó tal puñetazo en el torso que lo envió despedido hacia el siguiente distrito.

—*Nunca serás rival para un dios.*

Thadwos impactó contra una calle desierta y derruida mientras las llamas de su adversario envolvían su cuerpo; pero entonces las lenguas de fuego que le rodeaban los brazos y el pecho empezaron a recular hacia su espalda y, de pronto, desaparecieron por completo.

—*¿Cómo? ¿Qué significa esto?*

Incrédulo, Ainos observó cómo el fuego se desvanecía del cuerpo de su oponente, aunque Thadwos estaba tan dolorido que apenas era capaz de moverse. Más precavido que curioso, el demonio volador invocó con ambas manos un nuevo proyectil de fuego y, segundos después, lo arrojó contra su enemigo para asegurar su muerte.

No obstante, otra flecha de fuego venida del sur impactó contra la suya en medio de su trayectoria, haciendo que ambas estallaran en una explosión que deshizo las llamas en el aire.

—Déjalo en paz.

Ainos se volvió bruscamente para ver sobre un tejado a Elathia, con las manos extendidas, los ojos luminosos y el aura flamígera todavía envolviendo su cuerpo entero. El ser de carbón voló hacia ella lentamente, hasta detenerse y quedar flotando una decena de metros por encima de su cabeza, obligándola a alzar la vista para poder mirarle.

—*¿Cómo es posible que controles la piromancia?*

—¿Tanto te sorprende que tenga fe en ti?

—*Comprendo. Levna, esa bruja y ladrona..., ella te ha enseñado. Cuando Rodna sea destruida, la buscaré y la cazaré.*

—No lo permitiré.

—*¿De veras te crees capaz de vencer a un dios?* —Había un deje irónico en la voz de Ainos.

—Desde luego —respondió Elathia con serenidad—. ¿No te das cuenta? Mis nuevos dones me han vuelto ignífuga. Ninguno de tus ataques podrá dañarme.

—*Ni los tuyos me dañarán a mí. ¿Acaso olvidas que mi aura impide que me hagas objetivo de tus milagros?*

La divina soltó una carcajada seca.

—Tuve mucho tiempo para reflexionar después de nuestro último enfrentamiento. Al final entendí que no es necesario obrar milagros contra ti, sino que me basta con manipular todo cuanto hay a tu alrededor para forzar que tu aura desaparezca, y entonces destruir tu cuerpo por completo.

—*No te lo consentiré. Aunque seas ignífuga, no serás inmune a mis ataques físicos.*

Las flamas que envolvían a Ainos se intensificaron cuando el demonio se desplazó y cargó contra ella con una mano por delante, igual que había hecho poco antes con la matriarca Irwain. Los ojos de Elathia estallaron de luz cuando esquivó su acometida, para de inmediato enviar contra él una ráfaga de viento que lo empujó hacia las calles de la ciudad. Ainos deshizo el contraataque expulsando una ola de calor que secó hasta las piedras más húmedas en un radio de veinte metros a la redonda y que lo elevó nuevamente hacia las nubes. Una vez a salvo, dobló el brazo sano para lanzar contra su oponente una bola de fuego que habría calcinado incluso a un leviatán en el mar, pero Elathia abrazó el proyectil sin inmutarse y el fuego de su aura se unió al arrojado por su oponente, multiplicando la densidad de su contorno hasta convertirlo en una hoguera de tales proporciones que no distaba mucho de la que envolvía al propio dios.

Pero aquello había sido tan solo una distracción, porque Ainos se camufló entre las llamas para rodear a la divina sin ser detectado y atacarla entonces por la espalda. Primero la golpeó en la cabeza con ambas manos, lanzándola por los aires al tiempo que Elathia gemía sin aliento; entonces la persiguió, la cogió por el cuello y empezó a propinarle puñetazos en el vientre sin compasión.

Desde el fondo de la solitaria calle en la que había caído, Thadwos se incorporó a duras penas y descubrió asombrado que las llamas con las que su enemigo le había atacado habían desaparecido. Atónito, siguió el rastro del hollín hasta su espalda, donde pendía el morral que siempre llevaba cruzado. Se lo descolgó y sacó de su interior el sello revocador que le pertenecía, el mismo con el que había neutralizado a Elathia, Ilvain y Nándil en aquella lejana montaña, cuando aún perseguía la corona del Dios Sol; el instrumento ambarino había absorbido el fuego de Ainos igual que si hubiera tratado de anular los poderes de un sacerdote.

—El último recuerdo que tenemos de Nándil y Maebios —se dijo el fuerte, rememorando todas las ocasiones en las que, mientras estaban atrapados en el pasado, la hechicera y el revocador se habían separado de los demás para forjar los sellos que, durante los siglos posteriores, incontables rodnos habían llegado a usar.

Thadwos dejó caer su fardo a un lado, sostuvo el artefacto esférico con una sola mano y buscó con la mirada a Ainos el Abrasador. Cuando al fin lo vio, golpeando a Elathia desde el aire, la furia lo invadió por completo; sin pensarlo dos veces, flexionó las piernas y se propulsó directamente contra ellos.

El demonio llameante se hallaba sobre los edificios de la ciudad, con todos los sentidos centrados en Elathia, cuando de súbito Thadwos llegó hasta él desde un flanco y le atizó con el sello revocador en el pecho.

De inmediato, el fuego que envolvía a Ainos fue absorbido en espiral hacia el interior del instrumento solar mientras él contemplaba con terror cómo su poder se debilitaba.

—¡No! ¡No, otra vez no!

Su grito se prolongó mientras el ímpetu con el que Thadwos había saltado los empujaba a ambos hacia el cielo lluvioso, dejando a la divina atrás. Con una mirada de ira inconmensurable, Ainos apartó el brazo de su enemigo con ambas manos, cogió el sello revocador y lo aplastó hasta quebrarlo e inutilizarlo.

Sin embargo, Thadwos no se alejó, sino que aprovechó la distracción de su adversario para cogerlo por los hombros y soltar un rugido con el que vació todo el aire de sus pulmones. Estupefacto, el demonio de fuego se vio de pronto incapaz de deshacerse de la tremenda fuerza de su abrazo, que lo presionó hasta el punto de que sus miembros carbonizados empezaron a crujir.

Ainos el Abrasador hizo honor a su apodo cuando, en un intento de quitarse de encima a su oponente, hizo brotar de su interior una avalancha de llamas que se expandieron en todas las direcciones. Sin embargo, ni siquiera así consiguió librarse de Thadwos, que se mantuvo agarrado a sus hombros, aplicando todo su poder hasta que sus iris amarillos estallaron de luz, apretándole incluso después de que su ropa se convirtiera en ceniza y su cuerpo se hubiera prendido como la leña. Tenía la piel en carne viva cuando al fin su esfuerzo se vio recompensado y, de pronto, uno de los brazos del demonio, el mismo que la matriarca Irwain había perforado con un virote solar, fue arrancado de cuajo desde el mismo lugar donde había sido herido con anterioridad.

La fuerza de Thadwos se desvaneció y su cuerpo se precipitó a un lado, inerte y llameando hacia el vacío, al mismo tiempo que el ser volador que se proclamaba un dios lanzaba un aullido muy humano y cerraba los párpados debido al inmenso dolor.

Sin embargo, apenas unos segundos después notó que algo lo empujaba hacia un lado; volvió a abrir los ojos rojos y descubrió que Elathia había volado detrás de ellos y había hecho aparecer un remolino devastador que los había engullido a ambos. Desequilibrado debido a la falta de un brazo, Ainos pateó el aire con impotencia mientras el viento lo hacía girar una y otra vez sin descanso; el demonio tullido intentó invocar su poder para crear una corriente de aire que le enviara de vuelta a los cielos, donde la divina no pudiera seguirlo, pero entonces se percató con horror de que no dominaba el fuego con la misma precisión de siempre: el sello revocador le había arrebatado demasiado poder antes de quitárselo de encima. En un último intento desesperado, Ainos hizo estallar todas las llamas de su ser, que explotaron como la cima de un volcán milenario; pero fue en vano, porque, aunque destruyó la ciudad que había bajo él, el aura rojiza que envolvía a Elathia ni siquiera se inmutó. La divina se mantuvo viva e indemne, sin un solo rasguño, y siguió controlando el tornado sin dejarlo escapar.

Las lágrimas se derramaban de los ojos estrellados de Elathia y se mezclaban con la lluvia que bañaba su rostro mientras observaba a Ainos en medio de la esfera de fuego que él mismo había convocado.

—Me gustaría saber qué será de mi hijo —murmuró con tristeza—. Si de verdad poseo el don de ver el futuro, este es el momento indicado para activarlo.

Un relámpago sacudió su mente, la visión de Ainos se desenfocó y en su lugar vio a Elerion, con los labios secos y suficiente cabello como para que no se le viera la piel del cráneo, arrodillado en una playa tranquila a la que besaba con devoción; tras él se distinguía la sombra de un navío encallado, del que numerosos niños bajaban para tocar la arena blanca con una alegría indescriptible.

La imagen se desvaneció enseguida y en su lugar surgió la fachada de un templo circular de madera tallada con torpeza, donde Elerion y Cángloth paseaban mientras conversaban.

—En esta tierra gobierna otro dios —decía su hijo con una sonrisa de felicidad en el rostro. Llevaba atada una cinta en la frente que le sujetaba el largo cabello rubio—. Cambiaremos nuestros nombres y nuestras costumbres como muestra de respeto hacia esta nueva deidad.

La visión desapareció para dar paso a un espacioso salón de piedra iluminado por una hoguera que proyectaba la sombra de un puñado de sillones que había colocados en círculo. Allí se encontraba Elerion, aunque ya no era un muchacho, sino un hombre erguido y barbudo de hombros anchos y mirada decidida, que ceñía una corona en la frente y en cuyo regazo reposaba un niño rubio de ojos azules. Cángloth estaba sentado a su derecha, mientras que a su izquierda se hallaba Ilthad, que había crecido hasta convertirse en una mujer hecha y derecha.

—Esta es ahora nuestra tierra —declaró Elerion al resto de las personas que había reunidas junto a ellos—. Aquí es donde nosotros culminaremos nuestras vidas y donde seremos enterrados. Pero sabéis que nada es eterno…, no podemos garantizar el futuro de nuestros descendientes, porque desconocemos qué les tocará vivir a ellos y a qué adversidades tendrán que enfrentarse. Por tanto, nuestro propósito debe ser siempre el de buscar el mejor futuro posible, pero no por nosotros, sino por ellos.

La luz en el rostro de Elerion se apagó, quedando tan solo el niño sentado en su regazo, que de inmediato se desarrolló hasta convertirse en adulto, momento en que a su lado apareció un hijo, que también maduró, y una niña surgió entonces junto al hombre anterior; y así sucesivamente durante incontables generaciones de hombres y mujeres rubios y de iris azules que vivieron carentes de poderes, pero, al mismo tiempo, sin la amenaza de dioses ni bestias.

Elathia sonrió con alegría y Ainos el Abrasador reapareció de súbito ante ella, girando en el remolino que había sobre Rodna sin poder hacer nada para evitarlo. La divina activó su don para que toda la lluvia invocada por la matriarca Hiáradan se concentrara en el interior del huracán, volando junto a ellos y uniéndose en una masa de agua que se multiplicó por momentos y los empapó a ambos. Gracias a eso, el aura de fuego que cada uno poseía se apagó por completo, dejando a su paso tan solo dos grandes nubes de vapor que no tardaron en desaparecer.

—*Los humanos provocaréis vuestra propia extinción* —musitó Ainos con voz débil; no era más que una figura humanoide de carbón empapada, manca y desamparada.

—Quizá, pero no estarás aquí para verlo —replicó Elathia—. ¡Muere para siempre!

La luz de sus ojos se intensificó como nunca, iluminando la ciudad entera como si el sol incidiera directamente sobre ella. Todo el poder que albergaba su cuerpo se consumió al momento, e incluso también la vitalidad que le quedaba; el corazón de Ainos el Abrasador se detuvo, el potente viento se cebó sobre él, destrozó su cuerpo y arrojó cientos de pedazos de carbón en todas las direcciones.

Acto seguido, el tornado desapareció y Elathia, súbitamente envejecida, se precipitó sin vida sobre la ciudad derruida, aunque en su rostro todavía bailaba su última sonrisa.

Epílogo

Levna se llevó una mano al pecho y se inclinó hacia el suelo. El sudor y unas arrugas impropias de la aparente juventud de su cuerpo cubrieron su frente.

—¿Lessa? —Una de sus compañeras apoyó una mano en su espalda—. ¿Estás bien?

—Ainos —susurró Levna—. Ainos ha sido destruido.

—¿Qué...?

—¿Cómo...?

—¿Los rodnos han derrotado al Dios Sol?

—¿Estás segura?

Levna levantó la cabeza al escuchar todas esas preguntas. Estaba sentada en círculo junto a un grupo de hombres y mujeres, algunos de los rebeldes que habían aceptado su consejo: renegar de los sacerdotes, quedarse atrás y no tomar parte en la batalla convocada por el Dios Sol.

—Ainos ha sido destruido —repitió al tiempo que asentía—. Lo he... lo he sentido. Pero no queda nada en Rodna..., la ciudad ha sido totalmente arrasada.

—¿Y los rodnos?

—Dudo que nadie haya sobrevivido —murmuró Levna.

—Entonces no tenemos necesidad de partir, ¿verdad? Sin rodnos que nos esclavicen ni dioses que nos manipulen, podemos quedarnos en Gáeraid para siempre.

—Ainos ha muerto, pero su voluntad pervivirá en sus

criaturas —explicó Levna—. Todas las que quedan en Gáeraid, tanto bestias como animales corrientes, perseguirán y darán caza a los humanos hasta que nos hayan erradicado de esta tierra. No…, no podemos quedarnos aquí. Seguiremos con el plan previsto.

Levna se giró para ver, debajo del acantilado en el que se encontraban, numerosos barcos amarrados en un improvisado muelle: eran los navíos que los inferiores habían robado de Rodna al estallar la rebelión, con los que habían huido de la ciudad hacia las costas occidentales de Gáeraid.

—Las corrientes nos llevarán en la misma dirección que los niños rodnos que partieron antes de la batalla —continuó—. Ellos también merecen saber lo que ha ocurrido en su hogar: merecen saber que sus padres se han sacrificado para vencer a Ainos. Yo se lo contaré. Juntos, los supervivientes de Gáeraid poblaremos una nueva tierra…, una tierra donde no habrá bestias de Ainos y, por tanto, no habrá rodnos e inferiores, sino que todos seremos iguales, meros humanos sin poderes.

Levna se incorporó, aunque al hacerlo una extraña sensación de debilidad recorrió su cuerpo de arriba abajo. Sorprendida, la sacerdotisa fue más consciente del sonido de su respiración y del ritmo con el que latía su corazón, de los que jamás se había dado cuenta hasta ese momento. Alzó una temblorosa mano hasta la altura de su rostro.

—He perdido la inmortalidad —comprendió de pronto mientras se miraba la palma.

Ainos el Abrasador había sido derrotado y, con él, todo su poder había desaparecido, devolviéndole la mortalidad que le pertenecía por naturaleza. Al darse cuenta de ello, una inmensa sensación de alivio inundó su alma y unas lágrimas incontrolables anegaron sus ojos.

—Soy libre. —Sonrió emocionada—. Libre de verdad.

Agradecimientos

En primer lugar quiero agradecer a Maitane su apoyo permanente y el exhaustivo trabajo de análisis que ha realizado en cada uno de los capítulos a medida que yo los iba escribiendo. Siempre he tenido muy en cuenta sus críticas y comentarios, que a veces trataban sobre meros detalles o elementos apenas relevantes en la historia, pero que aun así me resultaron de vital importancia para su desarrollo.

También agradezco a Josep sus valoraciones sobre la trama, particularmente cuando empezaba a planearla, porque las charlas largas y tendidas que tuvimos entre cerveza y cerveza en bares olvidados me abrieron los ojos a más de una solución que en solitario no fui capaz de encontrar.

Además, es necesario valorar a todos aquellos amigos que no participaron de modo alguno en la realización esta novela, pero que estuvieron siempre presentes en mi vida y me ayudaron a desconectar cuando más lo necesitaba. Gracias, porque sin vosotros no tengo duda de que la calidad de mi trabajo sería mucho menor.

Por supuesto, esta novela también debe su existencia a Jordi y Clara, mi agente y mi editora. Fue Jordi quien me alentó a escribir y buscó editorial, mientras que Clara aceptó el proyecto y sugirió ciertas modificaciones que, en opinión de todos los que han tenido el manuscrito en sus manos, mejoraron mucho la historia.

Como no podía ser otro modo, también agradezco una vez más a mis padres, no solo por su apoyo, sino también por haberme introducido desde niño en el mundo de los cuentos y la fantasía.

Por último, quiero darte las gracias a ti, lector, por tener este libro entre tus manos. Espero que en él encuentres un refugio de la vida mundana y que al leer esta historia disfrutes tanto como lo hice yo al escribirla.